Sur le fil de l'épée

PAMELA
CLARE

LES HIGHLANDERS DU NOUVEAU MONDE

Sur le fil de l'épée

ROMAN

Traduit de l'américain
par Dany Osborne

J'AI LU

Titre original
SURRENDER

Éditeur original
A Leisure book, published by Dorchester Publishing Co., Inc.,
New York

Prologue

28 juin 1755, ville d'Albany, sur l'Hudson River, colonie de New York

Si lord William Wentworth avait eu besoin d'une preuve qu'il avait atteint les confins de la civilisation, il lui aurait suffi de regarder par la fenêtre. Dans la rue de terre battue en contrebas, il y avait un homme qui semblait ne s'être jamais lavé en compagnie d'une catin encore plus crasseuse que lui. Il l'avait prise par-derrière, comme une bête en rut. Un chien traînait à un mètre du couple pendant que deux Indiens passaient à côté sans paraître remarquer quoi que ce soit.

Wentworth se dit qu'il aurait dû trouver la scène révoltante. Au lieu de cela, elle l'amusait. Cela faisait maintenant quatre mois qu'il était dans les colonies et les habitants de ces lointaines contrées ne cessaient de le surprendre, tout comme l'immensité et la beauté de ces régions continuaient à l'émerveiller.

Derrière lui, le lieutenant Cooke, le jeune officier qu'on lui avait assigné, s'évertuait à trouver des excuses à la récente et meurtrière défaite de Braddock.

— Le général n'avait pas l'expérience des combats dans des forêts aussi denses et face à un ennemi aussi féroce, monsieur. Il pensait que les Français et leurs alliés allaient se battre avec loyauté et non leur tirer comme sur des lapins, cachés dans l'ombre à la manière de brigands.

— N'avait-il pas d'éclaireurs indiens et d'autochtones pour le prévenir ? demanda Wentworth sans se détourner de la fenêtre, les yeux fixés sur le couple.

L'homme rajustait maintenant sa culotte.

— Si, monsieur, se borna à répondre le lieutenant Cooke.

Il semblait mal à l'aise. Il fallait aborder la partie la plus déplaisante de l'histoire.

— Dans ce cas, Cooke, pourquoi Braddock a-t-il échoué ?

La prostituée lissa ses jupes puis tendit la main, attendant son paiement.

— Je vous en prie, monsieur. Le général est mort et enterré depuis des semaines. À mon sens, la courtoisie voudrait que...

— Je ne vous ai pas fait venir ici pour entendre le panégyrique de Braddock, mais pour analyser les causes de sa défaite. Si vous avez l'intention de monter en grade et de conduire un jour des hommes au combat, vous devez tirer les leçons des erreurs stratégiques des autres. Est-ce clair, lieutenant ?

— Oui, monsieur.

— Alors dites-moi. Pourquoi Braddock a-t-il perdu la bataille ?

— Il n'a pas tenu compte des avertissements des autochtones et il a offensé ses guerriers indiens, qui ont été nombreux à l'abandonner.

L'homme dans la rue ne paraissait pas disposer à régler ses services à la prostituée. Il la frappa en pleine figure. Elle tomba.

— Mon opinion, reprit Wentworth, c'est que le général n'a pas su où étaient ses limites. Il n'était qu'un arrogant idiot qui a payé son incompétence de sa vie, et de celle de ses hommes.

— Ou... oui, monsieur.

La prostituée s'efforçait de se relever. Un sein débordait de son corsage trop décolleté. Elle parvint à se remettre debout et se jeta sur l'homme, toutes griffes dehors.

— D'après vous, que faut-il faire, dans la mesure où Sa Majesté accorde une importance capitale à cette guerre coloniale, lieutenant ?

L'homme frappa de nouveau la catin. Un couteau apparut dans sa main.

— Nous... nous devons apprendre à nous battre comme les sauvages, monsieur.

— Ou bien enrôler au service de Sa Majesté ceux qui savent le faire.

Wentworth était tellement fasciné par la scène qui se déroulait dans la rue qu'il s'entendit à peine parler. Le bras de l'homme dessina un grand cercle dans l'air, la catin recula d'un bond, se prit le talon dans l'ourlet de sa jupe et tomba en arrière en criant. Wentworth allait ouvrir la fenêtre et ordonner au voyou de s'arrêter quand un homme de haute taille, un trappeur ou un frontalier d'après son allure, surgit. En un clin d'œil, il se saisit du client malintentionné, le jeta à terre et le désarma.

Wentworth n'avait jamais vu quelqu'un bouger avec une telle célérité. Le trappeur était peut-être à moitié indien ? Ses cheveux noirs balayaient ses épaules, sa peau était mate, et il portait des tatouages indiens sur les avant-bras. Mais il était habillé comme un Européen : culotte de peau et simple chemise de toile. Un mètre quatre-vingt-dix, estima le colonel. Et il charriait un lot de fourrures et une longue épée écossaise en travers du dos. Autour de la poignée était attachée une bande de tartan.

Un Highlander exilé.

Dans une main, il tenait une carabine. Un coutelas dans son fourreau pendait sur sa hanche gauche, un pistolet sur la droite. Sur son épaule gauche, une corne à poudre, et accrochée à sa taille une bourse de cuir pour les pierres à feu et les balles.

Wentworth observa le Highlander, que deux autres hommes venaient de rejoindre. Vêtus comme lui et lui ressemblant. Ses frères, manifestement. Ils se mêlèrent à leur tour de l'algarade et obligèrent le client à payer la prostituée. Furieux, celui-ci lança une pièce dans la boue. La fille s'en empara, la mordit pour s'assurer qu'elle était vraie, et fila.

Le lieutenant Cooke vint se placer à côté de Wentworth.

— Ai-je manqué quelque chose, monsieur ? Si vous le souhaitez, je vais faire renvoyer ces mécréants de l'autre côté de la palissade.

Wentworth secoua la tête et sourit en voyant l'air dégoûté du jeune lieutenant.

— Connaissez-vous le corps des rangers ?

— Mais certainement, monsieur. Les compagnies de rangers ont bien servi Sa Majesté au cours de la campagne du gouverneur Shirley. L'autre jour encore, le général Johnson disait qu'il faudrait engager davantage de compagnies de rangers dans le conflit.

Dans la rue, l'Écossais aidait l'homme qu'il avait frappé à se remettre sur ses pieds. Il lui rendit son couteau et l'autre, furieux, tenta aussitôt de lui planter sa lame dans le cœur. L'Écossais esquiva prestement et d'un coup dans les jarrets renvoya l'homme d'où il venait : par terre.

— Je partage l'avis de Johnson. J'ai été chargé de recruter et d'organiser une compagnie de rangers pour servir sous mes ordres à Fort Elizabeth. Ce sont des hommes comme ceux-là que je dois persuader de se joindre à moi.

Le lieutenant Cooke fronça les sourcils.

— Ces gens-là me semblent être source de problèmes, monsieur. Ils sont rétifs à la discipline militaire anglaise et… Mon Dieu ! Sont-ce là des couleurs de clan ?

— Je veux savoir qui sont ces hommes et ce qu'ils font ici, à Albany. Suivez-les discrètement, lieutenant. Faites-vous seconder si nécessaire mais, avant l'aube, je veux tout savoir de ces trois Écossais.

— Je suis votre humble serviteur, monsieur.

— Vous pouvez disposer.

Wentworth abandonna son poste à la fenêtre et revint à son échiquier. Toutes les pièces étaient en place. Il était temps de commencer une nouvelle partie.

Iain MacKinnon s'efforça de se maîtriser et suivit l'officier en redingote rouge dans l'escalier. Il gravit les marches avec peine, handicapé par les chaînes qui lui entravaient les chevilles et les poignets. Leurs fers cliquetant, Morgan et Connor l'imitèrent. Cinq soldats armés de baïonnettes fermaient la marche.

— On n'a rien fait ! geignit Connor comme un gamin sur le point de se faire fouetter à coups de ceinture par son père.

Le chef d'accusation était le meurtre. S'ils ne parvenaient pas à prouver leur innocence, le châtiment serait autrement plus sévère que des coups de ceinture.

Iain et ses frères quittaient la ville quand une douzaine de soldats anglais leur étaient tombés dessus. Morgan et Connor avaient sorti leurs coutelas, mais Iain avait levé la main pour les arrêter.

— Pas la peine de mourir pour rien. C'est sûrement une erreur, avait-il dit à ses jeunes frères pendant que les soldats les enchaînaient.

Ils avaient été conduits au fort sur la colline et, là, enfermés dans une cellule où on les avait laissés croupir assez longtemps pour qu'ils aient tout le loisir de parler de ce dont on les accusait et de conclure qu'aucun d'eux n'avait tué quiconque. Mais ils avaient dû bien réfléchir avant d'en arriver à cette conclusion : pendant la soirée, ils avaient bu davantage qu'un ou deux whiskies et leurs souvenirs étaient brumeux.

Connor avait dit avoir passé la nuit avec la jolie Kally Vandall, pour la consoler de la perte de son mari cacochyme. Iain et Morgan, eux, s'étaient saoulés à la taverne d'Oldiah Cooper. Morgan y avait joué aux dames, puis était monté dans une chambre avec l'accorte fille de l'aubergiste pour une partie de jambes en l'air. Iain était resté assis seul devant son verre, à rêvasser de Jeannie, de ses longs cheveux miel et de ses grands yeux noisette.

Dès qu'il serait rentré chez lui, songeait-il, il se laverait, enfilerait des vêtements propres et chevaucherait jusqu'à la ferme du père de Jeannie pour demander sa main. Il savait que le vieux Grant le préférait à tous les autres prétendants. Les terres des MacKinnon étaient fertiles, le garde-manger regorgeait de maïs, de dinde fumée et de venaison, lesquelles prouvaient l'adresse au tir de Iain. Il ne lui restait plus que les classiques formalités à accomplir avant d'avoir enfin Jeannie toute à lui. Avec un peu de chance, ils partageraient le lit nuptial à la fin de l'été.

C'était pour cela qu'avec ses frères, il était venu à Albany. Il était allé voir l'armurier dans l'espoir que celui-ci pourrait étrécir l'alliance de sa mère à la taille de l'annulaire fin de Jeannie, qu'il avait mesuré avec un bout de ficelle. Il gardait cette ficelle dans sa poche. L'armurier avait été heureux de lui rendre ce petit service, et en guise de rémunération avait conservé le petit morceau d'or coupé sur la bague.

À cause de Jeannie, il n'avait pas résisté aux soldats anglais lorsqu'ils l'avaient arrêté avec ses frères. Grant ne voudrait surtout pas pour gendre d'un homme en délicatesse avec les autorités. Sa docilité lui avait valu ce séjour en geôle, mais il allait vite lever le malentendu, recouvrer la liberté, quitter Albany avec ses frères et rentrer à la ferme.

Le soldat atteignit le palier et les précéda dans un couloir sur la droite. Pourquoi ses frères et lui avaient été amenés ici, et non directement devant un juge, il l'ignorait, et n'aimait pas ce mystère. Quelque chose n'était pas normal dans cette affaire.

Le militaire frappa à l'unique porte. Une voix à l'accent très anglais cria d'entrer. Iain et ses frères furent propulsés dans une grande pièce à l'élégance recherchée, meublée de fauteuils, chandeliers d'argent, grande écritoire de bois poli et portraits encadrés accrochés aux murs. Un jeune Anglais portant perruque était assis, doigts réunis en pyramide, devant un échiquier de marbre qu'il contemplait. L'insigne de bronze épinglé à sa lavallière proclamait son état: c'était un officier. Quant à la bague ornée d'un sceau à son petit doigt, elle révélait qu'il était aristocrate.

Iain jeta un regard d'avertissement à ses frères. Le moment eût été mal choisi pour laisser libre cours à leur exécration des Anglais.

— Les voilà, monsieur, annonça en s'inclinant le juvénile officier qui les avait conduits là.

Oui, il s'agissait bien d'un *lord,* et un lord arrogant de surcroît, qui leur fit signe de garder le silence pendant qu'il scrutait les pièces sur l'échiquier. Après ce qui parut durer une éternité, il déplaça une pièce sur une case, puis se leva.

Il était presque aussi grand que Iain, mais moins athlétique. Peau blême des gentilshommes qui méprisent le soleil, sourcils sombres qui contrastaient avec le blanc de sa perruque, yeux gris froids qui se posèrent d'abord sur Connor puis sur Morgan. Enfin, son regard s'arrêta sur Iain et le fixa comme s'il essayait de prendre la mesure de son âme.

— Je suis Iain MacKinnon, lança Iain, irrité. Et eux sont mes…

Le canon d'une arme s'enfonça dans son plexus solaire, lui coupant le souffle.

— Tu parleras quand on te le demandera ! lui cria le jeune officier en pleine figure.

— C'est assez, lieutenant, intima le lord avant de se tourner vers son écritoire pour se servir un cognac. J'en sais long sur vous, Iain MacKinnon. Ces deux hommes à côté de vous sont vos frères, Morgan et Connor. Vous êtes arrivés à New York étant enfants, avez grandi sur la frontière parmi les sauvages et avez appris à parler couramment plusieurs idiomes indiens. Votre père, Lachlan MacKinnon, est mort il y a trois ans ; votre mère, Elasaid Cameron, plusieurs années plus tôt. Votre grand-père était Iain Og MacKinnon, chef barbare du clan MacKinnon et traître, qui a aidé le Jeune Prétendant à échapper à la justice après la victoire de mon oncle à Culloden.

La victoire de mon oncle à Culloden…

Ces derniers mots, Iain les reçut comme un coup de poing. Le sang des MacKinnon avait été répandu sur la lande en ce terrible jour de printemps, des massacres s'étaient ensuivis pendant des semaines, tous ordonnés par un seul homme : le Boucher de Cumberland, fils du roi d'Angleterre.

Il tenta de visualiser le doux visage de Jeannie pour se calmer et brider la haine qui aurait fait vibrer sa voix.

— Vous êtes donc…

— Lord William Wentworth, troisième fils de Robert Wentworth, marquis de Rockingham, lequel est l'époux de Son Altesse royale la princesse

Amelia Sophia. Mon grand-père… eh bien, j'imagine que vous venez d'en déduire qui il était…

Évidemment. Le maudit roi George !

Une bordée d'injures traversa l'esprit de Iain, ainsi qu'une nuée de questions. Mais il n'en retint qu'une parmi cent.

— Pourquoi nous avoir amenés ici ?

Wentworth avala une gorgée de cognac, puis expliqua :

— D'après ce que j'ai compris, vous allez être condamnés à la pendaison pour meurtre.

Iain regarda ses frères. Ils étaient hébétés.

— Nous n'avons pas été condamnés. Il n'y a pas eu de procès. L'accusation est mensongère. Il doit y avoir une erreur.

— Quelle preuve avez-vous contre nous ? interrogea Connor.

L'Anglais posa son verre.

— Pendant la nuit, tous les trois vous avez rencontré et tué Henry Walsh. L'homme que vous avez agressé hier après-midi sous mes fenêtres.

— Mais c'est un foutu mensonge ! s'exclama Connor avant qu'un coup de crosse dans les reins le fasse taire.

Les poings serrés, Iain fit un pas vers Wentworth.

— Que vos hommes ne le frappent plus, sinon je vous montrerai que du sang de barbare coule vraiment dans mes veines !

D'un signe de tête, Wentworth intima au soldat de s'écarter de Connor.

— Je vous ai vu vous battre, dit-il à Iain. C'est d'ailleurs à cause de votre sang de barbare que je vais vous proposer un arrangement.

Iain sentit sa nuque se hérisser de chair de poule.

— Quelle sorte d'arrangement ?

— Je veillerai à ce que toutes les charges qui pèsent sur vous et vos frères soient levées. En échange, vous prendrez le commandement d'une unité de rangers, sous mon autorité, et combattrez les Français et leurs alliés indiens pour le compte de Sa Majesté.

L'idée était tellement absurde que Iain faillit éclater de rire.

— Vous êtes fou !

— Vraiment ? Sa Majesté a besoin d'hommes qui connaissent le pays et les pistes des Indiens pour poursuivre sa conquête du continent. Et sans mon aide, vos frères et vous serez pendus.

— Quelles preuves avez-vous contre nous ?

Wentworth haussa les épaules.

— Eh bien, en plus du cadavre, celles que je fournirai, bien sûr.

Alors Iain comprit. S'il refusait de se battre contre les Français, catholiques et alliés traditionnels des clans des Highlands, ses frères et lui mourraient pour un crime qu'ils n'avaient pas commis. Aucune cour anglaise n'accorderait de crédit aux assertions d'un traître catholique des Highlands, ne démentirait celles du petit-fils d'un roi sanguinaire.

Iain vit rouge.

— C'est de l'esclavage !

Wentworth répondit d'un ton glacial :

— Il est de votre devoir de servir votre roi, que vous soyez libre ou non.

Iain eut l'impression que les murs de la pièce se fermaient sur lui. Il dut faire un effort pour empêcher sa voix de trembler.

— Si j'accepte, qu'adviendra-t-il de mes frères ?

— Ils pourront aller où bon leur semblera pendant que vous organiserez et formerez une compagnie de cent cinquante hommes, jusqu'à ce que vous l'estimiez assez qualifiée pour devenir l'élite des rangers. Vous me rendrez votre rapport à Fort Elizabeth le 21 août et resterez à mon service jusqu'à ce que la mort vous emporte ou que cette guerre finisse. Si vous ne vous présentez pas devant moi à cette date du 21 août, si vous abandonnez votre poste, vous serez fusillé pour désertion et vos frères pendus pour meurtre.

— Ne fais pas ça, Iain ! cria Morgan. Maudis-le !

Et il débita en gaélique une bordée d'injures qui eût choqué Satan lui-même.

— Je n'ai pas peur de mourir, déclara Connor. Laissons-le nous pendre. Nous ne serons pas les premiers Highlanders assassinés par des menteurs anglais, ni les derniers !

Le souffle court, Iain réfléchissait à l'abominable dilemme qui lui était imposé : soit tuer des Français pour le compte des Anglais honnis, soit mourir avec ses frères dans la honte.

Mais il y avait autre chose.

Jeannie. Sa douce Jeannie.

Grant ne laisserait jamais sa fille épouser un soldat. Il voulait qu'elle s'installe avec un fermier, un homme âpre au travail de la terre, désireux de fonder une famille et non de faire la guerre. S'il jouait de l'épée et de la carabine, il perdrait Jeannie.

Et puis, il y avait la ferme. Le rêve réalisé de son père, qui avait voulu que renaisse le clan MacKinnon aux Amériques. La terre exigeait de la sueur, et qu'on lui consacre toute son âme. S'il se battait pour les Anglais, ses frères devraient planter, moissonner, défricher la forêt sans son aide.

Autre chose encore : l'honneur. S'il servait le roi d'Angleterre, le bourreau de sa race, il perdrait son honneur. Or qu'était un homme sans honneur ?

— Alors ? demanda Wentworth.

— Dis-lui merde ! cria Morgan.

— Refuse ! renchérit Connor.

Iain regarda ses frères. Il tenait leur vie entre ses mains. Il ferma les yeux et adressa une prière muette au Seigneur.

Mon Dieu, pardonne-moi.

1

14 septembre 1757, Inverary, Écosse

Lady Anne Burness Campbell était recroquevillée dans un angle de sa cellule humide. Elle tremblait. Des larmes ruisselaient sur ses joues, mais elle ne s'en rendait pas compte. Ses yeux fixaient les ténèbres. Elle ne prêtait même plus attention aux rats qui couraient sur le sol couvert de paille. Quelle importance avaient ces bêtes, désormais ? Aucune.

D'un moment à l'autre, les hommes du représentant de la Couronne viendraient la chercher. Ils la traîneraient jusqu'à la place de la ville, la flétriraient au fer rouge en public pour qu'elle soit marquée à vie du sceau de l'infamie, celui des voleurs. Puis ils la feraient embarquer à bord d'un navire pour l'exiler de l'autre côté de l'océan.

Mais elle n'avait rien volé !

Maman... *Oh, maman...*

Sa mère ne pouvait plus l'aider. Elle était morte trois semaines auparavant. Oncle Bain avait dit que c'était un tragique accident, mais Anne savait bien que non. Elle avait entendu les murmures des servantes, qui évoquaient les appétits pervers de son oncle. Il aimait faire souffrir. Anne se rappelait tous les jeunes serviteurs, garçons comme filles, qui étaient morts au cours des années. Les explications de leurs décès avaient été prestement évacuées. Et puis, il y avait les avertissements de sa mère :

— Si quelque chose m'arrive, fuis sans perdre une minute, emporte mes bijoux et les quelques pièces que je possède. Va à Glasgow et cherche le vieux notaire de ton père, Angus Seton. Ne te fie jamais à ton oncle Bain ! Je sais que tu l'aimes, mais tu ne peux te fier à lui, comprends-tu, Annie ?

Annie n'avait pas compris. Pas à ce moment-là.

Si seulement elle avait su, si sa mère lui avait révélé la vérité… Annie l'aurait emmenée, toutes deux seraient parties loin de cet homme. Mais sa mère aurait été incapable d'assumer sa honte si Annie avait été au courant, et maintenant il était trop tard.

Le cœur brisé, Annie était écrasée de chagrin. Elle ravala un sanglot. Comme sa mère lui manquait… Sa voix si apaisante, sa main chaude sur sa tête, son doux sourire. Tous ces petits détails propres à une mère aimante. Annie n'avait pas été consciente de leur infinie valeur. Il avait fallu que sa mère disparaisse pour qu'elle découvre combien vivre seule était épouvantable.

On allait la flétrir et l'embarquer sur un navire à destination de terres inconnues, et ce de par la volonté d'un homme qu'elle avait respecté et chéri comme un père.

Un cauchemar.

La peur courait dans ses veines tel un poison. Le fer rouge… Supporterait-elle la douleur ? Et le voyage ? Y survivrait-elle ? Une fois à terre, quelle sorte de gens serait-elle contrainte de servir ?

— *Sois courageuse, ma fille ! Ne laisse pas la peur te dominer !*

La voix de son père, les mots qu'il avait prononcés il y avait si longtemps, surgirent soudain dans son esprit. Elle avait cinq ans et il lui apprenait à tenir sur un poney, mais l'animal lui avait paru si grand qu'elle avait été tétanisée de frayeur. Seuls le son de sa voix et son sourire l'avaient gardée en selle. Plus tard, alors qu'elle montait avec assurance et confiance, les éloges de son père avaient illuminé cet été-là, le plus heureux de sa vie.

Mais au cours de la même année, son père était mort en combattant pour le roi George à Prestonpans. Un sabre d'Écossais l'avait coupé en deux, ainsi que ses frères Robert, William et Charles qui étaient à ses côtés. L'oncle Bain avait essayé de les protéger, luttant comme un diable en dépit de ses propres blessures. Il avait survécu et reçu tous les honneurs pour son héroïsme.

À cette époque, Annie avait six ans.

Pendant quelque temps, sa mère et elle étaient restées chez elles. Mais, bien que comte, son père n'était guère fortuné. Harcelée par les débiteurs, accablée de chagrin, sa mère avait été contrainte de vendre le domaine et d'aller s'installer chez l'oncle Bain, son beau-frère, marquis et veuf, père d'un fils adulte qui résidait à Londres. L'oncle Bain les avait accueillies à bras ouverts dans sa propriété voisine. Ce ne fut qu'après la mort de sa mère qu'Annie comprit que son oncle n'avait pas agi par bonté d'âme.

Si son père, ses frères avaient été là, tout aurait été différent et…

Un bruit de pas.

Ils arrivaient.

Annie déglutit avec peine, tant sa gorge était sèche. Son cœur battait la chamade. Si elle n'avait pas eu l'estomac vide, elle aurait vomi.

— Sois courageuse, ma fille !

Elle s'obligea à se mettre debout. Ses jambes flageolaient. Elle lissa ses jupes, essuya les larmes sur ses joues. Peu importait ce qu'on s'apprêtait à lui infliger, elle était toujours lady Anne Burness Campbell.

Des clés cliquetèrent. Le verrou coulissa. Les gonds de la porte grincèrent.

Un éclat de lumière tremblotante envahit la cellule. Les rats s'égaillèrent. La porte s'ouvrit tout grand sur deux hommes. Les bourreaux. Depuis trois semaines, Annie subissait leurs regards concupiscents, entendait leurs réflexions salaces, faisait de son mieux pour échapper à leurs mains hardies.

— Je t'ai manqué, jeune fille ? demanda le plus grand des deux, Fergus, dans un sourire répugnant. Il est temps que tu nous accompagnes.

Le plus petit lui agrippa rudement le bras.

— Il y a un gentilhomme qui est venu te voir.

Une étincelle d'espoir brilla dans l'esprit d'Annie. Peut-être le juge avait-il envoyé sa lettre à Angus Seton ? Peut-être le vieil ami de son père avait-il pu finalement prouver qu'elle était réellement lady Anne Campbell, et non quelque domestique voleuse comme son oncle l'avait assuré ?

— Conduisez-moi à lui.

Fergus répéta son ordre en singeant son accent et sa voix. Elle feignit d'être insensible à la raillerie, de même qu'elle affecta de rester de glace quand l'autre lui serra plus fort le bras. Elle avait appris qu'une attitude de vierge effarouchée excitait les deux brutes. En revanche, un comportement froid et méprisant calmait leurs ardeurs.

— Pas le temps. Navré de te décevoir, jeune fille, lui dit Fergus en lorgnant sa poitrine.

Les deux hommes la poussèrent dans le couloir éclairé de grosses bougies jaunes plantées sur des supports de métal le long des murs de pierre grise. Une douzaine de portes donnaient sur ce couloir. Des murmures, des plaintes, des pleurs, des jurons et des rires hystériques traversaient les battants de bois épais. Annie réprima l'envie de prendre ses jambes à son cou, de fuir toute cette détresse, cette misère humaine, cette absolue solitude et la terreur qu'elles engendraient.

Peut-être était-elle sur le point de quitter cette terreur. Ce gentilhomme dont la venue gonflait son cœur d'espoir, il ne pouvait s'agir que de maître Seton : elle n'avait écrit à personne d'autre. Parce qu'elle n'avait personne d'autre à qui écrire. Ce brave homme au dos voûté par les années passées à se pencher sur des documents avait veillé à ce qu'elle soit libérée, que les bijoux et ses autres possessions abandonnés chez son oncle au moment de sa fuite lui soient restitués. Elle allait rentrer à Inverary, où la première chose qu'elle demanderait serait un bain chaud et un lit bien confortable car depuis trois semaines, elle était privée de l'un et de l'autre.

Ils émergèrent dans un nouveau couloir mais, au lieu de gravir la volée de marches par laquelle elle était arrivée, ils obliquèrent vers la gauche, pour emprunter un autre escalier qui allait se perdre dans les ténèbres.

Annie s'immobilisa, glacée d'angoisse.

— Où… où m'emmenez-vous ?

— Tu le verras bien assez tôt, rétorqua Fergus en lui imprimant une bourrade dans le dos.

Annie passa d'une marche à l'autre, son anxiété grandissant au fur et à mesure. Les salles publiques de la prison se trouvaient au-dessus, et non en sous-sol. Si maître Seton était là, il devait l'attendre dans l'une de ces salles, pas dans les caves. Courageuse… Il fallait qu'elle soit courageuse, avait dit son père. Mais son courage s'était envolé. Il n'en restait rien lorsque Fergus posa la main sur la poignée d'une porte au bas de l'escalier.

Il ouvrit et Annie crut défaillir : oncle Bain ! Son ultime espoir mourut.

L'homme qu'elle avait autrefois aimé comme un père se tenait devant un foyer central, dans une pièce regorgeant d'accessoires et d'objets dont l'unique finalité était la cruauté. Sans perruque, les cheveux ébouriffés, en manches de chemise, son visage affichait les stigmates d'une extrême fatigue. Il darda sur Annie un regard dur, mais ce fut aux gardes qu'il s'adressa.

— Laissez-nous.

Sans demander leur reste, Fergus et Wat franchirent le seuil en sens inverse et refermèrent la porte derrière eux.

— J'espère qu'ils n'ont pas posé la main sur toi, mon petit. Je les ai grassement payés pour qu'ils s'en abstiennent, dit alors Bain à sa nièce.

Il ressemblait tellement à son père avec ses yeux bleus, son sourire, sa mâchoire carrée. Cela avait été si facile de l'aimer, de lui faire confiance.

— Ces stupides et minables hommes. Ils pensent que je suis venu te violer. Est-ce cela que tu crois aussi ? Oui, je vois que oui. Ferais-je cela à la fille bien-aimée de mon frère ?

— Pour… pourquoi êtes-vous venu, alors ?

— Pour te donner une deuxième chance, mon agneau. Il te suffit de dire un mot et ma voiture sera là. Tu seras à la maison à midi, dans ta chambre, assise dans un tub bien chaud devant la cheminée, une tasse de chocolat à la main. Je demanderai à la cuisinière de te préparer ton plat favori, des perdreaux avec une farce à la sauge, et cette nuit, tu dormiras dans ton lit.

Penser à sa chambre, avec toutes ses chères possessions, son confort, fit monter les larmes aux yeux d'Annie. La poupée de porcelaine que son père lui avait donnée pour Noël. La brosse à cheveux au manche d'argent de sa grand-mère. Le portrait de ses parents jeunes mariés. Son lit au matelas de plumes. Elle sentait presque la chaleur de l'eau du bain, le parfum du savon à la rose, l'arôme du perdreau rôti. Elle avait tellement envie de rentrer chez elle qu'elle en avait mal.

Peut-être pourrait-elle partir avec son oncle. Il abandonnerait les charges contre elle, et elle jouerait les nièces contrites, bourrelées de remords, jusqu'à ce qu'une autre chance de s'échapper se présente. Oui, elle pourrait faire cela. Ainsi, il n'y aurait plus de rats, plus de marque au fer rouge, plus de voyage en mer.

Une partie d'elle la poussait à se jeter dans les bras de l'oncle Bain, à quémander son pardon, et à recommencer à l'aimer tendrement. À lui faire confiance, oublier l'avertissement de sa mère, à reprendre sa vie comme si rien ne s'était passé.

— *Ne te fie jamais à ton oncle Bain ! Je sais que tu l'aimes, mais ne te fie pas à lui !*

Elle s'obligea à river son regard au sien.

— Pouvez-vous me promettre de ne pas me faire de mal, ni de venir m'arracher à mon lit ?

Il eut l'air choqué, écœuré.

— Qui t'a mis pareilles idées en tête, Annie ? Je t'ai aimée, élevée comme si tu étais ma propre fille, traitée comme telle. T'ai-je jamais fait du mal ?

Un bouquet de jolis souvenirs s'épanouit soudain dans la mémoire d'Annie. Juchée sur les genoux d'oncle Bain, elle écoutait les légendes écossaises qu'il lui racontait. Ou elle applaudissait parce qu'il lui avait acheté une jument pour son anniversaire. Elle riait lorsqu'il lui apprenait à danser le quadrille.

Elle amorçait un pas vers lui quand une autre image l'assaillit : sa mère gisant, morte, les joues trempées de larmes, de profondes marques bleues autour de la gorge.

Elle regarda le visage de son oncle, ce visage qu'elle trouvait autrefois si bon, et vit la bestialité qui se cachait sous l'apparence aimable. Puis elle s'entendit rire.

— M'avez-vous jamais fait du mal ? Mais je suis ici, n'est-ce pas ? À cause de vos mensonges éhontés, je suis enfermée avec des rats et des hommes libidineux qui parlent comme des charretiers.

— Oh, Annie, pardonne-moi ! J'étais en colère. Après tout ce que j'ai fait pour toi, je n'ai pu supporter que tu t'enfuies de ma maison comme une voleuse. Cela n'arrivera plus. Si tu veux aller à Glasgow, nous irons à Glasgow.

Pour Annie, tout fut alors aussi clair que de l'eau de roche. Elle n'aurait pas une deuxième chance de s'échapper. Il la surveillerait nuit et jour. Elle serait aussi prisonnière sous son toit qu'elle l'était ici. Dans peu de temps, elle subirait le même sort que sa mère.

Le choix qui s'offrait à elle était épouvantable.

— Mon oncle… bredouilla-t-elle, anéantie.

Un sourire de victoire illumina la face de Bain.

— Je retrouve mon Annie ! Elle a appris sa leçon. Rentrons à la maison.

Elle secoua la tête en reculant.

— Non. Je n'irai pas avec vous.

Pendant quelques instants, il parut étonné. Puis ses traits se durcirent.

— Préfères-tu rester ici et affronter ce qui t'attend ?

Annie se décida à prononcer les mots qui allaient sceller son destin, les mots terribles qu'elle brûlait de lui cracher au visage depuis trois semaines.

— Je vous ai vu avec ma mère, la nuit où elle est morte. Vous l'avez tuée comme vous avez tué les autres. Pour satisfaire vos immondes besoins. Pour vous faire plaisir.

Les narines de Bain frémirent et une expression de fureur qu'Annie ne lui avait jamais vue apparut sur sa figure. Il avança lentement vers elle, menaçant, attrapa une mèche de ses cheveux et l'enroula autour de son index avant d'éclater de rire.

— Que connaît du plaisir une vierge comme toi ?

Il tapa dans ses mains pour appeler Fergus et Wat, qui entrèrent aussitôt. Puis il s'approcha du foyer et en sortit une fine barre de fer rougi à blanc.

— Attachez-la à la table et dénudez ses jambes !

La panique d'Annie fut telle qu'elle crut son cœur sur le point d'exploser.

— Non, s'il vous plaît, non ! Mon oncle, vous ne pouvez faire cela ! Je dois être marquée en public ! En public !

Ses cris furent noyés sous les rires gras des trois hommes. Des mains puissantes et calleuses lui crochetèrent les membres. Elle fut hissée sur la table de bois, plaquée sur le dos et en dépit de ses hurlements, de ses tentatives pour se dégager, elle sentit que l'on remontait ses jupes jusqu'à la taille, qu'on lui écartait les jambes et les ligotait au plateau. D'un coup sec, on déchira sa culotte.

Son oncle s'approcha de la table. Il avait le regard fou. Dans sa main, le fer rougi à l'extrémité en forme de V, « voleuse ».

— Mon oncle, pour l'amour de votre frère, ne...

— Tu n'imagines pas combien cela me peine, mon petit. Mais je ne puis tolérer que tu colportes des mensonges.

Sur ces mots, il pressa le V sur l'intérieur de la cuisse nue. Un sifflement s'éleva, celui des chairs qui brûlaient. Puis une odeur de viande grillée envahit la pièce. Annie hurla comme une possédée.

— Voilà, ma chérie, c'est fait. Ta beauté n'est pas entamée, du moins en apparence. Seul l'homme dont tu voudras l'amour saura… et te rejettera.

Les ténèbres engloutirent Annie.

2

20 mars 1758, aux environs d'Otter Creek, près de la frontière de la province de New York

Son instinct le réveilla. Seuls les hommes qui voulaient mourir dormaient profondément jusqu'à l'aube, dans ce secteur si avancé en territoire ennemi. Ils bivouaquaient à moins d'un jour de marche de Ticonderoga, trop près des Français pour prendre le moindre risque.

Iain MacKinnon ouvrit les yeux et se retrouva nez à nez avec son frère Morgan endormi. À côté de lui, Connor ronflait. Iain donna un coup de coude à Morgan.

— Réveille-toi.

L'autre souleva paresseusement les paupières et bâilla.

— Oh, bon sang, tu pues ! s'exclama Iain en s'asseyant.

— Ouais, et toi tu sens la rose !

Morgan s'étira puis secoua Connor. Iain sortit de l'abri de fortune qu'ils avaient bâti la veille, serra étroitement autour de lui la peau d'ours et balaya les alentours du regard. Quelques centimètres de neige étaient tombés pendant leur sommeil et l'air était froid. Il attrapa son fusil, qu'il gardait chargé, puis s'enfonça sous le couvert des arbres pour se soulager.

Ses hommes émergeaient. Quelques-uns avaient déjà fait leur paquetage et tentaient de se réchauffer. Après presque trois ans de combats, se lever tôt était devenu pour eux une seconde habitude. Écossais solides et Irlandais entêtés, ils n'avaient pas besoin que Iain les harcèle pour se mettre en branle.

C'était leur quatrième jour de marche vers Ticonderoga. Une mission simple : déterminer combien de Français se trouvaient au fort, étudier les lignes de défense et noter les changements survenus depuis leur dernière reconnaissance. Manifestement, les généraux anglais se préparaient à attaquer Ticonderoga cet été.

— MacKinnon.

— Dougie.

— Dieu te protège, Mac.

— Dieu te protège aussi, Cam.

Iain écoutait les sons ténus du camp qui se réveillait. Il était fier de ses rangers : leur connaissance de la forêt, leur adresse au tir, leur capacité à survivre le remplissaient d'orgueil. Dans toutes les colonies, il n'y avait pas meilleurs combattants, pas d'hommes plus aptes à relever les défis de cette guerre. C'était un honneur de les commander, un honneur de se battre à leurs côtés, et c'en serait un de mourir avec eux.

Pourtant, aucune fierté ne pouvait effacer le remords qui rongeait Iain à cause des hommes qu'il avait perdus ou du sang catholique qu'il avait fait couler. Les Français avaient toujours été les véritables alliés des Highlanders et les Anglais, leurs pires ennemis. Tuer des catholiques français pour le compte des protestants saxons qui gouvernaient l'Angleterre était une abomination.

Ce n'était pas la vie qu'il avait désirée. Il avait été forcé par ce fils de chien d'Anglais. Il n'était désormais pas davantage qu'un esclave, un serviteur dont le travail consistait à se battre sous les ordres de son maître. Peu importait que Iain MacKinnon fût appelé « major » ou « ranger », Wentworth l'avait obligé à prendre les armes pour le compte de l'Angleterre, sous la menace. Ses frères, refusant de le laisser partir seul guerroyer sous la bannière anglaise, s'étaient joints à lui. Les trois MacKinnon avaient donc été enrôlés.

Depuis trois ans, Iain et ses rangers avaient obéi à Wentworth, harcelé les Français, mis leurs plans en échec et les soldats en déroute. Ils avaient affronté l'ennemi au cours de maintes batailles dont l'issue avait été la mort de nombreux Français et Indiens. Pour rester en vie, ils avaient commis des actes que tout homme civilisé eût réprouvés. D'ailleurs, Iain se demandait souvent s'il méritait encore d'être qualifié d'« homme ».

Il avait toujours cru qu'à l'âge de vingt-huit ans, il aurait fondé une famille. Dans son esprit, il avait imaginé des champs de maïs, des poules caquetant autour de ses enfants, du bétail gras et des porcs, un verger de pommes juteuses, des ballots de foin séchant au soleil. Il s'était vu enseignant à ses fils l'art de la chasse, regardant ses filles grandir et devenir des femmes sous la tendre autorité de son épouse.

Dans son esprit, cela n'avait jamais fait aucun doute : il épouserait Jeannie.

Oui, il avait pensé tout cela, sauf à ce qui lui était arrivé.

À quelque distance, dans le noir, une sentinelle envoya un signal codé :

— Cache-sexe du roi George !

Une voix familière répondit au signal.

— Vide !

Iain remonta sa culotte et regarda approcher le capitaine Joseph.

— Salut, vieil ami.

Des dents blanches luirent dans l'obscurité.

— Salut. Est-ce que les femmelettes se sont reposées ?

— Oui, répliqua Iain en souriant. Et les morveux que tu appelles des guerriers ?

— Ils sont prêts.

Les deux hommes regagnèrent le camp tout en discutant de la stratégie de la journée. Iain et ses rangers partiraient en premier pour se rendre au point de rencontre, pendant que le capitaine Joseph et ses guerriers fermeraient la marche afin de parer à toute attaque des Français qui tenteraient de les empêcher de rejoindre Ticonderoga.

Iain se fiait à Joseph comme à un frère. Il le savait capable de mourir avec ses hommes pour le défendre. Il le connaissait depuis l'âge de seize ans. Un après-midi d'automne, Joseph et son père étaient venus à la ferme des MacKinnon, les bras chargés de maïs et de gibier séché, grâce auxquels les MacKinnon avaient pu endurer ce premier hiver dans leur nouvelle maison. La mère de Iain avait été terrifiée en découvrant des Indiens sur le pas de sa porte, mais ensuite une véritable amitié s'était instaurée entre les deux familles. Les Mohicans étaient pour la plupart chrétiens, ce que ne manquait jamais de préciser le père de Iain.

Iain et Joseph avaient grandi ensemble. Le père de Iain s'était attristé de voir ses trois fils devenir de plus en plus indiens au fil des jours, mais ce qu'ils avaient appris de leurs voisins mohicans leur avait permis de rester en vie et de faire fructifier la ferme.

— On te verra au point de ralliement, ce soir ? demanda Joseph en posant la main sur l'épaule de Iain. Informe-nous si tu as besoin de t'arrêter pour te reposer. Mes hommes pourraient peut-être charrier ton barda.

— Fais attention à ne pas t'égarer dans la forêt, ami. Si cela arrivait…

Le claquement d'une détonation lointaine coupa Iain.

Annie regarda le lait couler dans le seau de métal, reconnaissante que les pis de la vache soient si chauds sous ses doigts glacés. Après trois mois de pratique quotidienne, elle était capable de traire la bête sans laisser perdre une seule précieuse goutte. Maintenant, maîtresse Hawes n'avait aucune raison de la fouetter. Quoique sa maîtresse n'eût jamais besoin de raison. Quels que soient les efforts que fournissait Annie, la femme n'était jamais satisfaite. Rien de ce que faisait ou disait la jeune fille ne lui convenait. Elle exigeait même de connaître ses pensées.

— Tu crois que tu mérites mieux que de servir des gens comme nous, hein, petite ? avait-elle lancé la veille au soir quand elle avait vu Annie se masser les mains avec de la graisse de lapin qu'elle avait prise dans la marmite.

— Non, maîtresse, avait répondu Annie.

Mais sa dénégation n'était pas arrivée assez vite pour empêcher maîtresse Hawes de lui taper sur les doigts avec une cuiller en bois. Annie s'était retenue à grand-peine de lui arracher la cuiller et de la jeter dans le feu. Que maîtresse Hawes soit maintenant enceinte donnait l'avantage à Annie, plus agile et preste. Plus d'une fois, elle avait réussi à échapper aux coups en bondissant de côté. Mais maîtresse Hawes ne serait pas enceinte bien longtemps. Et échapper aux punitions que lui infligeait maître Hawes pour quelque futile péché ou faute qu'elle avait soi-disant commis relevait de l'impossible. Non qu'il la corrigeât souvent. Mais lorsqu'il le faisait, chaque coup de fouet lui entamait les chairs jusqu'à l'os.

Oncle Bain aussi frappait à l'occasion ses serviteurs, mais ni Annie ni ses parents n'avaient jamais fait cela et leur personnel les servait depuis des années avec fierté. Betsy, la caméiste d'Annie depuis son enfance, avait été pour elle davantage une amie et une confidente qu'une employée. Après tous ces mois de servitude auprès des Hawes, Annie se demandait si Betsy avait éprouvé de l'amitié pour elle ou si elle avait haï sa fonction. Et aussi, si Annie lui manquait autant que Betsy manquait à son ancienne jeune maîtresse.

Le poids de son infortune écrasait Annie, en sus du chagrin, du regret, de la tristesse. Serait-elle capable d'endurer quatorze longues années de cette condition de souillon maltraitée ?

La nuit dernière, elle avait rêvé qu'elle était en sécurité dans le vestibule de la maison familiale de Rothesay. Ils étaient tous là. Son père, sa mère, Robert, William et Charles. Ils décoraient en chantant le grand vestibule pour Noël. Elle s'était sentie alors si réconfortée, si heureuse. Comme si les sept derniers mois n'avaient jamais existé. Hélas, elle s'était réveillée sur sa paillasse, et du rêve il n'était resté qu'une profonde amertume.

Sa vision se brouilla. D'un revers de la manche de sa robe de laine rêche, elle écrasa ses larmes en hâte : être découverte en pleurs lui vaudrait à coup sûr une correction. Cette robe n'était bien entendu pas à elle. Quand maîtresse Hawes s'était rendu compte que le linge et les vêtements d'Annie étaient plus beaux que les siens, elle avait procédé à un échange : ses effets contre ceux de sa servante. Elle lui avait pris son manteau, ses gants et ses bottines, et l'avait ensuite obligée à porter ces hardes de laine brute.

— Ce ne serait pas normal que tu te pavanes dans pareilles robes et que ta maîtresse doive se contenter de vilaine laine.

Maîtresse Hawes était plus grande et plus large de carrure qu'Annie, mais qu'importait ? Elle lui avait ordonné de lui remettre immédiatement ses tenues. La seule consolation d'Annie était que les bottines martyrisaient les orteils de maîtresse Hawes.

Il était étrange que cette humble robe dont s'était emparée maîtresse Hawes soit considérée comme magnifique : elle appartenait à Betsy. Annie la lui avait empruntée le soir où elle s'était enfuie de chez oncle Bain, et c'était la moins belle qu'elle eût jamais portée. Mais il lui fallait ne pas se faire remarquer, le temps de rejoindre Glasgow. Les bijoux de sa mère cousus dans les ourlets de ses jupons, elle avait filé dans la nuit. Pas assez vite ni assez loin : son oncle l'avait rattrapée.

Maintenant, elle portait la marque de l'infamie, cachée à l'intérieur de ses cuisses, un endroit intime que son oncle s'était délecté de mutiler. Ensuite, envoyée à des milliers de kilomètres de chez elle, elle était devenue la propriété des Hawes et le resterait quatorze ans, sauf si la mort la libérait entre-temps.

Elle se mit debout et plaça avec soin le seau sur le côté, veillant à ne pas renverser de lait. Elle détacha la vache, qui partit retrouver son veau, puis alla nourrir les chevaux. À son arrivée, elle ignorait tout des soins à apporter au bétail, ne savait pas plumer une oie ni cuire des pains de maïs enveloppés dans des feuilles de chou. Sa vie se résumait désormais à ces tâches.

Mais ce n'était pas tant ce travail pénible qui l'affligeait. Ni la dureté de ses conditions d'existence. Pas davantage la contrée sauvage et immense où elle était exilée, la guerre contre les Français, la crainte d'attaques d'Indiens ou les loups qui hurlaient la nuit et l'avaient tant effrayée au début. Elle était prête à tout accepter pour échapper à son oncle.

C'était la perte de sa liberté qui l'affectait. Ainsi que la certitude de ne jamais se marier, d'avoir des enfants. Elle ne serait pas élargie avant l'âge de trente-deux ans. Aucun homme ne la trouverait à son goût alors.

Et puis, il y avait la marque au fer rouge. Quel homme épouserait une femme flétrie comme voleuse, ferait d'elle la mère de ses enfants ?

— *Seul l'homme dont tu voudras l'amour verra la marque et te rejettera,* avait dit l'oncle Bain.

Et nul ne la croirait quand elle jurerait de son innocence.

Luttant contre le désespoir qui l'assaillait dès qu'elle permettait à son esprit de ruminer tout cela, elle prit le seau de lait et se dirigea vers la porte de l'étable. À peine avait-elle fait trois pas qu'elle entendit maîtresse Hawes crier. Tout d'abord, elle crut que le travail avait commencé, que le bébé arrivait. Puis elle perçut des sons qui lui coupèrent le souffle.

Des hurlements...

Des Indiens !

Des coups de feu s'ensuivirent. Et d'autres cris, à déchirer le cœur.

Annie comprit. Son maître et sa maîtresse étaient en train de mourir. Voire déjà morts.

Mon Dieu, elle était seule.

La panique la glaça. Elle resta immobile au beau milieu de l'étable, fixant la porte entrebâillée, attendant la mort, et tout le cortège d'horreurs qui la précédait. On lui avait raconté les viols, les tortures, qui en comparaison faisaient d'une fin rapide une bénédiction. Le problème, c'était qu'elle ne voulait pas mourir.

Ce fut l'odeur de la fumée qui l'arracha à sa prostration.

Ils brûlaient la maison. Et aussi les dépendances, dont l'étable ! Les chevaux hennissaient, affolés, la vache et son veau meuglaient à fendre l'âme.

Annie lâcha le seau et courut libérer les bêtes, qui sortirent à la vitesse de l'éclair. Chevaux, vache et veau étaient sauvés, et peut-être elle aussi. Les animaux lui offraient une chance : ils allaient distraire les assaillants.

Elle pivota sur ses talons, gagna la fenêtre qui donnait sur l'arrière de l'étable, se hissa sur la pointe des pieds, bascula en avant par-dessus l'appui et tomba dans la neige. Son cœur battait à tout rompre. De l'autre côté de la grange montaient des cris de triomphe. Des volutes de fumée noire s'élevaient vers le ciel. Devant elle s'étendait un champ enneigé et, au-delà, la forêt.

Elle se releva et se mit à courir aussi vite que son énergie, celle de l'instinct de survie, le lui permettait. Mais les sabots trop grands la faisaient chanceler. Alors elle les ôta, souleva ses jupes et, pieds nus, fonça vers la protection des bois. Elle en atteignait l'orée quand une flèche siffla à ses oreilles.

Ils l'avaient vue !

Retenant un cri, elle se rua sous le couvert des arbres, sans savoir où elle allait, mue par une terreur sans nom. Des branches la flagellaient, déchiraient sa robe, lui arrachaient les cheveux. Des cailloux et des racines cachés par la neige lui entaillaient les pieds, la forêt de plus en plus dense devenait ténébreuse devant elle.

Ses poumons criaient grâce, les muscles de ses jambes aussi, ses pieds en sang lui faisaient atrocement mal, mais elle continuait à courir.

Et les hommes à la poursuivre.

Elle les entendait rire derrière elle, se hélant en français, et dans une étrange langue aux sonorités inconnues. Ils la chassaient comme une meute de chiens, et s'amusaient follement. Des prédateurs.

Des larmes ruisselaient sur ses joues. Des larmes de peur, de désespoir, de rage. Elle ne voulait pas mourir ainsi ! Seule dans un pays étranger. Son corps laissé ensuite aux charognards.

In petto, elle priait lorsque le sol se déroba sous ses pieds. Elle tomba, glissa sur la glace et les rochers, jusqu'à ce que sa chute s'interrompe net au ras d'un cours d'eau gelé. À plat ventre, le visage dans la neige, elle demeura quelques instants confuse, incapable de respirer et de bouger.

Puis il y eut un son, lourd et régulier. Celui d'un souffle rauque.

Elle leva la tête et vit l'Indien. Crâne rasé, mis à part une touffe de cheveux ornée de plumes, figure au teint mat peinte de raies rouges et noires. Vêtu de peaux de bête, il la fixait, lèvres retroussées sur un sourire cruel, puis cria à ses compagnons quelque chose qu'elle ne comprit pas.

L'épouvante se répandit dans ses veines comme un venin, lui donnant la nausée. Elle lisait dans les yeux noirs de l'homme qu'il comptait la tuer, mais pas tout de suite.

Tremblante de peur, de froid, de douleur, elle réussit néanmoins à se redresser et regarda l'homme droit dans les yeux.

— Vous ne m'avez pas encore ! lui dit-elle entre ses dents serrées.

Elle faisait appel à toute sa volonté pour empêcher ses jambes de flageoler. Elle resterait debout. Elle ne se ferait pas abattre à terre comme un animal. Au-dessus de la rive, quatre Indiens supplémentaires et un soldat français apparurent. Celui qui l'avait trouvée commença à s'approcher d'elle, une hachette à la main. Annie recula, ramassa un gros caillou et attendit le moment propice.

Mais les compagnons de l'Indien avaient vu son geste. Ils crièrent ce qui devait être un avertissement. L'Indien remarqua alors le caillou et se mit à rire.

Le caillou l'atteignit en plein sur la bouche. Le sourire cruel se changea en grimace sanguinolente.

Pendant quelques instants, l'Indien demeura pétrifié, incrédule, puis il cracha une dent et la fureur marqua ses traits. Annie recula encore mais il la rejoignit en deux enjambées, hachette levée.

Elle eut à peine le temps de se demander si sa famille l'attendait au ciel. Une douleur térébrante explosa dans son crâne.

3

Sous le couvert de la forêt, Iain, fou de rage, observait le grand Abénaqui qui toisait sa proie. La jeune femme parvint à se redresser, à quatre pattes d'abord, puis sur ses jambes, et cria :

— Vous ne m'avez pas encore !

Le cœur de Iain se serra en entendant l'accent écossais, en voyant le courage de cette malheureuse qui ne voulait pas mourir. Mais qui ne suppliait pas.

Pauvre fille courageuse…

Iain et ses hommes avaient quitté le camp et s'étaient déplacés furtivement dans les bois pour découvrir l'origine des coups de feu. Le capitaine Joseph et ses troupes gardaient leurs flancs. Ils savaient que des Français et des Abénaquis se trouvaient dans les parages, mais ignoraient à quelle distance, jusqu'à ce que la femme jaillisse de la forêt comme un esprit sylvestre, des guerriers ivres de sang à ses trousses.

Maintenant, elle se tenait bien droite, pieds nus dans la neige, grelottant dans son informe robe grise, ses cheveux couleur de soleil coulant jusqu'à ses hanches. Elle se pencha et ramassa un caillou.

— Méfie-toi ! cria l'un des Abénaquis à son ami. Elle a pris une pierre et a bien l'intention de s'en servir sur ton crâne épais !

Iain épaula son fusil. De la main, Morgan l'abaissa.

— Tu es fou, Iain ? Rappelle-toi nos ordres ! Vaut mieux ne pas regarder, il n'y a rien que tu puisses faire pour elle. Viens, on s'en va.

Comme lors de toutes leurs missions d'éclaireurs, Iain et ses hommes étaient censés se déplacer dans une discrétion absolue à travers la forêt et n'attaquer l'ennemi qu'après l'avoir pris en embuscade. Sauf ordres contraires, ils ne faisaient pas de prisonniers. Ne se mêlaient à aucune échauffourée qu'ils rencontraient en chemin, pas même pour protéger les familles anglaises installées à la frontière. La ruse était leur mode de fonctionnement.

Iain avait juré à Wentworth de lui obéir, et il tenait parole. Mais il avait néanmoins ses propres règles : les rangers de MacKinnon ne prélevaient pas de scalps, ne portaient pas d'uniforme, ne tuaient aucun serviteur de l'Église, ne s'en prenaient jamais aux femmes ou aux enfants. Une sacrée différence avec les Abénaquis, songea-t-il.

Il dégagea son fusil de la main de son frère à l'instant où le caillou s'écrasait sur le visage de l'Indien. Enchanté, il vit la pierre fracasser la face de l'homme.

— Au diable Wentworth ! s'exclama-t-il. Je ne peux pas rester tranquillement là sans intervenir alors qu'ils vont la réduire en charpie !

— Iain, moi aussi je suis désolé pour cette fille, mais le risque est trop grand. Tu mettrais les hommes en danger, et Wentworth te fera fouetter.

— Eh bien qu'il le fasse, grogna Iain en levant de nouveau son arme.

Mais il était trop tard. L'Indien la frappa à la tempe avec l'arrière de son tomahawk, et elle s'effondra sur la neige comme une poupée brisée. Iain ressentit une intense émotion, jusqu'au moment où il se rendit compte qu'elle n'était pas morte. Elle roula sur le ventre en geignant, essayant d'échapper à son assaillant. Mais l'Indien la bloqua en appuyant un pied sur son dos. Ses amis dévalèrent la butte, alléchés par le goût du sang.

Une vague de fureur meurtrière déferla dans les veines de Iain. Ils allaient tous mourir !

— Morgan, pars avec les hommes, va au point de ralliement mais ne m'attendez pas. Si je ne suis pas là à l'aube, continuez à avancer, compris ? Menez la mission à son terme, et peu importe ce qu'il adviendra de moi. Je ne veux pas que Wentworth s'en prenne à toi.

Morgan était perplexe.

— Pourquoi fais-tu cela ? Parce qu'elle te rappelle Jeannie ? Mais Jeannie est morte ! Et tu ne peux pas aider cette femme, c'est fichu !

Iain chassa la douleur déclenchée dans son cœur par les paroles de Morgan. Il s'était trouvé à des centaines de kilomètres lorsqu'un détachement avait attaqué la ferme des Grant et massacré tous ses habitants, hommes, femmes et bêtes. Le temps qu'il arrive, Jeannie était dans la tombe depuis deux semaines, son mari auprès d'elle.

Non, il n'avait pas pu aider Jeannie, mais il pouvait aider cette malheureuse, qui qu'elle soit.

Connor, à bout de souffle d'avoir couru, se laissa tomber à côté de Iain.

— Il y a un régiment d'environ trois cents Français et Abénaquis à deux kilomètres à l'est d'ici. Ils ont brûlé une ferme à un kilomètre au nord, massacré la famille. Le capitaine Joseph et ses hommes gardent un œil sur eux pour veiller à ce qu'ils ne nous surprennent pas. Mais, au nom du Ciel, qu'est-ce que tu fais, Iain ?

— Il a perdu la tête, dit Morgan.

Iain ne prêta aucune attention à ses frères. Il visait le cœur de l'Abénaqui.

— Emmène les hommes, Morgan, ordonna-t-il. Tu prends le commandement.

— Laisse-nous nous battre avec toi ! Ils ne sont que six et…

— Je t'ai dit de t'en aller ! C'est un ordre !

Morgan protesta, mais finit par obéir. Connor, lui, ne se plia pas de bon gré aux exigences de son frère.

— Sûr que tu as perdu l'esprit ! Wentworth se fera frire tes couilles pour le petit déjeuner, et en prime, on aura tout le régiment de Français qui nous tombera dessus ! De braves types, de bons soldats qui nous suivent depuis le début, vont se faire tuer !

Connor disait vrai. Les échos de la bataille arriveraient aux oreilles des Français, qui fondraient sur eux en moins de temps qu'il n'en fallait pour le dire. Même si Iain et ses hommes filaient dans la forêt, ils les traqueraient jusqu'à Fort Elizabeth. La mission échouerait. La vie d'une seule femme valait-elle un tel désastre ?

Ce que devait faire Iain, c'était tourner les talons, se conformer aux ordres. Dans le passé, il avait laissé tant de gens mourir parce que les ordres l'exigeaient. Pourquoi, alors, ne pas fermer les yeux aujourd'hui ?

La femme essayait de s'enfuir, battant des pieds et des bras, criant parce que l'Indien commençait à lui relever les jupes.

— Traite-moi de fou, tant pis ! souffla Iain. Je ne peux pas l'abandonner. Va-t'en ! On se retrouve au point de ralliement.

Iain attendit que Connor ait disparu derrière les arbres et chuchoté les ordres à ses hommes, avant d'appuyer sur la détente de son fusil. La balle transperça la poitrine de l'Abénaqui, qui s'effondra. Dans la foulée, Iain attrapa son pistolet et tira de nouveau. Le Français tomba à son tour.

Privé maintenant de l'effet de surprise et n'ayant pas le temps de recharger, Iain jaillit du couvert de la forêt en hurlant, tomahawk dans une main, couteau dans l'autre. Incrédules mais néanmoins prêts à se battre, les quatre Abénaquis indemnes joignirent leur cri de guerre au sien. Iain lança le tomahawk qui alla se ficher dans le buste d'un guerrier. Quelque chose passa en sifflant à quelques centimètres de sa tête. Une massue. Il eut le réflexe de la baisser au bon moment.

D'un coup de couteau, Iain éventra le lanceur.

Entendant la neige crisser derrière lui, il libéra son couteau, se retourna et atteignit celui qui s'apprêtait à lui tirer dessus à bout portant. L'Indien s'abattit par terre, et Iain vit qu'en sus du coup de couteau, il avait la gorge fracassée. Une balle. Ainsi, ses frères lui avaient désobéi et le protégeaient. Il leur collerait son pied aux fesses, songea-t-il, furieux. Mais plus tard. Dans l'immédiat, il avait des problèmes plus urgents à régler.

Il ne lui restait plus que son épée, accrochée sur son dos. Il saisit le pommeau, ajusta sa main autour de la poignée et leva bien haut la lame démesurée. Le seul Indien encore en vie darda sur l'arme des yeux effarés et épouvantés. Pétrifié, il bredouilla :

— MacKi... kinnon ?

Iain lui répondit en langage abénaqui que, oui, il était bien MacKinnon.

Le jeune Indien le fixait comme s'il était le diable en personne. Un instant, il eut l'air d'envisager la fuite, puis il se ressaisit, empoigna son couteau et se rua sur Iain.

Il mourut, la lame de l'épée du Highlander profondément enfoncée dans le cœur.

Iain la retira, l'essuya sur la chemise en peau de l'Indien, puis se tourna vers la jeune femme.

Blessée et manifestement terrifiée, elle avait rampé jusqu'à un buisson, s'était glissée dessous et recroquevillée comme une petite bête sauvage. Du sang coulait de sa blessure à la tempe. Ses pieds étaient également en sang. Épée toujours à la main, Iain s'agenouilla devant elle et lui tendit la main.

— Viens, petite. C'est fini.

Au lieu de prendre la main tendue, elle recula sous le feuillage en gémissant :

— Non, non !

Iain ressentit un certain agacement.

— Écoute, femme, je viens de te sauver la vie. Tu n'as aucune raison d'avoir peur de moi.

Il vit alors ses yeux. Pupilles dilatées, ils semblaient regarder à travers lui. Il avait déjà vu des yeux semblables chez des hommes en état de choc.

Il posa son épée sur la neige, fit passer son havresac par-dessus sa tête et en sortit sa cape en peau d'ours. Puis il se pencha et attrapa la femme par la taille, l'attirant prudemment vers lui. Il fallait à tout prix la réchauffer, sinon elle allait mourir. Elle continua à protester, à geindre, et fit montre d'une force étonnante quand elle se débattit. Coups de poing, de pied, reptations, elle essaya tout pour se dégager de l'emprise de Iain.

Mais elle était blessée, bien plus petite que lui, aussi réussit-il à la glisser dans la cape et à la plaquer contre lui, où il la maintint étroitement en lui murmurant à l'oreille :

— Tu es en sécurité maintenant, petite. Je ne te ferai pas de mal.

Il sut exactement à quel moment ses mots firent leur chemin dans l'esprit de la jeune femme : son corps s'amollit, sa tête s'appuya contre son épaule et elle se mit à trembler.

— J'ai… tell… tellement… froid.

Elle claquait des dents. Il resserra la cape autour d'elle.

— Ma cape va te réchauffer. Attends-moi ici pendant que je vais voir si la voie est sûre. Je n'irai pas loin.

Peine perdue : elle s'était endormie.

Annie faisait un rêve étrange. Elle chevauchait un énorme ours, mais un ours gentil qui ne voulait pas la dévorer. Il la transportait à travers la forêt et grâce à son épaisse fourrure, elle avait bien chaud.

Par intermittence, l'ours se muait en homme au visage osseux et aux ardents yeux bleus. Il lui murmurait des mots, lui donnait à boire, appliquait de la neige sur sa tempe douloureuse. Elle aurait aimé demander son nom à cet homme, lui parler de l'ours, apprendre de sa bouche ce qui lui était arrivé, mais elle était incapable de prononcer une seule syllabe.

Elle dérivait, portée par son rêve.

Iain répartit le poids de la femme sur son dos et l'arrima avec une corde. Elle marmonna dans son sommeil comateux. Il était sûr que la corde lui faisait mal, mais il avait besoin qu'elle soit solidement calée pour pouvoir marcher. D'autant que s'il était obligé de courir pour échapper à une attaque, mal attachée, elle le déséquilibrerait, ils tomberaient tous les deux et seraient tués.

Il glissa les mains sous ses cuisses, s'assura que la peau d'ours la protégeait toujours, puis commença à descendre le flanc enneigé de la colline. Depuis le lever du jour, la température était montée et la neige était molle.

Pendant qu'elle gisait sans connaissance, il avait prélevé sur les hommes qu'il avait abattus ce dont ils auraient besoin : de la poudre, des balles, des couteaux et des pistolets pour lui et une paire de mocassins fourrés pour elle. Il en avait chaussé les pieds glacés de la jeune femme, puis avait examiné la forêt environnante et élaboré un plan. Tout d'abord, il avait marché tout autour du site de l'échauffourée afin de laisser assez de traces de pas pour faire croire que les combattants étaient nombreux. Puis il était parti, sa charge sur le dos, dans la direction opposée à celle qu'il visait. Parvenu au ras d'une falaise, il s'était immobilisé sur un pied, de façon à simuler un homme pris au dépourvu par l'à-pic et qui aurait basculé tête la première. Après quoi, il était revenu à reculons, dans ses propres traces. Si les Abénaquis arrivaient jusque-là, ils s'imagineraient qu'il était tombé dans le vide. Ou changé en oiseau et envolé.

Il s'inquiétait de la léthargie de la femme. Il aurait fallu qu'il s'arrête et soigne sa blessure à la tempe, mais il jouait contre le sablier. L'important, c'était de s'éloigner des Abénaquis. Leur survie à tous deux dépendait de la distance qu'il mettrait entre les Indiens et lui.

Il avait souvent porté des rangers mal en point après les combats, mais ils étaient infiniment plus lourds que la femme, aussi son poids ne le ralentissait-il pas. Et puis, elle sentait bon, elle. Quel était son nom ? Quel âge avait-elle ? Son visage était juvénile, mais son corps tout en courbes féminines trahissait la femme mature. Et puis, le courage dont elle avait fait montre était celui d'une adulte, pas d'une gamine. Elle avait affronté ses agresseurs, sa mort imminente, avait défié l'adversaire alors que bien des hommes auraient supplié en pleurant.

Iain ferait tout ce qui était en son pouvoir pour que la bravoure de cette femme n'ait pas été vaine. S'il le fallait, il marcherait toute la nuit en la portant. Les Français prendraient certainement ses rangers en chasse, mais les Abénaquis le suivraient, lui, alléchés par l'odeur du sang. Ils essaieraient de le capturer pour le ramener à leur village et le livrer à leurs femmes qui se vengeraient sur lui, par la torture, de la mort à la guerre de leurs fils et maris.

Mais le désir de revanche ne prendrait pas le pas sur la faim et l'envie de dormir. Les Abénaquis se sustenteraient et se reposeraient, alors que lui, il marcherait sans discontinuer toute la nuit et la journée du lendemain, gagnant sur eux une précieuse avance de plusieurs heures.

Le chasseur pouvait s'offrir du repos ; le gibier, non.

Un corbeau s'envola de la cime d'un grand sapin. Iain s'arrêta, écouta, mais n'entendit que le vent et quelques sifflements d'oiseaux.

Cela ne le rassura pas. Il était sûr que les Abénaquis étaient derrière lui. Il sentait leur présence.

Mais ce n'étaient pas seulement les Indiens qui l'inquiétaient. La distance qui le séparait de Fort Elizabeth équivalait à trois jours de marche, et il n'avait de provisions que pour une personne. Le pain de farine de maïs dans son sac était suffisant pour lui remplir le ventre quand il devait aller vite et n'avait pas le temps de chasser, et il savait résister à la faim. Son corps était dressé. Il résistait aux privations. Mais celui de la femme, certainement pas.

Et puis, il se tracassait pour ses rangers. Ils connaissaient mieux que quiconque, Blancs ou Indiens, le territoire autour de Lake George. Ils étaient robustes, entraînés au combat, à la survie en n'importe quelles conditions. Mais ils étaient à un contre deux. Si les Français les prenaient en embuscade, leur groupe subirait des pertes effroyables, et Iain se sentirait responsable. Si quoi que ce soit arrivait à Morgan ou Connor... Il avait pris de terribles responsabilités, désobéi aux ordres de Wentworth, mis en danger ses frères, ses hommes, sa mission. Et tout cela pour une femme. S'il atteignait le fort, il paierait au centuple les manquements à ses devoirs. Une perspective qui ne lui faisait néanmoins pas regretter ce qu'il avait fait.

Cette femme voulait si ardemment vivre ! Elle s'était férocement défendue. S'il l'avait abandonnée, elle aurait été violée, torturée, et ses cris l'auraient hanté jusqu'à son dernier souffle. Or il était déjà hanté par les visages des hommes qu'il avait tués.

Peut-être avait-il songé à Jeannie en voyant l'inconnue. Il ne parvenait pas à oublier sa bien-aimée, à la vie qu'il aurait eue avec elle. Mais cette femme n'était pas Jeannie !

Alors... Alors, il l'avait sauvée parce que s'il lui avait tourné le dos, il aurait perdu tout son honneur d'homme. Et tant pis pour ses supérieurs !

Il atteignit le pied de la colline, traversa un ruisseau gelé puis partit vers l'est en direction de Lake George, ignorant la douleur dans ses épaules. Il n'irait pas retrouver ses frères au point de rendez-vous. Ainsi, il ne conduirait pas les Abénaquis qui le pistaient jusqu'à eux, ni ne risquerait de rencontrer un détachement de Français. Pour le salut de ses hommes et le sien, il resterait seul.

Mais pas sans stratégie. Ses hommes et lui avaient caché quatre canots à l'embouchure du ruisseau en décembre dernier, lorsque le lac avait gelé. Il y avait peu de chances que les canots n'aient pas été découverts, ou soient restés intacts après tant de mois ; toutefois, cela valait la peine de s'en assurer. Sur l'eau, il ne laisserait pas de traces et serait plus rapide que les Abénaquis. Il naviguerait la nuit, se reposerait sur la rive dans la journée, bien caché, et le voyage serait plus facile pour la femme. Comme pour lui. Même si se déplacer sur le lac la nuit comportait d'énormes risques.

4

Ce fut la douleur qui arracha Annie à sa torpeur. Un fer rougi à blanc semblait lui brûler les pieds. Puis elle sentit des mains d'homme soulever ses jupes, toucher ses mollets.

Un souvenir jaillit dans sa mémoire.

L'Indien avec la machette. Il essayait de…

La peur acheva de la réveiller. Elle hurla, frappa à l'aveugle, et son talon atteignit violemment l'entrejambe de l'homme, qui poussa un cri de souffrance.

— Ô Jésus !

Luttant contre la faiblesse qui lui faisait tourner la tête, elle tenta de se mettre debout. Mais il était plus fort qu'elle, plus grand, et très en colère. En un clin d'œil, il la projeta par terre, sur le dos, et l'écrasa de tout son poids avant de lui plaquer la main sur la bouche pour la réduire au silence. Puis il se pencha jusqu'à ce que leurs fronts se touchent et murmura d'une voix vibrante de douleur :

— Frapper un homme aux parties est une drôle de façon de le remercier de t'avoir sauvé la vie, petite !

Pendant qu'il parlait, Annie prit conscience de trois faits : le premier, c'était que cet homme était un Highlander, pas un Indien. Le deuxième, qu'il avait les yeux d'un bleu de loch écossais, luisants de fureur. Le troisième, c'était la puissance de son corps, rude, tout en muscles, dont la chaleur pénétrait sa robe de laine. Et tout à coup, elle eut du mal à respirer.

— Sainte Mère de Dieu ! gronda-t-il entre ses dents serrées. Je comprends ce que tu as imaginé en sentant mes mains sur toi à l'instant où tu te réveillais, mais je n'étais pas en train de te déshonorer ! J'essaie juste de te maintenir en vie ! Alors si tu es aussi maligne que je le pense, tu ne vas plus crier. Tout un groupe d'Indiens est sur nos traces, assoiffé de vengeance. Sauf si tu veux les conduire jusqu'à nous, tu te tairas, d'accord ?

Le cœur battant à tout rompre, Annie hocha la tête. Lentement, l'homme retira sa main et s'assit sur ses talons.

— Maintenant, reste tranquille, que je soigne tes blessures.

C'était un homme solide, grand, qui devait peser le double de son poids, songea Annie. Son épaisse chevelure aile de corbeau coulait le long de son dos. Il portait une culotte de cuir et une chemise de coton grossier aux manches retroussées jusqu'au coude. D'étranges marques ornaient ses poignets et ses avant-bras : des lignes et des formes géométriques noires. Accrochée à un lacet de cuir autour de son cou, une croix de bois. Ses traits réguliers étaient très virils, sa mâchoire carrée ombrée d'une barbe. Sur son nez droit, une minuscule bosse. Il avait dû être cassé un jour. Une petite cicatrice au-dessus de son sourcil gauche lui donnait un regard sévère, mais ses lèvres pulpeuses, sensuelles, et ses cils incroyablement longs pour un homme, adoucissaient son visage.

Le regard d'Annie dévia vers l'imposante épée plantée dans le sol à côté de lui. Autour de la poignée était attaché un ruban de tartan de Highlander. La loi interdisait aux clans d'arborer leurs couleurs. Ce ruban dénonçait ce qu'était cet homme : un traître, un fils de jacobite, un barbare. Annie ressentit une bouffée d'inquiétude.

— Vous êtes un… un MacKinnon !

Elle avait lâché ces mots comme une accusation, sans réfléchir. Elle vit une lueur de colère embraser les yeux de l'homme.

— Si ça ne te plaît pas, petite, je peux te laisser là pour que tu attendes que quelqu'un d'autre vienne à ton secours !

Personne ne viendrait, elle le savait, aussi reprit-elle d'un ton plus doux :

— Je vous suis reconnaissante de m'aider.

Lentement, elle s'assit. Elle avait la tête légère. Elle ne parvenait pas à détacher son regard des tatouages sur les avant-bras de l'homme. Il était bel et bien un barbare, comme ceux qui avaient tué son père et ses frères. Elle ne devait pas lui faire confiance. Le problème, c'était qu'elle n'avait pas le choix. Sa vie dépendait du bon vouloir de ce sauvage.

Il ouvrit un petit pot, plongea le doigt dedans, le ressortit englué d'une substance collante qu'il appliqua sur la cheville blessée d'Annie. Instantanément, la douleur lancinante mais supportable jusque-là se fit térébrante. Elle retint un cri, essaya de repousser la main qui étalait l'onguent.

— Mon Dieu, que me faites-vous ?

— Ce baume empêchera tes plaies de s'infecter.

— Mais cela brûle ! Que contient-il donc !

Il eut un sourire féroce.

— Aucune idée. C'est un remède élaboré par les vieilles femmes de la tribu des Mohicans. Quand je leur ai demandé le secret des ingrédients, elles m'ont répliqué que je n'étais qu'un homme, et que je devrais rapporter davantage de gibier et poser moins de questions.

Elle fronça les sourcils.

— Avez-vous beaucoup d'amis parmi les Indiens ?

— Oui. Mes frères et moi avons vécu en toute amitié avec eux lorsque nous nous sommes installés dans ce pays. Nous avons beaucoup appris d'eux, nous nous sommes battus à leurs côtés. Bon, je peux passer ce baume ou tu t'en charges toi-même, petite ?

Ce tutoiement la déstabilisait et la choquait, mais elle le savait normal : le Highlander était un être fruste. Mieux valait qu'elle l'emploie aussi.

Il avait relevé ses jupes et attendait qu'elle se décide quant à l'onguent. Et tout à coup, elle songea à l'infâmante marque à l'intérieur de ses cuisses : l'avait-il vue ? Elle tira en hâte l'étoffe jusqu'à ses genoux.

— Je m'en charge.

Il lui mit le petit pot dans la main, puis se leva.

— Veille à bien en mettre sur toutes les blessures. On a un long voyage à faire, et je ne voudrais pas que tu aies de la fièvre.

Le baume sentait la térébenthine. Ce bizarre médicament allait-il vraiment la guérir ? Et ce long voyage dont l'homme venait de parler… Elle allait l'interroger sur leur destination, quand elle posa les yeux sur ses pieds. Ils étaient couverts d'hématomes bleus ou noirs, lacérés d'entailles profondes. Ses mollets étaient également touchés mais moins gravement. On aurait dit qu'elle avait couru sur du verre brisé.

Brutalement, le souvenir des événements s'abattit sur elle : la fuite éperdue dans la forêt, les Indiens qui l'attaquaient, la machette levée, prête à frapper, et elle qui se défendait avec une pierre… Elle toucha sa tempe, grimaça de douleur, puis regarda son doigt englué de sang à moitié séché.

L'horreur lui tordit l'estomac, lui donna la nausée. Elle se mit à trembler, se mit debout en flageolant, chancela jusqu'à l'arbre le plus proche et s'appuya au tronc.

Des bras puissants se saisirent d'elle et l'obligèrent à se rasseoir par terre.

— Au nom du Ciel, mais où veux-tu aller, petite?

— Je vous en prie, laissez-moi! Je vais être… malade.

— Alors sois malade ici.

Pas d'alternative, songea Annie, désespérée. Elle se pencha en avant et, pendant qu'il maintenait ses cheveux, elle vomit, humiliée, et de plus en plus faible. Ce qui ne l'empêchait pas de se rappeler les horreurs vécues: la tentative de viol, l'irruption de l'homme avec son épée gigantesque, les râles de la mort…

Indéniablement, le Highlander lui avait sauvé la vie.

— Les… les autres? Dans la maison? Ils sont…

— Tout ce qu'il y a de mort, oui. Désolé, petite.

Sa voix exprimait vraiment le regret et la compassion.

Annie n'éprouvait aucune affection pour les Hawes, mais penser qu'ils avaient aussi tragiquement fini, ainsi que le bébé que portait sa maîtresse, lui fit monter les larmes aux yeux. Grâce au hasard, elle avait été épargnée et en concevait quelque culpabilité.

— J'étais dans l'étable. Je les ai entendus crier et j'ai… j'ai couru. J'aurais dû essayer de les sauver, rester auprès d'eux…

— Et tu aurais été tuée aussi. Il n'y a pas de honte à avoir voulu vivre un jour de plus, petite.

— J'avais si peur… je me suis enfuie en courant. Je les ai *abandonnés*!

— Je n'ai jamais vu une femme aussi brave que toi. Le moment venu, tu t'es battue avec un courage qui rendrait fier n'importe quel homme.

— Les avez-vous trouvés? Enterrés?

— Mes hommes les ont trouvés, mais ils n'avaient pas le temps de les enterrer. Désolé.

Incrédule et furieuse, elle le fusilla du regard.

— Nous ne pouvons pas les laisser dévorer par les animaux ! C'est… barbare ! Cruel !

— Nous sommes bien loin de la civilisation, rétorqua-t-il en ricanant.

— Il faut que j'y retourne ! C'est mon devoir !

Un petit muscle tressauta sur la mâchoire de l'homme, qui lui avait fermement agrippé le bras.

— Ton devoir, c'est de survivre. Tu ne peux rien faire pour tes parents, à part prier pour le salut de leur âme. Et puis, leurs corps sont à une journée de marche derrière nous, et les Abénaquis sont sur nos talons.

Ses *parents* ? Il pensait donc que les Hawes étaient ses parents ? Sur le point de rire, elle se ravisa. Ses maîtres étaient morts dans l'incendie de leur maison, et tous les documents la concernant avaient brûlé ! Il ne subsistait aucune preuve de son état de condamnée, personne qui sût qu'elle exécutait une peine de quatorze années. Seuls le shérif qui avait enregistré l'« achat » de M. Hawes et le capitaine qui l'avait transportée à bord de son navire, étaient susceptibles de la reconnaître. Mais il ne s'agissait que de deux personnes, sur un immense continent, et fort loin.

Elle était libre !

Cette découverte la laissa sans voix. Cela pouvait donc être si facile ? Lui suffisait-il de marcher jusqu'à la lisière de cette forêt pour commencer une nouvelle existence ? Serait-elle en mesure de rebâtir l'avenir qu'on lui avait volé ? Réussirait-elle à échapper au misérable sort que son oncle lui avait réservé ?

— Quel est ton nom, petite ?

Perdue dans ses pensées, elle sursauta, ouvrit la bouche, hésita : plus question qu'elle soit lady

Anne Burness Campbell, ni même Annie Campbell.

— Annie Burns.

Quelle honte. Jamais elle n'avait menti auparavant. Mais était-ce un péché que de mentir pour effacer une injustice ? Quel mal y avait-il à aspirer à la liberté alors qu'elle n'était coupable d'aucune faute ?

— Tu as d'autres proches dans les parages ? Un mari ? Un frère ?

— Non. Il… il ne me restait qu'eux, souffla-t-elle, les yeux fermés.

— Moi, je suis Iain MacKinnon, mademoiselle Burns. Pendant que tu soigneras tes blessures, je préparerai le canot. Le crépuscule tombe. Ne perdons pas de temps.

— Où m'emmènes-tu, Iain MacKinnon ?

Elle essuya vivement les larmes qui mouillaient ses joues. Elle devait se concentrer sur l'avenir, pas sur le passé. Pour la première fois, elle regarda autour d'elle. Ils se trouvaient dans une petite clairière. Sur sa gauche, entre les troncs d'arbres, elle entrevoyait ce qui semblait être un lac. Mais elle n'apercevait aucun canot.

— On va à Fort Elizabeth, petite. Un voyage difficile de deux ou trois jours. Tout dépendra de ce qui nous arrivera en route.

Il s'approcha d'un tertre et entreprit de repousser la neige qui le recouvrait, comme s'il cherchait quelque chose en dessous.

— Nous irons plus vite en naviguant, poursuivit-il, et ce sera plus facile pour toi. Tu n'as pas envie de marcher avec des pieds dans cet état, hein ?

Non, il avait raison. Et il fallait qu'elle se soigne. Scrupuleusement, elle entreprit d'enduire ses plaies du baume malodorant. Au début de l'application, cela brûla, puis la douleur s'amenuisa jusqu'à devenir un simple élancement supportable.

— Comment se fait-il que tu m'aies trouvée ce matin, Iain MacKinnon ? As-tu une ferme dans les environs ?

La neige dégagée, il repoussait maintenant la terre.

— Disons simplement que c'est, en quelque sorte, toi qui m'as trouvé, répondit-il énigmatiquement.

Comprenant qu'il n'en dirait pas davantage, Annie n'insista pas.

— Où sommes-nous ?

— Sur la rive est du lac George, au sud de Ticonderoga.

Réponse qui ne l'avançait guère, se dit Annie.

— Comment sommes-nous arrivés ici, Iain MacKinnon ?

— Je t'ai portée sur mon dos.

— Tout le chemin ?

Elle était stupéfaite.

— Oui. Tu n'es pas si lourde que ça, petite. J'ai déjà charrié des hommes costauds sur de sacrées distances.

Incroyable. Et extraordinaire. Non seulement il avait mis sa vie en péril pour la sauver de cinq Indiens et un Français, mais il l'avait portée pendant des kilomètres à travers la forêt.

Elle se rappela tout à coup son rêve. L'ours…

Elle posa le pot d'onguent par terre, lissa ses jupes sur ses jambes, puis regarda l'homme.

— Iain MacKinnon… je suis navrée de t'avoir frappé.

Il se pencha et attrapa ce qui paraissait être un morceau de cordage sale, sans lui rendre son regard.

— Appelle-moi Iain tout court, petite. Et sache que tu es pardonnée. Mais ne t'avise pas de recommencer. Je n'ai aucune envie d'être obligé de vivre comme un moine.

Elle sentit ses joues s'empourprer.

— Ce que j'essaie de dire, c'est que… Oh, peu importe. Mais que diable es-tu en train de faire ?

— Je prépare notre canot.

Il tira sur la corde, qui se révéla profondément enfouie dans la terre, laquelle céda. Annie constata alors qu'il ne s'agissait pas d'humus mais d'une grande toile engluée de terre, qui recouvrait quatre petits canots. Des embarcations en cèdre, rangées sens dessus dessous. Iain passa la main sur les coques pour juger de l'état du bois, puis en fit basculer une sur le flanc et entreprit d'en inspecter l'intérieur. Trois paires de rames étaient attachées aux bancs. Annie s'apprêtait à lui demander si ces canots lui appartenaient, quand elle vit *Maj. MacKinnon* peint sur la proue. Les mots qu'il avait prononcés plus tôt lui revinrent à l'esprit :

— Mes hommes les ont trouvés.

Était-il une sorte de chef militaire ? Si c'était le cas, cela expliquait qu'il eût été capable d'affronter six hommes et de sortir vainqueur du combat. Mais pourquoi ne portait-il pas d'uniforme ? Et où étaient ses soldats ?

Elle ne se rendit compte qu'elle avait posé ces questions à haute voix que lorsqu'il répondit :

— Je suis le major Iain MacKinnon, commandant des rangers MacKinnon. Nous ne portons pas d'uniforme.

Elle écarquilla les yeux, comme si elle le voyait pour la première fois.

— Tu es un ranger ?

— Oui, acquiesça-t-il d'un ton dénué de la moindre fierté.

Évidemment, elle avait entendu parler des rangers. Maître Hawes disait souvent que sans Robert Rogers et ses nombreuses compagnies de rangers, la guerre aurait déjà été perdue. À l'entendre, ces hommes étaient quasiment invincibles.

Elle avait cru qu'il affabulait, mais maintenant, après avoir assisté aux performances de Iain MacKinnon, elle commençait à croire que son ancien maître avait raison.

— On raconte que c'est un grand honneur de servir dans l'une de ces compagnies de rangers du roi.

Il releva brusquement la tête et darda sur Annie un regard dur.

— Je ne me bats pas pour les Anglais, et leur Hanovre n'est pas mon roi !

Choquée, elle resta sans voix. Il s'était exprimé d'un ton si rude qu'elle avait l'impression d'avoir été giflée. Par prudence, parce que sa vie était entre les mains de cet homme, elle s'abstint de répliquer vertement comme elle en avait envie.

— Pourquoi… euh… pourquoi n'es-tu pas avec tes hommes ?

Elle lut la réponse dans ses yeux : il n'était pas avec ses hommes à cause d'elle.

Iain poussa le canot sur la rive boueuse et, de là, dans l'eau. Une fine couche de glace recouvrait le lac mais le canot était assez lourd pour la briser. Une dernière poussée, et il flotta. Iain attacha la corde à un arbre pour l'empêcher de dériver, puis plaça deux paires de rames dans les dames de nage, ainsi qu'une à l'arrière qui servirait de gouvernail. Dès que le canot fut prêt, il se tourna vers Annie. Il fallait partir. Ils étaient restés ici trop longtemps. Si les Abénaquis avaient suivi leurs traces, ils ne devaient plus être très loin maintenant. Que la femme soit revenue à elle était une excellente chose. Quelques heures plus tôt, il s'était demandé si elle reprendrait connaissance. Maintenant elle était debout, éveillée, et posait des questions – fort vexantes pour certaines, d'ailleurs.

Il ne lui avait pas échappé qu'elle avait rougi de colère lorsqu'il avait dénigré les Anglais et leur roi allemand. Elle avait dit s'appeler Burns. Elle comprenait le gaélique, avait l'accent des Highlands. Appartenait-elle à un clan ? Ou bien avait-il affaire à une fidèle du roi anglais ?

Il s'efforça de ne songer qu'à cette désagréable hypothèse et d'oublier combien elle était charmante. Il ne devait à aucun prix se laisser distraire par sa chevelure de soie dorée, son visage en forme de cœur aux pommettes hautes, ses yeux d'un vert éclatant, sa carnation laiteuse, si pâle, si veloutée. Encore moins par sa poitrine arrogante ou ses lèvres purpurines. S'il cédait à la tentation, il ne serait pas long à avoir ses cheveux noirs accrochés à un totem abénaqui et sa tête fichée sur une pique française. Et puis, il n'entendait pas faire le voyage jusqu'à Fort Elizabeth avec un sexe tendu à craquer. Il souffrirait le martyre !

La jeune femme n'avait pas bougé. Elle attendait, assise au milieu de la clairière, emmitouflée dans la peau d'ours dont ne dépassait que sa tête. Elle semblait si menue et fragile, dans cette fourrure ! Aux coups d'œil qu'elle lançait en direction des arbres, il comprit qu'elle avait peur de l'approche de la nuit. Mais il devait la créditer d'une admirable patience et d'un calme impressionnant.

Quand elle dirigea ses yeux clairs sur lui, il se rendit compte qu'elle se méfiait de lui, et cela le perturba. Il lui avait sauvé la vie. Cela ne suffisait donc pas pour mériter sa confiance ?

Il s'accroupit à côté d'elle et lui tendit des jambières de cuir et des mocassins.

— Mets-les. Ils ne seront pas superflus. As-tu fini de passer le baume ?

— Oui, dit-elle en s'efforçant d'enfiler les jambières sans retrousser ses jupes, exercice qui relevait de la gageure.

— Tu as oublié une blessure, remarqua-t-il en appuyant le doigt sur sa tempe.

Elle grimaça. Le tomahawk de l'Abénaqui avait profondément entaillé la peau. Il fallait des points, songea Iain en nettoyant le sang séché sur la plaie avec de l'eau propre.

— Je suis désolé, petite, mais je dois recoudre.

— Que... Quoi ?

— Je ferai vite. J'ai l'habitude.

Il fouilla dans son havresac, en sortit une aiguille et du fil. Annie sursauta.

— Non ! Tu ne vas pas coudre directement sur ma tête !

— Et comment faire autrement, hein ? As-tu si peur que cela ?

Elle leva fièrement le menton.

— Non. Mais tu n'es pas chirurgien.

— Le temps qu'on arrive au fort, la blessure sera fermée et le toubib pourra refaire des points bien propres. Bois. Cela t'aidera à tenir le coup.

Il lui tendit une flasque de rhum. Elle avala une gorgée et toussa.

— Bien, dit Iain en reprenant la flasque. Maintenant, pose ta tête sur mes genoux.

Elle obéit et, subitement, Iain se sentit tout drôle. Il avait l'habitude de suturer des plaies, oui, mais sur des figures rudes et burinées, pas sur de délicats visages féminins à la peau opalescente.

Il inspira profondément pour se donner du courage, puis enfonça l'aiguille. Un léger geignement s'échappa de la bouche d'Annie, mais ce fut tout. Il ferma la blessure, tira pour nouer le fil – ce qui lui valut d'entendre, le cœur serré, une nouvelle petite plainte – et le coupa.

— Voilà, c'est fini, petite. On va passer du baume...

Elle était très pâle, des gouttes de sueur perlaient sur son front.

— ... et ça va brûler, continua-t-il. Prends ma main.

Elle nicha sa petite main dans sa grande paume. Il ferma les doigts et ressentit une intense émotion en serrant cette main qu'il aurait aisément pu briser. La peau en était douce. Il la caressa du bout du pouce et demanda :

— Prête ?

Elle hocha la tête. Il étala le baume, le fit pénétrer dans l'entaille. Annie gémit, ferma les yeux mais demeura immobile, même quand il eut fini.

— C'est fait, petite.

— Merci, mais... je... je ne me sens pas... très bien.

Lui non plus ! songea Iain en se mettant debout. Il aida Annie à s'asseoir, rajusta la cape sur ses épaules.

— Je vais mettre mes affaires dans le canot. Sois prête dès mon retour.

Iain vérifia ses armes, puis les porta, ainsi que le reste de son attirail, jusqu'à l'embarcation. Ce faisant, il s'astreignit à cesser de penser à la jeune femme. Le soleil s'était couché. Ne subsistait de sa lumière qu'une clarté rosée à l'ouest. La lune ne tarderait pas à se lever. Il discernerait mal les dangers. Mais l'ennemi serait logé à la même enseigne.

Il reprit le chemin de la clairière : il fallait détruire les trois autres canots. Ensuite, ils pourraient partir.

Une cacophonie de croassements s'éleva soudain. Des corbeaux s'envolèrent à environ cinq cents mètres au nord de la clairière.

Les Abénaquis.

Iain se mit à courir.

5

Annie toucha avec précaution les sutures sur sa tempe. Elles étaient petites et espacées. Elle n'avait pas eu trop mal quand l'homme les avait faites. De toute façon, dans sa vie, elle avait bien plus souffert. Particulièrement lorsque le fer rouge l'avait marquée. Même s'il était un barbare, MacKinnon avait veillé à lui rendre l'épreuve supportable. Il lui avait même tenu la main. La sienne était si grande… et pourtant si douce, son contact si rassurant. Il n'avait voulu que la réconforter mais ce contact l'avait émue.

Pourtant, il était un MacKinnon, et elle ne devait pas l'oublier.

Mais avec toutes ses contradictions, il l'avait plongée en pleine confusion. Il n'était qu'un rustre qui vivait de son épée, un mercenaire. Qui lui avait sauvé la vie, avait fait montre de gentillesse – de compassion, même.

Et ses paroles étaient celles d'un traître ! Il méprisait le roi d'Angleterre, ne combattait pas pour lui.

Il la séduisait et l'effrayait. Un bien étrange mélange.

Les hommes de son espèce s'étaient tournés contre leur souverain, avaient déclenché la guerre civile en Angleterre, tué son père et ses frères.

Des hommes comme lui.

Mais pas lui. À l'époque, il n'était qu'un enfant. Et elle aussi.

Ne sachant plus que penser ou éprouver, elle glissa ses jambes dans les jambières de cuir. Les femmes indiennes portaient-elles ces accessoires ? Si elle les avait eus ce matin, ses mollets auraient été épargnés. Elle chaussait le second mocassin quand l'homme déboula dans la clairière, pistolets en main.

— Cours ! Au canot ! Tout de suite !

Le pouls soudain en déroute, elle se mit debout mais la douleur dans ses pieds et sa tête la fit chanceler et tomber à quatre pattes, au bord de l'évanouissement. Elle entendit un coup de feu. Non, une explosion. Comme un coup de canon. Elle leva les yeux et vit que là où se trouvait un canot quelques instants auparavant, il n'y avait plus que des flammes et de la fumée. Une fraction de seconde plus tard, une pluie d'esquilles de bois s'abattait sur elle.

— Allez, Annie !

L'homme lança quelque chose dans un autre canot, pointa son arme dessus et tira. Le canot explosa. Le troisième était aussi abîmé.

Des cris retentirent dans la forêt. Elle les identifia sans problème : des cris de guerre.

Elle réussit à se relever, fit deux pas, vacilla, et se rattrapa en nouant les bras autour du cou de l'homme. Il la souleva et la porta en courant jusqu'au lac. Le canot dansait doucement sur l'eau. L'homme la jeta, plus qu'il ne la posa, dedans, puis trancha la corde qui retenait l'embarcation à un tronc d'arbre.

— Rame, petite !

Elle s'exécuta en hâte, mais fit une mauvaise manœuvre et le canot vira sur lui-même. L'homme jura, rectifia la trajectoire d'un coup de pagaie. Le canot quitta la rive, poussé par MacKinnon. Il avait de l'eau jusqu'à la taille.

— Couche-toi ! cria-t-il.

Annie se plaqua contre le fond de la coque. L'homme sauta dans l'embarcation, attrapa les pagaies et se mit à ramer avec une énergie effarante. Un coup de feu éclata et la balle atteignit l'embarcation, juste au-dessus de la ligne de flottaison. Recroquevillée, Annie se demanda s'ils allaient couler. Elle risqua un regard et vit une tache rouge sur la manche de l'homme. Il avait été touché mais n'en continuait pas moins à pagayer comme un dément. Les muscles de son dos, de ses épaules, se gonflaient sous l'effort et le canot fendait l'eau à une vitesse incroyable.

— Es-tu blessée, petite ?

— Non. Mais toi, si !

— Ce n'est rien. Juste une écorchure. Reste couchée !

Pendant un moment, le seul son qu'entendit Annie fut celui de l'eau contre l'étrave. Puis il y eut d'autres détonations, mais elles étaient lointaines. Ensuite, quelqu'un cria :

— MacKinnon ! MacKinnon ! *Saba !*

Annie se redressa suffisamment pour apercevoir la rive. Elle distingua des silhouettes. Des Indiens, comme ceux qui l'avaient agressée ce matin, des lance-pierres à la main.

— Dis-moi, mademoiselle Burns, as-tu déjà ramé ?

— Non, major, je...

— Ne m'appelle pas ainsi.

— Ce n'est pas ce qu'exige le protocole ?

— Appelle-moi MacKinnon, ou Mack, ou Iain, mais pas « major ».

— Ah. Iain...

Employer le prénom de l'homme la troublait, mais bon...

— Dans ce cas, appelle-moi Annie.

Précision superflue : il l'avait déjà appelée par son prénom, ou alors « petite ».

— Sais-tu charger un pistolet et tirer, Annie ?

— Non. Et je ne sais pas nager.

— Tu n'es pas ici depuis bien longtemps, n'est-ce pas, petite ?

Bizarrement, elle eut honte. Pourtant, ce n'était pas sa faute si elle n'avait jamais appris à charger une arme, à pagayer ou à nager. La vie qu'elle avait menée auparavant n'exigeait pas ce genre de performances.

— Trois mois.

— Pff. Tes leçons commenceront demain. En attendant, dors un peu.

— L'Indien sur la rive, que t'a-t-il crié ?

Un silence, puis :

— Qu'il me trouverait demain. *Saba*.

Un froid glacial pétrifia Annie.

Iain conserva son rythme, pagayant sans relâche, tout en regardant la femme qui dormait à ses pieds. L'aube approchait. Il devrait bientôt la réveiller.

Ses traits étaient paisibles dans le sommeil, mais les stigmates des épreuves vécues la veille demeuraient. Un œil cerné de noir, la tempe enflée, marquée d'une vilaine plaie maladroitement suturée. Elle garderait une cicatrice sa vie durant. Impossible de l'éviter.

Il sentit la rage monter lentement en lui. De tous les péchés, le pire était certainement de s'attaquer aux femmes et aux enfants. Les hommes ne devaient pas attenter à l'innocence.

La femme se retourna et il ne vit plus son visage, mais la sublime colonne blanche de son cou. La cape en peau d'ours s'entrouvrit, révélant le globe opalin d'un sein. Un spectacle inattendu qui frappa Iain comme un coup de poing au plexus. Le désir l'embrasa en une fraction de seconde. Il avait tout fait pour ne pas songer à la féminité de sa protégée pendant qu'elle était éveillée, mais maintenant qu'elle dormait, qu'il était livré à lui-même, il ne parvenait plus à se dominer. Il brûlait de l'arracher à la peau d'ours et la serrer contre lui, l'embrasser jusqu'à ce qu'elle ouvre les yeux et chavire entre ses bras. Ensuite, il goûterait les saveurs de sa peau si blanche et, après l'avoir dévorée de baisers, la posséderait tandis que l'un et l'autre défailleraient de plaisir.

Était-elle vierge ? Il se rappelait ses efforts pour garder ses jambes cachées sous ses jupes. Oui, elle devait être intacte. Pure. Et il adorait l'idée d'être le premier homme de sa vie. Celui qui lui ferait découvrir l'amour, serait son maître en cet art, le premier à faire d'elle une femme.

Même avec son œil au beurre noir et ses écorchures, elle était l'une des plus jolies demoiselles qu'il eût jamais vues. Et il y avait son courage, sa force, son intelligence. Bon, elle ne savait pas ramer ni nager, ni charger une arme. Mais il lui apprendrait. Bien sûr, elle ignorait comment jurer, mais passer quelque temps dans un camp de rangers y remédierait à coup sûr…

Oh, assez d'élucubrations ! Pitié !

Pitié ? La pitié n'était certainement pas ce qui animait les Abénaquis.

Il aurait dû suivre son instinct qui lui intimait de partir sans suturer la plaie à la tempe de la femme. Cela aurait pu attendre le matin. Mais sa détermination s'était noyée dans le bleu des yeux levés sur lui, et ils allaient désormais payer cet accès de faiblesse. Une faiblesse qui l'affectait d'ailleurs depuis l'instant où il avait vu Mlle Burns. Il avait désobéi aux ordres, mis sa mission en danger, abandonné ses hommes et s'était battu à un contre cinq, ce qui relevait de la pure folie.

La seule explication, c'était qu'il n'avait pas eu de femme depuis trop longtemps. Deux mois. Il était alors allé à Stockbridge, où les jeunes filles de la tribu des Mohicans les avaient accueillis dans leurs lits, ses frères et lui. Un échange de plaisir sans inhibition ni états d'âme. Le puritain Jonathan Edwards avait beau prêcher l'abstinence et la chasteté, les Indiens restaient sourds à ses belles paroles. Pour eux, le sexe était sans tabou. Sa pratique était une excellente façon de passer agréablement les longues nuits d'hiver.

La première expérience sexuelle de Iain avait eu lieu entre les bras de Rebecca Aupauteunk, la sœur aînée de Joseph. Il avait seize ans et elle, vingt-cinq. Il avait appris d'elle comment combler une femme, comme il avait appris de son frère l'art du pistage et du combat. Depuis ce jour, il s'était toujours trouvé une femme mohican pour lui ouvrir son lit et, excepté à l'époque où il pleurait Jeannie, il n'avait jamais refusé l'invitation. Sans cette maudite guerre, il aurait probablement pris l'une des beautés aux yeux de biche de Stockbridge pour épouse. Mais il n'avait plus rien à offrir : ni maison, ni nom. Depuis que Wentworth, sous la menace du gibet, avait obligé les MacKinnon à s'impliquer aux côtés des Anglais dans cette fichue guerre, le patronyme de MacKinnon avait perdu toute son aura de respectabilité et d'honneur, et la ferme était à l'abandon. Les champs de blé n'étaient plus qu'herbes folles, le stock de provisions avait été réquisitionné par les Anglais pour nourrir leur armée. La maison et la grange avaient été brûlées lors d'une attaque l'an dernier et ne seraient jamais rebâties. Même si, une fois la paix revenue, Wentworth leur donnait un pécule, il faudrait à ses frères et à Iain des années avant de reconstruire ce qui avait été détruit.

Leur père avait rêvé de voir ses fils faire de la ferme un nouveau territoire pour le clan des MacKinnon. Au lieu de cela, tout avait été anéanti et le nom de MacKinnon sali à jamais.

Non, décidément, il n'avait rien à offrir à une femme.

Il regarda de nouveau Annie, se demandant quelle vie l'attendait. Sa famille avait été massacrée, sa maison détruite. Où irait-elle ? Qui s'occuperait d'elle ? La protégerait ?

La seule certitude de Iain était que ce ne pourrait être lui. Voilà pourquoi il devait à tout prix garder sa culotte bien accrochée à sa taille et ses mains dans ses poches.

Il leva les yeux vers l'horizon, qui bleuissait.

Il était temps de se cacher. Il releva les pagaies, s'assit à côté de la jeune femme et la prit dans ses bras.

Annie se sentait épuisée. Or quelqu'un essayait de la réveiller. Mais son corps n'était que douleur et elle avait désespérément besoin de dormir. Elle soupira et se laissa engloutir dans un profond sommeil peuplé de rêves.

De fort plaisants rêves. Un homme l'embrassait, pressait ses lèvres pleines et chaudes sur les siennes, les titillait du bout de la langue... Elle les ouvrit et rendit le baiser, avide de l'approfondir, de le faire durer éternellement.

— *Oh, Annie, je savais que tu serais aussi exquise...*

Le major MacKinnon, le Highlander, l'embrassait et appréciait les saveurs de sa bouche... Quelle importance, puisqu'il ne s'agissait que d'un rêve ?

La langue se fit hardie. Annie ouvrit brusquement les yeux, soudain mue par l'urgence de repousser l'homme qui l'enlaçait. Elle découvrit que c'était elle qui l'étreignait, bras solidement noués derrière sa nuque, mains enfouies dans ses cheveux couleur de nuit.

Craignant qu'elle ne parle, ne crie peut-être, il la bâillonna de sa paume et tendit l'index devant ses propres lèvres. En dépit de la semi-obscurité, elle vit l'intensité qui faisait briller ses prunelles sombres. Puis elle entendit le clapotis de l'eau contre la coque, sentit osciller le canot, et se rappela.

Le petit bateau, le lac, l'attaque.

Son pouls s'affola.

Il se pencha sur elle et murmura :

— L'aube se lève. Nous devons gagner la rive et dissimuler le canot. C'est risqué, parce que je ne sais pas qui peut avoir établi un campement ici. Alors ne fais pas le moindre bruit, et obéis exactement aux ordres que je te donnerai.

Elle hocha la tête.

— Bien. Assieds-toi, ouvre l'œil, mais quoi qu'il advienne, pas un bruit !

Il la lâcha, se rassit sur le banc, plongea de nouveau les pagaies dans l'eau. Négligeant, pour l'instant, l'audace de cet homme qui s'arrogeait le droit de la commander, Annie s'assit puis scruta la rive ténébreuse et le lac noir. Comment le major se dirigeait-il ? Aux étoiles, peut-être ? Mais les étoiles ne servaient pas à distinguer les rochers, les obstacles flottants, ni ce qui se trouvait sur la terre ferme. Que se passerait-il s'ils abordaient au beau milieu d'un camp d'Indiens ou d'une meute de loups ?

Elle se rendit compte à ses traits contractés qu'il était extrêmement concentré. Il écoutait. Elle l'imita, mais tout ce qu'elle entendit d'abord, ce furent ses battements de cœur. Toutefois, lentement, la nuit révéla ses secrets.

Le murmure des pagaies dans l'eau.
Le hululement d'une chouette.
Un craquement.
Le choc de la coque contre… quelque chose. Le rivage ?
Annie s'aperçut que ce dernier son semblait alarmer Iain. Elle fouilla la berge du regard avec une attention renouvelée.
Puis elle perçut un toussotement. Comme si quelqu'un se tenait devant la proue. Elle ne put retenir une exclamation étouffée.
L'embarcation dévia brusquement. Un coup de rame, deux…
— Qu'est-ce que c'est ? lança une voix irritée en français.
Consternée, Annie comprit que son exclamation les avait trahis.

6

Son sang se glaça dans ses veines. Pétrifiée, le souffle suspendu, elle écoutait. Une deuxième voix répondit à la première. Elle ne parlait pas français, mais comprenait néanmoins que des hommes sur la rive les avaient entendus.

Pourtant, le son de leurs voix faiblit. Annie commençait à se décontracter quand une lumière perça l'obscurité, à l'endroit où se trouvait le canot quelques instants auparavant, révélant un homme debout, non sur la berge mais sur le pont d'un grand bateau. Il portait un uniforme français et tenait haut une lanterne.

— Pas d'affolement, lui chuchota Iain. Il ne peut pas nous voir. La clarté de sa lanterne l'aveugle.

Annie se rendit compte que le major était déterminé mais pas inquiet. Comment pouvait-il garder un tel calme ? Rien ne l'effrayait donc ? Ils avaient heurté un bateau français !

Elle se recroquevilla dans la peau d'ours. Elle savait ce secteur frontalier dangereux. Comment les gens qui habitaient là parvenaient-ils à supporter cette peur, ces menaces constantes, et réussissaient-ils à survivre ?

S'ils le pouvaient, elle aussi le pourrait !

Bercée par le balancement du canot et le retour d'un réconfortant silence, elle sentit sa frayeur se dissiper, et se remémora le rêve. Qui n'en avait pas été un. MacKinnon l'avait prise dans ses bras pendant qu'elle dormait et embrassée.

Que devait-elle penser de tout cela ? Il lui avait sauvé la vie. Attendait-il une récompense ? Était-il ce genre d'homme de peu de foi qui comptait sur un paiement en nature, comme son oncle ? Eh bien, tant pis pour lui ! Elle n'échangerait pas sa vertu contre sa sécurité ! Elle préférait être abandonnée dans la forêt plutôt que servir d'exutoire aux pulsions libidineuses d'un homme ! Dès que ce serait possible, elle lui dirait son fait, à ce malotru qui s'était montré indigne.

Et l'avait laissée pantoise.

Jamais on ne l'avait embrassée. Pas un instant, elle n'avait imaginé qu'un baiser pût être aussi ensorcelant. Elle se surprit à se toucher les lèvres, stupéfaite d'avoir ressenti un tel plaisir. Toutes ces sensations… Le velours de la langue, la rugosité de la barbe contre son menton… et cette chaleur qui était montée en elle…

Elle le regarda à la dérobée. Il observait l'horizon qui se teintait de rose. Elle comprit : s'ils étaient encore sur le lac lorsque le soleil se lèverait, les hommes sur le navire les verraient.

Les muscles douloureux, Iain redoubla d'énergie pour ramer. Il fallait se hâter, l'aube était là. Ils approchaient de la rive opposée. Il avait dans un premier temps choisi d'aborder côté ouest. Ainsi, le lac les aurait séparés des Abénaquis. Mais il y avait ce maudit bateau français. De toute façon, s'il tardait, tant les Abénaquis que les Français découvriraient sa présence : le canot serait encore au milieu du lac. Il n'avait le choix qu'entre la peste et le choléra.

Annie était assise dos bien droit, silencieuse. Dommage qu'elle n'ait pas su retenir sa petite exclamation, un peu plus tôt. À cause de cela, ils avaient été à deux doigts de se faire prendre. Un ranger qui aurait perdu de la sorte son sang-froid eût été sévèrement puni. Mais elle n'était pas un ranger, il n'avait aucune envie de la punir. De l'embrasser, plutôt.

Tout d'abord, il avait essayé de la réveiller en douceur, lui murmurant des mots rassurants, la secouant avec ménagement. Rien n'y faisant, il avait cédé à l'envie qui le tenaillait depuis le début de la nuit: il l'avait embrassée. Oh, son idée n'était que de goûter la saveur de ses lèvres en les effleurant. Mais elle l'avait surpris en répondant avec enthousiasme à son baiser. Si elle était aussi passionnée quand elle dormait, qu'en était-il lorsqu'elle était éveillée? Mon Dieu, il ne devait pas penser à cela, surtout pas en ce moment! Il n'était qu'un idiot. Une journée au minimum en tête à tête avec elle l'attendait, et il souffrirait mille morts s'il ne parvenait pas à éteindre son excitation!

Il perçut le léger ressac des vaguelettes contre la rive.

— Pas un bruit, petite, souffla-t-il.

Elle opina. Son visage exprimait la peur, mais surtout la détermination.

Il faisait assez jour maintenant pour que Iain vît l'étroite bande de plage et, derrière, les arbres.

Quelque chose bougea.

Il rentra les pagaies, attrapa son fusil, épaula, puis l'abaissa en poussant un soupir de soulagement. Cinq daims se tenaient sur la berge, et buvaient. Apparemment, aucun camp n'était dressé ici.

Annie l'observa pendant qu'il sautait à terre, amarrait le canot, puis revenait la chercher. Il la porta, alla la déposer au pied d'un grand cèdre, et revint au canot, qu'il traîna sous le couvert des arbres, où il l'enfouit sous des branchages. Cela dura un moment, et Annie se rendit compte qu'elle était affamée. Elle n'avait rien mangé depuis la veille de l'attaque. Si elle s'imaginait que Iain allait sortir de son havresac du porridge et une bouilloire pour le thé, elle se leurrait. Il ouvrit son sac, oui, mais pour y prendre ses bottes de neige, qu'il enfila, et un autre sac de cuir qu'il lui lança.

— Prends ça, petite.

Jamais elle n'avait porté de sac semblable, mais elle avait vu maître Hawes en arrimer un sur son dos. Elle fit passer la bande de cuir par-dessus sa tête. Le problème, c'était que l'attirail avait été conçu pour un homme d'une corpulence autrement plus imposante que la sienne. La sangle qui aurait dû s'accrocher à ses épaules glissa jusqu'à sa taille.

— Comme ceci, dit Iain en s'accroupissant à côté d'elle.

Il croisa les sangles dans son dos et sur sa poitrine. Puis il les ajusta et les bloqua.

— Peux-tu te lever ? s'enquit-il en lui prenant les mains.

Bien que confondue à l'idée qu'elle allait charrier tout l'équipement alors que Iain serait délesté de toute charge, elle accepta qu'il l'aide à se mettre debout. Elle serra les dents et se releva tant bien que mal. Et chancela immédiatement.

— Je suis désolée, je crois que c'est trop lourd pour moi. Je ne pourrai pas marcher !

— Je ne comptais pas que tu marches.

Toujours accroupi, il lui tourna le dos.

— Accroche tes bras autour de mon cou, petite.

Ainsi, il avait l'intention de la porter de nouveau. Elle fit ce qu'il demandait et il commença à se redresser lentement. Ceci fait, il lui souleva les genoux et l'incita à ceindre ses hanches de ses cuisses. Une position malcommode et très embarrassante pour Annie.

— Tiens bon, petite.

— Nous n'allons pas établir un camp ?

— Pas si près de l'eau.

Sans plus d'explication, il se mit à marcher droit dans la forêt, gravit une petite colline, laissant le canot derrière eux. Le poids d'Annie, ajouté à celui du havresac et de l'équipement, ne semblait pas le handicaper. Il avançait d'un bon pas, mais prudemment, balayant sans cesse les alentours du regard. Sous ses paumes, Annie sentait son cœur d'athlète battre à un rythme paisible. Contre sa poitrine, elle percevait les mouvements des muscles puissants de son dos. Le visage niché dans son cou, elle humait son parfum. Résine, cuir et sueur, une combinaison d'odeurs étrangement agréable. Qui accéléra son pouls. Pourquoi l'avait-il embrassée ? Recommencerait-il ? S'il osait, il fallait qu'elle le repousse. Elle avait tout perdu pour protéger sa vertu. C'était désormais tout ce qui lui restait. Elle ne la donnerait pas à un Highlander barbare en échange de sa protection !

De toute façon, même si elle avait eu des velléités de se laisser séduire, elle aurait immédiatement renoncé à cause de la marque au fer rouge. S'il la voyait, il courrait la dénoncer aux autorités. Maintenant qu'elle avait la possibilité de se bâtir une nouvelle existence, elle n'allait pas gâcher ses chances. Sa liberté était trop précieuse.

Lorsque Iain s'arrêta, le soleil était haut. Il posa Annie et la délesta du sac. Ils étaient arrivés dans une clairière au sommet de la colline, coincée entre un éboulis de rochers et un ravin. À l'est s'étendait une immense forêt ; à l'ouest, au pied de la colline, le lac dont la surface scintillait.

À coups de hachette, sous le regard fasciné d'Annie, Iain entreprit de couper des branchages qu'il ajusta en forme de tipi. Cela fait, il étala des feuillages par terre de façon à former une couche. Puis il but longuement à son outre, et la tendit ensuite à la jeune femme.

L'eau était glacée et avait un drôle de goût. La voyant faire la grimace, Iain sourit.

— C'est de la racine de gingembre infusée. Ça aide à se prémunir du scorbut.

Le seul mot « scorbut » suffit à donner des crampes d'estomac à Annie. À moins que ce ne fût l'eau… Elle plaqua la main sur son estomac, honteuse qu'il fît un tel bruit, et rougit. Iain la regarda, fouilla dans son havresac et en extirpa une poche de cuir qu'il lui jeta sur les genoux.

— Mets-en autant que tu pourras dans ta main, mâche et avale avec de l'eau. Cela va gonfler dans ton estomac et calmer ta faim. Moi, je vais aller jeter un coup d'œil à ce bateau français.

Annie ouvrit la poche de cuir et découvrit du maïs desséché à l'intérieur. Bravement, elle en enfourna une grosse poignée dans sa bouche. L'effet était le même que mâcher du sable. La peau des grains se coinçait entre les dents, mais elle réussirait à avaler, puisque cette horreur était le petit déjeuner.

Elle essaya de ne pas songer à des œufs pochés, du bacon, du pain beurré. Ni à un bol de porridge bien épais ou de fraises. Encore moins à du thé, du miel, de la crème. Bref, à rien de ce qu'elle avait l'habitude de manger en Écosse.

Elle tenta de déglutir… et échoua. Au début. Mais, après de multiples essais, la pâte qu'était devenu le maïs accepta de descendre dans son gosier. Cet ersatz de repas achevé, elle s'aperçut que Iain, allongé à plat ventre, scrutait le lac du bout d'une longue-vue. Pendant un moment il resta silencieux, focalisé sur le plan d'eau. Puis il dit :

— Viens ici, petite. Je veux que tu voies ça.

Elle s'empressa d'obéir : jamais elle n'avait regardé à travers une longue-vue. Iain dut lui montrer par quelle extrémité la tenir et ensuite, émerveillée, elle découvrit le lac comme s'il se trouvait exactement devant elle. L'eau, la rive qu'ils avaient projeté d'aborder avant de faire demi-tour, et…

— Attends, je vais l'ajuster sur le point intéressant… Là, comme cela.

Et Annie eut dans son champ de vision arrondi non pas un bateau français, mais quatre. Horrifiée, elle faillit lâcher la longue-vue.

— Mon Dieu… Que nous auraient-ils fait ?

— Soit ils nous auraient tués tout de suite, soit faits prisonniers pour nous interroger. Si le capitaine de cette flottille est un honnête homme, il t'aurait protégée de ses matelots jusqu'à ce qu'il puisse te remettre aux Anglais. Mais à mon avis, il n'aurait pas levé le petit doigt et tu serais passée d'un de ses hommes à l'autre comme une flasque de rhum. Après ça, je ne crois pas que grand-chose t'aurait importé.

Une vague de bile monta dans la gorge d'Annie. Quel genre d'être était ce Highlander pour pouvoir raconter de telles abominations sans ciller ?

— Et à toi, qu'auraient-ils fait ?

— Ils auraient essayé de me faire craquer, de m'arracher tous mes secrets, puis m'auraient donné aux Abénaquis pour qu'ils me torturent à mort joyeusement.

Annie était au bord des larmes. À cause d'elle, Iain MacKinnon était passé à un cheveu d'un sort effroyable.

— Je suis désolée. J'ai mis ta vie en danger.

Il regarda encore une fois dans la longue-vue, puis l'abaissa et parla d'une voix aussi dure et froide que le silex.

— Si tu étais un ranger, tu aurais été punie parce que tu nous as mis en danger tous les deux. Mais tu n'es ni un ranger ni un soldat, et tu ne connais rien des particularités de la vie sur la frontière.

Un frisson courut le long de l'échine d'Annie.

— Que… que vas-tu faire ?

— J'ai bien envie de te fouetter, Annie Burns.

Muette de stupéfaction, Annie resta bouche bée. Quoi ? La fouetter comme le faisait maîtresse Hawes ?

Iain lui prit le menton entre deux doigts.

— Écoute-moi attentivement, petite : j'ai pris bien plus de risques que tu l'imagines pour te sauver. Alors si tu veux sortir vivante de cette épopée, tu m'obéis au doigt et à l'œil, compris ? Tu feras exactement ce que je te dirai quand je te le dirai. Il est rare que, sur la frontière, les rescapés aient une seconde chance.

Être allongé si près de la jeune femme donnait à Iain une envie dévorante de l'embrasser. Le souvenir de la douceur de sa bouche le hantait, mais il se domina. La situation était trop grave pour que son sexe prenne le pas sur son cerveau.

Il voyait bien qu'elle était en colère, très effrayée aussi. Parfait. Qu'elle ait peur. Cela lui faciliterait la tâche : elle serait docile, ce qui contribuerait à les sauver tous les deux.

— Je n'avais pas l'intention de te désobéir quand nous avons heurté le bateau, Highlander. J'ai été surprise et un cri m'a échappé. Je te dois la vie, et pas qu'une fois. Alors sache que je t'obéirai en toute chose, excepté une.

Il parut étonné.

— Et qu'est-ce donc, petite ?

Elle prit une profonde inspiration et le regarda droit dans les yeux.

— Je ne troquerai pas ma vertu contre ma survie. Si là est le prix que tu veux pour l'aide que tu m'apportes, alors abandonne-moi ici.

Il se sentit tellement insulté qu'il faillit perdre son calme. Il se raisonna en se disant que, peut-être, il réagissait avec autant de violence intérieure parce qu'elle avait mis en plein dans le mille.

— J'ai exigé de toi ton obéissance, dit-il d'un ton aussi tranchant qu'une lame, non ta virginité ! Et ne te méprends pas : livrée à toi-même, tu seras morte dans une semaine.

Elle blêmit, mais garda la tête bien haute.

— Pourquoi m'as-tu embrassée ?

Parce qu'il n'avait pas pu s'en empêcher…

Au lieu d'avouer la vérité, il mentit.

— Il fallait que je te réveille en douceur et j'ai eu peur que tu cries de frayeur. Le fait d'avoir ma bouche sur la tienne était le moyen le plus sûr de te bâillonner.

Maintenant, c'était Annie qui était en colère.

— Tu aurais pu me bâillonner avec ta main !

Indubitablement. Aussi se hâta-t-il de noyer le poisson.

— Pourquoi m'as-tu rendu mon baiser ?

Elle s'empourpra, détourna les yeux. Soudain, elle paraissait très jeune et vulnérable. *In petto,* Iain se traita de salaud : sa protégée avait vécu l'enfer et voilà qu'il la brusquait. Il tendit la main et repoussa une longue mèche blonde de sa joue.

— Tu n'as aucune raison de craindre pareil déshonneur venant de moi, petite. Je n'exigerai rien que tu ne veuilles me donner de ton plein gré.

Elle ramena son regard vers lui. Il lisait la méfiance dans ses prunelles vertes.

— Je ferai de mon mieux pour ne plus te créer de problème, Iain MacKinnon.

Il la souleva dans ses bras et la porta sur la couche de branches feuillues. Il s'efforçait de ne pas se haïr, mais c'était bien difficile.

Quant à Annie, elle luttait contre des émotions contradictoires. Elle s'était fait réprimander, et elle l'avait bien mérité. Sa légèreté aurait pu leur valoir la mort à tous les deux. Il avait raison d'être furieux contre d'elle.

Mais n'avait-elle pas raison de lui en vouloir ? Il l'avait menacée de la fouetter, comme si elle était une esclave ou un enfant turbulent ! Cela avait été déjà assez difficile de supporter ces châtiments corporels de la part de maître et maîtresse Hawes, mais elle leur appartenait. En revanche, elle n'était pas un subordonné du major MacKinnon. Elle n'avait pas à se plier à sa discipline.

Et puis, il y avait le baiser. Elle dormait et il avait profité de la situation pour le lui dérober. Pas un instant elle ne croyait que c'était là une règle, chez un ranger, pour réveiller quelqu'un !

Il fallait ajouter à cela cette question qu'il lui avait posée : pourquoi lui avait-elle rendu son baiser ? Elle était incapable d'y répondre, ce qui la troublait profondément.

Il l'avait déposée sur la couche sous l'espèce de tipi, couche qui se révéla confortable et odorante. Puis il entreprit de se défaire de son attirail : corne à poudre, coutelas accroché à sa hanche, deuxième coutelas glissé dans sa ceinture, gigantesque épée et pistolets. Mais le sac à sa taille resta en place.

— Je dirais que nous avons gagné douze heures sur l'ennemi, cette nuit. Nous allons utiliser la moitié de ces douze heures pour nous reposer, puis nous commencerons les leçons.

— Quelles leçons ?

— Il est temps que tu apprennes à charger une arme. Il faut que tu saches te rendre utile. Pour ton propre bien.

Il posa ses armes dans un angle du tipi, puis, au grand dam d'Annie, s'allongea à côté d'elle.

— Enlève la cape.

En pleine confusion, mais décidée à respecter sa promesse d'obéissance, elle s'exécuta. Il étendit la peau d'ours sur lui comme s'il s'agissait d'une couverture, puis en souleva un pan.

— Viens ici, Annie.

Entendait-il donc qu'elle se couche tout contre lui ? Pourtant, il y avait assez d'espace dans le tipi pour qu'ils ne se touchent pas !

— Mais...

— Oh, pour l'amour du Ciel, petite ! Viens dormir !

Il l'attrapa par la taille, la plaça près de lui et remonta la peau d'ours jusque sous son menton. Elle pivota sur le flanc, lui offrant son dos. Il se plaqua contre elle et elle sentit immédiatement la chaleur de son corps, qui semblait s'adapter au sien comme un moule : pleins et déliés s'harmonisaient à la perfection. L'arrondi de ses fesses et la concavité du ventre de Iain, l'arc souple de son dos et les pectoraux de fer, les cuisses puissantes et le galbe délicat des siennes... D'autorité, il passa le bras autour de sa taille, cala sa tête à hauteur de sa nuque, et elle frissonna lorsque son souffle se mit à soulever doucement ses cheveux à chacune de ses expirations. Son odeur se mêlait à celle des aiguilles de pin. Jamais elle ne s'était trouvée aussi proche d'un homme. Elle ne pouvait pas dormir ainsi !

Mais alors que son esprit regimbait, ses paupières se firent lourdes. Elle sombrait dans le sommeil quand elle songea que Iain l'avait portée sur son dos toute la journée de la veille, avait pagayé toute la nuit et n'avait pas fermé l'œil une seconde.

7

Annie se sentait bien au chaud et douillettement installée. Flottant entre la somnolence et l'éveil, elle se rapprocha de la source de chaleur. Elle entendit alors le battement régulier d'un cœur sous son oreille, le mouvement régulier d'une poitrine qui se soulevait et s'abaissait. Elle huma un parfum de pin, de cuir et d'homme.

Elle ouvrit les yeux.

Elle était couchée – nichée, plus précisément – contre Iain, la tête sur son biceps, la joue contre son cœur. Et il la serrait étroitement contre lui, l'encerclant d'un bras, une jambe passée par-dessus les siennes… qui étaient dénudées car ses jupes étaient remontées jusqu'à ses hanches !

Pendant un moment elle resta immobile, le pouls en déroute. Elle ne voulait pas le réveiller. Parce qu'il avait besoin de sommeil, mais surtout parce qu'elle se refusait à ce qu'il découvre l'intimité de leur position.

De surcroît, elle avait besoin de se soulager.

Elle repoussa doucement le bras drapé autour de sa taille, puis essaya de relever la tête, découvrant alors que ses cheveux étaient coincés sous le dos de Iain. D'une main, mèche par mèche, elle les dégagea, ce qui lui prit une éternité. Enfin libérée, elle glissa par menus à-coups vers l'arrière. Hélas, impossible de bouger vraiment sans que son bas-ventre se frotte contre celui de Iain.

Elle se figea, fit une nouvelle tentative, se figea de nouveau : le contact trop étroit venait de faire naître une délicieuse sensation… Affolée, elle renonça à se lever en catimini. Elle jaillit quasiment de dessous la peau d'ours et, miraculeusement, Iain ne se réveilla pas. Ses paupières étaient fermées et ses longs cils noirs sur ses joues bronzées évoquaient des ailes de papillon. Sa respiration demeurait régulière. Nul doute que les deux derniers jours l'avaient épuisé.

Annie rampa dans l'ouverture du tipi et se retrouva sous un ciel d'un bleu étincelant. Au soleil, elle jugea l'après-midi bien avancé. Des oiseaux chantaient, la neige fondait, la brise soufflait, portant des senteurs de pin et de terre humide. Il faisait froid mais les prémices du printemps étaient là.

Néanmoins, elle ne devait pas se fier à la paix apparente qui régnait. Il lui suffisait de s'examiner pour s'en convaincre : jupons déchirés et tachés de sang, cheveux emmêlés, pieds en charpie, élancements dans la tempe…

Elle se retourna pour regarder l'homme qui lui avait sauvé la vie. Oh, il était beau, même s'il aurait eu bien besoin d'un bain et d'un bon rasage. D'une coupe de cheveux, aussi. Jamais elle n'avait vu d'homme aux cheveux aussi longs. Civilisés et raffinés, ceux qui fréquentaient la maison de son oncle portaient les cheveux courts sous des perruques poudrées, et jamais ils ne laissaient le soleil colorer leur peau. Pas davantage ils n'arboraient de tatouages.

Et aucun d'eux n'aurait été capable de combattre six agresseurs, de les anéantir, et ensuite de la porter pendant une journée entière.

Tout à coup, les gentilshommes qu'elle avait connus et trouvés charmants autrefois lui semblaient mous, affectés, voire efféminés. Alors que MacKinnon, même endormi, exsudait la vigueur, la virilité.

Se rendant compte qu'elle était encore agenouillée, elle se redressa, avec une peine infinie, et clopina en retenant des gémissements jusque sous les arbres.

Iain écouta ses pas hésitants, son souffle court, et comprit qu'elle souffrait. Il admira son cran. Pour une femme, elle faisait montre d'un sacré courage.

Cela faisait un moment qu'il somnolait. Il aurait pu se lever, mais n'avait pas voulu réveiller Annie. Quand elle s'était évertuée à sortir de sous la peau d'ours sans le déranger, il avait failli ouvrir carrément les yeux et rire, tant ses efforts étaient comiques. Puis il avait feint un profond sommeil car le frottement de son mont de Vénus contre son sexe l'avait mis dans un état d'excitation apocalyptique. Il avait donc jugé sage de jouer la discrétion.

Quel bonheur cela avait été de la serrer contre lui durant quelques heures ! Son corps menu s'adaptait au sien comme les deux moitiés de la même orange. Mais jamais elle ne serait sienne, s'était-il répété. Il n'aurait rien à lui offrir, du moins tant que durerait cette guerre et qu'il n'aurait pas rebâti la ferme. Une fleur aussi belle, aussi épanouie, serait vite cueillie par un homme digne d'elle. Elle n'attendrait pas que Iain MacKinnon le devienne. Les femmes n'attendaient pas, il le savait d'expérience.

N'avait-il pas demandé à Jeannie de l'attendre ? Si. Et trois mois plus tard, elle en épousait un autre, un fermier arrivé de l'Ulster, qui s'était révélé incapable de la protéger dès la première attaque. Maintenant, Jeannie et son mari reposaient six pieds sous terre.

Annie aussi succomberait à la séduction d'un homme quelconque. Un sacré veinard, car c'était une femme passionnée, au sang chaud, débordante d'énergie.

Il s'assit, d'humeur maussade. Il avait besoin d'une nuit à Stockbridge. Ensuite, il serait capable de cesser de penser constamment à sa protégée. Hélas, cette escapade n'était pas pour demain.

Il repoussa la peau d'ours et sentit un élancement dans l'épaule. La blessure. Il l'avait oubliée. Il décolla le tissu collé à la peau par le sang séché avec un peu d'eau, puis examina l'entaille creusée par la balle. Elle était moins grave qu'elle n'en avait l'air. Il achevait de la nettoyer quand il perçut le bruit des pas d'Annie. Elle marchait avec une peine infinie. Il sortit du tipi, se précipita vers la jeune femme et la prit dans ses bras pour la soutenir.

— Il faut me demander, si tu as besoin de quoi que ce soit, petite.

— Tu ne pourras pas veiller éternellement sur moi.

— Tu vas te rétablir très vite et tu te débrouilleras seule.

Il se rassit sur la couche de feuilles après avoir aidé Annie à en faire autant. Puis il enduisit sa plaie de baume. Cela brûlait si fort qu'il en oublia ses ardeurs, ravivées par la proximité de sa protégée.

Il la regarda enfin, et lui trouva une pauvre mine.

— As-tu assez dormi, petite ?

— Oui.

— T'ai-je tenu chaud ?

Les yeux perdus sur la cime des arbres, elle opina.

— Ah, bien. Je suis content. Mon bras a-t-il fait un bon oreiller ?

Elle se tourna vers lui, détailla son torse nu, rougit. Il s'interrogea. Lui faisait-il de l'effet ? Cette idée lui plut.

— Peux-tu me donner un coup de main ? s'enquit-il en lui tendant une bande d'étoffe propre. Je ne peux pas bander mon épaule tout seul.

Annie s'astreignit à masquer sa honte, qu'il avait évidemment lue sur son visage. Il savait. *Il savait !* Qu'elle avait gardé la tête posée sur son bras, et donc que leurs corps s'étaient étroitement imbriqués pendant toute la durée de leur sommeil.

Elle prit le morceau d'étoffe qu'il lui tendait et se mit à genoux.

— Pour notre survie, dit-elle, nous sommes sans doute contraints de bafouer les règles de la décence, mais tu pourrais au moins faire semblant d'être aussi contrarié par les circonstances que je le suis !

— Mais je ne suis pas contrarié, Annie. La plupart du temps, je dors avec mes frères, et je t'assure que tu sens bien meilleur qu'eux.

— Peut-être devriez-vous tous songer à prendre un bain. J'ai entendu dire que l'eau et le savon…

Elle s'interrompit : elle avait la blessure sous les yeux. La balle avait creusé une longue entaille dans les chairs, pas très profonde mais certainement douloureuse, et ce par sa faute !

Soudain, elle se sentit stupide. Des êtres humains avaient perdu la vie, et elle, elle s'énervait parce qu'elle avait partagé une couche de fortune avec lui. Elle entreprit de bander soigneusement le bras blessé.

— Cela fait-il mal, Iain ?

— Non. Ça tire juste un peu.

Du bout des doigts, elle caressait la peau chaude et lisse tout en ajustant le bandage. Comme ce bras était différent du sien… Dur, sculpté, au biceps si épais qu'elle aurait été bien en peine d'en faire le tour à deux mains. Les mystérieux tatouages sur l'avant-bras formaient des circonvolutions qui montaient presque jusqu'à l'épaule.

— Je ne voudrais pas exacerber la douleur…

— Ne te fais pas de bile, petite.

Mais elle s'en faisait. Jamais auparavant elle n'avait vu d'homme torse nu, et le spectacle était déstabilisant. Cette musculature d'athlète la plongeait dans un profond désarroi. Cette peau couleur de bronze n'arrangeait rien. Et cette fine toison bouclée sur laquelle reposait la croix de bois… Mon Dieu que cet homme était beau. Solide, puissant. Les pensées en déroute, elle sentait une troublante chaleur envahir son ventre. Bien que tremblante, elle réussit à nouer la bande d'étoffe puis, comme mus par une volonté propre, ses doigts suivirent le tracé du tatouage. Des spirales, des zigzags, des triangles, et ce qui semblait être…

— Des griffes d'ours, petite. J'ai été adopté par les Muchquauh, le clan des Ours, qui fait partie du peuple mohican, lorsque je suis devenu adulte.

Il dut fermer les yeux : les doigts d'Annie qui couraient sur sa peau paraissaient laisser derrière eux une traînée de feu.

— Adopté ? répéta-t-elle, étonnée.

— Oui, petite. Les vieilles de la tribu en ont eu tellement marre que je sois tout le temps planté devant leur feu pour partager leurs repas, qu'il a été décidé de m'intégrer à la famille. De la sorte, elles pouvaient cesser de me traiter en invité et m'envoyer pêcher.

Annie sourit.

— Le tatouage, cela t'a-t-il fait mal ? s'enquit-elle en continuant son innocente exploration.

— Oui. Mais cela n'a rien été en comparaison des coups de chat à neuf queues avec lequel mon père m'a frotté les reins quand il l'a vu. Il a eu peur que ces symboles fassent de moi un barbare.

Iain avait la langue épaisse, des difficultés d'élocution. Décidément, cette femme lui faisait un effet incroyable ! Elle effleurait maintenant la peau de l'intérieur du poignet. Il observa son expression. Elle aussi éprouvait de l'attirance. Ce qui l'animait n'était pas à sens unique.

Elle retira sa main.

— Pardonne-moi. Je n'avais pas le droit de te toucher ainsi.

Iain lui fut reconnaissant, sans que pour autant son excitation s'amenuisât. Il lui prit la main, la porta à ses lèvres et contempla ses yeux qui s'assombrissaient. Oh oui, elle aussi était victime du magnétisme qui faisait presque crépiter l'air entre eux.

— Il était normal que tu veuilles savoir, petite. Maintenant, mangeons.

Annie essaya de nouveau. Elle cala le lourd fusil contre sa hanche, l'ouvrit en faisant basculer le canon en avant, puis versa de la poudre dans le bassinet et referma. Iain surveillait ses gestes en souriant. Elle n'avait pas envie de sourire : elle était par trop affamée.

— Comment vous, les rangers, faites-vous pour rester si grands et forts en ne vous sustentant que de maïs desséché ?

Le sourire de Iain s'élargit.

— Ce n'est que lors de longues marches ou d'expéditions que nous nous nourrissons aussi chichement. Je te promets, dès notre arrivée au fort, un somptueux repas, petite. Charge ton fusil !

Elle fit couler un peu de poudre le long du canon, une tâche qui exigeait qu'elle se dresse sur ses genoux et lève haut les bras. Puis elle lâcha une balle dans le canon et la fit glisser jusqu'au fond en la poussant avec une longue et fine tige de métal. Enfin, elle remit en place la culasse.

— Parfait, approuva Iain. Et ensuite, que dois-tu faire ?

— Armer, viser et tirer. Ce n'est pas aussi difficile que je le pensais.

Elle s'étonnait d'éprouver tant de fierté face aux félicitations de Iain.

— Effectivement, petite, ce n'est pas si difficile que cela de charger un fusil quand on est assis au soleil avec des petits oiseaux qui vous chantent au-dessus de la tête. C'est autrement plus compliqué lorsqu'il faut le recharger sans cesse en plein combat, cerné des cris des blessés et des mourants.

Annie vit la lueur de gaieté qui scintillait dans ses yeux s'éteindre. Elle frissonna.

— Je n'avais pas songé à cela. Ce doit être terrible.

— C'est la guerre, fit Iain en plaçant le fusil de côté, le poids de l'arme reposant sur son coude.

Par chance, il avait remis sa chemise.

— C'est sa capacité à recharger vite, bien viser, ne pas perdre son sang-froid et tirer, qui garde un soldat en vie.

Elle se montrait curieuse, et il semblait trouver cela normal. C'était la première fois depuis de longs mois qu'elle discutait vraiment avec quelqu'un. Maître et maîtresse Hawes avaient été plus qu'économes de mots avec elle. Lorsqu'ils lui parlaient, c'était pour l'abreuver de versets de la Bible ou lui donner des ordres. Quel bonheur d'avoir un interlocuteur !

— As-tu vu beaucoup de batailles, Iain ?

— Pas mal, oui.

— À quelle vitesse peux-tu recharger ?

— Prie le Ciel de n'avoir jamais à le découvrir, petite.

Il but à son outre, et la tendit à Annie.

— Parler de la guerre n'est pas convenable pour une femme.

Elle but, puis remarqua :

— Pourtant, des femmes meurent à la guerre, et leurs enfants aussi. Pourquoi nous cacherait-on la vérité ?

Elle songea à maîtresse Hawes qui attendait un bébé, et éprouva du remords. Iain resta silencieux un moment, puis il leva la main et suivit du bout de l'index le dessin de sa joue.

— Quand un homme regarde dans les yeux d'une femme, petite, il ne veut pas y voir les horreurs qu'il a connues. Il ne veut voir que de la joie, de la chaleur et de l'innocence. Pour lui, il est naturel de protéger les femmes et les enfants des cruautés du monde.

Incrédule, Annie sentit les larmes lui embuer les yeux. Elle cilla pour les écraser, espérant que Iain ne s'était rendu compte de rien.

— Depuis combien de temps es-tu ici, aux Amériques ?

— Tu changes vite de sujet… Nous avons quitté Skye en 1746.

— Après Culloden, dit Annie qui regretta aussitôt de ne pas s'être mordu la langue plutôt que de mentionner la bataille de Culloden, l'ultime d'une guerre qui avait vu les Anglais vaincre les Écossais.

— Oui, petite, après Culloden, confirma Iain. Après que ce boucher de Cumberland et son pantin Argyll eurent anéanti les clans, tué tout homme portant épée, massacré femmes et enfants.

— C'est faux ! Argyll ne tuerait jamais des…

Iain se mit brusquement debout. Il s'approcha si près d'elle qu'elle distingua des flammèches dans ses yeux.

— Les armées de Cumberland et d'Argyll ont contraint les femmes à regarder pendant qu'ils abattaient leurs maris et leurs fils comme du bétail ! Puis ils les ont violées. Toutes ! Grands-mères, épouses, adolescentes !

Mais non. Il mentait. Il ne pouvait que mentir ! Les hommes de son clan n'auraient jamais tué d'innocentes femmes et des enfants ! se dit Annie, tremblante de colère. Elle s'obligea à contenir la fureur qui s'était emparée d'elle : sa vie dépendait de cet homme.

— Les as-tu vus de tes propres yeux commettre de telles atrocités ? Ou bien ne fais-tu que rapporter d'abominables histoires colportées par ceux qui ont perdu la guerre et ensuite essayé de salir les vainqueurs, Iain MacKinnon ?

— J'étais tout jeune à l'époque. Trop faible pour me servir d'une épée. Mais cela ne les a pas empêchés de me pourchasser comme du gibier, ainsi que mes frères et mes cousins. C'est mon grand-père qui les a arrêtés, qui a échangé sa vie contre la mienne. Mais ils n'ont pas eu l'élégance de le combattre honorablement, de lui permettre de mourir dans la dignité. Ils l'ont enfermé dans une geôle puante, à fond de cale d'un navire, l'ont envoyé de l'autre côté de l'océan et lui ont pris ses terres d'Écosse. Oui, j'ai vu cela, petite. Et je peux t'assurer que Cumberland pourrait en remontrer aux Indiens dans le domaine de la cruauté et de la brutalité !

Son grand-père ? Enfermé sur un navire ? Ses terres volées ?

Tout à coup, Annie comprit. Iain n'était pas seulement un MacKinnon. Il était le petit-fils et l'héritier du nom, le chef de clan !

Rien d'étonnant à ce qu'il honnisse le roi George ! Cette haine était dans son sang, exactement comme la loyauté envers l'Angleterre était dans le sien.

— Mais pourquoi te bats-tu pour le roi si tu l'exècres, Iain ?

— On m'a donné le choix entre combattre ou me balancer au bout d'une corde.

— Alors tu… tu es un… forçat ?

Il éclata de rire.

— Un Écossais catholique n'a pas besoin d'être coupable de quoi que ce soit pour être pendu ! Mes frères et moi avons été faussement accusés du meurtre d'un homme. On nous a ensuite proposé un marché : ou nous allions au procès, devant un tribunal qui nous avait d'ores et déjà condamnés, ou nous prenions les armes pour l'Angleterre.

Meurtre… Le mot donna la chair de poule à Annie et lui remit en mémoire une réalité : elle ne savait pratiquement rien de cet homme. Était-il capable de tuer ? Oui, c'était certain. Elle en avait été témoin. Mais de commettre un… meurtre ?

— Je vois le doute dans tes yeux, Annie Burns. Mais tu n'as aucune raison d'avoir peur de moi. L'accusation de meurtre était un complot pour nous forcer à intégrer l'armée. Nous n'avons assassiné personne.

Le silence qui s'installa parut à Annie aussi épais qu'un mur de granite. Comment rétablir la situation ? Quels mots prononcer pour réparer les dégâts ?

— Est-ce que… elle te manque, Iain ? L'Écosse, je veux dire.

Il haussa les épaules.

— Parfois, l'eau me manque, l'odeur de la mer, les douces ondulations des Cuillin Mountains. Les hommes de mon clan me manquent aussi. Et nos fêtes de village où l'on dansait et chantait. La bruyère sur la lande. Mais j'ai passé ici la moitié de mon existence. Pour moi, les Highlands ne sont que des souvenirs. Et toi, petite, d'où viens-tu ?

Il avait posé la question sur le ton de la conversation, mais Annie ne se laissa pas duper. Elle hésita, et Iain jura entre ses dents.

— Me crois-tu sans cœur, Annie ? Je me fiche pas mal de savoir envers qui tu es loyale ! Je n'abandonnerais pas une femme seule en pleine nature même si elle était la fille d'Argyll !

Elle sut, à son expression, qu'il disait vrai.

— Je viens de Rothesay, près de…

Les mots moururent sur ses lèvres. Ils lui faisaient trop mal. Tout à coup, elle voyait le soleil briller sur la baie de Wemyss, humait les senteurs des herbages et du rivage, entendait le cri des mouettes. Un monde perdu. Comme son père, sa mère, ses frères, l'Écosse avait disparu.

De grosses larmes mouillèrent soudain ses joues. Elle avait tant de peine qu'elle avait l'impression que son cœur allait se briser. Alors elle prit sur elle, lutta contre le chagrin, le domina. Iain dénoua son foulard et lui essuya les joues.

— Pourquoi es-tu venue ici, petite ?

— Ma mère est… morte. Il ne me restait plus personne. Je n'avais plus rien. Plus de maison, plus de famille.

— Mais ici, oui.

Ici ? Oh… Iain songeait aux Hawes.

Elle n'osa pas le regarder en face quand elle acquiesça.

— Oui. Oui, c'est cela.

— Depuis combien de temps es-tu aux colonies ?

— Quatre mois.

Quatre abominables mois de solitude…

— Pas étonnant que l'Écosse te manque, petite. Tu n'as pas trouvé le paradis ici, et maintenant, tu as perdu le peu de famille que tu avais encore.

La honte submergea Annie. Elle ne méritait ni gentillesse ni compassion ! Elle s'était enfuie, laissant maître et maîtresse Hawes affronter la mort. Et elle venait de nouveau de mentir à Iain.

— Je vois bien que tu te fais des reproches, petite. Mais dis-toi qu'il n'y avait rien à faire pour les tiens.

L'envie de lui révéler la vérité la tenaillait. De lui raconter toute la sordide histoire. De se laver de ses souillures. Si lui aussi avait été accusé d'un crime qu'il n'avait pas commis, peut-être la croirait-il ? Mais… si ce n'était pas le cas ? Il la livrerait aux autorités et elle serait derechef vendue, peut-être à des maîtres plus cruels, plus durs que les Hawes. Un risque qu'elle ne pouvait prendre.

— Allonge-toi et repose-toi, Annie. Je veille sur toi. Nous partirons au coucher du soleil.

Elle s'étendit sur la couche d'aiguilles de pin, laissa Iain la couvrir de la peau d'ours.

Mais elle mit très longtemps à trouver le sommeil.

8

Iain nettoya son fusil et ses pistolets tout en regardant dormir la jeune femme. Désormais, il n'avait plus de doute : sa famille avait fait partie des loyalistes en 1745. Elle avait dit venir de Rothesay. Si sa mémoire était bonne, Rothesay se trouvait dans le comté de Campbell, sur l'île de Bute. À la bataille de Culloden, la parentèle d'Annie avait donc fait couler du sang écossais sur le sol d'Écosse.

Son ignorance de la sauvagerie qui avait suivi la bataille de Culloden l'avait mis en colère, et pourtant il ne parvenait pas à la lui reprocher. À cette époque, elle n'était qu'une enfant. Ce qui n'était pas le cas des hommes de Rothesay qui avaient violé et assassiné tout le long de leur chemin à travers les Highlands.

Elle s'étira dans son sommeil, sourcils froncés, comme si elle faisait un mauvais rêve. Il se pencha et lui caressa la joue, ce qui sembla la calmer. Il éprouvait un incompréhensible besoin de la protéger.

L'existence sur la frontière était dure pour les femmes. La faim, les maladies, les carnages prélevaient chaque jour leur dîme. Les survivantes risquaient de surcroît de périr en couches, ou de chagrin à force d'enterrer trop d'êtres chers. La frontière était un territoire où régnait la férocité, où ni la beauté ni la bonté n'avaient leur place.

Il avait l'impression qu'Annie était encore plus étrangère à cette région que n'importe quelle autre femme.

Lorsqu'il avait passé le baume sur ses pieds, il s'était étonné qu'ils fussent si doux, dépourvus de cals. Jamais, apparemment, elle n'avait marché pieds nus.

Et ses mains... elles portaient des cals, mais tout récents. À croire qu'elle ne travaillait que depuis peu de temps. Sa peau demeurait soyeuse.

Son langage n'était pas celui d'une pauvre fille des Highlands. Quant à ses intonations, elles étaient un peu affectées, trahissant une éducation.

Pourtant, sa misérable robe de laine était celle d'une pauvresse.

Oui, décidément, il y avait quelque chose de bizarre chez cette femme.

Mais découvrir ce dont il s'agissait n'était pas son rôle. Une fois qu'il l'aurait mise en sécurité au fort, il n'aurait plus à se soucier d'elle. Wentworth l'enverrait à Albany et ensuite, elle prendrait son existence en main du mieux qu'elle le pourrait.

Il entreprit de nettoyer son dernier pistolet en essayant de ne pas penser à Annie seule à Albany. Cette ville était pleine d'hommes brutaux, qui n'auraient de cesse de la posséder puis de l'abandonner dans la rue. Mais il n'y avait rien qu'il pût faire pour elle après l'avoir arrachée aux périls de la forêt. Il n'était pas un homme libre.

Le crépuscule tomberait dans une heure. Il fallait qu'il observe le lac, détermine si les bateaux étaient encore là. Vérifie qu'aucun pisteur n'avait découvert leur camp et les attendait en embuscade. Ensuite, en se guidant aux derniers rayons du soleil, ils partiraient.

Si tout se passait sans anicroche, cette nuit serait la dernière sur le lac. Ils le traverseraient et aborderaient sur la rive sud. De là, ils continueraient à pied après s'être un peu reposés. Marcher jusqu'à Fort Elizabeth dans le noir serait trop dangereux. En fait, cette dernière partie de leur voyage serait la plus périlleuse.

Il commença à empaqueter ses affaires, répugnant à réveiller déjà Annie.

— Attachez-la à la table, dénudez ses jambes.

— Non, mon oncle, je vous en supplie ! Pour l'amour de votre frère, ne faites pas…

Le fer rougi à blanc…

Les ignobles caresses de son oncle sur sa cuisse nue…

L'atroce douleur de la brûlure.

— Voilà. Seul l'homme dont tu voudras l'amour verra la marque… et te rejettera.

Elle frappa l'homme qui s'était saisi d'elle. Dans un sanglot, elle cria.

— Non !

— Chut, petite. Ce n'est qu'un cauchemar.

— Non, s'il vous plaît, non !

Désorientée, les griffes du cauchemar encore plantées dans son esprit, elle ouvrit les yeux et découvrit le Highlander.

— Iain ?

— Oui, petite. Tu es en sécurité, dit-il en lui caressant les cheveux. Je ne laisserai personne te faire du mal. Pas tant qu'il y aura encore un souffle dans ma poitrine.

La bouche emplie de bile, le corps agité de tremblements, elle s'accrocha à lui. Il était fort, chaud, son seul point d'ancrage dans une tempête de folie. Lentement, les tremblements s'apaisèrent et les lambeaux du cauchemar se dissipèrent.

Et elle se rendit compte qu'elle était nichée dans les bras de Iain.

— Je suis désolée, dit-elle en s'écartant vivement, honteuse: leur dernière étreinte s'était achevée sur un baiser.

Elle fuyait son regard, mais il enserra son visage entre ses mains en coupe et l'obligea à le fixer droit dans les yeux. Dans les siens, elle ne vit que compassion et inquiétude. Du bout du pouce, il écrasa les larmes qui avaient roulé sur ses joues.

— Tu n'as pas à être désolée. Il n'y a pas de honte à faire un mauvais rêve.

— Oh… En fais-tu, des mauvais rêves?

Sa mine s'assombrit.

— Oui, j'en fais.

Il se mit debout. Elle constata qu'il portait son havresac, mais pas l'autre sac.

— Partons-nous?

— Pas tout de suite. Je vais d'abord m'assurer que les environs sont sûrs et que les bateaux sur le lac se sont déplacés. Ensuite, je reviendrai te chercher.

Il sortit le pistolet glissé dans sa ceinture, le tendit à Annie.

— Si tu entends un coup de feu, va te cacher dans les rochers. Si je m'en sors, je remonterai te chercher. Sinon…

Annie eut l'impression qu'une poigne de glace lui broyait l'estomac. Elle s'aperçut qu'elle n'avait pas vraiment songé qu'il pouvait être tué.

— Ne puis-je t'accompagner, Iain? S'ils te tuent, je mourrai de toute façon, ne serait-ce que de faim.

Il réfléchit, puis secoua la tête.

— Non, petite. Tu restes ici. Je n'en ai pas pour longtemps.

Sur ces mots, il s'éloigna sans bruit.

Annie patienta. Le soleil descendait de plus en plus bas sur l'horizon, et le froid s'aiguisait. Elle s'emmitoufla dans la peau d'ours, se tapit au fond du tipi, oppressée par le silence de la forêt.

Il allait revenir. Il *devait* revenir.

Elle regarda le pistolet qu'elle serrait dans sa main, sentit un frisson lui courir le long de l'échine, un frisson qui n'était pas dû au froid. Comme son ancienne vie dans le confort et la sécurité lui semblait lointaine... Et comme la nouvelle lui paraissait étrange et terrifiante. S'il le fallait, serait-elle capable d'actionner la détente du pistolet et tuer un homme ?

Elle pensa à l'Indien qu'elle avait frappé avec un caillou.

Oui, elle serait capable de tuer.

Mentalement, elle révisa la procédure à suivre pour tirer, passant en revue ce que lui avait appris Iain. Se rappela qu'il lui avait expliqué combien cela semblait facile de charger, tirer et recharger quand on était tranquillement assis au soleil, mais qu'il en allait tout autrement dans l'urgence.

Il était impératif qu'elle soit prête. Iain avait dû laisser de la poudre et des balles dans son havresac.

Elle fouilla à l'intérieur et trouva un petit seau et une assiette en métal, un couteau pliant, une fourchette, une salière, une flasque de rhum, le flacon d'onguent, du savon dans un linge, des bougies, une aiguille et du fil, un morceau de gingembre, mais ni poudre ni balle.

Furieuse, elle se demanda pourquoi il lui avait appris à se servir d'une arme à feu s'il ne lui donnait pas les moyens de mettre son savoir en pratique. Elle lui poserait la question dès son retour. Car il reviendrait. Il ne pouvait en être autrement.

Son estomac grondait. Elle avait faim et soif, mais n'osait mâcher une nouvelle poignée de maïs desséché : Iain les avait rationnés tous les deux. Toutefois, elle pouvait étancher sa soif. Elle chercha l'outre, la porta à ses lèvres, puis interrompit son mouvement. Le liquide qu'elle contenait lui avait brûlé la gorge. Mieux valait boire du rhum.

Elle plongea de nouveau la main dans le havresac et en sortit la flasque. Elle s'apprêtait à boire lorsqu'une exclamation la pétrifia.

— Annie, non!

Courant à travers les arbres, Iain se précipitait vers elle, l'air affolé. Il tomba à genoux devant l'ouverture du tipi.

— Mon Dieu, Annie, as-tu bu cela? Dis-moi! Vite!

Elle secoua la tête. L'expression de Iain se détendit immédiatement.

— Jésus, merci! Mais qu'est-ce qui t'a pris de fouiller dans mon paquetage?

— Je cherchais de la poudre et des balles, et puis j'ai eu soif!

— Sais-tu ce qu'il y a dans cette flasque?

— Du rhum.

— Oui, du rhum. Empoisonné! Le bon rhum est dans la flasque que je garde sur moi! Une seule gorgée de celui-ci, et tu étais morte. Je n'aurais rien pu faire pour te sauver.

Elle se sentit blêmir.

— Du... du rhum empoisonné? Mais... pourquoi?

— Si je suis capturé, celui qui m'aura fait prisonnier ira immédiatement fouiller dans mes affaires comme tu l'as fait. Si j'ai un peu de chance, il passera ce rhum à ses compagnons, en boira aussi et ils trépasseront tous dans la minute!

Il posa l'outre sur ses genoux alors que, tétanisée par une peur rétrospective, Annie ne bougeait plus.

— Tiens, petite, bois. Ensuite, nous partirons.

Elle se ressaisit et la colère prit le pas sur la peur.

— Tu aurais pu me le dire!

— Je n'avais pas imaginé que tu irais sans vergogne fourrager dans ma besace.

— Je ne suis pas une voleuse ! s'écria-t-elle, écarlate.

Iain ressentait les pincements de la culpabilité. Elle avait raison, il aurait dû le lui dire, mais il n'avait pas l'habitude d'être seul dans la nature avec quelqu'un qui n'était pas un ranger. Ses compagnons ordinaires étaient tous au courant pour le rhum empoisonné, d'autant qu'ils en avaient aussi.

— Il faut te surveiller comme une enfant, lui dit-il, de mauvaise foi.

Manifestement, la remarque l'avait blessée. Après un temps, elle sortit prestement du tipi et, sans un mot, commença à descendre la colline d'un pas mal assuré.

Iain marchait à côté d'Annie, un œil sur la forêt, l'autre sur la jeune femme. Il n'aurait jamais cru qu'elle réussirait à marcher aussi longtemps. Il savait, à son teint terreux et son souffle court, qu'elle souffrait affreusement. Il s'efforça de faire taire la petite voix qui, dans sa tête, lui répétait que tout était sa faute. Non ! C'était cette femme entêtée et orgueilleuse qui exigeait de marcher sur ses pieds en charpie.

La pente s'accentua, la neige était maintenant gelée. Il allait lui conseiller de faire attention quand elle glissa. Il la rattrapa par la taille.

— Sois prudente, petite. Peut-être devrais-tu me tenir la main…

Elle le repoussa sans mot dire et reprit sa progression en se retenant aux troncs d'arbres, aux branches basses.

— Idiote femme butée, grommela Iain entre ses dents.

Annie l'entendit. Elle le savait furieux. Eh bien, tant pis. Qu'il aille se jeter d'une falaise si cela lui chantait, elle s'en moquait. Il l'avait traitée de voleuse – enfin, il avait sous-entendu qu'elle en était une ! Mais elle n'avait rien dérobé. S'il lui avait laissé de la poudre et des balles, il ne lui serait même pas venu à l'esprit de glisser la main dans le havresac ! Et ce fichu rhum empoisonné ! Il aurait dû la mettre au courant. Et il aurait dû s'excuser, au lieu de hausser le ton et la traiter de gamine.

Elle n'était pas une gamine ! Si elle avait besoin de son aide, c'était uniquement parce qu'elle se trouvait en terre inconnue et qu'elle était blessée. Chez elle, à Rothesay, il ne lui aurait été d'aucune utilité.

Parce qu'elle avait des serviteurs qui se chargeaient de tout pour elle…

Elle s'accrocha à une nouvelle branche, méprisant la douleur que déclenchait le moindre pas. Elle était une aristocrate, ne connaissait rien de cette vie sauvage. Elle n'était ici que parce que des hommes comme Iain avaient tué ses parents, et à cause de l'infinie cruauté de son oncle.

Des hommes comme Iain, oui. Mais pas Iain.

Lui, il lui avait sauvé la vie, avait veillé sur elle, montré sa bonté, fait en sorte qu'elle souffre le moins possible.

Mais il avait maudit son roi et accusé les siens d'avoir commis des atrocités.

Elle n'en pouvait plus. Elle s'adossa à un tronc et serra les dents pour ne pas gémir. Le lac était encore loin.

— Annie, pour l'amour de Dieu, cesse de te torturer alors que je veux te porter !

Elle se remettait à avancer lorsque soudain une main la bâillonna et un bras puissant la jeta par terre. Le corps de Iain la recouvrait entièrement. Il lui murmura à l'oreille :

— Pas un bruit.

Elle hocha la tête, et il retira sa main. Elle entendit le cliquetis de la sécurité de son fusil qu'il débloquait.

Puis elle vit.

Sur le lac, à un jet de pierre de la rive, quatre canoës glissaient silencieusement. Dans chacun d'eux, cinq ou six guerriers indiens aux faces constellées de peintures de guerre. Ils ressemblaient à celui qui l'avait attaquée. Tous étaient armés d'arcs, et fouillaient la rive du regard.

Ils cherchaient leur canot !

Qui se trouvait quille en l'air à quelques mètres d'eux. Dissimulé. Mais s'ils le trouvaient...

Son cœur battait si fort qu'elle s'étonna que les Indiens ne l'entendent pas. Elle ferma les yeux, enfouit son visage dans la neige et essaya de ne plus respirer.

Des lèvres douces touchèrent sa tempe en même temps qu'une voix chuchotait :

— Calme-toi, Annie.

Elle rouvrit les yeux. Les canoës étaient maintenant face à eux. Les guerriers scrutaient le rivage. L'un d'eux leva le regard vers la colline, et Annie eut l'horrible impression qu'il se posait sur elle.

Elle sentit Iain bander tous ses muscles.

L'un des guerriers parla et, quelques instants durant, Annie fut certaine qu'ils avaient repéré leur canot. Mais ils n'obliquèrent pas vers la rive et, avec une lenteur insoutenable, s'éloignèrent puis disparurent.

Elle relâcha son souffle et Iain la soulagea de son poids en se laissant glisser sur le côté. Une seconde plus tard, il la faisait pivoter sur le dos et annonçait en la fixant droit dans les yeux :

— Je vais te porter jusqu'au canot, et je ne veux pas entendre une seule protestation, compris ?

Une heure avant l'aube, ils atteignirent la rive sud du lac George. En dépit de sa fatigue due à des heures passées à pagayer, Iain ne pouvait s'octroyer de repos. Il dissimula de nouveau le canot, puis chargea Annie sur son dos et la porta à l'intérieur des terres, à peu de distance du rivage, pour y attendre le crépuscule. Il la laissa dans cet endroit bien protégé et se prépara à aller vérifier les alentours. Cette fois, il lui donna un pistolet chargé, au chien armé.

Il s'éloignait quand elle le rappela.

— As-tu entendu ?

— Quoi donc, petite ?

— Ce cri…

— Oh, ça ? Ce n'était qu'un couguar, dit-il sèchement.

Toute la nuit, il s'était montré revêche avec elle car pris entre deux feux, à savoir l'envie de la houspiller et celle de la prendre dans ses bras et l'embrasser. Tel un arc bandé, il se sentait au bord de la rupture.

Mais il décela la peur sur son visage. Il s'agenouilla auprès d'elle, repoussa ses cheveux qui retombaient devant sa figure et lui dit gentiment :

— Ne t'inquiète pas à cause du couguar. Il est loin, et il n'a pas l'intention de nous faire du mal. Repose-toi.

9

Il sembla à Annie qu'elle venait juste de s'endormir lorsque Iain la réveilla. Percluse de douleurs, affamée, elle s'assit et découvrit que l'aube approchait. Avait-elle jamais été aussi fatiguée ? Que n'eût-elle donné pour une heure de sommeil supplémentaire ! Ou un bain chaud. Ou encore du porridge et une tasse de thé...

Comment Iain réussissait-il à rester aussi alerte et plein de vigueur ? La responsabilité de leur survie reposait entièrement sur ses épaules, et il l'assumait sans faiblir depuis le début.

Il fallait qu'elle se ressaisisse, se montre à la hauteur de cet homme exceptionnel, sans se plaindre. Elle n'était pas née pour affronter pareille existence, mais elle n'avait pas le choix. Elle avait du cran, et une bonne dose de courage. Si elle avait bien compris ce qu'avait dit Iain, il leur restait encore une journée de voyage avant d'atteindre Fort Elizabeth. Elle pouvait tenir un jour de plus.

— Mange, dit-il en lui tendant la poche de maïs desséché.

Puis il se rendit au bord du lac, le petit seau de métal à la main. Annie mâcha le maïs et l'avala à l'aide de l'eau de la gourde, tout en songeant à la nuit passée : elle avait fait en sorte de rester éveillée pratiquement constamment. Elle ne tenait pas à renouveler sa navrante réaction face au bateau français. Elle ne créerait plus de problème à Iain. Donc, elle avait scruté les ténèbres entre deux brefs assoupissements. Il avait vu ses efforts, et pourtant ne se montrait guère aimable. Il était bougon, ne parlait guère, avait le visage fermé. Était-ce à cause de ce qu'elle avait dit à propos de la bataille de Culloden ? À moins qu'il ne lui en voulût à cause de l'épisode du rhum empoisonné et de la dispute qui s'était ensuivie ? Il l'avait traitée de gamine…

Pourtant, elle avait fait des efforts. Pendant la nuit, elle avait offert de ramer pour qu'il se repose un peu. Il avait décliné l'offre.

— Une paire de rames entre tes mains ferait un sacré vacarme !

Annie s'était sentie humiliée parce qu'il disait vrai, et le voyage s'était poursuivi dans un silence glacial. La jeune femme avait eu l'impression d'être inutile. Elle ne comprenait pas Iain. Il la cajolait, la réconfortait, puis l'instant suivant la rejetait sans ménagement.

Au moins, il ne l'avait plus embrassée.

Mais pourquoi ne l'avait-il plus embrassée ?

Elle avait pris du plaisir à ce baiser, et cela la consternait. Comment une lady pouvait-elle prendre du plaisir à être embrassée par un rustre, un traître, un barbare des Highlands ? Honte à elle !

Il revenait, le seau à la main. Sa barbe était désormais davantage qu'une ombre. Elle noircissait son menton et ses joues, ce qui lui donnait l'air d'un sauvage. L'encolure béante de sa chemise révélait sa toison, de fines boucles brunes. Annie se rappela son torse nu, et le trouble qu'avait déclenché ce spectacle. Trouble qui ressuscita instantanément.

Il se déplaçait en silence, avec des mouvements sûrs, une agilité et une légèreté confondantes, vu sa haute taille. La grâce masculine était une qualité que jamais elle n'aurait imaginé voir en dehors d'une salle de bal : soit un homme pouvait danser le quadrille sans lui écraser les orteils, soit il était un balourd. Mais voilà qu'elle avait sous les yeux un autre genre de grâce, naturelle, instinctive, animale.

Il posa le seau à côté d'elle, puis sortit de son havresac le linge et le savon qu'elle y avait trouvés la veille, ainsi que le flacon d'onguent.

— L'eau froide soulagera tes pieds, petite. Lave-les et ensuite, enduis-les d'onguent.

— Oh, merci, fit Annie, déconcertée.

— Dépêche-toi. Pendant ce temps, je vais aller jeter un œil alentour.

Il disparut sans bruit dans la forêt. Annie plongea les doigts dans le seau et trouva l'eau glaciale. Elle ôta ses mocassins, mouilla le linge, mais le passa sur son visage avant de s'occuper de ses pieds.

Mon Dieu, que c'était bon ! Le froid régénérait sa peau. Elle se lava le cou, laissa avec délices des gouttes couler dans son décolleté, puis s'occupa de ses pieds et de ses chevilles.

Mais ce n'était pas suffisant. Elle se sentait tellement sale...

S'assurant que Iain n'était pas en vue, elle s'agenouilla, retira la peau d'ours et abaissa sa robe jusqu'à la taille, puis plus bas. Elle frissonna. Jamais elle ne s'était trouvée à demi nue dans la nature, et elle avait du mal à croire qu'elle ne rêvait pas, qu'elle était bien en train de se laver en plein air au vu et au su de tous. Quoique, il n'y avait personne.

Elle examina son buste tout en se lavant. Il était constellé d'hématomes. L'un de ses seins était écorché, une grosse marque rouge s'étalait sur sa hanche.

L'eau froide lui hérissait la peau de chair de poule, mais apaisait aussi les élancements des hématomes. Lorsque tout le sang séché, la poussière et la boue eurent été chassés, elle se sentit redevenir elle-même.

— Un saint se damnerait pour toi, petite. Mais je ne suis pas un saint.

Elle poussa un petit cri et se voila les seins de ses bras. Iain se tenait à quelques mètres, crosse du fusil posée par terre, main autour du canon, et il la détaillait sans vergogne.

— Tu… tu ne devrais pas regarder !

— Tu ne devrais pas être nue.

Iain s'étonna d'avoir pu parler. À la seconde où il avait vu Annie seins arrogants en liberté et peau pailletée de gouttelettes, il en avait perdu la respiration. Ses pensées cohérentes s'étaient échappées de son esprit comme des cendres soufflées par le vent. Pétrifié, presque au bord de la folie à force de lutter contre le désir qu'elle suscitait en lui.

On l'avait élevé dans le respect des femmes, mais aujourd'hui, il n'avait nulle envie de respecter celle-ci, ni de se montrer élégant. Le sang viking de sa mère bouillait en lui, l'exhortait à coucher Annie sur le dos, à plonger les doigts dans ses cheveux et à la posséder de la façon la plus primitive qui fût. Qu'elle soit consentante ou non.

Elle tâtonna jusqu'à ce que ses doigts tremblants aient récupéré la robe, mais il lâcha :

— Laisse cette robe.

Elle leva sur lui des yeux agrandis par la peur et l'incrédulité, puis recommença à ramener la robe vers elle.

— J'ai dit : laisse-la !

Il se rapprocha pour s'agenouiller devant elle, animé par un seul et unique dessein : la toucher. Il tendit la main, saisit ses poignets et lui haussa les bras, révélant les seins ronds et opalins.

— Tu ne dois pas me cacher ta beauté, petite.

Tout en la maintenant, il se gorgea du spectacle de la poitrine exposée, que l'appréhension soulevait par rapides à-coups. Ces globes étaient à la taille exacte de ses paumes, songea-t-il, exalté, en lui embrassant l'intérieur du poignet. Les pointes étaient dardées sous l'effet du froid, comme si un homme venait de les titiller à coups de langue. Il vit la marque rouge, mais cela ne l'attendrit pas. En revanche, le cœur qui palpitait sous les côtes tel un oiseau sauvage emprisonné dans une cage, si.

Le désir lui faisait perdre la tête, se rendit-il compte. Il brûlait de presser ses lèvres sur la peau nacrée, de mordiller, lécher.

Il se pencha et embrassa la longue écorchure rouge. Annie sursauta aussi vivement que s'il l'avait effleurée avec un tison enflammé.

— S'il te plaît, non...

L'excitation avait déclenché comme des grondements dans ses tympans. Il entendit à peine la supplique. Son sexe tendu à craquer menaçait de rompre l'étoffe de la culotte, exigeant son dû.

— Tu n'as rien à craindre de moi, Annie.

Quel mensonge ! Si elle avait su ce qu'il avait en tête, elle aurait pris ses jambes à son cou en hurlant.

In petto, il se traita de salaud. Il voyait bien que cette innocente jeune femme était terrifiée.

Luttant pour terrasser le désir qui le ravageait, il lâcha ses poignets, ramassa le linge et le trempa dans le seau.

— Tourne-toi, je vais te laver le dos.

Couvrant de nouveau ses seins, elle s'exécuta après une hésitation. Il souleva ses longs cheveux et entreprit de frotter les épaules au si joli dessin avec le linge imbibé de savon. Il voyait le pouls battre follement sur la carotide, les frissons qui couraient sur le dos délicat.

Et le feu intérieur, qu'il avait cru avoir combattu avec succès, ronfla en lui avec une vigueur renouvelée.

Lentement, précautionneusement, il passait le linge sur la peau, veillant à ne pas appuyer sur les hématomes, quand quelque chose capta son regard. Ces traces foncées, à la naissance de ses reins, ne dataient pas de ces derniers jours. C'étaient des traces de lanières de fouet. Annie avait été battue, et ce à maintes reprises. Dieu du ciel, mais quel monstre était-il donc pour avoir songé à posséder de gré ou de force une femme qui s'était fait flageller par quelque fou pervers ? Il n'aurait même pas dû l'embrasser !

Et pourtant, le désir qui le mettait à la torture ne cédait pas.

La seule chose qui matait un peu ses élans était cette assurance qu'il lui avait donnée : il ne laisserait personne lui faire du mal. S'il était incapable de la protéger de lui-même, alors qu'en serait-il des autres ?

Il prit une profonde inspiration, posa le linge, puis lui remonta sa robe jusqu'aux épaules.

— Voilà, petite. Rajuste-toi. Il est temps de quitter cet endroit.

Il marchait dans la forêt en portant Annie sur son dos, et elle ressassait ses paroles : il l'avait avertie que les Indiens abénaquis devaient se douter de leur destination. Ils les avaient perdus sur le lac, et avaient dû partir devant, pour les attendre quelque part le long de la route qui menait à Fort Elizabeth. Cette partie de leur voyage était donc la plus dangereuse. Il fallait à tout prix garder un silence absolu et rester sur le qui-vive en permanence.

Les ruines carbonisées d'un fort devant lequel ils venaient de passer, tel un monument élevé à la mort, prouvaient amplement qu'ils se trouvaient en territoire périlleux. Iain avait expliqué que l'endroit s'appelait Fort William Henry. Il l'avait contourné, restant sous le couvert des arbres.

— Il est tombé l'été dernier. Et beaucoup d'hommes, de femmes et d'enfants avec lui.

Quelle bizarrerie que la vie, songea Annie. L'été dernier, elle vivait dans le confort de la maison de son oncle, inconsciente des souffrances de sa mère, de la dépravation de son oncle et de ce conflit qui se déroulait aux Amériques. Jamais elle n'aurait imaginé ce qui l'attendait dans un avenir proche : la mort de sa mère, la cruauté de son oncle, les horreurs de la guerre dans ce monde nouveau.

Une fois, maître Hawes lui avait dit qu'un homme n'entend pas arriver la flèche qui va le tuer. Dans cette immensité, elle comprenait maintenant le sens de ces paroles. La forêt semblait les absorber et chaque arbre, chaque ravine ou éboulis figurait une redoutable possibilité de causer sa mort et celle de Iain. La mort qui était tapie, attendant son heure.

Quelque chose bougea dans le sous-bois. Un renard.

Une branche se balança. Un couple d'écureuils.

Annie s'aperçut qu'elle ne pensait plus au désarroi, et à l'exquis trouble, qui l'avaient envahie quand Iain avait posé les yeux sur sa poitrine nue. Elle avait oublié que son cœur s'était emballé, son ventre avait palpité lorsqu'il lui avait embrassé l'intérieur du poignet. Elle ne se rappelait plus combien elle avait aimé qu'il lave son dos. Elle focalisait toute son attention sur sa démarche prudente sur la neige, la glace, les rochers. Elle ne songeait plus qu'à leur survie, si aléatoire.

En milieu de matinée, il s'arrêta au bord d'un ruisseau pour remplir son outre. Il s'inclina afin de poser Annie par terre, puis la débarrassa de son sac. Elle constata qu'il avait le front constellé de gouttes de sueur. Ce devait être bien difficile de marcher depuis l'aube sur ce terrain accidenté en la portant.

— Si tu as besoin de t'isoler, petite, c'est le moment. Mais ne t'éloigne pas.

Il cassa la glace au bord du ruisseau pour recueillir de l'eau. Annie se dirigea vers un épais bosquet, grimaçant de douleur à chaque pas, puis revint auprès de Iain aussi vite qu'elle le put. Elle s'assit et le regarda boire à longues goulées, fascinée par le mouvement des muscles de sa gorge.

Il s'essuya la bouche avec sa manche, avant de demander :

— As-tu soif ? Bois, et je remplirai de nouveau l'outre. Je ne veux pas devoir m'arrêter une autre fois.

À peine avait-elle commencé à boire qu'elle entendit un son sec, à bonne distance.

Un coup de feu.

En un clin d'œil, Iain fut debout, sourcils froncés. Puis il lâcha un lourd soupir et une expression d'extrême lassitude mêlée de remords se peignit sur ses traits.

— Iain ? Que se passe-t-il ?

— Mes hommes. Mes frères. Ils sont attaqués.

Iain se déplaça aussi silencieusement que possible en direction du sud du fort. Il voulait à tout prix éviter d'être pris dans les feux de la bataille avec Annie. Les tirs s'étaient arrêtés un moment avant de reprendre de plus belle, et cette fois, ils semblaient plus proches. Puis le silence était revenu. Nul besoin pour Iain d'être avec ses hommes pour savoir ce qu'ils préparaient. Il connaissait toutes leurs tactiques, puisqu'il les leur avait enseignées.

Ils avaient été débordés par le nombre d'adversaires, sinon ils n'auraient pas fait si vite retraite vers le fort. Ils s'étaient déployés en cercle afin de n'être pas pris en tenaille, puis avaient déclenché une pluie de balles sur les Français et leurs alliés abénaquis. Lorsque les lignes françaises avaient cédé, ils s'étaient en hâte retirés vers le fort.

Mais les lignes françaises s'étaient reformées et avaient derechef avancé. Les rangers avaient une nouvelle fois formé le cercle, chacun d'eux couplé à un autre pour recharger son fusil, et de la sorte l'ennemi s'était trouvé sans discontinuer sous un feu nourri. Mais que s'était-il passé ensuite ? Ce silence soudain ne lui disait rien qui vaille. Les Français l'avaient-ils emporté ? Ou bien s'étaient-ils dispersés dans les bois, ce qui avait permis à ses hommes de gagner le fort ? Combien de ces valeureux guerriers avaient-ils perdu la vie ? Combien erraient dans la forêt, blessés ? Combien avaient été faits prisonniers et attendaient de finir sous la torture ? Et Morgan ? Connor ? Qu'était-il advenu d'eux ?

En abandonnant ses rangers, Iain savait qu'une issue fatale pouvait survenir. Que ses hommes, ses frères risquaient de périr. Cela ne l'avait pas empêché de désobéir aux ordres. Sa vie durant, il paierait moralement le coût de sa décision.

Et pourtant, il ne regrettait pas d'avoir sauvé Annie.

Il sentait son poids sur son dos, sa chaleur, et son besoin de la protéger décupla. Elle ne méritait pas ce qui lui était arrivé. Il n'aurait pas pu davantage la regarder mourir que la tuer de ses propres mains.

Mais qui l'avait fouettée ? L'homme que Connor avait trouvé mort dans la neige ? Son parent ? Probablement.

Annie n'était pas le genre de femme à subir un châtiment corporel sans se rebeller. Mais si le bourreau était son parent, elle avait pu endurer le supplice sans mot dire pour ne pas perdre le toit au-dessus de sa tête. Si c'était le cas, que cet homme soit mort était une bonne chose. Ceux qui battaient les femmes ne méritaient pas la vie que leur mère leur avait donnée.

Une biche sortit des fourrés, le ramenant au présent. Il ne devait pas se laisser distraire. Le terrain très accidenté offrait maintes opportunités pour se cacher. Il venait juste de remarquer des rochers en surplomb, utilisés dans le passé par l'un de ses hommes pour tendre un guet-apens aux Français, quand les coups de feu reprirent.

Et cette fois, ils éclataient presque au-dessus d'eux.

10

Iain gravit prestement la colline alors que toute la forêt semblait exploser sous les coups de feu et les cris. Il lui fallait mettre Annie à l'abri. Ensuite, il trouverait un bon poste pour tirer.

La pente était raide et glacée, ses bottes de neige glissaient. Il méprisa les élancements dans ses mollets, et s'obligea à accélérer le pas. Il atteignit enfin les rochers et posa Annie par terre. Les cris et les détonations s'amplifiaient.

La jeune femme était pâle, mais conservait son sang-froid.

— Baisse la tête, dit-il en lui enlevant son sac.

Le rocher formait un encorbellement sous lequel un homme pouvait se tenir debout tout en étant bien caché. Un parfait point d'observation.

Il fit asseoir Annie dans une anfractuosité et lui donna un pistolet, des munitions et de la poudre.

— Ne bouge pas. Ne tire que lorsque l'ennemi sera sur toi, et tire pour tuer ! As-tu compris, Annie ?

Elle hocha la tête. Il voyait dans ses yeux le même courage que lorsqu'elle avait affronté l'Abénaqui. Elle lui tapota la main.

— Sois prudent, Iain.

Pourquoi, ensuite, agit-il comme il le fit ? Peut-être à cause de la folie imminente de la bataille.

Ou parce que la frayeur et le cran d'Annie le touchaient. À moins que ce ne fût simplement parce qu'il en avait envie... Quoi qu'il en soit, il se pencha sur elle et l'embrassa.

Annie avait su qu'il allait l'embrasser avant qu'il bouge, et pourtant la chaleur de ses lèvres la prit délicieusement par surprise. Le baiser ne dura que le temps d'un battement de cœur, mais au cours de cet instant, elle oublia tout.

Il s'écarta, sourit et lui caressa la joue.

— J'ignorais que tu te faisais du souci pour moi, petite.

Et il s'éloigna, se déplaçant dos collé au rocher, pour s'arrêter à environ quatre mètres de la jeune femme. Pendant un moment, il regarda par-dessus l'à-pic. Puis il s'allongea sur le ventre et se tourna vers Annie.

— Les Français et les Abénaquis sont en dessous. Ils ne savent pas que nous sommes ici, alors je devrais réussir à les tirer comme des canards sur une mare. Mais s'ils sont traqués par mes hommes, ils peuvent avoir l'idée de monter se réfugier ici. S'ils le font, reste bien cachée, compris ?

— Oui, répondit Annie avec humeur, songeant qu'il la prenait pour une idiote, capable de filer en courant droit vers les rangs des soldats français.

Elle le vit épauler, ajuster son tir, et attendre. Puis il murmura quelques mots incompréhensibles et tira. La détonation la fit sursauter.

— Du calme, Annie, dit-il en rechargeant avec une promptitude sidérante.

De nouveau, il se mit à plat ventre et tira. Ses mouvements étaient économisés, trahissaient une longue expérience. Celle d'un homme qui avait livré un grand nombre de batailles.

Annie l'observait, à la fois terrifiée et fascinée. Jamais elle n'aurait imaginé qu'il fût possible de tirer et recharger aussi vite, en se redressant puis se rallongeant sur le ventre.

Elle s'assit et regarda le pied de la colline. La neige était rouge de sang. Des soldats français gisaient, morts, à côté de cadavres d'Indiens. Des douzaines d'autres se cachaient derrière les arbres, visant à l'aveuglette la forêt ténébreuse. Harcelés par les hommes de Iain, ils ignoraient que ce dernier était là.

Il tira et un autre soldat tomba.

Du sang. L'odeur âcre de la poudre. Les cris de douleur.

— Pour l'amour de Dieu, Annie, couche-toi !

Iain visa un officier et l'abattit. Il rechargea, compta les secondes : il essayait de tirer en même temps que ses hommes, afin de ne pas dévoiler sa position. Les soldats français, désormais sans officier, étaient désorientés. Ils firent volte-face pour se replier, enjambant les corps des leurs. Les hommes de Iain continuèrent à leur tirer dessus tandis qu'ils filaient à couvert.

— Oui, les gars, c'est ça… marmonna Iain en visant un grand Abénaqui.

Mais, alors que la fierté et le soulagement l'envahissaient à la perspective de la victoire de ses rangers, il comprit qu'Annie et lui couraient maintenant un danger mortel : les Français et les Abénaquis commençaient à gravir la colline pour s'y réfugier.

Exactement ce qu'il craignait depuis le début.

Il rampa le long de la corniche vers Annie dont le visage exprimait l'horreur, cette horreur qu'il aurait tant voulu lui éviter. Hélas, il n'y avait plus rien à faire. L'atrocité de la guerre, elle l'avait sous les yeux.

Il leva son épée au-dessus de sa tête et libéra la bande de plaid des MacKinnon qui ornait le pommeau depuis toujours.

— Les Français montent vers nous, Annie. Alors, silence ! Ne te sers de ton pistolet qu'en dernier recours. Si quelque chose m'arrivait, attends mes hommes et montre-leur ceci. Mes frères t'escorteront jusqu'à ce que tu sois en sécurité.

Il plaqua le morceau de tartan dans la main d'Annie et lui ferma les doigts autour.

— Iain !

Il s'émut en devinant qu'elle avait peur pour lui. Il amena ses doigts à ses lèvres et les embrassa.

— Chuuut, petite…

Puis il replaça son épée dans son fourreau et regagna son poste, en surplomb. Son fusil en travers des épaules, il escalada le rocher et trouva un endroit qui lui convenait, dos contre la falaise. Il arma son fusil et attendit. Fort peu de temps. Le premier soldat français déboula. Il tira, l'homme tomba, les yeux écarquillés de surprise.

Iain posa son fusil, saisit ses pistolets et chargea. Épouvantée, Annie le vit fondre sur le flot de Français survivants. Il abattit deux hommes de deux coups de feu simultanés, un autre avec sa machette, mais ils étaient si nombreux ! Où étaient ses rangers ? se demanda-t-elle, éperdue.

Elle regarda vers le bas de la pente et n'aperçut que des Français et des Indiens. La réalité de la situation l'assaillit alors : Iain et elle pouvaient très bien périr dans cette échauffourée.

Elle ne voulait pas mourir ! Ni que Iain meure !

Il avait sorti sa gigantesque épée. Nombre de Français s'étaient égaillés dans la forêt, mais d'autres s'en prenaient à lui, leur seul obstacle entre eux et le refuge convoité.

Iain se plaça entre l'ennemi et Annie. Il resterait là, comprit-elle, jusqu'à ce que les Français soient défaits ou que lui-même soit tué.

Incapable de détourner les yeux, Annie vit un soldat tenter de transpercer Iain avec sa baïonnette. Mais ce fut lui qui tomba, la poitrine coupée en deux par l'épée. Un autre leva un pistolet et perdit son bras. Un troisième s'effondra, intestins éparpillés dans la neige.

Annie savait ce dont était capable un Highlander avec son épée, mais jamais elle n'avait été témoin de la brutalité d'un combat avec cette arme légendaire. Elle en avait la nausée. Puis elle se rappela que Iain se battait pour elle, pour lui sauver la vie encore une fois.

Les soldats français arrivaient en masse sur lui, poussés par les tirs des rangers dissimulés dans la forêt derrière eux. L'un d'eux dépassa Iain, puis se retourna et le prit dans sa ligne de mire. Iain ne s'en aperçut pas. Il jouait de l'épée contre la baïonnette d'un Français.

Sans vraiment être consciente de ce qu'elle faisait, Annie se mit debout, dévala la colline comme par magie, le pistolet serré dans la main. Le soldat français ne la remarqua qu'à l'ultime seconde, alors qu'elle appuyait sur la détente.

Le coup partit et le soldat tomba.

L'incrédulité tétanisa Annie. Immobile, elle resta devant sa victime, fixant le pistolet au canon fumant.

Puis ce fut un pandémonium.

Un long hurlement monta de la forêt, comme si des démons l'envahissaient. Des hommes à l'allure de brutes surgirent de l'ombre et fondirent sur les Français.

Iain se jeta sur elle, l'obligeant à se coucher dans la neige, et fit bouclier de son corps.

Iain entendit Morgan lancer des ordres aux hommes derrière lui, reconnut le cri de victoire de Connor. Mais, tandis qu'*in petto* il honorait ses frères d'une prière de gratitude, ses mains tâtonnaient sur le corps d'Annie à la recherche de blessures.

— La petite est amochée ? s'enquit Morgan en s'agenouillant à côté de Iain. J'ai vu ce qu'elle a fait. J'allais tirer sur le salaud, mais elle m'a pris de vitesse.

— Et elle a enfreint mes consignes ! tonna Iain. Elle aura de la chance si je ne lui colle pas une bonne raclée !

Il fit asseoir la jeune femme. Maintenant, la colère prenait le pas sur le soulagement.

— Annie, je t'avais dit de ne pas bouger ! Tu as une fichue veine de n'avoir pas été touchée !

Elle le regarda, et il vit d'étranges reflets sombres sur ses prunelles. Ces ombres fluctuantes, il ne les connaissait que trop bien. Elle était en état de choc. Ce dont elle avait été témoin allait la hanter sa vie durant. Elle avait vu la guerre, tué un homme et, tel un bleu lors de la première bataille, elle avait envie de vomir. Aucune femme n'aurait dû avoir à vivre cela.

Sa colère s'éteignit comme la flamme d'une bougie. Sans réfléchir, il la serra très fort contre lui et se mit à lui caresser les cheveux.

— Mais qu'est-ce qu'il fait ? demanda Connor.

— Je crois qu'il la punit, répondit Morgan en riant.

— S'il fait pareil aux hommes, ils vont se mutiner !

Les guerriers du capitaine Joseph assurant leurs arrières, ils arrivèrent au fort en début d'après-midi. Iain chargea Morgan d'aller faire un rapport complet à Wentworth pendant qu'il portait Annie sur l'île où était établi le camp des rangers. Depuis la bataille, elle gardait le silence. Elle avait atteint les limites de sa capacité d'endurance.

Il l'amena dans sa cabane, l'installa sur un siège devant le feu, commanda à l'un de ses hommes un repas chaud, à un autre de l'eau chaude et la lessiveuse en bois de la buanderie.

— La lessiveuse ? répéta Morgan, incrédule. Tu veux faire de la lessive ?

— Mais non ! C'est pour que la petite puisse prendre un bain !

Les sourcils de Morgan montèrent si haut qu'ils disparurent sous la lisière de son bonnet d'Écossais. Il sourit.

— Ah, j'y suis.

Des biscuits, du beurre et des tranches de bœuf bouilli, des saucisses et des pommes de terre furent apportés par Cam. L'odeur mit l'eau à la bouche de Iain et son estomac gronda.

— Pose ça sur la table et va manger, Cam, dit-il.

Cameron regarda Annie, trop longtemps pour le goût de Iain.

— Pauvre petite, soupira-t-il enfin.

— Sergent ? fit sèchement Iain, qui brûlait d'envie de jeter le jeune homme dehors.

Le sergent comprit et s'en alla. Iain s'approcha d'Annie et dégagea ses épaules de la cape en peau d'ours.

— Viens, petite. Il est temps de prendre un repas chaud.

Annie avait l'impression de planer dans une autre dimension. Elle savait qu'ils avaient gagné le fort et étaient en sécurité. Mais tous les événements passés et présents lui semblaient concerner une autre personne, ou n'être qu'un rêve. Les tirs, les mourants, les hurlements et… cet homme qu'elle avait tué.

L'arôme de la nourriture la ramena pourtant à la réalité.

Cela faisait trois jours qu'elle ne mangeait que du maïs séché. Elle laissa Iain la guider jusqu'à la table et là, dans la seconde, s'empara de pain et d'une saucisse, qu'elle dévora.

Le paradis...

— Doucement, petite, fit Iain en lui posant la main sur l'épaule, sinon tu vas te rendre malade.

Annie s'aperçut qu'elle mangeait avec les doigts et gobait la nourriture comme un animal.

— Pardon.

— Il n'y a rien à pardonner, dit Iain en faisant glisser une petite fourchette sur la table.

Ils partagèrent le repas en silence. Elle se servait de la fourchette, Iain de la pointe de son couteau. Annie ne s'arrêta qu'une fois repue, état qui survint bien plus tôt qu'elle ne s'y attendait.

— Ton estomac s'est un peu rétréci, expliqua Iain. Tu auras beaucoup plus faim demain matin. Maintenant, tu vas prendre un bain, et puis dormir.

Un bain... un autre morceau de paradis. Mais elle était tellement fatiguée. Les paupières mi-closes, elle suivit les mouvements de Iain qui indiquait à deux rangers comment franchir la porte avec la grande lessiveuse de bois. Ils l'installèrent, puis entreprirent de la remplir d'eau chaude.

— Annie ?

Elle sursauta. Elle s'était assoupie.

— Ton bain est prêt, petite. Tu as du savon sur la chaise à côté et des linges pour t'essuyer. Prends ton temps : j'ai à faire. Enlève le verrou de la porte quand tu auras fini.

Il tournait déjà les talons lorsque Annie le retint par la main.

— Merci, Iain. Pour m'avoir sauvé la vie, pour ces gentillesses, pour tout.

Il porta la main de la jeune femme à ses lèvres, l'embrassa, et s'en alla. Annie se débarrassa d'abord des jambières et des mocassins, puis de la robe, et se laissa glisser dans l'eau chaude en soupirant de plaisir.

Enfin, le cauchemar était terminé.

La nouvelle prit le colonel Wentworth par surprise.

— Ils sont rentrés, monsieur, annonça le lieutenant Cooke. Et ils ont avec eux une jeune femme. Le capitaine MacKinnon s'est montré assez vague quant à ce qui s'est passé, mais il semblerait que le major MacKinnon ait sauvé cette jeune femme, une paysanne écossaise, du viol et de la mort qu'allait lui infliger l'ennemi.

Wentworth regardait les pièces de l'échiquier sans vraiment les voir. Ainsi, les rangers étaient arrivés à Ticonderoga et s'étaient bornés à y observer, postés au sommet de la Rattlesnake Mountain voisine, le déchargement de seize bateaux chargés de munitions, ainsi que l'entrée dans le fort de quarante-trois Indiens wyandots. Le fort abritait, estimaient-ils, environ sept cents Français et Canadiens, et au moins autant d'Indiens.

Mais le premier matin de leur voyage de retour, ils étaient tombés sur un groupe d'éclaireurs français et abénaquis qui avaient attaqué une famille et s'apprêtaient à violer puis tuer l'unique survivante, une jeune femme. MacKinnon avait alors estimé qu'il devait agir. Elle avait été blessée lors de l'attaque. Il avait demandé à ses hommes de partir sans lui, puis chargé la femme sur son dos et fait tout le chemin en la portant.

Une histoire à dormir debout. Que Wentworth croyait cependant. Il avait déjà vu les rangers en action et les savait incroyablement robustes et endurants.

— Les rangers ont-ils été poursuivis, lieutenant Cooke ?

Le lieutenant s'éclaircit la gorge, mal à l'aise : Wentworth n'allait pas apprécier la réponse.

— Trois cents Indiens et Français les ont pourchassés jusqu'à quelques kilomètres de nos fortifications. Sous le commandement du capitaine MacKinnon, les rangers ont repoussé trois assauts, et le dernier a eu raison de l'ennemi. Le capitaine estime les pertes françaises à environ cent trente hommes.

Cela aussi, Wentworth le croyait sans peine.

— Et les nôtres ?

— Quatre, monsieur. Et neuf blessés, dont deux grièvement.

— Où sont le major MacKinnon et cette femme ?

— Ils sont arrivés avec le reste de la troupe, monsieur. Le capitaine MacKinnon m'a dit qu'ils les ont rejoints à quelques kilomètres du fort.

— Comment le major s'est-il débrouillé pour arriver avant ses hommes, alors qu'il charriait la femme sur son dos ?

— Le capitaine MacKinnon ne me l'a pas dit, monsieur.

— Que fait le major à cette minute ?

— Il soigne sa blessure, monsieur.

Wentworth se leva, marcha jusqu'à la fenêtre, réfléchissant à ce qu'il venait d'apprendre.

Il ne faisait aucun doute que les rangers seraient l'élément déterminant qui permettrait de remporter cette guerre. Seul un sauvage pouvait vaincre un sauvage, et les colonies grouillaient d'hommes de cette espèce. Les Amériques étaient le réceptacle de la lie des civilisations européennes. Les pires des pires, les hérétiques, les aventuriers sans foi ni loi, les repris de justice.

Parmi les rangers, les frères MacKinnon étaient peut-être les meilleurs soldats qu'il eût jamais vus. Des têtes dures de Highlanders à moitié élevés par les Indiens. Ils connaissaient la frontière comme nul autre, et étaient les meilleurs pisteurs : avant la guerre, ils pistaient pour le plaisir de la chasse.

C'était à cause de leur talent qu'il tolérait leur insolence. À vrai dire, il avait même trouvé rafraîchissantes les insultes qu'ils avaient proférées à son encontre. Personne ne l'avait jamais traité de « principicule allemand » avant Iain MacKinnon.

Wentworth s'enorgueillissait de comprendre la nature humaine. Il aimait observer les gens se débattre avec les aléas de la vie. Il prenait plaisir à juger leurs capacités intellectuelles et ensuite assister à leur envol, ou leur naufrage, en conformité à ses estimations. Cela le divertissait de se servir de ce qu'il savait de l'âme humaine pour prédire les actions des gens et les manipuler.

Mais jamais il n'aurait pu imaginer cette histoire.

En dehors de ses discours de traître, le major MacKinnon était le commandant que tout militaire rêvait de trouver. Wentworth lui faisait confiance. Il se fiait à lui pour mener à bien une mission sans faillir. Ainsi que faire primer ses devoirs sur ses souhaits personnels. Depuis trois ans, MacKinnon se comportait ainsi.

Et voilà qu'il avait abandonné la mission qui lui avait été assignée pour secourir une femme. Un grave manquement à la discipline, que Wentworth ne pouvait laisser passer. Une désertion, une mutinerie. Qui valait la peine de mort.

— Lieutenant Cooke, envoyez-moi MacKinnon au rapport immédiatement. Et amenez-moi aussi la femme. Je veux voir cette fleur d'Écosse qui a fait prendre le risque du gibet au major.

11

Iain regarda le visage figé de Lachlan Fraser, fit défiler en esprit les noms, chacun lui faisant l'effet d'un coup de poignard dans la poitrine.

Peter. Robert Wallace. Robert Grant. Jonny Harden.

Des hommes sincères, loyaux. Tous morts.

Avant la tombée de la nuit, Lachlan les aurait rejoints.

Le poids du remords accablait Iain. Ce désastre était de sa faute. Tous seraient peut-être en vie s'il n'avait pas abandonné sa mission.

Et il y avait les blessés.

Le jeune Brendan risquait de perdre sa jambe. Conall souffrait de mauvaises brûlures sur le ventre : une balle avait enflammé sa corne de poudre, et il allait peut-être en mourir. Andrew avait pris un coup sur la tête et jamais repris connaissance.

Dieu merci, les autres guériraient.

— Mack ! cria Brendan de l'autre bout de la salle d'hôpital.

Iain effleura de la main le front de Lachlan, adressa une prière à la Vierge Marie, fit le signe de croix puis alla rejoindre Brendan.

— Reste tranquille, mon garçon.

— La petite est sauve, Mack ? Tu l'as ramenée intacte ? J'ai entendu dire que oui.

Sa figure constellée de taches de rousseur luisait de sueur, ses yeux étaient fiévreux.

— Oui, répondit Iain, qui n'aimait pas que ses hommes parlent d'Annie.

— Je suis content que tu aies réussi, Mack. Pourquoi on se battrait si ce n'était pas pour protéger les femmes, hein ?

— Morgan m'a dit que tu as combattu comme un vrai Écossais.

— Je n'ai pas peur des Français ! s'exclama le jeune homme avec fierté.

Mais Iain lisait la peur dans ses yeux.

— Repose-toi, mon gars, dit-il en souriant.

— Mack, s'ils… s'ils me coupent la jambe, tu… tu resteras près de moi, hein ? Je serai plus courageux si tu es là.

— S'il faut en venir à ça, oui, je serai là, Brendan.

Celui-ci poussa un soupir de soulagement.

— Merci, Mack. Que Dieu te bénisse.

— Qu'Il te bénisse aussi.

Iain sortit en hâte de l'hôpital. Il avait l'impression d'étouffer. Voir les conséquences de ses actes, porter sur ses mains le sang de ces hommes qui lui faisaient confiance, pleurer leur mort et néanmoins être certain que si une seconde chance lui était donnée, il agirait à l'identique, était un tourment permanent.

À peine avait-il fait quelques pas qu'il se trouva nez à nez avec Connor, qui l'entraîna à l'écart en mâchant un morceau de porc salé.

— Wentworth m'a envoyé te chercher. Cooke dit qu'il veut te pendre.

— Cooke est un imbécile. Il adore raconter des histoires pour se donner de l'importance.

— Ouais ? Et si tu te trompes ? Si ce salaud de Wentworth veut vraiment te voir pendu ? D'après Cooke, il estime que tu as déserté.

Iain n'aurait jamais imaginé que Wentworth irait si loin. Mais finalement, il n'était pas réellement étonné : Wentworth n'avait-il pas démontré son sens très particulier de la justice, quand il avait contraint les frères MacKinnon à s'engager dans cette fichue guerre ?

— S'il veut me faire pendre, il faut d'abord qu'il me fasse passer en cour martiale.

— Les hommes ne le supporteront pas. Ils t'aideront à fuir. Tu n'auras qu'un mot à dire.

— Je ne peux pas faire ça. Morgan et toi paieriez le prix fort.

Connor jura entre ses dents.

— Tout ça, c'est de sa faute à elle. Sans…

Iain agrippa son frère par le haut de sa chemise et lui souffla en pleine figure :

— Fais attention à ce que tu dis, mon bonhomme ! Annie ne mérite aucun reproche et je ne veux pas t'entendre dire du mal d'elle, compris ? Elle est une victime innocente !

Ce fut l'étrange regard de Connor qui arrêta Iain. Pris au dépourvu par sa propre rage, il lâcha son frère et recula.

— Je ne voulais pas l'insulter, Iain. Mais des hommes sont déjà morts. Et je n'aimerais pas te voir te balancer au bout d'une corde pour avoir voulu la protéger.

— Personne ne sera pendu. Connor, peux-tu occuper Cooke pendant quelques heures, de façon qu'il n'ait pas le temps de me convoquer ?

— Cet idiot prétentieux ? Avec plaisir.

— Autre chose. Promets-moi que si quoi que ce soit m'arrivait, Morgan et toi veilleriez sur Annie et feriez en sorte de la conduire loin de la frontière.

Connor hésita, sourcils froncés.

— Promets-moi, insista Iain.

— Elle est si importante que ça pour toi ? Mmm. Ouais, je vois ça. D'accord. Tu as ma parole. On s'occupera de ta femme.

— Elle n'est pas ma femme, répliqua Iain avant de tourner les talons.

Il entendit Connor lui lancer :

— C'est qui, qui dit des bêtises, hein ?

Dans sa cabane, Iain trouva Annie endormie, le ruban de tartan des MacKinnon dans la main. Autrefois, cela aurait signifié aux yeux de tous qu'elle était sienne.

Ta femme...

C'était ainsi que l'avait appelée Connor. Mais Annie ne lui appartenait pas. Iain MacKinnon n'était pas libre de prendre femme. Wentworth avait été très clair : ses frères et lui devaient rester à Fort Elizabeth jusqu'à la fin de la guerre. Iain ne pouvait se marier et prendre le risque de laisser une veuve derrière lui, et éventuellement un orphelin si elle venait à être enceinte.

Non, elle n'était pas sienne. Elle quitterait bientôt le fort pour Albany, où elle se bâtirait une nouvelle existence. Et lui, il resterait ici.

Elle était allongée sur le lit, couverte de la peau d'ours, les cheveux encore mouillés. Ce ne fut qu'en voyant sa robe et sa camisole par terre qu'il prit conscience qu'elle était nue. Trop épuisée pour se rhabiller, elle avait dû passer directement du tub au lit. À moins que, se sentant propre, enfiler des vêtements sales lui ait répugné.

Il rajouta du bois dans le feu, puis y jeta la robe et la chemise. Elle n'en avait plus besoin, il y avait veillé.

Il n'était pas un homme riche. Sa famille avait été dépouillée bien avant son exil aux Amériques. Autrefois petit-fils d'un puissant chef de clan, il portait désormais tous ses biens dans un sac sur son dos et ne rêvait plus de position ni de château, mais de terre grasse et fertile qui produirait de superbes moissons. Toutefois, il touchait une paie de major, et dépensait rarement son argent. Il avait ainsi économisé une petite somme.

Il ouvrit le sac de tapisserie et en sortit ce qu'il avait acheté au magasin du fort : un peigne de bois, des dessous de coton fin, des bas de coton avec des jarretières, des jupons de linon, une robe en lin vert foncé rayé de rose, une autre d'un rose vif rayé d'ivoire, une cape de douce laine grise, des souliers qui lui paraissaient minuscules et des rubans pour les cheveux.

Jamais auparavant il n'avait acheté de vêtements de femme. Ce qu'il savait de ce que portaient les femmes, tous ces jupons et ces étranges dessous, il le devait au fait de les avoir déshabillées. Mais les femmes de Stockbridge ne portaient rien de tout cela. C'était le responsable du magasin qui lui avait indiqué quels vêtements convenaient. Évidemment, au fort, les effets féminins étaient marchandise rare. Il n'y avait en stock que des articles que les épouses d'officiers avaient méprisés. Iain espérait que cela irait à Annie.

Il posa ses emplettes sur la table, où elle les verrait dès son réveil. Puis, pendant un moment il resta là, à la regarder, ému. Il espérait qu'elle faisait de doux rêves qui compenseraient un peu les horreurs qu'elle avait vécues ces derniers jours. Et par le passé aussi. Ces marques de coups de fouet sur ses reins montraient qu'elle n'avait pas eu une vie facile.

Il entendit crier à l'extérieur. Il comprit que ses hommes s'escrimaient à tenir Cooke en respect. Prestement, il se déshabilla, attrapa son rasoir et se glissa dans l'eau froide de la lessiveuse. Wentworth l'attendait.

Confortablement nichée dans la fourrure d'ours, Annie dormait. Elle ne sentit pas le baiser que Iain posa sur sa joue, ne se réveilla pas non plus lorsque Morgan et Connor vinrent bloquer la porte de la cabane pour empêcher Cooke d'entrer, ni quand les deux frères se glissèrent à l'intérieur pour s'assurer qu'elle allait bien et nourrir le feu.

Et elle ne rêva pas.

Iain découvrit un Cooke furieux, en perruque blanche et uniforme dégoulinants – le résultat d'un malencontreux déséquilibre sur le pont entre le fort et l'île des rangers, qui l'avait expédié tout droit dans l'Hudson glacial. Il s'empêcha de sourire. Ses hommes avaient fait du bon travail.

Wentworth était assis derrière son bureau, dans un uniforme immaculé, une perruque impeccable. Ses yeux gris se posèrent sur Iain, lequel ne l'avait jamais vu aussi calme. Un calme inquiétant qui signifiait qu'il était extrêmement en colère.

— Major, ce que l'on m'a rapporté ne m'a guère plu. Reconnaissez-vous avoir désobéi à mes ordres ?

— Oui, Votre Grâce, répliqua ironiquement Iain.

Wentworth se leva et marcha lentement vers lui, ses talons claquant sur le parquet ciré.

— Auriez-vous oublié que votre tête a été mise à prix par l'ennemi, qui attend que vous commettiez une erreur ?

— Non, je ne l'ai pas oublié.

— Vous êtes-vous rendu compte qu'en ouvrant le feu, vous permettiez aux Français de vous localiser ?

— N'importe quel idiot l'aurait compris.

— Avez-vous pensé que les hommes sous votre commandement pouvaient être tués à cause de votre décision inconsidérée ?

— Oui, et j'ai prié pour que ce ne soit pas le cas.

— Vos prières n'ont apparemment pas suffi.

Les narines frémissantes, Wentworth s'approcha si près de Iain que leurs visages se touchèrent presque. Lorsqu'il parla de nouveau, ce fut d'une voix mate, articulant soigneusement chaque mot.

— Désormais, cinq hommes sont morts et la vie de deux autres ne tient qu'à un fil. Ils sont morts parce que l'homme auquel ils faisaient confiance a conduit droit sur eux un régiment de trois cents soldats qui…

— Je sais pourquoi ils sont morts, coupa Iain, et je porterai le poids de cette responsabilité ma vie durant ! Mais vous n'étiez pas présent ! Vous n'avez pas vu cette jeune femme jaillir de la forêt et tomber à mes pieds ! Vous n'avez pas vu avec quel courage elle s'est battue pour se défendre. Si je l'avais abandonnée à son sort, elle aurait été violée et assassinée. Et j'en aurais conçu un remords que je n'aurais pas été capable de supporter !

— Vous pouvez donc supporter la mort inutile de vos hommes ?

— Oui, je le peux, et le dois. Ce sont des rangers bien entraînés, parfaitement au fait de la guerre. Et eux, au moins, avaient une chance en se battant.

— N'avez-vous pas songé que la Couronne pouvait considérer cette femme comme non indispensable, alors que vos rangers, eux, le sont ?

— Je n'ai pas la même conception de la valeur d'une vie que la foutue Couronne.

— La guerre exige des sacrifices, major MacKinnon.

— Inutile d'essayer de m'apprendre le coût de la guerre, principicule ! Pendant que vous êtes tranquillement assis ici avec votre cognac devant un bon feu, mes hommes et moi, nous la vivons, cette guerre ! Fouettez-moi jusqu'à ce que j'aie le dos en sang si ça vous chante, mais sachez que je n'aurais pas davantage pu abandonner cette femme que la tuer de mes mains.

Wentworth alla à la fenêtre, mains croisées derrière le dos.

— Très bien, major. Demain à l'aube vous serez conduit au camp, où vous recevrez cent coups de fouet. Cooke, mettez-le aux fers.

À son réveil, Annie était confuse et affamée. Elle serrait toujours le morceau de tartan de Iain dans sa main. Elle s'assit et regarda autour d'elle, essayant de se rappeler où elle se trouvait. Une grande épée était accrochée à côté de la porte. Des souliers pour la neige et un fusil étaient posés dans un coin, et sur le manteau de la cheminée, il y avait un crucifix.

La cabane de Iain ! Elle se trouvait au camp des rangers à Fort Elizabeth. Un coup d'œil en direction de la fenêtre lui apprit que le crépuscule tombait.

Un bon feu ronflait dans la cheminée, preuve que Iain était venu récemment. Mais il n'avait pas dormi là. Les couvertures à côté d'elle n'étaient pas froissées.

Brusquement, elle se rendit compte que sous la peau d'ours, elle était nue. Où étaient sa camisole et sa robe ? Elle rampa jusqu'au bord du lit et regarda à son pied, puis près de la lessiveuse. Nulle trace de ses vêtements. Puis elle vit la table.

Poussant un petit cri de plaisir, elle se leva. La douleur dans ses pieds se rappela aussitôt à son souvenir. Elle fit la grimace et, la peau d'ours étroitement serrée autour d'elle, clopina jusqu'à la table. Des sous-vêtements ! Deux robes aux couleurs adorables ! Bien qu'elles fussent de simple lin et de coton, elles lui parurent, sur le moment, les plus beaux atours qu'elle eût jamais vus.

Elle se tourna vers la porte. Le verrou n'était pas tiré. Elle le mit en place, puis laissa tomber la peau d'ours et commença à s'habiller, animée d'une excitation qu'elle n'avait pas ressentie depuis des mois.

Les bas lui allaient parfaitement, ainsi que la camisole et les jupons. Elle eut du mal à lacer le corset toute seule et, lorsque ce fut fait, s'aperçut qu'il appuyait douloureusement sur ses hématomes. Tant pis. Elle n'avait pas porté de corset depuis que maîtresse Hawes lui avait volé ses vêtements.

Elle lissa les deux robes du plat de la main, choisit la verte rayée de rose et l'enfila. Puis elle s'examina. Même si le corset la blessait un peu, légèrement trop étroit, la robe semblait avoir été faite pour elle.

Comment Iain s'était-il débrouillé pour trouver d'aussi jolies choses dans un camp militaire ? Jamais elle ne le remercierait assez ! Et elle n'avait pas un sou pour le rembourser, rien à lui donner en échange. Peut-être pourrait-elle recoudre ses vêtements ? Ou nettoyer son linge, sa cabane ? La cuisine, hélas, ne faisait pas partie de ses talents.

Quand elle découvrit le peigne, les larmes lui montèrent aux yeux. Elle caressa le bois du manche délicatement sculpté, puis entreprit de démêler ses longues mèches. Elle venait d'attacher un ruban dans ses cheveux lorsqu'on frappa à la porte.

— Mademoiselle Burns, c'est le capitaine Morgan MacKinnon, le frère du major MacKinnon. Si tu es réveillée, j'aimerais te parler.

Avec hésitation, elle ouvrit la porte. L'homme qui se tenait sur le seuil ressemblait tant à Iain que le doute n'était pas permis : il s'agissait bien de son frère. Mêmes yeux bleus, mêmes cheveux noirs, qu'il portait un peu plus courts et attachait en catogan avec un lien de cuir.

— Wentworth voudrait te voir, petite.

— Où est Iain ?

Morgan entra dans la cabane, alla droit vers une chaise et s'assit. Son visage exprimait un profond trouble. Il regarda Annie. Ses yeux ne recelaient nulle chaleur.

— Iain a pris un terrible risque en te sauvant la vie, est-ce qu'il te l'a dit ?

Pour se donner une contenance, Annie lissa ses jupes.

— Non.

Du seuil, une voix s'éleva :

— Cinq hommes sont maintenant morts et huit essaient de guérir de leurs blessures parce qu'il a choisi de te sauver au lieu de faire son devoir !

— Fallait-il que tu le dises comme ça, Connor ? lança Morgan.

Un homme qui aurait pu être le jumeau de Iain entra.

— Il faut qu'elle sache la vérité !

— Je vous en prie. Je ne comprends pas, dit Annie, la gorge nouée.

Morgan lui expliqua tout.

— Maintenant, ils vont lui infliger cent coups de fouet, conclut Connor en la toisant durement.

— Que… Quoi ? Mais ils ne peuvent faire cela ! s'exclama Annie qui avait l'impression que son sang s'était glacé dans ses veines.

— Oh que si, ils le peuvent !

— Ils ont mis Iain aux fers, reprit Morgan, et demain à l'aube ils l'attacheront au poteau de torture et le fouetteront.

Tremblante de rage et de peur pour Iain, Annie s'écria :

— Votre colonel veut me voir. C'est bien. Je vais pouvoir parler avec lui. Une fois qu'il aura entendu ce que Iain a fait pour moi, il lui accordera sa grâce !

— Wentworth ne connaît même pas le sens du mot « grâce », mais merci quand même d'essayer, petite, dit Morgan en se levant.

Annie chaussa ses mocassins et s'enveloppa dans la cape grise.

— Conduisez-moi à lui, capitaine.

Elle sortit en hâte de la cabane mais, une fois dehors, ralentit aussitôt : des hommes à la mine patibulaire l'entouraient. Des rangers et des Indiens. Elle en reconnut quelques-uns. Ils la fixaient, visage fermé, et Annie se demanda s'ils lui en voulaient à cause de la sentence qui frappait Iain ou de la mort de leurs camarades.

Mais celui qui avait aidé à charrier la lessiveuse dans la cabane lui sourit, puis parla avec son accent irlandais.

— Je m'appelle Killy, m'dame. Ne laissez pas ces idiots d'Écossais vous mettre mal à l'aise. Eh, les gars, vous n'aviez jamais vu une jolie femme ?

— Pas aussi jolie que celle-là, non, répliqua quelqu'un.

— Remets tes yeux dans leurs orbites, Dougie, gronda Connor, ou je te les arrache et les jette aux poissons !

Morgan intervint :

— La femme va aller parler à Wentworth pour essayer d'arranger les choses.

Il y eut des hochements de tête approbateurs, puis la foule s'écarta au fur et à mesure qu'Annie avançait, flanquée de Morgan et Connor. Mais elle ne sentait pas la brûlure des regards sur son visage. Elle ne songeait qu'à Iain. Avait-il faim ? froid ? Elle ne se souvenait que trop bien de ses jours passés en geôle. Les rats, le pain moisi, les ténèbres, le froid qui la glaçait jusqu'aux os…

Avait-il peur ? La douleur des coups de fouet serait insoutenable. Il risquait de mourir.

Regrettait-il de lui avoir sauvé la vie ? Sans doute. Il avait perdu des hommes et devait affronter l'humiliation publique et la souffrance d'un châtiment au fouet.

Le colonel allait-il l'écouter ? Oui, il le fallait.

Il le fallait !

12

Les frères de Iain la conduisirent le long de rangées de cabanes jusqu'à un fleuve qui brillait comme un ruban d'argent dans le crépuscule. Sur l'autre rive se trouvait Fort Elizabeth, avec sa bannière anglaise qui flottait sous le ciel déjà sombre. Un nœud se forma dans la gorge de la jeune femme en voyant ce symbole de son pays.

Deux rangers gardaient le pont. Ils saluèrent Morgan et Connor d'un signe de tête, puis regardèrent Annie. En approchant, elle se rendit compte que le pont n'en était pas vraiment un, mais une multitude de bateaux attachés et couverts de planches reliées les unes aux autres comme un radeau. Long d'au moins une trentaine de mètres, le pont se soulevait au gré du courant et des remous.

— Je vous en prie ! s'exclama-t-elle. Je ne sais pas nager !

Morgan cala son bras sous le sien.

— On ne va pas te laisser tomber, petite.

— Et si tu tombes quand même, ajouta Connor, on enverra Cam te récupérer. C'est lui qui a sorti Cooke ! Tu aurais dû voir ça, Morgan. Je n'ai jamais autant rigolé de ma vie.

Les deux hommes gloussèrent, mais Annie ne partagea pas leur hilarité. Elle focalisait son attention sur le pont flottant, s'exhortant à se montrer courageuse. Elle domina sa crainte et mit un pied sur les planches tout en agrippant fermement le bras de Morgan. Le pont se mit à tanguer sous ses pas. L'eau qui passait dessous en rugissant lui faisait tourner la tête.

— Si tu as peur, ne regarde pas en bas, lui conseilla Morgan comme s'il s'adressait à une enfant.

Annie darda les yeux sur la rive opposée et s'obligea à affermir ses pas. Elle ne put retenir un soupir de soulagement en atteignant la rive.

Face à elle se dressait le haut rempart de Fort Elizabeth. Morgan et Connor la firent passer devant les soldats anglais qui gardaient ce côté du pont, puis la guidèrent à travers un labyrinthe de murailles. Dans l'enclos, elle découvrit des centaines de tentes bien alignées, éclairées de l'intérieur. La deuxième rangée de murailles abritait un terrain nu bordé d'un profond fossé que franchissait une passerelle de bois. Au-delà de la passerelle s'élevait le mur du fort lui-même, du haut duquel soldats et canons semblaient la viser, silhouettes sombres sur le ciel outremer.

Quelques hommes la hélèrent, lui lançant des remarques indécentes. Elle resserra la cape autour d'elle. Morgan lui donna une petite pression sur le bras.

— Tant que tu es avec nous, ils ne te feront pas de mal, petite.

— Je leur couperais bien leur foutue langue ! éructa Connor en levant les yeux vers les soldats. Ces fils de chiens n'oseraient pas parler comme ça si elle était la femme d'un officier *sassenach* !

Sassenach. Un mot qu'Annie avait rarement entendu au cours de sa vie. Le clan Argyll Campbell s'était rallié à l'Angleterre et à la Couronne, et *sassenach* était un vocable exprimant la rébellion et la haine. Qu'il soit prononcé maintenant la mettait mal à l'aise.

Mais les quolibets et les obscénités des soldats la mettaient également fort mal à l'aise. Les hommes avaient toujours fait montre de courtoisie à son endroit, jusqu'à ce que l'oncle Bain la renie et la fasse jeter en prison. Désormais, il lui semblait que tous les hommes la souillaient du regard et de leurs répugnantes paroles. Était-ce ainsi que les femmes de basse extraction étaient traitées en permanence ? Mon Dieu…

Ils franchirent la grille et entrèrent dans le fort. Des baraquements en bois d'un étage s'étiraient le long des quatre murs, laissant le centre vide comme une grande place de village. Un bâtiment se dressait à l'écart des autres, plus petit, mais percé de fenêtres et surmonté de deux cheminées de pierre. Deux sentinelles flanquaient la porte, baïonnettes fichées dans les mousquets. Ce fut devant ces soldats que Morgan et Connor conduisirent Annie.

— Son Honneur veut voir la femme, dit Morgan d'un ton railleur. Alors la voilà.

L'irrespect de Morgan choqua Annie. L'expression rageuse des sentinelles lui indiqua que ce n'était pas la première fois que Morgan se gaussait du colonel.

— Ton frère va finalement payer le prix de son insolence, hein, MacKinnon ? rétorqua l'un d'eux avec un accent anglais sans défaut. À quand ton tour, capitaine ?

Connor fit un pas en avant, menaçant. Morgan le tira en arrière.

— Notre frère va payer pour avoir été un homme ! Quelque chose que tu ne seras jamais.

Le temps de quelques battements de cœur, les Écossais et les Anglais s'affrontèrent du regard. Ils étaient à deux doigts d'en venir aux mains, comprit-elle. Aussi se hâta-t-elle d'intervenir.

— Pourquoi vous querellez-vous ? N'êtes-vous pas du même côté, dans cette guerre ?

— Pas par choix, répliqua Morgan.

— Attendez ici, ordonna la sentinelle qui disparut à l'intérieur.

Annie sentit son estomac se contracter d'angoisse : le colonel allait-il la tenir pour responsable de la défection de Iain et de la mort des soldats ?

Comme s'il lisait dans ses pensées, Morgan lui souffla :

— Ne le laisse pas t'intimider, petite.

Annie prit une profonde inspiration, bien résolue à ne pas avoir peur. Peu importait que le colonel ne voie en elle qu'une pauvre fille : au fond d'elle, elle était toujours lady Anne.

— Par ici, mademoiselle, dit la sentinelle, de retour.

— On connaît le chemin, grommela Morgan en entrant.

Annie haussa le menton, carra les épaules et le suivit, Connor fermant la marche.

Des tableaux étaient accrochés aux murs, d'épais tapis d'Orient jonchaient le parquet ciré, de jolies bougies blanches brûlaient dans des chandeliers d'argent posés sur des tables de bois poli.

Presque immédiatement, Annie ressentit du soulagement. Comme si elle venait de franchir un portail magique qui s'ouvrait sur un monde qui était le sien. Sans aucun doute, l'homme qui vivait ici était un gentilhomme et allait l'écouter. Il ferait montre de compassion, c'était évident.

Elle pénétra après Morgan dans une deuxième pièce, où se trouvaient trois hommes en gilet assis devant la cheminée, verre de cognac en main. Deux la regardèrent avec curiosité, puis leur expression afficha du mépris quand ils posèrent les yeux sur Morgan et Connor.

Le troisième homme fixait un échiquier de marbre. Son visage était dans l'ombre, ses doigts joints en pyramide appuyés sur ses lèvres. De la belle dentelle ornait ses manchettes et son col. Un diamant scintillait à son petit doigt. Même s'il ne portait que son gilet, le moindre détail de son uniforme était impeccable, chaque cheveu de sa perruque blanche poudrée parfaitement en place.

Il leva l'index pour intimer le silence et continua à étudier son échiquier.

— Ô Seigneur... grommela Connor.

Après plusieurs minutes de contemplation, l'amateur d'échecs prit le fou blanc et l'avança. Puis enfin il fit face à ses visiteurs.

Annie eut le souffle coupé et l'impression que le sol se dérobait sous ses pieds.

Wentworth.

Le colonel Wentworth.

Lord William Wentworth.

Ami d'Argyll. Neveu du duc de Cumberland. Petit-fils de Sa Majesté.

Par réflexe, Annie fit la révérence.

— Monsieur...

Elle se redressa, jambes flageolantes. Il la regardait, un sourcil haussé, l'expression indéchiffrable.

— Et vous êtes... ?

Annie essayait de se persuader qu'il ne la reconnaîtrait pas. La dernière fois qu'il l'avait vue, elle n'était qu'une gamine de douze ans. Il avait passé une nuit chez l'oncle Bain, un orage l'empêchant de poursuivre son chemin jusque chez Argyll auquel il allait rendre visite. À l'époque, lord William avait une vingtaine d'années et ne lui avait prêté aucune attention, en dépit des efforts de sa mère, efforts qui avaient choqué Annie. Toutefois, elle comprenait maintenant: après tout, cet homme était de sang royal et elle, une fille de comte sans le sou. Sa mère avait dû concevoir des espoirs de beau mariage. Mais tout cela remontait à six ans et s'était passé dans un autre monde.

Annie réfléchissait : d'un côté, cet homme de grande influence pouvait la croire et l'aider à recouvrer son nom et son honneur. Elle rentrerait alors en Écosse et réclamerait justice pour sa mère. Mais il était aussi un ami de son oncle, à la version duquel il risquait de se rallier…

Était-il un allié potentiel, ou un danger ?

Peut-être à cause du souvenir de ses froids yeux gris alors qu'il riait avec l'oncle Bain en buvant un cognac, elle renonça à lui révéler qui elle était.

— Annie Burns, monsieur, lâcha-t-elle.

— Si j'ai bien compris, vous devez la vie au major MacKinnon. Pourriez-vous m'expliquer ce qui s'est passé ?

Il ne l'invita pas à s'asseoir, pas plus qu'il n'offrit de siège à Morgan et Connor.

Elle en était au début de son histoire lorsqu'elle se rendit compte qu'elle avait été à deux doigts d'appeler M. et Mme Hawes, présentés comme son beau-frère et sa sœur, « maître » et « maîtresse ». Puis, au point de son récit où elle devait évoquer le grand Indien abénaqui, l'émotion la rendit muette.

— Je vous en prie, continuez, mademoiselle Burns.

— Ne voyez-vous pas que la petite est terrifiée ? intervint Morgan. Vous avez déjà tout entendu de mon frère Iain et de nous. Pourquoi l'obliger à revivre une telle horreur ?

— Je n'ai pas à vous expliquer mes raisons, capitaine. Poursuivez, mademoiselle Burns.

Annie enfouit les mains dans les plis de sa jupe et s'obligea à parler. Le souvenir de son affrontement avec l'Abénaqui la bouleversait, et elle aurait préféré ne pas entrer dans les détails, mais Wentworth en exigeait, la questionnant sans relâche.

— Je me rappelle avoir vu surgir le major MacKinnon avec une immense épée. Et entendu des coups de feu.

— Combien ?

— Je ne sais plus. Peut-être deux ou trois…

Wentworth l'observa en silence. Affreusement mal à l'aise, Annie songea qu'elle venait de mentir au petit-fils du roi. S'il apprenait la vérité, il lui infligerait un terrible châtiment.

— Avez-vous d'autres parents dans les colonies, mademoiselle ?

— Non, monsieur.

— Y a-t-il quelqu'un en Écosse à qui je devrais rapporter ce qui vous est arrivé ?

— Merci, mais non, monsieur.

— Eh bien, Sa Majesté a désormais une nouvelle bouche à nourrir… Nous déciderons de ce qu'il convient de faire de vous une autre fois, mademoiselle Burns. Vous pouvez disposer.

Sidérée d'être aussi aisément tenue quitte de l'interrogatoire, Annie renouvela sa révérence. Mais, avant de partir, elle devait plaider la cause de Iain.

— Monsieur, puis-je parler ?

L'idée ne sembla pas plaire à Wentworth, qui acquiesça néanmoins d'un hochement de tête.

— Je vous écoute.

— On m'a rapporté que le major MacKinnon serait fouetté pour m'avoir sauvée.

— Il sera puni pour sa désobéissance, qui a entraîné la mort de cinq hommes, même si ce n'est pas directement à cause de vous. Je me rends bien compte que son sort vous importe, mais il ne vous concerne en rien.

— Oh, mais si ! Je suis profondément navrée que ces hommes soient morts, mais sachez que le major MacKinnon m'a traitée avec tous les égards possibles.

C'était exact, mis à part deux baisers volés et des regards lourds de sens.

— Il a failli se faire tuer pour moi à plusieurs reprises, monsieur, et il m'est difficilement supportable de savoir qu'il va souffrir par ma faute. Je lui dois la vie !

Les deux officiers assis devant la cheminée opinèrent d'un air indulgent, comme si Annie venait de proférer quelque chose de puéril. Wentworth la regarda de la même façon que l'on regarde un enfant agaçant.

— Mademoiselle Burns, vous êtes une femme, et vous êtes jeune. Je n'attends donc pas que vous compreniez lorsque je vous dis que le devoir du major MacKinnon était de ne penser qu'à ses hommes, pas à vous. Les objectifs de la Couronne sont de donner la priorité à la survie des soldats. Dans la situation actuelle, les territoires à la frontière peuvent être repeuplés, ce qui serait impossible si nous les perdions.

Des mots qui frappèrent Annie comme une gifle en pleine face. Elle en eut les joues brûlantes. Toutefois, elle trouva le courage de rétorquer :

— Je croyais que le rôle de l'armée britannique était de protéger les sujets de Sa Majesté, pas de les sacrifier pour un bout de terre.

Wentworth se leva, les traits toujours impassibles. Même s'il n'était pas aussi grand que Iain et ses frères, il dominait très largement la jeune femme. Sa voix était d'un calme et d'un froid d'hiver :

— La nature des choses de la guerre vous échappe manifestement, mademoiselle Burns. Je punis le major MacKinnon parce que j'y suis contraint, pour maintenir l'ordre et la discipline dans nos armées. Le major connaissait les risques encourus lorsqu'il a choisi de désobéir à mes ordres. Il doit en payer le prix.

— Je vous en supplie, monsieur ! s'écria Annie en se laissant tomber à genoux. N'y a-t-il pas de mots susceptibles de vous émouvoir ? L'Angleterre est-elle tant en péril face à ses ennemis qu'il n'y a pas de place dans sa justice pour la pitié ?

Elle sentit Morgan se déplacer derrière elle et entendit l'avertissement dans son intonation quand il murmura :

— *Thoir an aire, a dh'Annaidh.*

Fais attention, Annie.

Le silence tomba dans la pièce.

— Lieutenant Cooke, faites sortir ces personnes. Tout le monde sauf Mlle Burns, déclara enfin Wentworth.

Les deux officiers posèrent leur verre de cognac sur la table basse, puis suivirent Morgan et Connor vers la porte. Sur le seuil, Morgan protesta.

— J'ai promis à mon frère de veiller sur elle !

— Je vous donne ma parole qu'il ne lui sera fait aucun mal, capitaine.

— Votre parole ? répéta Morgan en ricanant. Depuis quand votre parole a-t-elle la moindre valeur pour un MacKinnon ?

Wentworth ne parut même pas l'entendre. Il fixait Annie. Laquelle frissonna : cet homme dont elle était venue implorer la clémence et qui aurait pu l'aider à retrouver sa vie d'antan allait peut-être la renvoyer à la servitude ou, pire, à son oncle.

Wentworth observait la jeune femme agenouillée devant lui. Elle baissait les yeux, ses tresses blondes coulant comme une rivière d'or jusqu'au sol. Il n'était pas difficile de comprendre pourquoi le major MacKinnon avait pris tant de risques pour elle. Elle était intelligente et exceptionnellement jolie, même avec ses écorchures et ses bleus. Sa beauté avait bouleversé tous les hommes présents dans la pièce, y compris lui-même. Le pauvre Cooke avait lorgné son décolleté comme s'il n'avait jamais vu la naissance d'une poitrine de femme auparavant.

Mais il y avait en elle quelque chose qui intriguait Wentworth. Ce n'était ni sa dévotion au major MacKinnon, ni sa détresse à l'idée qu'il soit puni. N'importe quelle femme dans les mêmes circonstances aurait plaidé la grâce pour son sauveur. Les femmes étaient faibles et tendres, et on ne pouvait espérer qu'elles comprennent quoi que ce soit aux arcanes de la guerre.

C'était son maintien qui attirait son attention. La dernière fois qu'il avait vu une femme aussi élégante, c'était à Wentworthburg, chez le gouverneur. Mlle Burns avait l'accent écossais, mais il était fort peu marqué. Pas du tout celui d'une paysanne illettrée. Son vocabulaire trahissait une bonne éducation. Et puis, il y avait sa réaction lorsqu'elle l'avait vu. Elle avait tellement pâli qu'il l'avait crue sur le point de s'évanouir. Ensuite, elle s'était adressée à lui avec une déférence qui laissait penser qu'elle connaissait son titre et son rang, alors qu'il ne s'était pas présenté. Et elle lui avait spontanément fait la révérence.

Manifestement, elle le reconnaissait. Et lui? Aurait-il dû la reconnaître ?

— Relevez-vous, mademoiselle Burns.

Voilà qui était étonnant : son attitude de supplication le mettait mal à l'aise.

— Que voudriez-vous que je fasse, mademoiselle ?

Elle resta à genoux.

— Que vous annuliez la flagellation, monsieur. Et me permettiez d'aller apporter de quoi manger et une couverture pour cette nuit au major MacKinnon.

— Vous en demandez beaucoup.

Jusqu'où était-elle capable d'aller pour MacKinnon ? Voilà une fort intéressante question. Et il existait un moyen de trouver la réponse.

Il se pencha, saisit entre ses doigts sa main glacée et l'incita à se relever.

— Je vais vous autoriser à lui apporter de la nourriture, de l'eau et une couverture. Quant au fouet… Qu'êtes-vous prête à me donner en échange d'un allégement de la sentence ?

Annie n'en croyait pas ses oreilles Elle avait imaginé Wentworth homme d'honneur. Était-ce sa vertu qu'il espérait contre la grâce de Iain ?

— Que… que voudriez-vous que je fasse, monsieur ?

— Si je réduis de moitié le nombre de coups de fouet, accepterez-vous de m'offrir le plaisir de votre compagnie demain soir ?

Le plaisir de sa compagnie…

Annie se sentit brusquement nauséeuse. N'avait-elle pas fui la maison de son oncle pour sauver sa vertu ? Avait-elle souffert depuis mille morts, dont l'exil, pour se retrouver face au même chantage ? Pouvait-elle maintenant sacrifier ce qu'elle avait si férocement préservé au profit de Wentworth, sachant qu'en sus de perdre son innocence, elle révélerait la marque au fer rouge et deviendrait la chose de cet homme ?

Si elle refusait l'offre, elle pourrait sortir la tête haute en se disant qu'elle avait fait tout ce qui était en son pouvoir pour obtenir la clémence du colonel envers Iain. Lequel subirait la terrible punition infligée par Wentworth, non par elle. Elle aurait dégagé sa responsabilité et continuerait à vivre tranquillement, sous le pseudonyme d'Annie Burns.

Puis elle songea à M. et Mme Hawes, et aux mensonges qu'elle avait racontés à Iain. Elle se rappela sa gentillesse, la façon dont il l'avait préservée du froid pendant la nuit, la douceur de sa peau sous ses doigts, le choc brûlant causé par le baiser. Le sacrifice de sa vie qu'il avait été prêt à faire lorsque les Français l'avaient attaquée…

Elle lui devait tout.

Comment pouvait-elle envisager de se bâtir une nouvelle existence qui reposerait sur des mensonges et la souffrance de celui qui avait pris tous les risques pour elle ?

Des larmes lui montèrent aux yeux, mais ce fut un regard empreint de défi qu'elle darda sur Wentworth.

— Vous osez prétendre œuvrer pour la justice alors que vous ne faites que défouler votre colère sur ceux qui vous entourent ! Vous n'êtes pas un homme d'honneur !

Wentworth soutint le regard d'Annie quelques instants, puis énonça :

— Ah. Ainsi, la réponse est non.

— Détrompez-vous, monsieur. La réponse est… oui !

13

Iain s'adossa à la paroi de la cage dans laquelle ils l'avaient enfermé et fixa les ténèbres. Dès qu'il en serait capable, il écrirait aux familles des soldats qu'il avait perdus. Il l'avait toujours fait. Les lettres ne rendraient pas le chagrin des veuves plus facile à supporter, ni n'apaiseraient les tourments de sa conscience. Mais ses rangers méritaient que ceux qui les aimaient sachent qu'ils étaient morts honorablement.

Son estomac grondait. Hélas, il n'avait pas songé à fourrer son sac de maïs dans sa poche. Mais peu importait. Bientôt, il souffrirait d'autres affres que celles de la faim. Cent coups de fouet suffisaient à dévaster un homme.

Annie dormait-elle encore ? Il la revoyait telle qu'il l'avait laissée, nue sous la peau d'ours, ses cheveux déployés sur l'oreiller, ses longs cils ombrant ses joues meurtries. Demain, lorsqu'il serait à l'hôpital, elle viendrait le voir et il demanderait au chirurgien de s'occuper de ses points de suture.

Combien de temps mettrait-il à guérir, après la punition ? Il l'ignorait, mais dès qu'il serait remis, il ferait tout pour qu'Annie soit envoyée à Albany, ou peut-être à Stockbridge. Rebecca s'occuperait d'elle, s'il le lui demandait. Il la dédommagerait avec du gibier, des dindes et des poissons.

Il ne pouvait faire davantage pour Annie. La campagne d'été approchait et il restait encore beaucoup de choses à préparer. Wentworth ne lui rendrait pas sa liberté tant que la guerre ne serait pas finie. Mais si Annie n'était toujours pas mariée à ce moment-là…

Bon sang, voilà que ses pensées prenaient une vilaine tournure ! Il songeait, ni plus ni moins, à mettre la jeune femme dans son lit.

Non. C'était pire que cela : il songeait à l'épouser ! Il devenait fou. Il la connaissait à peine.

Et pourtant, en y réfléchissant, l'idée n'était pas si folle que cela. Tous deux venaient des Highlands, elle était jolie, spirituelle, forte… des qualités dont hériteraient ses enfants. Il la protégerait, et lui montrerait à quoi servait la passion qui faisait bouillir son sang d'Écossais.

Oui, mais elle était protestante, et loyaliste, alors qu'il était catholique et appartenait à un clan qui avait pris parti pour les Stuarts. La loi leur interdisait de se marier.

À quoi bon toutes ces réflexions ? Il resterait coincé dans ce régiment jusqu'à la fin de la guerre, sa tête était mise à prix, et il n'avait pas de toit pour abriter Annie.

Furieux, il voulut donner un coup de pied dans la paille qui jonchait le sol et sentit le poids des chaînes qui entravaient ses chevilles.

Annie n'était décidément pas pour lui, et plus tôt il se mettrait cette évidence en tête, mieux cela vaudrait. Tant que durerait la guerre, il ne pourrait aimer une femme.

Mais… et si c'était trop tard ? S'il était déjà tombé amoureux ?

Il chassa cette pensée comme un insecte importun.

Il entendit soudain la voix de Connor de l'autre côté de la porte. Il se mit debout et, traînant ses chaînes, se pressa aux barreaux de fer pour écouter. Puis la porte de bois s'ouvrit sur son frère, qui portait une lanterne.

— Je n'ai pas beaucoup de temps, Iain. Morgan arrive avec ta femme.

Iain s'apprêtait à lui répliquer qu'Annie n'était pas *sa* femme, mais les mots qu'il prononça n'étaient pas ceux qu'il avait en tête.

— Annie va venir ?

— Oui. Avec un repas chaud et une couverture.

— Je n'aurais jamais cru que Wentworth accepterait ça.

— Si, il l'a fait.

Connor raconta comment la jeune femme avait tenu tête au colonel, défendant son sauveur bec et ongles. Wentworth s'était irrité de tant de pugnacité, mais Annie savait se servir des mots.

Iain était heureux et ému, et en même temps contrarié. Il détestait l'idée d'Annie face à Wentworth, ne supportait pas qu'elle entretînt le moindre rapport avec cet Anglais, même si c'était pour plaider sa cause.

— Elle est intelligente et elle a du courage, Connor, mais si elle le défie, il la brisera.

— Je pense qu'il serait prudent de l'éloigner d'ici au plus vite, de l'installer dans une nouvelle maison.

— Morgan et toi ne l'aimez pas ! s'exclama Iain, en colère. Je m'en rends bien compte.

— Non, ce n'est pas vrai. Elle est jolie et courageuse, et elle a bon cœur. Mais ce qui nous inquiète, c'est comment tu vas être si elle reste. À l'époque de Jeannie…

— Rien à voir avec Jeannie !

Connor ne parut pas convaincu.

— Iain, je ne suis pas venu pour me disputer avec toi, mais pour te raconter ce qui s'est passé. Quand Wentworth a d'abord refusé d'adoucir ta punition, Annie s'est jetée à ses pieds et l'a supplié de t'accorder sa grâce.

Iain eut besoin de quelques instants pour assimiler ce qu'il venait d'entendre.

— Elle a fait quoi ?

— Elle l'a supplié à genoux. Cette petite tient à toi, c'est sûr.

Imaginer Annie agenouillée devant Wentworth rendait Iain malade.

— Elle n'aurait pas dû faire ça. Je ne veux rien de ce fumier, et surtout pas sa grâce.

— Ferme-la et écoute : Wentworth a fait sortir tout le monde de la pièce sauf Annie, et ils ont parlé tous les deux pendant longtemps. Lorsqu'elle est sortie, elle n'a rien voulu nous dire, excepté que Wentworth avait abaissé le nombre de coups de fouet à cinquante. Et elle était pâle comme une morte.

— Nom de Dieu ! Je lui appartiens peut-être, à ce salaud, mais je ne supporterai pas qu'il fasse d'elle son esclave ! À quel immonde marchandage s'est-il livré ?

— Je ne sais pas, mais j'ai peur pour elle. Et puis…

Connor baissa la voix et vérifia que nul n'écoutait avant de poursuivre :

— Il y a autre chose. Quand elle a posé les yeux sur Wentworth la première fois, on aurait dit qu'elle voyait un fantôme. Elle est devenue livide, et elle lui a fait la révérence comme à un roi. Elle le connaît, Iain.

Celui-ci était effaré.

— Ce n'est pas possible !

— Et pourquoi pas ? Que sais-tu d'elle ?

Iain se rappela s'être interrogé, avoir été intrigué.

— Wentworth a-t-il montré d'une façon ou d'une autre que lui aussi la connaissait ?

— Non, mais il a toujours une mine impénétrable.

— Ne la perds pas des yeux, Connor. S'il le faut, fais-la partir avec Joseph. Wentworth n'hésiterait pas à la détruire si cela l'amusait.

— Le problème, c'est qu'il ne faut pas se méfier que de lui dans ce fichu fort, mais de tous les types. Elle a reçu plus de propositions en une heure qu'une catin dans un pub bondé de marins en bordée.

Iain appuya son visage aux barreaux. Si seulement il n'avait pas été enfermé… Il souffla entre ses dents serrées :

— Fais savoir que j'écorcherai vif tout homme qui attenterait à son honneur, Wentworth comme les autres ! Pendant qu'elle est ici, elle est sous ma protection.

Ils entendirent Annie et Morgan arriver.

— Je ferai passer le mot, promit Connor avant que la porte se rouvre.

Annie apparut et le cœur de Iain manqua plusieurs battements. Les cheveux de la jeune femme n'étaient plus une masse embrouillée, mais soigneusement coiffés en une unique tresse sur le côté, qui coulait comme de l'or en fusion de son épaule à sa taille. Elle portait la cape grise et, dessous, l'une des deux robes qu'il lui avait achetées. Il n'en voyait pas grand-chose, mais toutefois assez pour juger qu'elle lui allait à la perfection. Trop bien peut-être, dans la mesure où elle révélait ses atouts féminins que l'autre robe avait dissimulés. Sous un bras, elle portait une couverture et sous l'autre, un panier au contenu protégé par un linge. Son merveilleux visage affichait une profonde détresse. Était-elle malheureuse à cause de lui, ou de Wentworth ?

Un soldat anglais surgit.

— Un à la fois ! Un à la fois ! Le colonel ne veut pas que vous soyez tous ensemble. C'est le tour de la fille. Vous deux, les frères MacKinnon, dehors !

Connor avait posé la lanterne par terre. Anxieuse, Annie balaya le sol couvert de paille du regard, s'attendant à voir courir des rats. Mais cette geôle était loin d'être aussi horrible que la sienne en Écosse. Et puis, on n'entendait pas de cris de souffrance, de désespoir. L'odeur n'était pas répugnante. Cela sentait le pin. Les murs n'étaient pas de pierre bleue de moisissure mais de bois. Il y avait quatre cellules, mais trois étaient inoccupées.

Pendant un moment, elle oublia pour quoi elle était venue. La nourriture, la couverture. Elle oublia aussi le cauchemar qui l'attendait le lendemain. Elle ne songeait qu'à Iain, le dévorait des yeux.

Il s'était rasé et pour la première fois elle découvrait son visage nu, à la peau lisse et dorée. Ses cheveux pendaient toujours en liberté, mais ils brillaient. Il les avait lavés. Il portait une chemise bleue à l'encolure largement ouverte qui révélait sa poitrine puissante. Sa culotte de peau était propre. Il n'avait pas mis ses jambières de cuir, mais était chaussé de mocassins en excellent état.

Dans ses prunelles scintillaient des étincelles de colère. Elle comprenait qu'il lui en voulût. Il lui avait sauvé la vie et, à cause d'elle, il allait atrocement souffrir. Puis le garde parla, et elle sursauta. Elle l'avait oublié.

— Mettez-vous dans le coin, major. Comme ça je pourrai ouvrir la porte, elle entrera et vous donnera votre dîner.

— Si j'avais voulu m'enfuir, espèce d'idiot, il y a longtemps que je serais loin d'ici ! répliqua Iain en reculant néanmoins.

Le grincement de la clé dans la serrure fit frissonner Annie.

— Posez le panier par terre, mademoiselle, et ressortez.

Annie obéit, et la porte à barreaux se referma devant son nez. Elle passa la main sur ses jupes, essayant de masquer son désarroi.

— J'aimerais parler seule à seul avec le major, dit-elle au garde. Veuillez nous laisser, je vous prie.

— Vous ne préféreriez pas plutôt que je vous enferme avec lui ? Avec une ration de rhum pour une petite semaine ? s'enquit le garde en ricanant.

— Fais attention à ce que tu dis, gronda Iain. Je ne resterai pas là-dedans éternellement et je pourrais te faire ravaler tes paroles !

Le garde perdit aussitôt son air sarcastique et s'en fut. Après un silence que rompit le raclement de ses chaînes sur le sol, Iain s'avança jusqu'à la porte, enserra un barreau dans chaque main et regarda Annie.

— Merci pour le dîner, mais tu ne devrais pas être seule ici avec moi. Cela donne aux hommes une raison pour te harceler de réflexions grivoises.

— Je pensais que tu aurais faim et froid.

— C'est le cas, mais je ne veux pas que tu te déshonores pour m'aider.

— Ce que disent les hommes m'est égal. Ce ne sont que des brutes.

— Annie, aimerais-tu qu'ils racontent que j'ai couché avec toi dans la cellule comme si tu étais une catin de bas étage ?

La crudité des mots heurta Annie, qui s'empourpra. Elle baissa les yeux sur ses mains.

— Tu es en colère. Je ne puis te le reprocher. Après tout ce que tu as fait pour moi, songer que tu vas souffrir me…

— Arrête, Annie ! Si je suis en colère, c'est parce que tu es allée supplier Wentworth ! Que tu t'es mise à genoux devant ce bâtard ! Oui, je le sais. Connor me l'a dit et entendre cela m'a rendu fou de rage.

Incrédule, elle recula d'un pas. Comment pouvait-il lui reprocher d'avoir tenté de le secourir ?

— Je me suis mise à genoux pour aider l'homme qui m'a aidée !

Le visage de Iain se fit de marbre.

— Annie, quel est le prix à payer pour l'indulgence de Wentworth ?

Mon Dieu, comment savait-il ? se demanda Annie, éperdue. Elle secoua la tête, voulut reculer encore, mais il tendit le bras entre les barreaux et la retint par le poignet.

— Dis-moi, Annie !

La colère et l'humiliation lui donnaient des vapeurs. Elle n'avait rien rapporté aux frères de Iain de son accord avec Wentworth. Jamais elle n'aurait imaginé qu'il fût mis au courant.

— Tu n'es pas obligée de me répondre, Annie. Les mots seraient inutiles parce que je lis dans tes yeux. Pour l'amour du Ciel, dis-moi pourquoi tu as accepté !

Au bord des larmes, elle bredouilla :

— Parce que… je… ne supporte pas que tu souffres.

Entendre tant de désespoir dans la voix de la jeune femme le calma. Il appuya le front aux barreaux de fer et ferma les yeux, anéanti de chagrin.

— Annie, tu vas aller avec mes frères voir Wentworth et lui expliquer que tu as changé d'avis.

— Non, je ne peux pas.

— Fais-le, Annie ! tonna-t-il. Sinon, je…

Elle libéra brutalement son poignet. Il se rendit compte qu'il l'avait blessée, moralement comme physiquement : elle frottait son poignet endolori.

— Je ne suis pas à tes ordres, Iain MacKinnon ! Es-tu incapable de comprendre que je ne pourrais jamais plus me regarder dans une glace si je ne faisais tout ce qui est en mon pouvoir pour que tu sois épargné ?

— C'est là où tu te méprends, petite : j'étais prêt à aller au poteau de torture la tête haute et heureux, à recevoir chaque coup de fouet sans desserrer les dents, parce que je te pensais sauve et intacte. C'était le prix que j'étais résolu à payer. Mais maintenant, que va acheter ma douleur ? J'aurai les mêmes cicatrices sur le dos, et tu seras la catin de Wentworth !

La détresse fit chanceler Annie. Tout à coup, elle plongea la main dans son corsage et en ressortit la bande de tartan qu'elle avait glissée entre ses seins.

— Je... je voulais que tu aies ceci. J'imaginais que cela te donnerait de la force.

Incapable d'articuler une syllabe, Iain ne résista pas quand elle plaqua le morceau de tartan dans sa paume, lui ferma les doigts autour, puis porta sa main à ses lèvres et l'embrassa.

— Que Dieu t'accompagne, Iain MacKinnon.

Avant qu'il ait retrouvé l'usage de la parole, elle était partie.

— Ils ont arraché le poteau de torture et menacent de le jeter dans le fleuve, monsieur, annonça Cooke, rouge d'indignation.

Le colonel avala une gorgée de thé et se mit à réfléchir à ce nouveau développement. Ivres de rhum, les rangers s'étaient agités dès la nuit tombée, exigeant que leur major soit pardonné et libéré. Wentworth avait immédiatement envoyé des troupes sur le pont de bateaux pour les prévenir qu'une insurrection serait sévèrement réprimée. Ils avaient répondu en soufflant dans leurs cornemuses, émettant des sons stridents insupportables pour une oreille anglaise, jusqu'à ce que le fort tout entier soit réveillé.

Maintenant, les rangers pensaient annuler la sentence qui frappait MacKinnon en se débarrassant du poteau. Une idée saugrenue qui ne pouvait sortir que d'esprits embrumés par l'alcool.

— Où sont le capitaine et le lieutenant du major MacKinnon, Cooke ?

— Le capitaine MacKinnon est allé tenter de dissuader les Indiens de Stockbridge d'abandonner le fort, ce qu'ils voulaient faire en signe de protestation contre le châtiment infligé au major. Le lieutenant MacKinnon veille sur Mlle Burns, tout en essayant d'apaiser ses hommes.

Wentworth pressa ses doigts contre ses tempes. Il commençait à avoir la migraine. Ainsi, les Indiens de Stockbridge se rebellaient. Il aurait dû envisager cela. Leur allégeance aux MacKinnon était sans faille : ils considéraient les trois Highlanders comme des membres de leur famille. Pourvu que le capitaine parvienne à les persuader de rester fidèles à la Couronne… Leur compétence dans l'art de la guerre s'était révélée inestimable. Comme celle des rangers.

— Faites orienter le canon du bastion du Drapeau vers le camp des rangers, Cooke. Tirez trois boulets de trois kilos au-dessus de leurs têtes et voyons si cela les calme. Ensuite, imposez le couvre-feu pour tous les rangers. Quiconque sera surpris hors de ses quartiers rejoindra MacKinnon au poteau… dès qu'il aura été replanté.

— Oui, monsieur, dit Cooke en s'inclinant, sans pour autant faire mine de s'en aller.

— Qu'y a-t-il encore ? demanda Wentworth en levant à regret les yeux de son échiquier.

— Pourquoi ces hommes défendent-ils leur major avec autant d'ardeur, alors que son attitude a provoqué la mort de leurs compagnons ?

— La loyauté, lieutenant. La loyauté.

— Oui, monsieur, accorda Cooke, une expression dubitative sur le visage.

Iain avait entendu les cris et les jurons, et compris que ses hommes étaient ivres et se battaient. Il avait aussi entendu la cornemuse de MacHugh. En dépit des chaînes, il s'était mis à arpenter sa cellule en jurant lui aussi. Bon Dieu, que faisaient donc Morgan et Connor ? Et Annie, où était-elle ?

Soudain, le canon tonna. À trois reprises.

Puis ce fut le silence.

Il détestait être enfermé, impuissant ! Libre, il serait allé enfoncer quelque bon sens dans les crânes de ses hommes et arrêter le grabuge. Il aurait pu s'assurer qu'Annie était sauve, et affronter Wentworth.

Il avait demandé à lui parler une bonne demi-douzaine de fois. Il voulait le persuader de rétablir la sentence dans son intégralité et rendre à Annie la parole qu'elle lui avait donnée. Mais bien sûr, Wentworth avait joué les sourds. Il n'avait aucun intérêt à renoncer aux charmes de la jeune femme.

L'idée que Wentworth puisse poser la main sur elle rendait Iain à moitié fou. Il fallait qu'il trouve un moyen d'obliger ce salopard à faire marche arrière. Mais comment ?

Il songea soudain à quelque chose. Annie aspirait peut-être à partager le lit de Wentworth ? D'après Connor, elle semblait le connaître.

Mais Connor avait dit également qu'elle paraissait avoir peur de lui. Pourquoi, dans ce cas, aurait-elle voulu devenir sa maîtresse ?

Iain s'assit et regarda le morceau de tartan dans ses mains, fit courir son pouce sur la laine rêche, les pensées en ébullition. Incapable de s'endormir, il attendit l'aube.

14

Annie fixait le feu, épuisée par sa nuit d'insomnie. Elle avait les nerfs à vif et se sentait en pleine confusion. Ce n'étaient pas les cris de rage qui l'avaient troublée. Le canon, en revanche, l'avait un moment inquiétée. Mais Connor veillait de près sur elle, elle ne risquait rien.

C'était du lever du soleil qu'elle avait peur. Et ce qui allait arriver à ce moment-là. Même si Iain avait été un étranger, la perspective des coups de fouet l'aurait bouleversée. Elle avait toujours été épouvantée quand l'oncle Bain fouettait ses serviteurs, au point d'aider parfois ces derniers à dissimuler leurs fautes. Elle n'était pas du genre à regarder passer la charrette des malheureux conduits au pilori.

Iain n'était pas un étranger, et son cœur saignait quand elle songeait à ce qu'il n'allait pas tarder à endurer. Il lui avait sauvé la vie en faisant preuve d'un courage inouï. Même si au début elle n'avait vu en lui qu'un barbare des Highlands exilé, incroyablement beau par ailleurs, il avait montré tant de bonté, de générosité qu'elle avait vite changé d'opinion. En effet, il possédait les qualités, la noblesse d'âme qu'elle avait toujours cherchées chez un homme alors que Wentworth lui rappelait son oncle : aristocrate à l'extérieur, barbare à l'intérieur.

Son univers avait basculé une fois de plus.

L'aube se levait. Comment se sentait Iain ? Avait-il réussi à dormir un peu ? Avait-il peur ?

Lui en voulait-il ?

Il lui avait reproché d'avoir négocié ses faveurs avec Wentworth. Il aurait quand même le dos en lambeaux et elle, elle deviendrait la catin de Wentworth. Beau résultat.

Les paroles de Iain l'avaient hantée toute la nuit. Avait-il raison ? Aurait-elle mieux fait de le laisser subir l'intégralité du châtiment, même si les coups de fouet risquaient de le tuer ? Pour alléger ses tourments, elle allait au-devant du déshonneur. Était-ce une monstrueuse erreur ?

Iain le pensait. Mais il ignorait bien des choses. Qu'elle avait menti à propos des Hawes, qu'elle avait été condamnée à l'exil et à quatorze années de servage. Enfin, qu'elle était une Argyll Campbell.

Annie Burns n'existait pas.

Mais pourquoi ne pourrait-elle devenir réelle ? N'avait-elle pas déjà assez souffert de la trahison de son oncle ? Il l'avait dépouillée de tout. Sa maison, ses biens, son nom, son honneur. N'avait-elle pas droit à un nouveau départ ? Une nouvelle vie en échange de celle qu'on lui avait volée ?

Et... si Wentworth la mettait enceinte ?

Son sang se glaça. Wentworth était de sang royal et séduisant. Pourtant, elle ne supportait pas l'idée de coucher avec lui, de sentir ses mains sur son corps. L'imaginer l'embrassant comme Iain l'avait embrassée lui donnait la nausée.

Et puis, il y avait la marque au fer rouge. S'il la voyait...

Des coups frappés à la porte la firent sursauter. Elle alla ouvrir. Connor se tenait sur le seuil, la mine sinistre.

— Viens, petite. Il est temps.

Dans le lointain résonnaient des battements de tambour. Annie secoua la tête et recula.

— Non. Je ne peux pas.

— Oh que si, tu peux ! Et tu vas le faire !

Connor l'agrippa par le devant de sa robe et l'attira vers lui.

— Tu vas lui faire l'honneur d'assister à sa flagellation, petite. Même si pour cela, je dois te traîner en sanglots.

Mon Dieu, c'était donc ainsi que les frères de Iain voyaient la situation ? Si elle assistait à son supplice, ils estimeraient qu'elle lui avait montré son respect ? Comme ces hommes étaient étranges…

Mais elle ne pouvait faire cela. Ne le voulait à aucun prix. Pourtant, elle murmura :

— Si ma présence est susceptible de lui procurer quelque réconfort, alors je vais venir.

Elle endossa sa cape et suivit Connor dans ce matin glacial de mars. Le ciel était clair, une petite brise apportait des odeurs de bois brûlé et de porc grillé. Des chiens erraient, en quête de quelque prébende. Annie ne remarqua rien de tout cela. Pour elle, ce jour qui se levait était synonyme de froid et de vide.

Le temps que Connor et elle atteignent le côté ouest des baraquements, les rangers s'étaient mis en rangs. Ils n'étaient pas alignés à la perfection comme les soldats anglais, mais formaient néanmoins des lignes assez nettes et paraissaient alertes, en dépit de leur nuit de beuverie et d'agitation. Tous la regardèrent quand elle passa et cela la troubla tant qu'elle fit un faux pas.

— Ils ne te feront pas de mal, assura Connor.

De la main, il la poussait dans le dos en direction de l'endroit où se trouvait Morgan, lequel lui dit d'une voix sans entrain :

— Bonjour, petite.

Les troupes anglaises de Fort Elizabeth étaient aux premières loges, au bord des remparts. Toute la garnison était venue assister au spectacle, ce qui mit Annie en colère. Comment des humains pouvaient-ils retirer du plaisir de ce qui allait se passer ?

Morgan cracha rageusement par terre.

— Il y a longtemps qu'ils attendent ça. La chance de voir Iain MacKinnon se faire écraser.

Annie aurait aimé demander pourquoi à Morgan, mais son regard se posa sur le pilori et y resta, comme hypnotisé. Elle eut tout à coup envie de vomir en voyant ce tronc transformé en croix grâce à une barre de métal fixée en travers vers le sommet, chaque branche supportant des lanières de cuir destinées à attacher les poignets du condamné.

— Pitié ! geignit-elle.

— Tu n'es pas au bon endroit pour ça, petite, rétorqua Morgan en ricanant.

Les roulements de tambour s'amplifièrent et des nuées d'oiseaux affolés s'envolèrent.

Puis elle vit Iain.

Il traversait le pont de bateaux au centre d'une escorte, chevilles et poignets enchaînés. Les baïonnettes des soldats brillaient dans les premiers rayons du soleil. Derrière les soldats, un jeune tambour, puis le lieutenant Cooke et enfin, Wentworth, qui avait sa propre escorte. Les soldats marchaient au pas mais Iain avançait nonchalamment, comme s'il partait pour une promenade matinale.

Tous se rassemblèrent devant les rangers alignés. Iain s'adressa à ses hommes.

— Salut, les gars. Il paraît que vous avez fait un peu la fête cette nuit ? Désolé de vous avoir réveillés si tôt.

Il ajouta un commentaire en gaélique, manifestement des insultes qui visaient Wentworth, lequel ne broncha pas. Puis il s'approcha lentement d'Annie en la fixant. Il lui en voulait toujours, lut-elle dans ses yeux, mais l'intensité de la colère qui les faisait luire baissa. Brusquement, il leva ses bras entravés au-dessus de la tête de la jeune femme avant de les laisser retomber sur ses épaules, et il l'attira contre lui, plongea les doigts dans ses cheveux et l'embrassa, sans douceur, en propriétaire. Ce n'était pas un baiser tendre, mais une façon de marquer ses droits sur elle devant les autres hommes.

Et elle se sentit marquée. Jusqu'au fond de l'âme.

Aussi subitement qu'il l'avait étreinte, il la lâcha et lui murmura à l'oreille :

— Je ne te laisserai pas faire ça, Annie ! Ne deviens pas son esclave ! Accorde-moi le droit d'endurer la punition que je mérite et n'interfère pas !

Annie n'eut pas le temps de répondre. Des bras puissants écartèrent Iain et elle demeura figée, bouleversée, les lèvres endolories et brûlantes. Éperdue, elle assista à la marche de l'escorte qui amena Iain au pilori. On détacha ses chaînes et lui ordonna d'enlever sa chemise. Puis on le fit pivoter face au poteau et on ligota ses bras à la croix de fer. Un soldat repoussa ses longs cheveux sur le côté, dégageant son dos nu.

Le lieutenant Cooke commença alors à lire à haute voix.

— Major Iain MacKinnon, vous êtes condamné à recevoir, conformément à la sentence prononcée pour abandon de poste, cinquante coups de fouet qui…

— Au nom du Ciel, nous savons tous pourquoi je suis là, Cooke ! coupa Iain, ce qui fit rire ses hommes. Mais il y a cent coups de fouet, pas cinquante !

La figure écarlate, Cooke se tourna vers Wentworth, lequel regarda Annie.

— Mademoiselle Burns, je ne me rappelle plus très bien. Sont-ce cinquante coups, ou cent ?

Wentworth plaçait la décision entre ses mains, l'obligeant à faire un terrible choix. Elle déglutit avec peine. Iain la fixait, calme, rassurant, déterminé.

Alors, bien que se considérant comme une ignoble traîtresse, elle trouva en elle la force de répondre d'une voix claire :

— Cent coups.

Iain eut un sourire radieux qui brisa le cœur de la jeune femme.

— Il en ira donc ainsi, dit Wentworth en hochant la tête à l'intention de Cooke.

Le lieutenant fit un signe à un soldat qui s'approcha, fouet en main. Il le leva, le fit claquer pour en vérifier la solidité, et Annie ne put retenir un cri d'horreur.

— Non !

Elle s'élança, déterminée à courir jusqu'au pilori, mais Morgan la retint fermement.

— Non, petite. Tu ne peux pas faire plus que ce que tu as fait. Sois forte.

Au premier claquement de la lanière de cuir sur la peau nue de Iain, Annie sentit ses jambes se dérober sous elle. Morgan, qui ne l'avait pas lâchée, la maintint debout. À travers ses larmes, elle vit le corps de Iain se tordre de douleur, de longues balafres écarlates apparaître sur son dos. Les coups s'enchaînaient à un rythme démentiel. Le sang de Iain coulait sur la terre. Le spectacle était cauchemardesque. Mais Iain ne poussait pas le moindre gémissement. Il ne voulait pas donner ce plaisir à Wentworth.

Comme dédoublé pour atténuer la douleur, il focalisait ses pensées sur Annie, la revoyait se battant avec l'Abénaqui.

Après trente coups, il perdit le compte : il commençait à sombrer dans la bienheureuse inconscience qu'il appelait de tous ses vœux. Ses jambes le trahissaient, la sueur qui ruisselait dans ses yeux l'aveuglait, il sentait l'odeur métallique du sang. Il respirait avec de plus en plus de peine. Et les coups continuaient à pleuvoir.

Annie... Annie... se répétait-il comme un mantra, essayant désespérément de lutter contre l'atroce souffrance, de n'en rien montrer à ses tortionnaires.

Et brusquement, le supplice s'arrêta. Il se rendit compte que l'on détachait ses poignets.

Il s'autorisa alors à laisser les ténèbres l'engloutir.

Annie posa la main sur le front de Iain et soupira de soulagement en le sentant froid. Le chirurgien, un homme âgé au gros nez rouge chaussé de lunettes sous d'épais sourcils blancs, l'avait prévenue qu'une infection était la plus grave menace.

— Parfois, ils meurent du choc, mais le major MacKinnon est plus coriace que la plupart, expliqua le Dr Blake en nettoyant le sang. Je suis sûr qu'il se remettra.

Le dos de Iain était encore pire, vu de près. La lanière du fouet était entrée très profondément dans les chairs. Annie regrettait amèrement de s'être ravisée au dernier moment, d'avoir demandé le maintien de la sentence de cent coups. De n'avoir pas accepté l'ignoble marché de Wentworth.

Le Dr Blake avait tenté de la renvoyer avant de procéder à ses soins, mais elle avait insisté, proposant son aide. Quand le médecin s'était aperçu qu'elle savait lire après qu'elle eut déchiffré à haute voix l'étiquette d'un flacon de médicaments, il l'avait autorisée à rester.

Iain s'était réveillé à deux reprises, les traits déformés par la douleur, et à deux reprises elle lui avait fait boire une cuillerée de laudanum dilué dans du bouillon. Il avait protesté, bredouillant :

— Non, Annie. Le… le pavot va m'embrumer… la tête. Je dois… me lever.

— Tu es fou, avait-elle répliqué. Dors !

Et il s'était rendormi.

Annie s'efforçait de se rendre utile en balayant le sol, enroulant les bandages, les imbibant de baume, pendant que le Dr Blake parlait de la guerre et de ses patients. L'un s'était tiré malencontreusement une balle dans le pied, un autre avait une mauvaise fièvre, deux étaient des rangers blessés dans la bataille contre les Français.

Elle avait beau essayer d'écouter poliment les histoires du médecin, elle ne parvenait pas à se concentrer sur autre chose que les visions de la torture de Iain, qui s'entremêlaient étrangement avec le souvenir de son baiser. La chaleur de ses lèvres sur les siennes, sa langue hardie, ses doigts dans ses cheveux… Pourvu qu'il l'embrasse de nouveau…

Une telle aberration devait être due à la fatigue. Elle n'avait pas dormi de la nuit, et les jours précédents avaient été fertiles en émotions qui avaient mis ses nerfs à rude épreuve.

Elle finissait d'émietter une écorce de saule, censée prévenir la fièvre, lorsqu'un jeune homme blond au visage constellé de taches de rousseur dans le lit voisin lui demanda :

— Êtes-vous la femme du major ?

Elle hésita.

— Le major… m'a sauvé la vie.

— Vous êtes jolie. Il a dit que vous étiez jolie.

Un sourire éclaira le visage blême du jeune homme. Iain avait donc parlé d'elle à ce garçon ?

— Êtes-vous un ranger ?

— Soldat Brendan Kinney, ranger de l'armée du major MacKinnon, mademoiselle, dit-il fièrement.

Le Dr Blake examina la jambe du soldat Brendan, puis lui donna un médicament pour faire tomber la fièvre.

— Quand avez-vous été blessé, monsieur Kinney ? s'enquit Annie.

— Lors de la première attaque, mademoiselle. Ils nous sont méchamment tombés dessus. Trois cents Français, mais avec Morgan et Connor au commandement, on les a repoussés. Ils m'ont collé une balle dans la jambe pendant que je gagnais un abri.

Une bataille qui avait eu lieu après que Iain eut abandonné ses hommes pour la sauver, songea Annie, la gorge nouée. Au cours de laquelle cinq rangers avaient été tués et huit grièvement blessés parce que Iain, à cause d'elle, avait failli à sa mission…

— Vous êtes extrêmement courageux, soldat Kinney, et je suis navrée que vous ayez été blessé.

— Ne vous en faites pas, mademoiselle. Je suis content que MacKinnon vous ait sauvé la vie.

— Voulez-vous que je vous fasse la lecture, soldat Kinney ? proposa Annie, profondément émue.

Iain avait l'impression de flotter. La voix d'Annie coulait sur lui comme du miel, l'enveloppait de douceur, de chaleur. Elle racontait une histoire qu'il connaissait : il en était l'un des acteurs. L'histoire de son assaut contre le village abénaqui.

— «… et ils firent bouillir leurs ceintures et culottes de peau pour se nourrir… » Avez-vous vraiment mangé vos ceintures, soldat Kinney ?

— Oui, et bien pire, mademoiselle.

— « Au terme de vingt-cinq jours de tourments, ils arrivèrent au village. Ils y entrèrent à l'aube, déterminés à abattre tous les guerriers qu'ils y trouveraient. Dans son rapport au colonel Wentworth, le major MacKinnon écrit avoir trouvé plus de mille scalps, accrochés sur des pieux au-dessus des huttes. » Mon Dieu !

Ce n'était pas l'histoire dans son intégralité, mais celle, édulcorée, publiée par la *Boston Gazette*. Comment se faisait-il qu'Annie soit tombée sur cet article ? L'esprit nébuleux à cause du laudanum, Iain essayait de comprendre.

Mais il se rendormit.

Ce fut la douleur qui le réveilla, et la voix irritée de Connor.

— Tu m'entends, Iain ?

— Oui, abruti. Ne me crie pas dans les oreilles !

Il avait la bouche desséchée et des élancements dans le dos.

— Comment te sens-tu, Iain ?

— Comme si on m'avait écorché vif.

Il souleva la tête et vit ses deux frères assis à son chevet.

— C'est quasiment ça, commenta Connor. Seigneur, j'espère ne plus jamais revoir ça.

— Alors on est deux, ajouta Morgan. Tu as sacrément tenu bon. Cent coups, et pas un son. Les hommes sont drôlement fiers, et Annie aussi, j'en suis sûr.

Iain se rappela l'expression d'absolue détresse de la jeune femme alors qu'il marchait vers le pilori.

— Vous n'auriez pas dû la laisser regarder.

— Ça a été dur pour elle, mais c'est une femme forte. Elle ne t'a pas quitté des yeux une seconde, Iain. Elle est restée là, les larmes qui roulaient sur ses joues, aussi jolie qu'un poème.

— Je crois que n'importe lequel des hommes aurait volontiers pris ta place pour avoir une aussi belle femme qui pleure pour lui, dit Connor en souriant.

Il tendit son outre à Iain, qui but une longue goulée. Puis il chercha Annie du regard. Il était certain d'avoir entendu sa voix peu auparavant.

— Où est-elle ?

Morgan et Connor échangèrent un coup d'œil qui l'inquiéta.

— Où est-elle ? répéta-t-il en essayant de s'asseoir.

Il retomba aussitôt sur le ventre, terrassé par la douleur.

— Tu ne peux rien faire, Iain, dit Morgan. Il faut que tu reprennes des forces.

— Arrête ! Où est-elle ?

Pourquoi poser la question ? Il connaissait déjà la réponse.

— Il l'a prise, avoua Connor.

Iain imprima un grand coup de poing à sa paillasse.

— Pourquoi n'avez-vous pas veillé sur elle ?

— Wentworth a puni toute la compagnie à cause du ramdam qu'on a fait la veille de ton supplice. On a passé tout notre temps à abattre des arbres le long de la route, ce qui fait qu'on n'a pas pu la surveiller.

Iain avait dit à Wentworth ce qu'il lui ferait s'il touchait à un seul cheveu d'Annie. Quelques secondes avant qu'on l'attache au poteau, il avait réitéré ses menaces :

— Vous l'approchez et je vous arrache les couilles pour les accrocher au mât, à côté du drapeau. Elle est sous la protection du clan MacKinnon.

Il pensait que Wentworth avait compris, n'avait pas pris la menace à la légère. Apparemment, il n'en était rien. Il l'avait fouetté, avait éloigné ses frères et emmené Annie.

La fureur chassa les derniers lambeaux de laudanum de son esprit. Serrant les dents pour s'empêcher de gémir, il s'assit. La tête lui tournait mais il réussit à se mettre debout. Il baissa les yeux sur son buste, vit des bandages, mais pas de chemise.

— Où est ma foutue chemise ? Mes mocassins ?

Morgan posa la main sur son épaule pour le forcer à se recoucher.

— Tu n'es pas prêt pour ça, Iain !

Iain lui repoussa la main d'une tape.

— N'essaie pas de m'arrêter, d'accord ?

— Fais ce que tu veux, mais le toubib a dit que les hommes de Wentworth sont venus la chercher il y a trois heures. Il est trop tard, Iain ! Quoi qu'ait voulu Wentworth d'elle, il l'a pris, maintenant ! Et pas qu'une fois.

15

Annie feignait d'étudier l'échiquier, consciente des yeux gris et froids de Wentworth rivés sur elle. Elle simulait un profond intérêt pour le jeu, accablée de chagrin à cause de Iain, sans ressort parce qu'elle avait bu trop de vin et manquait de sommeil. Comment Wentworth pouvait-il imaginer qu'elle accorde le moindre intérêt aux échecs ?

Il s'était déjà emparé de sa tour et l'attaquait avec ses cavaliers et sa reine. Elle déplaça son cavalier, laissant délibérément son roi et sa reine vulnérables, afin que finisse la partie et qu'elle puisse repartir à l'hôpital retrouver Iain.

Il était étrange de penser qu'en d'autres temps et d'autres lieux, elle aurait trouvé Wentworth charmant. Le parti idéal, mais hors de sa portée. Mais là, alors qu'il calculait son prochain coup, elle avait du mal à dissimuler la rage et la répulsion qu'il lui inspirait.

Il l'avait envoyé chercher à la tombée de la nuit. Elle avait été sur le point de refuser quand elle s'était rappelé qu'il était le commandant du fort et, à ce titre, pouvait faire ce que bon lui semblait. S'attendant au pire, elle avait été très étonnée lorsqu'il l'avait non pas conviée à partager son lit mais sa table.

— Mademoiselle Burns, je vous en prie, dites-moi que vous n'avez pas cru que je vous invitais ici pour vous faire quelque indécente proposition, lui avait-il dit en la regardant d'un air hautain. Ah, je vois à votre expression effrayée que si. Alors que je ne souhaitais qu'avoir le plaisir de votre compagnie pour dîner.

Le soulagement lui était monté à la tête, la grisant plus sûrement qu'un vin capiteux…

— Ce n'était pas le plus avisé mouvement, mademoiselle Burns, commenta Cooke, penché sur l'échiquier.

Elle leva les yeux sur le lieutenant et simula la confusion.

— C'est un jeu diabolique. Je me demande comment on peut en garder toutes les règles présentes à l'esprit.

— À force d'entraînement, mademoiselle Burns, dit Wentworth. À force d'entraînement.

Il avança sa reine. Annie se hâta de la prendre avec sa tour, et se sentit aussitôt mal en se rendant compte de ce qu'elle venait de faire. Wentworth la regarda, et elle eut la sensation d'être une mouche engluée dans une toile d'araignée. Mais Cooke, derrière lui, ne s'aperçut de rien.

— Bravo, mademoiselle Burns ! Superbe coup ! Vous voyez bien que vous pouvez apprendre les règles et les subtilités !

Son enthousiasme était tellement sincère et amusant qu'Annie ne put s'empêcher de sourire.

Et ce fut ainsi que Iain la trouva. En train de jouer aux échecs avec Wentworth, entourée par ses officiers, sa tresse dorée tombant par-dessus son épaule, un sourire sur les lèvres. Il n'avait pas prévu cela. La colère monta instantanément en lui, lui brûlant le ventre, anesthésiant ses douleurs, annihilant sa faiblesse physique.

— Vous avez attendu qu'elle soit sans protection et vous l'avez emmenée ! lança-t-il à Wentworth. Vous n'en aviez pas le droit !

— Iain ! souffla Annie.

Tous les officiers dardaient des yeux effarés sur Iain.

— Personne n'a l'intention de déshonorer Mlle Burns ! s'écria Cooke en se levant.

Iain entendit les deux soldats qui gardaient la porte se rapprocher de lui par-derrière. Tout le monde avait réagi. Plus vite qu'il ne l'avait prévu. Manifestement, il était plus faible qu'il ne se l'était imaginé.

— Major MacKinnon ! Quelle charmante surprise ! s'exclama Wentworth.

D'un geste de la main, il chassa les deux soldats.

— Voulez-vous vous joindre à nous, major ?

— Plutôt brûler en enfer !

Puis il s'adressa à Annie, lui intimant en gaélique :

— Viens.

Elle se mit debout, mais regarda Wentworth. Cette fois, Iain s'exprima en anglais afin qu'aucun mot n'échappe au colonel.

— Tu n'as pas à attendre son autorisation, Annie. Tu ne lui dois rien !

Pourtant, elle hésitait.

— Iain, je...

— Elle ne vous doit rien non plus, major, intervint Wentworth.

Il prit la main d'Annie, l'effleura du bout des lèvres et ajouta :

— Vous êtes libre d'aller avec lui, mademoiselle Burns, si tel est votre désir. Merci de m'avoir accordé cette charmante soirée. Je n'ai pas souvenance d'en avoir passé d'aussi agréable depuis une éternité.

Tous les doutes que nourrissait Iain à l'encontre de Wentworth quant à ses intentions vis-à-vis d'Annie, furent confirmés dans la seconde. Il avait l'impression de sentir la chaleur du sang en ébullition du colonel à travers la pièce.

Le dégoût s'empara de lui. Il marcha sur Wentworth, repoussant sans ménagement Cooke au passage, puis prit Annie par le bras et l'entraîna vers la porte. Elle ne regimba pas, mais lui demanda dans le couloir :

— As-tu perdu l'esprit ? Que fais-tu debout ? Et pourquoi prends-tu le risque de mettre de nouveau Wentworth en colère ? Il ne m'a pas touchée, Iain !

Peut-être ne l'avait-il effectivement pas touchée, mais Iain ne parvenait pas à oublier le sourire qu'elle affichait à son entrée. Elle semblait fort satisfaite.

Il bouscula Morgan qui tentait de l'arrêter et à grandes enjambées, obligeant Annie à calquer son pas sur le sien, il sortit du fort, franchit le pont de bateaux, passa devant ses hommes ébahis et s'engouffra dans sa cabane. Il referma la porte et tira le verrou.

— Iain, je t'en prie ! Tu n'es pas toi-même ! s'écria Annie.

Il se sentait incapable de lui expliquer pourquoi il se conduisait ainsi. La jalousie ? La fureur ? La douleur qui exacerbait ses émotions ? Dans l'instant, il n'en savait rien. Mais il agissait comme un fou… Un fou qui attira Annie contre lui et captura voracement sa bouche, comme s'il cherchait à marquer son territoire.

Annie avait espéré qu'il l'embrasserait, mais pas de cette façon. Pas alors qu'il écumait de colère, qu'il était si mal en point physiquement. Elle détourna la tête, appuya ses mains sur sa poitrine et essaya de se libérer de son étreinte sauvage.

— S'il te plaît, Iain ! Tu tiens à peine debout !

Il lui saisit le menton entre deux doigts et l'obligea à le regarder en face.

— T'a-t-il embrassée comme ça ?

— Il n'a pas...

Elle ne put poursuivre. Il avait repris sa bouche et la dévorait fiévreusement. Et Annie se surprit à aimer ce baiser torride. Elle eut tout à coup l'esprit totalement vide. Des sensations enivrantes lui couraient dans tout le corps. L'effet produit par la langue de Iain contre la sienne était ensorcelant. Elle sentait son ventre palpiter et se plaqua contre lui, percevant l'ampleur de son désir.

Au cours d'un bref instant de lucidité, elle se rappela dans quel état il était et derechef voulut le repousser. Mais il plongea la main dans ses cheveux et l'obligea à renverser la tête en arrière, afin de disposer de son cou, qu'il couvrit de baisers enflammés. Il fit courir sa langue jusqu'à son oreille puis mordilla le lobe. Elle crut défaillir de plaisir.

Gémissante, elle fit une dernière tentative.

— Iain, non... Il ne m'a... pas touchée...

Il la souleva et la porta jusqu'à son lit, où il l'allongea avant de se coucher sur elle, l'immobilisant totalement.

Un signal d'alarme retentit dans la tête d'Annie quand il lui enserra les poignets d'une main et lui rabattit les bras au-dessus de la tête. De l'autre main, il fit glisser son corsage sur sa taille et entreprit de lécher sa poitrine désormais dénudée.

— Non ! geignit-elle, pantelante.

Mon Dieu, comme c'était bon, cette langue audacieuse qui titillait les pointes de ses seins. Il connaissait tous les points sensibles, s'attardait sur certains, se consacrait à d'autres avant de revenir aux précédents, autour des mamelons. Du bout des dents, il pinçait la peau tendre et elle se rendit compte qu'elle arquait les reins pour maintenir le contact avec son sexe tendu dans la culotte de cuir. Elle ne réussirait jamais à lui résister. Ce n'était pas une question de force, mais d'envie. Elle aspirait à ce qu'il aille au bout de ce frénétique assaut sexuel. Elle découvrait que son corps répondait à toutes les sollicitations, qu'il la trahissait.

Iain se grisait de ses gémissements. Il désirait cette femme comme jamais il n'en avait désiré aucune autre. Il allait la prendre, la posséder, et…

Grands dieux ! Sa douceur le désarmait, tout à coup. Et la douleur, la fatigue revenaient en même temps que se clarifiaient ses idées.

Wentworth ne l'avait pas touchée, avait-elle dit.

Il n'avait pas tenté de la séduire.

Mais lui, Seigneur, lui… Voilà qu'il s'apprêtait à la violer ! Même si elle se révélait consentante, ce qu'il faisait relevait du viol.

Il releva la tête, regarda Annie dans les yeux et se haït aussitôt à cause de ce qu'il y lut.

— Pardonne-moi, petite.

Mais il lut autre chose aussi.

Du désir.

Son corps tremblait, agité d'émois inconnus. Elle sentit Iain se détendre, peser sur sa poitrine nue. Il respirait soudain sans à-coups. Il s'était endormi.

Alors que du feu brûlait encore dans ses veines, elle s'endormit à son tour.

William ferma les yeux, savourant les derniers instants de la jouissance solitaire à laquelle il s'était livré, imaginant que Mlle Annie Burns serrait son pénis entre ses doigts délicats. Puis il s'allongea et ferma les yeux, le temps de laisser son corps se détendre.

Il s'essuya les mains avec un mouchoir de linon, regrettant que sa semence ne se fût pas répandue dans Mlle Burns. Mais il s'était promis de ne pas engendrer une nuée de bâtards comme l'avait fait son frère. C'eût été déshonorant d'abandonner ces rejetons, qui auraient fini affamés dans la rue.

Il était donc vigilant, mais ne vivait néanmoins pas comme un moine. L'idéal, pour lui, consistait à avoir pour maîtresse une femme mariée qui, enceinte, se tournerait tout naturellement vers son mari, au lieu d'aller quémander auprès de William Wentworth. Si celle-ci était déjà mère, parfait. Il planterait sa graine dans un champ déjà fertilisé.

Ce qui n'empêchait pas qu'il trouvât fort difficile de s'en tenir à ces principes avec Mlle Burns. Ne pas la jeter dans son lit lui avait coûté. C'eût pourtant été aisé. Elle était venue le voir, persuadée qu'il la prendrait de force, ce qui l'avait excité. Mais il préférait les compagnes consentantes, et Mlle Burns avait clairement montré qu'elle était loin de l'être.

Pour le moment.

Il se leva, traversa, nu, la chambre et ajouta du bois dans le feu. Puis il se servit un cognac.

Il aurait parié un coffre rempli d'or espagnol que cette fille était vierge. Elle irradiait l'innocence, la pureté. Ce qui expliquait que MacKinnon ne l'ait pas encore touchée. Le sens de l'honneur exacerbé des Highlanders. Jamais l'Écossais ne poserait la main sur une femme qu'il protégeait, du moins pas avant d'avoir livré une féroce bataille contre lui-même. La fébrilité avec laquelle MacKinnon l'avait embrassée devant ses supérieurs pour bien marquer ses droits l'avait trahi : il était en plein combat intérieur. Wentworth songea qu'il adorerait le voir perdre cette lutte, exactement comme il avait adoré la façon dont il s'était rué comme un taureau furieux dans ses appartements ce soir. Que cet homme tienne debout après avoir reçu cent coups de fouet n'avait rien d'étonnant, vu sa nature, mais c'était spectaculaire. Iain MacKinnon avait la capacité de résistance d'un roc.

Wentworth avala son cognac, et ses pensées dérivèrent de nouveau vers Mlle Burns. Si tel était bien son nom. Il était sûr de l'avoir déjà vue. Et elle ne s'appelait alors pas Burns. Elle avait feint de ne pas posséder de manières raffinées à table, mais à plusieurs reprises, lorsqu'elle était distraite, elle avait saisi sa fourchette avec élégance. Et quand il lui avait offert le vin de dessert, elle lui avait tendu le bon verre sans hésitation. Quant aux échecs, elle avait simulé l'ignorance alors qu'elle était manifestement très ferrée sur ce jeu. À l'instant où elle avait pris sa reine, le masque était tombé. Leurs yeux s'étaient rencontrés et il avait vu dans les siens bien davantage qu'un simple bon sens paysan. Ils révélaient l'intelligence, la bonne éducation. Et un peu de peur : elle s'était trahie et le savait.

Mais pourquoi une jeune femme de qualité aurait-elle choisi le tourner le dos aux privilèges pour vivre à la dure sur la frontière ? Que fuyait-elle ? De qui se cachait-elle ?

Wentworth sourit, anticipant le plaisir du jeu du chat et de la souris à venir. Il allait découvrir les secrets de Mlle Burns. Un par un.

On frappait à la porte. Dans un premier temps, Annie crut rêver. Elle ne fit aucun effort pour se réveiller, essaya de se tourner sur le côté mais un poids considérable l'en empêcha. Elle ouvrit les yeux et poussa une exclamation de surprise.

Iain était allongé sur elle. Il dormait, la tête appuyée sur ses seins nus.

— Ouvre-moi, sinon j'enfonce la porte ! cria Morgan de l'autre côté du battant.

Paniquée à l'idée qu'on la voie à moitié nue, Annie essaya de s'esquiver. Trop tard. Iain releva la tête, les traits contractés de douleur et d'irritation, et beugla :

— Attends, nom d'un chien, Morgan !

— Je le laisserai entrer si... si tu peux bouger, souffla Annie, empourprée.

Un petit sourire se dessina sur les lèvres de Iain quand il se rendit compte de sa position. Il posa un baiser sur son sein.

— Aucun homme ne saurait rêver d'un meilleur oreiller, commenta-t-il avant de basculer sur le flanc puis de s'asseoir au bord du lit en grimaçant.

D'un bond, Annie fut debout. Elle rajusta son corsage en hâte et courut ouvrir.

— Merci, lui dit Morgan en entrant, suivi de Connor.

Et d'un Indien.

Annie frémit. Il ne pouvait s'agir que d'un ami des MacKinnon. N'empêche, ce colosse lui rappelait des mauvais souvenirs. Il était presque aussi grand que Iain, ses cheveux étaient longs, raides et noirs, son teint basané. Au cou, il arborait un médaillon de bronze, et une fine bande ornée de perles multicolores ceignait son front. Il portait une culotte et des jambières de peau, et était torse nu. Des tatouages similaires à ceux de Iain décoraient ses bras, sa poitrine, son ventre, mais il n'avait pas de peintures sur le visage.

Devinant son effroi, Morgan posa la main sur le bras d'Annie.

— Désolé, Joseph, mais la petite n'a jamais vu un Indien qui n'essaie pas de la tuer.

Le prénommé Joseph darda sur elle des prunelles d'un noir d'encre, puis sourit, révélant des dents d'un blanc éclatant.

— Alors c'est toi, la cause de tous ces problèmes ? dit-il.

16

Annie regarda le linge et la fiole de baume frais dans sa main, puis le dos ravagé de Iain, se demandant ce qu'elle devait faire. Elle se rappelait combien le baume brûlait et ne s'imaginait pas en passer sur des plaies aussi profondes. Elle détestait l'idée de lui faire mal, mais plus encore de laisser la fièvre s'installer.

À l'extérieur, quelqu'un jouait une gigue au violon pendant que les rangers se préparaient pour leur soirée arrosée de rhum, mais Annie entendait à peine la musique.

— Tu es prête, petite ? s'enquit Morgan, assis sur les jambes de Iain pour l'empêcher de bouger par réflexe quand le baume lui mettrait les chairs en feu.

Connor et Joseph lui tenaient chacun un bras. Iain, furieux, criait qu'il n'était pas nécessaire de le coincer ainsi. Il alternait les insultes en gaélique et en anglais.

— Oui, je suis prête, répondit Annie d'une toute petite voix.

Elle imbiba le linge de baume puis souffla :

— Pardonne-moi, Iain.

Sans perdre une seconde, elle entreprit de badigeonner le dos martyrisé, consciente de la tension du corps de Iain, de ses plaintes étouffées, qui se muèrent en imprécations lancées à tue-tête.

— Ne me dis pas que ça fait mal, railla Joseph.

— Mais non. Pas plus qu'un effleurement de plume, rétorqua Iain entre ses dents. Ô Sainte Mère de Dieu !

Des images traversaient l'esprit d'Annie : Iain déboulant, livide et furieux, dans le bureau de Wentworth. Iain cherchant à la punir en l'embrassant devant tous. Iain la faisant trembler de plaisir avec sa bouche sur ses seins...

Et aussi, Iain passant en souriant devant ses hommes pour se diriger vers le pilori. Puis son corps se tordant de douleur sous les coups de fouet.

Il avait payé de son plein gré ce prix pour lui sauver la vie, alors qu'elle n'était qu'une étrangère pour lui.

Au début, elle l'avait considéré comme un barbare. D'une certaine façon, il en était un. Mais il y avait en lui un si profond sens de l'honneur, tant de courage, de puissance ! Si l'honneur et le courage ne caractérisaient pas un gentilhomme, alors quelles étaient les qualités requises ?

Le temps qu'elle ait fini de faire pénétrer le baume dans les blessures, il était inconscient. Elle se dépêcha de le bander, puis s'assit au bord de sa couchette : ses jambes la trahissaient, ses mains tremblaient et elle manquait de souffle. Elle entendit la voix de Morgan, qui lui sembla venir de très loin :

— Voilà une brave petite.

— Tu as une main de guérisseuse, la complimenta Joseph.

— Si ça ne le tue pas, ça le guérira, remarqua Connor, qui posa la main sur son épaule et la pressa doucement. On te remercie, petite.

Dehors, le violon jouait toujours.

Encore tremblante, Annie regarda la fiole dans sa main et songea aux deux rangers à l'hôpital.

Iain entendit Annie fredonner d'une voix qui lui parut céleste. Il ouvrit les yeux et se découvrit allongé à plat ventre sur sa couchette. Son dos le faisait atrocement souffrir, il se sentait aussi faible qu'un nouveau-né. Un goût de laudanum lui emplissait de nouveau la bouche. Il se rappelait vaguement Annie, la nuit dernière, lui en glissant une cuillerée entre les lèvres.

Étourdi, il leva la tête, chercha la jeune femme du regard et la vit assise à la table. Elle cousait.

Sa chemise! Elle reprisait sa chemise!

Pourtant, elle n'était pas déchirée. Enfin, si. Sous une manche, et au coude gauche. Et l'ourlet ne tenait plus. Il l'avait accroché en sortant son poignard. Mais tout de même, cette chemise n'était pas en si mauvais état que cela. Pas au point d'être recousue. Un constat qui ne l'empêchait pas d'être profondément ému à la vue d'Annie se consacrant à une tâche aussi intime, dévolue d'ordinaire à une épouse.

Il se sentit tout à coup extrêmement mélancolique.

Comme si elle avait perçu son regard posé sur elle, elle leva les yeux.

— Tu es réveillé. As-tu soif?

— Oui, répondit-il d'une voix rauque.

Elle posa son ouvrage sur la table et vint lui apporter de l'eau dans un gobelet d'étain. Elle l'aida à boire, plaçant sur son front une main douce et fraîche. Il but jusqu'à la dernière goutte.

— Encore.

À deux reprises, elle remplit le gobelet et il le vida. Enfin, sa soif fut étanchée.

— Le lieutenant Cooke est venu il n'y a pas longtemps. Il voulait que tu sois ramené à l'hôpital, mais ton frère l'a jeté dehors.

— Parfait. Je ne retournerai là-bas que pour voir comment vont mes hommes.

Un coup d'œil par la fenêtre lui apprit qu'il faisait grand jour.

— Donne-moi ma chemise, petite. Il faut que je me lève.

— Hors de question, Iain MacKinnon. Tu restes au lit et tu te reposes.

— Ce sont les ordres de Wentworth ?

— Non. Les miens.

— Je ne suis pas infirme !

— Tu n'es pas en état d'aller gambader.

— Ce n'est pas une petite femme comme toi qui va m'en empêcher.

Annie alla s'adosser à la porte.

— Tu ne sortiras pas d'ici. Si tu essaies, je t'attacherai à ton lit.

Il se mit à rire.

— Sais-tu que ta menace m'excite, petite ?

Elle blêmit et écarquilla les yeux. Ce n'était pas que de la pudeur de vierge, se dit Iain. Elle avait peur.

— Annie ?

En une fraction de seconde, la pâleur disparut, l'expression d'effroi également. Si vite que Iain crut presque les avoir imaginées.

— Allonge-toi, Iain MacKinnon, sinon j'appelle Joseph et tes frères à la rescousse.

— Très bien, capitula Iain. Mais si je suis prisonnier, qui va pourvoir à ma nourriture, me tenir compagnie, prendre en charge mes besoins divers et variés ?

— Moi.

Iain s'efforça de dissimuler sa satisfaction.

— Lève les bras.

Annie était agenouillée devant lui et s'obligeait à ne regarder que le bandage qu'elle déroulait autour de son buste. Mais ses yeux, traîtreusement, dérivaient vers les pectoraux, la fine toison bouclée, le gonflement de ses muscles lorsqu'il bougeait. S'efforçant de ne pas lui faire mal, elle passait le rouleau derrière son dos, ce qui l'amenait à se pencher jusqu'à quasiment s'appuyer sur sa poitrine. Dès qu'elle ramenait le rouleau sur le devant, elle s'écartait vivement. Mais elle sentait bien que Iain la fixait. La chaleur de son corps enveloppait le sien, elle percevait chacun de ses souffles.

Jamais aucun homme ne lui avait fait cet effet.

Une semaine durant, elle s'était occupée de lui. Repas, soins, baume et laudanum afin que la douleur ne l'empêche pas de dormir la nuit. Pour passer le temps, elle avait reprisé tous ses vêtements, nettoyé la cabane, ne l'abandonnant que brièvement dans la journée pour aller voir les rangers hospitalisés. Elle avait dormi sur une paillasse placée devant la cheminée.

Elle se rendait compte que même s'il souffrait, il prenait plaisir à la situation. Elle en était consciente à la façon dont il la suivait des yeux, aux inflexions profondes de sa voix quand il lui parlait.

Mais il ne la touchait pas, et elle en était un peu déçue. Elle n'avait pu oublier le goût de ses baisers. À vrai dire, elle y songeait bien trop souvent, et à chaque fois avec beaucoup trop d'émotion.

Elle tira sur la bande pour la serrer et le sentit se crisper.

— Si tu prenais du laudanum pendant la journée, tu n'aurais pas mal, Iain.

— Il y a plus important que cette fichue douleur, petite. Je ne vais pas m'abrutir avec du laudanum quand il faut que je sois alerte.

Elle savait qu'il songeait à Wentworth. Lequel ne projetait pas de la mettre dans son lit, elle en était désormais certaine. Le regard dédaigneux de l'aristocrate, lorsqu'il avait compris qu'elle se méprenait sur ses intentions, avait été fort clair. Et pourtant, Iain persistait à le croire animé de mauvaises intentions.

Annie ne considérait pas Wentworth digne de confiance, ni honorable. Elle avait vu combien il aimait jouer avec la vie d'autrui. Il l'avait manœuvrée de façon qu'elle le croie prêt à échanger cinquante coups de fouet contre sa vertu. Puis, après qu'elle eut accepté l'immonde marché, il l'avait toisée avec hauteur comme si cette seule idée lui répugnait. Ensuite, il l'avait habilement amenée à se raviser devant les hommes de Iain, juste avant le début du supplice.

— Tu te condamnes à souffrir inutilement, Iain. Wentworth ne va pas venir me chercher. Ni aujourd'hui ni jamais. Je ne l'amuse pas.

Il lui prit le menton entre deux doigts et la força à le regarder dans les yeux.

— Écoute-moi, Annie : reste loin de lui ! C'est un homme qui aime tromper. Et que rien n'arrête quand il veut quelque chose. Or ce qu'il veut, c'est toi. Tu es trop innocente pour t'en rendre compte.

— Tu le hais parce qu'il est anglais ! répliqua Annie, tout en se morfondant car il ne l'embrassait pas.

Contre sa volonté, le regard de Iain tomba sur sa bouche. Il devinait qu'elle avait envie d'un baiser. Lui-même luttait contre la même envie depuis sept jours, mais la douleur l'avait, Dieu merci, aidé à se dominer.

— Non, Annie, je ne le hais pas parce qu'il est anglais, mais parce qu'il a fait de moi son esclave.

Il lui raconta alors comment ses frères et lui étaient allés à Albany, où il devait faire ajuster à la taille de l'annulaire de Jeannie la bague de sa mère. Il expliqua qu'il avait aidé une prostituée qui avait été battue en pleine rue, sous le regard de Wentworth, à sa fenêtre. L'homme qui l'avait maltraitée avait été trouvé mort dans le caniveau le lendemain matin, et ses frères et lui avaient été accusés de meurtre. Condamnés, enchaînés, ils avaient vu arriver Wentworth qui leur avait proposé un marché diabolique : soit ils prenaient le commandement d'une compagnie de rangers pour le compte de l'Angleterre, soit ils étaient exécutés.

— Nous avons signé tous les trois et avons abandonné notre ferme, qui est tombée en ruine. Depuis, chaque jour, j'ai maudit Wentworth. À cause de lui, j'ai fait mourir des hommes pour sauver ma propre vie.

Du bout des doigts, Annie lui caressait doucement la joue. Dans ses yeux, il lisait la compassion.

— Il n'y a pas de honte à essayer de survivre. Mais, Iain, n'y a-t-il personne qui t'écouterait ? Le commandant des troupes de Wentworth ? Le gouverneur des colonies ?

— Que vaut la parole d'un Écossais catholique par rapport à celle du petit-fils du roi ? Non, petite, il n'y a personne.

Elle s'assit à côté de lui sur la couchette, les mains enfouies dans les plis de ses jupes, visiblement troublée.

— Et Jeannie ? L'as-tu épousée ?

Étonnamment, la question ne le bouleversa pas.

— Non. Son père n'avait pas envie qu'elle soit la femme d'un soldat, encore moins d'un homme ayant des problèmes avec les Anglais. Je lui ai demandé de m'attendre jusqu'à la fin de la guerre car à ce moment-là, mon nom retrouverait son honorabilité. Elle m'a dit qu'elle le ferait. Mais trois mois plus tard, elle épousait un gars de l'Ulster. Ils ont été tués peu après, lors d'un raid.

Annie posa la main sur son bras. Elle avait les yeux noyés de larmes.

— Je suis désolée, Iain. Wentworth est vraiment un ignoble personnage qui t'a fait beaucoup de mal. Tu dois te demander ce qu'aurait été ta vie s'il n'avait pas interféré, si tu avais eu des enfants, si…

Qu'elle le comprenne aussi bien l'émouvait, mais parce qu'elle était assise tout près de lui, il ne parvenait plus à se souvenir du visage de Jeannie.

Il repoussa la tresse sur son épaule, passa le bras autour de sa taille et l'attira sur ses genoux. Elle ne put retenir une exclamation de surprise. Il lui sourit et dessina le contour de ses lèvres du bout de l'index.

— Je me demande comment j'ai pu attendre si longtemps avant de faire ceci, *mo leannan*.

Puis il l'embrassa.

Dans un soupir de béatitude, Annie lui offrit sa bouche. Elle se sentait fondre entre ces bras puissants, contre ce buste aux muscles d'acier. Le désir enflammait son ventre.

Elle se laissa embrasser jusqu'à ce que ses lèvres fussent enflées et douloureuses. *In petto*, elle se répétait qu'il fallait mettre un terme à ces égarements, mais elle n'en avait pas la moindre envie. Ni lorsqu'il fit dériver sa bouche vers la naissance de sa poitrine, ni quand il délaça son corsage et dénuda ses seins pour capturer leurs pointes dardées. Pas davantage après qu'il eut osé caresser la courbe de ses hanches, puis passé la main sous ses jupes et cherché les cuisses nues au-delà des jarretières.

Ses cuisses… Mon Dieu !

— Non, Iain, cria-t-elle. Arrête ! Je ne peux pas.

Il appuya son front contre le sien en soupirant lourdement.

— Ô Annie… Un homme pourrait mourir de désir pour toi…

Il avait retiré sa main. Il la serra étroitement contre lui et la berça en gémissant doucement. Fébrile, elle tenta de justifier sa dérobade.

— Je ne… Je n'ai que ma virginité à donner… Je ne puis la…

— Tu as bien davantage à donner que ta virginité, Annie, et tu ne me dois aucune explication. Je n'ai rien à offrir à une femme. Or tu mérites un mari aimant et protecteur. J'aurais honte si je t'attirais dans mon lit.

Et ce fut Annie qui se sentit honteuse. Iain était si bon, si indulgent. Et si crédule : ce n'était pas sa virginité qu'elle protégeait âprement, mais ses mensonges.

Cette nuit-là, Annie resta éveillée, le corps aussi perturbé que la conscience. Elle aurait dû tout avouer à Iain. Si quelqu'un pouvait la comprendre et la croire, c'était bien lui. Alors pourquoi n'avoir rien dit ?

Il connaissait l'amertume qu'engendrait l'accusation d'un crime dont on était innocent. Il savait ce qu'était une vie volée par un monstre, et quel mal cela faisait d'être réduit à l'état d'esclave.

Mais il y avait davantage. Trop d'éléments qui les séparaient, qu'elle ne pouvait lui révéler.

Elle était une Argyll Campbell.

Lui apprendre la vérité impliquait qu'elle lui dévoile son nom. Et en ce monde, il n'était pas un seul catholique écossais qui ne haïsse les Argyll Campbell.

Lui pardonnerait-il, ou la haïrait-il ?

Oh, quelle importance ? Après tout ce que Iain avait fait pour elle, il méritait qu'elle lui dise tout.

Le problème, c'était que le courage lui manquait.

Le major MacKinnon refusa de réintégrer l'hôpital. Au bout d'une semaine, il refusa aussi de rester au lit et alla retrouver ses hommes qui l'accueillirent en héros.

— Comme je l'avais dit, il est aussi dur qu'un roc, commenta Wentworth après avoir écouté le lieutenant Cooke qui lui avait rapporté les faits.

— Le Dr Blake m'a appris que Mlle Burns s'était très bien occupée de lui, ce qui a permis à notre médecin de se consacrer à d'autres patients. Mlle Burns a également pris soin des deux rangers hospitalisés. Elle a fait montre d'une grande capacité à soigner les malades. Et apparemment, elle lit aussi bien que le Dr Blake.

Wentworth avait déjà entendu cela de la bouche du médecin. Mlle Burns avait vraiment reçu une excellente éducation, et il ne s'en étonnait pas. Cette jeune femme était dotée de bien des qualités, pour la plupart fort peu communes.

— Maintenant que le major est sur pied, peut-être est-il temps que je décide ce qu'il convient de faire de Mlle Burns, lieutenant. Elle prétend n'avoir pas de famille ni d'endroit où aller. Mais nous avons des règles ici, à Fort Elizabeth.

— Je sais, monsieur : pas de femmes, excepté les épouses d'officiers et… euh… des visiteuses occasionnelles.

— Exactement, confirma Wentworth tout en songeant avec amusement à l'immense champ de possibilités qui s'ouvrait devant lui. Conviez le major et Mlle Burns à dîner avec nous demain soir, Cooke.

— Bien, monsieur.

Cooke salua et s'en alla, laissant Wentworth souriant, verre de cognac à la main. La soirée de demain promettait d'être aussi distrayante qu'une partie d'échecs. Il aurait deux adversaires : l'énigmatique et ravissante Mlle Burns, et l'impressionnant et imprévisible major MacKinnon.

— Tu vas prendre ma cabane. Je vais m'installer avec Morgan.

Iain n'arrivait pas à croire qu'il venait de dire cela, alors qu'il brûlait de partager son lit avec Annie. Il la désirait si ardemment qu'il en perdait l'appétit et le sommeil. Sa féminité l'attirait comme un aimant. Où qu'elle se trouve, il allait vers elle. Maintenant qu'il n'avait plus la douleur pour le distraire, combien de temps tiendrait-il avant que son envie d'elle ne le pousse à salir l'honneur de la jeune femme, anéantissant du même coup le sien ?

Elle se tenait devant la cheminée et le regardait à travers ses longs cils, paupières à demi baissées. L'éclat des flammes parait sa chevelure d'étincelles dorées.

— C'est très gentil à toi, Iain, mais je ne veux pas t'expulser de chez toi. Je t'ai déjà causé assez de problèmes. Le Dr Blake a dit que je pourrais rester dans la tisanerie de l'hôpital jusqu'à ce que Wentworth organise mon voyage vers l'est.

— Non, petite. Tu seras davantage en sécurité ici. Les hommes sont sous mon commandement, et si je leur ordonne de te protéger au prix de leur vie, ils le feront.

— Je ne voudrais pas qu'un autre ranger périsse à cause de moi, Iain. J'ai déjà été la source de trop de souffrance et de mort. Je dormirai à l'hôpital. Là où je ne créerai d'ennuis à personne.

Il aurait aimé lui répondre qu'elle n'était responsable d'aucun malheur, et que quand bien même l'eût-elle été, elle avait remboursé au centuple sa dette auprès des rangers : en s'occupant de lui, de Brendan qui grâce à ses soins avait pu conserver sa jambe, et de Conall, dont elle avait réussi à faire tomber la fièvre.

— Tu restes ici, petite. Tu ne serais pas en sécurité si près de Wentworth.

— Je sais que le colonel est un homme cruel, dit-elle après avoir posé la main sur son bras, mais il ne cherche pas à me mettre dans son lit. Je suis sûre que je ne l'intéresse absolument pas.

Mon Dieu, comment pouvait-elle être aveugle à ce point ?

— Annie, explique-moi pourquoi il t'a de nouveau invitée à dîner !

— Il nous a invités tous les deux. D'après le lieutenant Cooke, il veut discuter de mon sort.

— Tu ne le connais pas comme je le connais, Annie. Tu vas rester au camp des rangers, où moi et mes hommes pourrons veiller sur toi.

Elle lui décocha un coup d'œil acéré.

— Pourquoi veux-tu que je reste dans ta cabane, alors que nous savons tous les deux ce qui risque d'arriver si j'accepte ?

Des mots simples, qui pourtant le crucifièrent.

— Tu fais donc davantage confiance à Wentworth qu'à moi ?

— Ce n'est pas ce que j'ai dit !

— Oh que si !

Iain était d'autant plus incapable de maîtriser sa colère que lui-même doutait de lui.

— Tu n'es pas dans ta maison tranquille de Rothesay, Annie, mais sur la frontière, en pleine guerre. Mais tu es sous ma protection et, de ce fait, sous mes ordres ! Si je dis que tu vas rester dans ma cabane, tu vas y rester, et je ne veux plus rien entendre, compris ?

17

Le lendemain matin, Annie se réveilla en excellente forme pour la première fois depuis une éternité. Sans doute parce qu'elle avait dormi dans un lit, et non par terre sur une paillasse. L'aube se levait et les rangers s'agitaient déjà dehors. Du fort provenaient des roulements de tambour : les soldats anglais se dirigeaient vers le terrain de parade pour le lever des couleurs.

Elle sortit du lit, remplit d'eau une grande cuvette de bois et se lava le visage. Puis elle se peigna et attacha ses cheveux avec un ruban rose, et enfila la seconde robe que Iain lui avait achetée, taillée dans un tissu rayé rose et ivoire. Elle lui allait aussi bien que l'autre, mais était davantage décolletée. Si elle avait eu un châle ou même un simple foulard, sa décence aurait été préservée, mais n'ayant ni l'un ni l'autre, elle s'enveloppa dans la cape, prit le seau à eau et sortit.

La brise recelait une petite douceur printanière. La luminosité légèrement rose du ciel à l'est promettait une belle journée. Sans la tristesse et la frustration qu'elle éprouvait à cause de Iain, elle aurait été vraiment heureuse. La nuit dernière, il s'était comporté comme si elle était l'un de ses rangers, la submergeant d'ordres, à tel point qu'elle avait failli lui faire le salut militaire. Pensait-il vraiment qu'il avait le droit de jouer au chef avec elle ? Et avec autant de dureté ? Qu'avait-elle fait qui lui vaille tant de colère ? Pourquoi insistait-il pour qu'elle reste dans sa cabane alors qu'il savait pertinemment où cela les conduirait ?

Elle n'avait toujours pas trouvé le courage de lui dire la vérité. Plusieurs fois, elle l'avait eue sur le bout de la langue mais avait ravalé les mots, l'instant ne lui semblant jamais propice. Et la nuit dernière, Dougie avait joué du violon pour accompagner une chanson qui parlait de rébellion, de clans félons qu'il fallait maudire, et des pauvres Highlands défaites lors de la guerre.

Ne pouvait-elle pas être définitivement Annie Burns ?

Elle demeura un moment sur le seuil, examinant son nouvel univers. Le camp était en pleine animation. Près des cuisines, des hommes coupaient du bois. D'autres, assis devant leur cabane, réparaient leurs vêtements, mocassins et accessoires de cuir. D'autres encore nettoyaient leurs armes. Il y avait des pêcheurs au bord du fleuve. Deux rangers traversaient le pont de bateaux, charriant un daim embroché sur une longue tige de métal.

Puis elle les vit. Les tentes d'Indiens ! Rondes, tendues sur trois mâts qui se rejoignaient au centre, elles se trouvaient à l'extrémité nord de l'île. Il y en avait environ trente, qui abritaient les guerriers de Joseph. Jamais elle n'avait entendu parler de Blancs et d'Indiens vivant aussi près les uns des autres. Elle frissonna. Puis se rappela la gentillesse dans les yeux de Joseph, sa sollicitude envers Iain, la façon dont il l'appelait « mon frère ».

Les Indiens avaient élevé Iain. Il avait été éduqué à la fois par sa famille écossaise et par les Mohicans. Pour son plus grand profit.

Elle partit vers le fleuve avec son seau. Il lui fallait de l'eau pour la lessive et du bois pour le feu.

Elle espérait pouvoir profiter d'un bain après avoir lavé sa robe et pris le petit déjeuner. Ensuite, elle irait rendre visite à Brendan et Conall, comme promis.

Quelques rangers vinrent à sa rencontre. Parmi eux, elle en connaissait certains. Elle se figea. Killy apparut et les chassa.

— Aucune demoiselle ne devrait subir la compagnie d'Écossais alors qu'un Irlandais est à sa disposition !

Annie le détailla. Il était à peine plus grand qu'elle, mince, et coiffé du bonnet bleu qu'il semblait ne jamais quitter. La peau de son visage était parcheminée et couturée de cicatrices. Il en arborait également une sur le cou. Sur sa main gauche, un cercle sombre trahissait l'impact d'une balle. Son sourire était radieux.

— Bonjour, Killy.

— Bonjour à vous, mademoiselle ! Cherchez-vous quelque chose ?

— De l'eau pour la lessive et, peut-être, un bain.

— Encore un ? s'exclama-t-il en lui prenant le seau.

Puis il se tourna vers les rangers qui regardaient.

— N'avez-vous pas entendu, bande d'idiots ? Robert, apporte du bois, Dougie, de l'eau. MacHugh, va aux cuisines et rapporte le petit déjeuner de mademoiselle. Et en vitesse !

Dans leur hâte à obéir, les hommes se bousculèrent. Amusée, Annie sourit.

— Ils sont très serviables.

— Pff… aussi fainéants que des chiens, mais ils vous sont très reconnaissants, mademoiselle. Morgan et Connor nous ont raconté ce que vous avez fait pour Iain, et Brendan et Conall. Si vous avez besoin de quoi que ce soit, appelez un ranger !

Lorsque Iain la vit un peu plus tard, Annie était installée sur une chaise devant la cabane et buvait un breuvage. Elle aurait pu tout aussi bien être posée sur un trône : une douzaine de ses hommes étaient assis par terre, en cercle autour d'elle, la fixant avec adoration, insoucieux des tâches qui les attendaient.

Iain pouvait difficilement leur en faire reproche : Annie était tellement belle ! Sur la paillasse d'aiguilles de pin que lui avait confectionnée Morgan, il avait passé une nuit blanche à songer à elle. Jusqu'à ce que son frère le flanque dehors, excédé :

— Pour l'amour du Ciel, Iain ! Si tu es tellement fou d'elle, jette-la dans ton lit ou épouse-la ! Mais arrête de gigoter, tu m'empêches de dormir !

Killy racontait à la jeune femme comment il était venu aux Amériques. C'était son récit favori.

— Ils ont coupé la corde et m'ont fourré dans un cercueil, mademoiselle, persuadés que j'étais mort. Vous imaginez leurs cris d'orfraie quand sur le chemin de l'église, je me suis mis à crier pour sortir de la boîte !

— Mon Dieu, Killy, ils vous ont vraiment pendu ?

Killy montra son cou.

— Oh que oui. Mais leur corde n'a pas pu venir à bout de l'Irlandais !

— Ne vous ont-ils pas ramené au gibet pour recommencer ?

— Non, mademoiselle. Le vicaire a dit que c'était la volonté de Dieu que je vive. Alors ils m'ont collé sur un navire pourri et envoyé ici.

Tout le monde rit, y compris Annie.

— C'était plutôt la volonté du diable ! rectifia Cam. Il a jugé ton âme trop noire pour l'enfer et t'a renvoyé illico sur terre !

Les rires s'amplifièrent. Mais pour Iain, cela suffisait.

— C'est bien que la guerre soit finie, hein, les gars ? Sinon, vous auriez peut-être eu des choses à faire…

Instantanément, tous les hommes furent debout et quelques-uns eurent assez de bon sens pour s'éclipser en toute hâte. Mais Killy ne bougea pas.

— Mack ! C'est bon de te voir en forme. Ces jours derniers, les garçons et moi, on a veillé à ce que tu aies tout le temps de l'eau et un bon feu.

Effectivement, le tas de bois était assez haut pour parer à une décennie d'hivers. Iain contint donc sa colère.

— Depuis quand est-ce ton devoir de contempler Mlle Burns, Killy ?

— Oh, pas la peine de râler, Mack ! répliqua Killy en se levant. Bonne journée, mademoiselle.

Et il s'en alla en sifflotant.

— Foutu Irlandais, maugréa Iain.

— Pourquoi es-tu si sévère avec eux ? Ils essaient seulement d'aider.

Iain regarda le gracieux visage d'Annie.

— Nous sommes en pleine guerre. Je ne peux pas m'offrir le luxe que mes hommes soient distraits par de jolis jupons.

— De jolis jupons ! répéta Annie avec véhémence, outragée. Est-ce donc là tout ce que je représente pour toi ?

Sans doute aurait-il pu revenir sur ses paroles, s'excuser, s'il n'avait à ce moment posé les yeux sur le corsage rebondi. L'excitation qui le consumait prit soudain des proportions effarantes et il demeura bouche ouverte, incapable de parler.

— Je n'ai rien fait pour mériter votre colère, major MacKinnon ! Et je ne resterai pas une seconde de plus à me faire insulter.

Elle lui claqua la porte au nez.

— Annie ! Tu ne peux pas me laisser dehors !

— Alors brise la… la porte… comme le… le barbare que j'ai toujours pensé que tu étais !

Les hoquets dans sa voix lui apprirent qu'elle pleurait.

Un barbare… Elle le considérait comme un barbare…

Mais n'en était-il pas un ? Effrayé à l'idée qu'Annie fût si proche de la vérité, il tourna les talons.

Annie passa l'après-midi à faire la lecture à Conall et aux autres patients, et aida le Dr Blake, lequel avait dû s'absenter à plusieurs reprises. Il lui avait confié ses malades, ce qui avait empli la jeune femme de fierté.

— Vous avez entendu, mademoiselle Burns ? demanda Conall. Ils m'envoient à Albany !

— À Albany ? Pourquoi ? s'étonna Annie.

— Le toubib dit que je suis assez en forme pour voyager et que je guérirai mieux là-bas.

— C'est une bonne nouvelle ! Pourrai-je vous écrire ?

— Ce ne sera pas la peine, mademoiselle, parce que vous partez avec moi.

Annie sentit son estomac se nouer.

Albany !

Hors de question qu'elle aille à Albany ! Maître Hawes y avait fait enregistrer son contrat de sujétion. Dès que le shérif la verrait, il la reconnaîtrait !

— Où avez-vous entendu raconter cela, Conall ? demanda-t-elle en masquant son angoisse.

— C'est le Dr Blake qui m'en a parlé. Il dit que Wentworth devra tôt ou tard vous envoyer à Albany, alors autant que ce soit en même temps que moi.

Maintenant, Annie comprenait pourquoi Wentworth voulait la voir.

— J'avais espéré aller à New York.

— Dans ce cas, c'est parfait ! s'exclama Conall, rayonnant. La route de New York part d'Albany.

Wentworth ne s'était pas autant amusé depuis une éternité.

Ses invités étaient arrivés sans s'adresser la parole. Mlle Burns, dont les hématomes avaient disparu, lui semblait encore plus belle que dans son souvenir, pourtant récent. La jolie demoiselle feignait de n'accorder aucun intérêt à l'homme pour lequel elle s'était récemment agenouillée afin d'obtenir sa grâce. Le major MacKinnon affichait un mutisme bougon, lançant des regards intenses à tout le monde, mais plus particulièrement à la femme pour laquelle il avait risqué sa vie et reçu cent coups de fouet.

Il était clair que leur attirance sexuelle était plus forte qu'il ne l'avait supposé, songea Wentworth, et qu'elle était pour le moment insatisfaite. Ce qui le comblait, sans qu'il pût s'expliquer pourquoi. Sauf à croire que, quelque part au fond de lui, il avait envie de garder Mlle Burns pour lui seul. Mais tout homme la voyant devait éprouver cette envie.

Ses officiers, les autres convives de ce charmant dîner en forme de psychodrame, étaient tellement fascinés par Mlle Burns qu'ils ne remarquaient pas la rage qu'exhalait MacKinnon. Cooke, en particulier, paraissait brûler du désir de la courtiser, s'échinant à lui plaire. Il osait même des propositions qui indisposaient Wentworth, par exemple de lui faire visiter le fort. Il allait falloir remettre le lieutenant au pas, et vite.

De là où il était assis, Wentworth jaugeait la situation et prenait *in petto* des paris sur le moment où elle tournerait au vinaigre. Car cela allait arriver, ce n'était plus qu'une question de temps.

— Ma pièce préférée de Shakespeare, c'est *Roméo et Juliette,* expliquait Cooke. Surtout vers la fin, quand Juliette avale le poison et est accablée de douleur parce que Roméo se poignarde à mort sur sa tombe.

Annie sourit.

— C'est le contraire. Roméo s'empoisonne et Juliette se poignarde en voyant qu'il n'a pas laissé de poison pour elle.

L'air étonné de MacKinnon n'échappa pas à Wentworth. Ainsi, le major était conscient de ses lacunes en matière de culture.

Cooke fronça les sourcils.

— Il me semble bien que vous avez raison, mademoiselle Burns. Comment ai-je pu confondre ?

— Sans doute parce que plus tôt dans la pièce, Juliette feint un empoisonnement.

— Mais bien sûr ! Suis-je sot !

— Votre savoir dans le domaine littéraire est impressionnant, mademoiselle Burns, intervint Wentworth. Le Dr Blake nous a dit que vous lisiez aussi bien que lui.

Annie comprit qu'elle avait commis une nouvelle erreur.

— C'est vrai, confirma Cooke. Et ce matin, il m'a encore dit combien il vous est reconnaissant de le seconder.

— Il est trop gentil, répliqua Annie en essayant de dissimuler son embarras. Colonel Wentworth, pourrions-nous parler de mon avenir ? En effet, il est en rapport avec mon travail à l'hôpital. Aussi dois-je vous préciser que j'aimerais rester à Fort Elizabeth et...

— Es-tu folle, Annie ? coupa Iain. Cet endroit n'est pas convenable pour une femme. Tu vas partir à Albany, et vite.

L'éclat de Iain surprit tout le monde, et enchanta Wentworth.

— Je ne crois pas que Mlle Burns s'adressait à vous, major, dit-il. Mais, mademoiselle Burns, je dois convenir que le major a raison. Nous sommes en guerre et Fort Elizabeth a l'ennemi à ses portes. De surcroît, si vous y restiez, qu'y feriez-vous pour compenser les frais qu'occasionne votre séjour ici pour Sa Majesté ?

— Eh bien… J'avais espéré que le Dr Blake me permettrait de continuer à travailler pour lui, colonel. N'a-t-il pas dit au lieutenant Cooke qu'il était très satisfait de…

— Et que feras-tu, Annie, interrompit derechef Iain d'un ton rageur, le jour où tu seras obligée de t'occuper d'un homme qui hurlera parce qu'on lui coupe la jambe ? Ou lorsqu'un soldat sera ramené du front le ventre ouvert, ses entrailles coulant sur le sol ?

— Je n'ai pas dit que ce serait facile, monsieur, dit Annie en pâlissant à Wentworth. Mais j'aimerais néanmoins essayer.

Wentworth observait Iain, qui serrait les mâchoires et tapait nerveusement du pied par terre.

— Je trouve votre proposition intéressante, mademoiselle Burns. Toutefois, il y a un autre problème. Les règles interdisent toute présence féminine à Fort Elizabeth, excepté celle des épouses d'officiers ou des… sortes d'aides de camp.

— Des femmes, donc ?

— Certes.

— Peut-être pourrais-je apprendre leur métier ?

Iain crut les officiers présents sur le point de s'étouffer pour éviter de rire. Mais lui, il n'avait cure d'épargner les sentiments de Mlle Burns.

— Oh, je pense que tu pourrais apprendre, oui, et être excellente dans cette fonction.

Cooke se leva si brusquement qu'il faillit renverser sa chaise.

— Ravalez ces mots, major ! Je ne supporterai pas que vous portiez atteinte à l'honneur de Mlle Burns !

— Asseyez-vous et fermez-la, lieutenant, rétorqua Iain.

Peu désireux de risquer sa vie dans un affrontement avec le major MacKinnon, Cooke se rassit, la figure aussi rouge que son uniforme. Annie se tourna vers Wentworth, déconcertée.

— Pourriez-vous, je vous prie, monsieur, me dire ce que sont précisément ces aides de camp ?

Ravi de la tournure de la discussion, Wentworth se prépara à répondre, mais le major le prit de vitesse.

— Des catins, Annie. Qui prodiguent leurs services aux soldats.

— Mon Dieu, souffla-t-elle, empourprée.

— L'un des vices de l'armée, j'en ai peur, dit Wentworth dans un soupir.

S'il avait pu expulser les prostituées sans craindre une mutinerie, il l'aurait fait depuis longtemps. Elles apportaient avec elles des maladies et la dépravation.

— Si j'ai bien compris, reprit Annie, je ne puis rester au fort que si j'épouse un officier ou si je me prostitue. Voilà qui ne me semble guère juste.

Wentworth la sentait en colère, mais contre qui ? Lui ou le major ?

Il se délectait de l'innocence de la jeune femme, aussi continua-t-il :

— Il y a davantage que les règles, j'en ai peur, mademoiselle Burns. Tout d'abord, pour protéger mes hommes, je dois faire examiner par le Dr Blake toute femme célibataire souhaitant rester au fort.

Annie ne comprenant manifestement pas à quoi Wentworth faisait référence, Cooke se pencha vers elle :

— La vérole, mademoiselle.

Wentworth enfonça le clou.

— Eh oui, la syphilis.

Annie se mordit la lèvre.

— Je dois avouer ne jamais m'être trouvé devant le cas de figure que vous représentez, mademoiselle Burns, enchaîna le colonel. Je dois réfléchir avant de prendre une décision. Mais si vous étiez en mesure de prouver votre vertu ou de trouver un mari, alors…

Wentworth laissa traîner sa phrase sans l'achever.

— Mais… comment donne-t-on une telle preuve ? s'enquit Annie d'une toute petite voix.

Ce fut Iain qui répondit, en fixant Wentworth. Toute la haine du monde était contenue dans ses yeux.

— On te fait allonger sur le dos, le toubib te retrousse les jupes et fouille entre tes cuisses pour vérifier si ton hymen est intact.

Annie se leva d'une pièce. Tout dans son attitude démontrait qu'il n'était nul besoin de la soumettre à un examen médical pour prouver sa pureté. Aucun des hommes présents ne s'y trompa, et Wentworth se surprit à juger qu'il avait poussé le bouchon trop loin.

Elle le regarda avec dureté et fierté.

— Je ne suis pas une catin, monsieur, et ne saurais supporter pareille honte !

18

Annie jeta sa serviette sur la table et sortit de la salle. Elle traversa la cour sans se soucier des coups d'œil intrigués des soldats. De grosses larmes roulaient sur ses joues. Elle était folle de rage et de peur, et se sentait piégée.

Ils allaient l'envoyer à Albany ! Mais elle ne pouvait pas revenir dans cette ville ! Elle y perdrait sa liberté toute neuve. Elle ne pouvait pas davantage subir l'examen médical. Le Dr Blake verrait la marque entre ses cuisses, le dirait à Wentworth, qui la croirait coupable et contacterait l'oncle Bain. Et ensuite… Dieu ait pitié d'elle !

— Annie !

Iain l'appelait. Elle attrapa ses jupes et courut plus vite encore. L'ignoble personnage. Comment avait-elle pu l'imaginer honorable ? Il n'était qu'une bête immonde qui avait tout fait pour l'humilier en public !

— Annie, pour l'amour du Ciel !

Elle déboula dans la première enceinte fortifiée, longea les rangées de tentes.

— Arrête, Annie !

Il la rattrapait. Jamais elle n'arriverait à lui échapper. Tant pis. La fureur et le désespoir lui donnaient des ailes. Elle fonça en direction du pont de bateaux. Une paire de bras solides l'arrêta en plein élan.

— Mais qu'est-ce qui te prend, Annie ? As-tu le diable au corps ?

— C'est toi, le diable ! Tu t'es conduit comme un démon !

Elle lui donnait des coups de poing, des coups de pied, mais il tenait bon. Il était trop fort pour elle.

— Cela te plaît, de jouer les coquettes avec Wentworth, Annie ? Avec ses officiers ? Tu espères en séduire un ? Mais pour eux, tu n'es rien d'autre qu'une pauvre jolie fille des Highlands ! Ne te laisse pas berner parce que tu as été invitée à leur table ! Ils sont tous prêts à te mettre dans leur lit, mais pas un ne t'épouserait !

— Comment oses-tu... ? Oooh... Laisse-moi !

Ses coups redoublèrent, avec pour seul résultat que Iain referma les bras autour d'elle comme un étau. Elle se retrouva coincée contre lui, sans possibilité de bouger. Elle leva les yeux et les riva aux siens, qui étaient aussi noirs que la nuit.

Et il l'embrassa.

Ou elle l'embrassa.

Le torrent d'émotions qui grondait en elle balayait tout sur son passage, ne laissant derrière lui que des désirs à vif. Désir de s'enivrer des saveurs de sa bouche, désir de sentir ses mains puissantes la plaquer contre sa poitrine, désir de s'imprégner de sa chaleur, de son odeur.

Il émit un soupir qui s'acheva en grondement. Puis il lui rendit son baiser, profondément, sans modérer les ardeurs de sa langue. Tous ses muscles étaient bandés. Il était aussi dur que du marbre. Et il avait envie d'elle. Les épaisseurs de jupon, du cuir de la culotte ne pouvaient cacher son excitation. Il n'était que passion, et Annie s'embrasa.

Des sifflets retentirent. Des cris.

— Vas-y, prends-la, Highlander !

Des mots crus jaillirent des remparts, transpercèrent le brouillard de désir comme autant de flèches empoisonnées.

Annie se raidit et gifla Iain à toute volée.

— Sale brute !

Il se frotta la joue, tout en la fixant durement.

— Que cherches-tu, Annie ?

— C'est le sixième baiser que tu me voles !

— Alors comme ça, tu comptes, petite ? rétorqua-t-il en souriant. Désolé, mais tu te trompes. C'est toi qui viens de me voler celui-là. À moins que cela n'ait été la langue de quelqu'un d'autre dans ma bouche ?

— Cochon !

Elle suffoquait. De chaleur et de honte.

— Que voilà un gentil qualificatif, pour un homme qui t'a sauvé la vie ! répliqua Iain en ricanant.

— Le lieutenant Cooke, lui, est un gentilhomme.

— Et moi, un barbare ? demanda Iain, les yeux étrécis.

Prenant brusquement conscience de ce qu'elle venait de dire, et effrayée par l'expression de Iain, Annie tourna les talons et fila sur le pont de bateaux. Mais l'ourlet de sa jupe se prit dans une amarre. Elle trébucha, tenta désespérément de garder l'équilibre…

Et tomba dans l'eau noire et rugissante.

Le flot glacial l'engloutit.

Choquée par le froid et la peur, elle réagit néanmoins, battant des bras pour essayer de remonter à la surface, sortir la tête et respirer. Mais le courant était trop violent. Il l'emportait tout en l'attirant vers le fond, la projetait contre des rochers, entortillait ses jupes autour de ses jambes.

Elle domina sa panique et l'horrible sensation de brûlure dans ses poumons, et s'efforça de se dégager de ses jupes dont le poids l'alourdissait. Elle réussirait à rester en vie jusqu'à ce que Iain vienne la sauver! Elle ouvrit les yeux et ne vit que des ténèbres mouvantes. Grands dieux... Personne ne pourrait la sauver. L'eau était trop tourmentée et il faisait trop sombre pour qu'on la voie.

Bizarrement, tout à coup, cela lui fut indifférent. La peur refluait, elle avait l'impression de flotter dans un liquide bienfaisant. Son esprit était engourdi, le monde autour d'elle n'était plus que silence, mis à part les battements de son cœur dans ses tympans. Le froid la pétrifiait peu à peu, ses poumons se paralysaient.

Était-ce donc cela, mourir?

Un sursaut de lucidité l'arracha à son marasme. Réunissant ses ultimes forces, elle appuya le pied sur un rocher, fléchit les genoux et poussa.

Iain était sur le point de rattraper Annie quand elle tomba dans le fleuve.

— Seigneur! s'exclama-t-il en plongeant immédiatement.

Il avait nagé maintes fois dans des eaux glaciales et connaissait le choc causé par le froid et la violence du courant. Mais alors il faisait jour. Là, l'obscurité le prit au dépourvu. Il avait l'impression de nager dans de l'encre. Il ne voyait rien.

Il remonta à la surface, prit une profonde inspiration tout en regardant autour de lui. Il cherchait des cheveux blonds ou une robe rayée rose et ivoire. Aucun signe d'Annie. Il replongea donc et laissa le courant l'emporter. La jeune femme n'avait que quelques secondes d'avance sur lui. Où que l'ait entraînée le fleuve, il l'y entraînerait aussi.

Il monta aspirer de l'air, puis reprit ses recherches jusqu'à ce que ses poumons lui semblent sur le point d'exploser. En vain. La peur le glaçait plus sûrement que l'eau. Il commençait à craindre le pire lorsque, enfin, il la vit.

Mais était-elle vivante ? Si la panique avait pris le dessus, elle était déjà morte. Noyée. Ou de froid. Lui, il était habitué au choc thermique, savait le gérer, et pourtant il réagissait mal. Qu'en serait-il pour Annie qui se trouvait dans cette situation pour la première fois de sa vie ?

Il la rejoignit, saisit de la dentelle qui flottait, se rendit compte qu'il s'agissait de cheveux. Il tira sans hésitation. Annie était en dessous de lui, tel un ange que le Ciel en colère aurait précipité dans cet élément liquide. Elle paraissait voler au ralenti.

Il comprit que le poids de sa robe l'empêchait de remonter. À tâtons mais fébrilement, il chercha une prise. Le cou… Le buste… La taille… autour de laquelle il referma son bras, puis il plaqua la jeune femme contre lui. Et elle bougea ! Elle vivait !

Il réunit toutes ses forces et d'un coup de pied se propulsa vers la surface avec sa précieuse charge.

Il eut l'impression que l'air libre se trouvait à une distance infinie, qu'il mettait une éternité à l'atteindre. Mais il y parvint et aussitôt Annie toussa, cracha de l'eau, toussa de nouveau. La soutenant d'un bras, il nagea vigoureusement avec l'autre en direction de la berge.

Ses hommes étaient alignés sur la rive. Plusieurs d'entre eux se précipitèrent dans l'eau pour l'aider.

— Il l'a ! Il la tient !

— Elle est en vie !

Les exclamations fusaient.

— Je l'ai, Iain ! cria Morgan. Tu peux la lâcher. Allez, Annie, viens. On va te réchauffer.

Avec répugnance, Iain confia la jeune femme à son frère. Il voulut parler, mais il claquait tellement des dents qu'il ne fit que bredouiller.

— Joseph a déjà relancé le feu, reprit Morgan.

Des bras solides sortirent Iain de l'eau et l'amenèrent sur la berge. Il avait du mal à marcher. Ses jambes étaient à moitié paralysées. Il tremblait. Quelqu'un lui jeta une couverture sur les épaules et lui mit une flasque de rhum dans la main.

— MacHugh, prends tes gars et trouve l'amarre sur laquelle elle a trébuché ! ordonna Connor. Je veux qu'elle soit réparée avant qu'il y ait un autre accident !

Iain but une longue gorgée de rhum, sentit la chaleur de l'alcool se diffuser dans tout son corps, puis gagna en chancelant le campement de Joseph, sans quitter un seul instant des yeux les jupes qui dégoulinaient par-dessus les bras de son frère.

— Allez, réveille-toi !

Iain l'appelait de nouveau. Elle reconnaissait sa voix, mais elle était trop fatiguée pour ouvrir les yeux.

— Annie, si tu t'endors, tu vas mourir ! Ouvre les yeux et bois !

Elle sentit qu'il pressait quelque chose contre ses lèvres. Un goulot. Un liquide chaud coula dans sa gorge. Elle déglutit et fit la grimace, car le goût était amer. Par intermittence, elle entendait un sifflement, comme de la soupe arrivée à ébullition qui se serait déversée sur les pierres d'un foyer.

Elle s'obligea à soulever les paupières, mais ne distingua rien. Elle était dans les ténèbres. Des bras puissants l'étreignirent. Iain. Qui lui dit :

— N'aie pas peur, ma douce. Nous sommes dans une hutte de Joseph.

— Je ne te vois pas ! Je suis aveugle !

— Je ne te vois pas non plus, parce que la toile a été rabattue. Mais tu n'as rien à craindre. C'est ici que Joseph et ses guerriers viennent prier. Il verse de l'eau sur des pierres brûlantes pour nous réchauffer.

— Mais je n'ai pas froid…

— Tu es tellement gelée que tu ne sens plus le froid. Dans quelques instants, tu vas te mettre à grelotter. Bois. Il faut te réchauffer à l'intérieur comme à l'extérieur. Et vite.

Iain avait dit vrai : quelques instants plus tard, elle tremblait de tout son corps. Elle but chaque fois qu'il approcha la bouteille de ses lèvres et commença à puiser de l'énergie dans celle de Iain, qui la serrait contre lui.

Au bout de combien de temps, elle l'ignorait, mais elle se rendit compte qu'elle récupérait des sensations. À force de respirer la vapeur brûlante, elle réalisa que ses tremblements s'apaisaient et que ses idées étaient moins confuses. Elle prit conscience de la présence de Joseph, qui psalmodiait dans une langue inconnue en frappant sur un tambour. Iain chantait avec lui, d'une voix profonde. Elle garda la tête appuyée sur son épaule. On les avait enveloppés ensemble dans une grande fourrure épaisse. Ils étaient étroitement serrés l'un contre l'autre et… ils étaient nus.

Peut-être était-ce la magie de la mélopée de Joseph, mais Annie se sentait rassurée. Comme en rêve, elle posa la main sur la poitrine de Iain, sur son cœur, l'y laissa quelques instants, puis la fit glisser sur la peau douce et humide. Il se tendit, mais ne repoussa pas la main et continua à chanter sur la même tonalité.

Alors Annie s'enhardit et partit à la découverte des pleins et déliés du torse aux muscles d'acier, du dos d'athlète, des épaules merveilleusement découplées.

La respiration de Iain s'accéléra et, tout à coup, il resta muet. La main qui s'était posée sur son sexe lui avait fait oublier les paroles de la prière. Oh, elle n'y demeura guère longtemps. Si peu de temps, en fait, qu'il se crut victime d'une illusion.

Il pencha la tête et posa un baiser sur la tempe d'Annie.

— Tu as mis mon sang en ébullition, ma douce. À mon tour de te réchauffer.

Mon Dieu, qu'allait-il faire ? se demanda Annie avec anxiété. Elle avait hâte de le découvrir.

Lentement, il fit glisser sa main vers sa hanche, puis caressa le ventre par rotations, remonta vers la poitrine. Du bout des doigts, il stimula les points les plus sensibles des seins. Annie sentit sa peau frémir, son ventre palpiter, comme si des étincelles crépitaient à l'intérieur. Les pointes de ses seins se dardèrent.

Elle désirait cet homme.

Le barbare des Highlands. Le ranger. Iain MacKinnon.

Il cueillit le globe d'un sein dans sa paume et fit courir le bout de son pouce sur le mamelon. Annie lâcha un soupir d'extase et bougea légèrement, de façon à accentuer la pression. Elle en voulait davantage. Elle en avait *besoin*.

Iain dut s'en rendre compte car il combla ses attentes, pétrissant ses seins, les caressant de ses paumes calleuses. Annie réprima un gémissement. Puis il écarta la fourrure, exposant la poitrine nue à l'air chaud et moite. Haletante, elle ne protesta pas. Sur des charbons ardents, elle attendit, mi-intriguée, mi-inquiète. Il baissa la tête et ce fut sa bouche qui prit le relais sur les pointes de ses seins. Du bout de la langue, du tranchant des dents, il les suça, les mordilla, la soumettant à un ensorcelant tourment, car elle avait envie de gémir mais n'osait le faire à cause de Joseph, qui leur tournait le dos mais pouvait entendre. Ce que Iain lui faisait vivre dépassait tout ce qu'elle avait pu imaginer. Et ce n'étaient sans doute que les prémices des sensations qu'il pouvait susciter en elle.

Il accentua la succion, aspirant un mamelon à pleine bouche à l'instant où Joseph versait de l'eau sur les pierres. Elle profita du chuintement de la vapeur pour laisser échapper une plainte. Elle lui attrapa les cheveux à pleine poignée et se grisa du plaisir d'étreindre les mèches soyeuses qui embaumaient. Un parfum de pin, de musc, exalté par l'humidité.

— Ne résiste pas, petite, lui souffla-t-il à l'oreille.

Effarée, elle s'aperçut que ses doigts s'étaient aventurés sur son mont de Vénus, et tentaient de se frayer un passage entre ses cuisses.

Ses cuisses marquées au fer rouge.

Grands dieux !

— Non !

Par chance, Joseph versait encore de l'eau sur les pierres. Car elle avait presque crié. Iain entreprit de lui mordiller le lobe de l'oreille et, entre deux petits coups de dents coquins, murmura :

— N'aie pas peur. Je ne vais pas te prendre ta virginité. Je peux te donner du plaisir sans aller aussi loin. Laisse-moi faire.

Elle n'en crut rien. Elle lui agrippa le poignet et s'efforça de retirer cette main qui pouvait amener sa honte au grand jour. Mais Iain continua son manège. Il plaqua la main contre son sexe, puis pressa. Doucement. Lentement. Il la fit bouger d'avant en arrière, sur quelques centimètres, et Annie cessa de se rebeller. Le cœur battant la chamade, elle perçut la montée d'un ébouriffant phénomène en elle. Elle vibrait, des ondes de jouissance déferlaient, l'inondant de bonheur de la tête aux pieds. Éperdue de plaisir et comme dédoublée, elle s'observait, un peu effrayée par la violence de ce qu'elle ressentait. Cette femme pantelante, qui se livrait sans retenue et se laissait emporter par les vagues de volupté, était-ce elle ? Elle ne se reconnaissait pas dans cette créature impudique !

Mais elle pressentait que cette terre inconnue où l'avait conduite Iain n'allait pas tarder à devenir son paradis.

Lorsque Iain, qui avait repris son sein dans sa bouche, releva la tête pour lui chuchoter de ne pas lutter, elle capitula. Elle lâcha son poignet, après s'être assurée qu'il faisait vraiment trop sombre pour qu'il vît la marque, même s'il écartait davantage la fourrure.

Il insinua son majeur dans son sexe pendant que son pouce poursuivait les rotations à peine appuyées sur ce point bien précis de son intimité qui semblait source inépuisable d'extase. Agrippée aux épaules de Iain, elle suffoquait de plaisir, un plaisir tellement intense qu'elle dut se mordre la lèvre pour ne pas crier. Elle s'astreignait à ne pousser que des geignements étouffés. Paupières closes, étoiles filantes sur les rétines, elle crut défaillir. Jusqu'au moment où l'ensorcelante folie qui avait pris possession de ses sens reflua. Elle redescendit sur terre, palier par palier, et s'effondra dans les bras de Iain, aussi molle qu'une poupée de chiffon. Ses battements de cœur ralentirent. Elle n'avait plus froid. Elle était bouillante, couverte de sueur.

Iain l'embrassait sur le front tout en caressant ses cheveux. Mon Dieu, songea-t-il. Sans ses longs cheveux, elle serait morte. Il n'aurait sans doute pas pu l'attraper. Il remercia le Seigneur, la Vierge, tous les saints et, tant qu'à faire, les dieux des Mohicans pour ce miracle.

Mais il n'y avait pas que celui-là. Le second, c'était que soit nichée contre lui cette femme merveilleuse, d'une sensualité à couper le souffle. Que de passion l'habitait ! Elle avait répondu à ses caresses avec une ferveur qui l'avait bouleversé… et excité comme jamais de sa vie. D'ailleurs, son sexe était encore dur comme de la pierre. Tant pis s'il ne se satisfaisait pas. L'essentiel était qu'il eût donné tant de plaisir à Annie.

La hutte de Joseph n'avait vraisemblablement jamais été le théâtre de ce genre de scène. Même s'il n'en avait rien montré, à coup sûr l'Indien avait entendu les gémissements d'Annie. Iain se sentait coupable. Il avait peut-être souillé un lieu sacré. Si tel était le cas, il ferait pénitence, se livrerait aux rites de purification que son frère mohican lui demanderait.

Lorsqu'il avait amené Annie dans le sauna indien, pas un instant il n'avait envisagé que les choses évolueraient de la sorte...

Joseph chantait maintenant la chanson de l'ours, celle qui clôturait la cérémonie. Enfin, il se tut et alla relever les pans de la tente.

— Je savais que tu me trouverais, dit tout à coup Annie d'une voix endormie.

Il voulut avouer qu'il n'en était pas si sûr que cela, qu'il avait eu la peur de sa vie. Puis il se rappela qu'il était à l'origine de l'accident : Annie était partie en courant pour le fuir.

— Il faut qu'on t'apprenne à nager.

— J'ai essayé d'enlever mes jupes qui me faisaient couler, mais mes doigts étaient trop engourdis par le froid.

— Tu es indéniablement pleine de ressources et courageuse.

L'imaginer se débattant dans l'eau glacée, ayant à l'esprit la solution qui la sauverait au lieu de céder à la panique, lui serra le cœur.

— Je suis désolée de t'avoir frappé, Iain.

— Aucune importance. Je l'avais bien mérité.

— Tu m'as dit des méchantes choses.

Oui, mais c'était pour son bien ! Pour qu'elle ouvre les yeux et comprenne que tant qu'elle resterait au fort, elle serait en danger. Le péril venait de Wentworth qui lui portait un intérêt pervers, des soldats qui abuseraient d'elle s'ils en avaient l'occasion, de la guerre qui était aux portes de la forteresse… et de lui, Iain MacKinnon.

— Je n'ai fait que te dire la vérité, Annie.

— Je n'irai pas à Albany. Je ne *veux pas* aller à Albany !

Iain entendit de la crainte dans son intonation. Qu'est-ce qui l'effrayait, là-bas ?

— C'est une ville rude, mais tu y seras davantage en sécurité qu'ici.

— Je ne peux pas y aller. Je t'en prie, ne m'y envoie pas.

— De quoi as-tu peur, Annie ?

— J'y courrais un grand danger. S'il te plaît, ne m'en demande pas davantage.

Vexé qu'elle ne lui fasse pas confiance, il lui répondit sèchement :

— Tu iras là où je te penserai à l'abri.

Elle se raidit entre ses bras.

— Je le suis ici.

— Non, Annie. Tu l'as dit : je suis un barbare. Je ne serai pas long à te traîner de gré ou de force dans mon lit et je te volerai bien davantage qu'un baiser. Tu le sais aussi bien que moi. Si tu restes ici, aussi sûrement que le soleil se lève tous les matins, nous coucherons ensemble.

19

Annie extirpa les mauvaises herbes de la terre noire, veillant à ne pas déloger les délicats plants de camomille. Le Dr Blake l'avait chargée de s'occuper du jardin d'herbes médicinales derrière l'hôpital. Une haute palissade cachait le jardin et empêchait les soldats de venir piller les précieuses plantes, ou de les piétiner. C'était quasiment le seul endroit du fort où Annie pouvait profiter du soleil sans être sous le regard des hommes.

Wentworth n'avait pas encore décidé de son sort. Il avait envoyé Conall à Albany sans elle. Apparemment, il avait mis temporairement de côté la question à cause de l'arrivée inopinée du général Abercrombie quinze jours auparavant. Le haut gradé était accompagné d'une impressionnante escorte et accablait la garnison du fort d'inspections, parades et exercices. Les soldats anglais se soumettaient avec enthousiasme à ses desiderata, mais les rangers, eux, ne cachaient pas leur mépris et l'affublaient du sobriquet de « Mme Nanny Crombie », à cause de son incapacité à prendre des décisions. Ils disaient qu'il était un guerrier comme eux des papes.

Si les rangers montraient leur mépris, en revanche Abercrombie semblait fasciné par ces rudes Highlanders. Il ne cessait d'arpenter leur camp, et leur avait ordonné de livrer un combat factice, auquel tous les occupants du fort, excepté Annie, avaient assisté. Elle les avait déjà vus se battre réellement et savait de quoi ils étaient capables. De plus, la violence, même factice, n'était pas un spectacle qui lui plaisait. Et puis, elle avait mieux à faire.

Elle était déterminée à utiliser le temps qu'allait durer la visite du général pour démontrer à Wentworth qu'elle lui était utile, ainsi qu'à ses hommes, même en n'étant ni une catin ni une épouse d'officier. Elle accomplissait de l'aube au crépuscule de multiples tâches pour le compte du Dr Blake. C'est-à-dire qu'elle s'occupait des malades, changeait les draps des lits à l'hôpital, préparait des bandages, composait des baumes et des onguents, faisait pousser les herbes médicinales, nettoyait le sol et vidait les pots de chambre.

Un travail épuisant et parfois effrayant à cause des cris, du sang, de la souffrance, et de la mort omniprésents. Mais elle aimait soulager les malheureux, les réconforter. Pour la première fois de sa vie, elle faisait quelque chose de vraiment important.

Elle s'assit sur ses talons, étira son dos douloureux. C'était une belle journée. Le ciel était d'un bleu pur inconcevable en Écosse. La brise tiède charriait des odeurs inconnues jusqu'alors, senteurs de la forêt qui s'éveillait au printemps. Des abeilles sorties de leur sommeil hivernal butinaient dans le potager.

Si seulement ses pensées avaient pu être aussi lumineuses que le ciel…

Ces derniers temps, elle n'était plus elle-même, passant de l'optimisme aux larmes, puis se perdant dans des rêves éveillés. Iain était le pivot de toutes ses humeurs, de tous ses états d'âme. Pourquoi ne lui parlait-il pas ? Pourquoi la fuyait-il ? Il envoyait ses frères prendre de ses nouvelles et quand d'aventure il la croisait, il se montrait glacial, comme s'il la connaissait à peine. Et cela durait depuis trois semaines. Après toute la gentillesse dont il avait fait montre à son endroit, et l'intimité qu'ils avaient partagée dans la hutte, comment pouvait-il la traiter ainsi ?

Elle s'obligea à ramener son attention sur la tâche dont l'avait chargée le Dr Blake.

Les fleurs de camomille seraient bouillies et la décoction aurait un effet calmant. Écrasées et mélangées à celles du pavot, sous forme de pâte, elles réduisaient les hématomes. Un onguent de feuilles de chou servait à nettoyer les plaies, à fermer les ulcères de la peau et traiter les brûlures. Toutefois, pour soulager Conall, le baume indien qui sentait mauvais et brûlait, qu'elle appliquait sur la jambe du jeune homme lorsque le Dr Blake ne la voyait pas, s'était révélé bien plus efficace.

L'infusion de menthe pouliot était employée contre les fièvres, les refroidissements, les douleurs d'estomac et les atteintes au foie. Le Dr Blake lui avait expliqué que certaines femmes s'en servaient pour empoisonner les fœtus non désirés qu'elles portaient.

De nouveau, ses pensées dérivèrent vers Iain. La nuit de la noyade lui semblait si loin, maintenant. Ainsi que tout ce qui avait suivi.

Ce plaisir inouï qu'il lui avait prodigué… Était-ce là la norme entre un homme et une femme ? Cette exquise brûlure, ce désir dévorant, l'extase qui possédait le corps et l'âme et oblitérait le monde réel… Un couple qui s'aimait vivait-il toujours ces ensorcelants émois ?

Elle l'ignorait. Et elle ne comprenait pas le changement qui s'était opéré en elle. Son corps lui semblait désormais avoir sa vie propre. Dès qu'elle songeait à Iain, elle avait chaud, ses seins se faisaient douloureux, son ventre palpitait.

Et il y avait pire. Elle se languissait de ce moment délicieux quand, une fois calmée, elle était restée sans bouger dans ses bras. Ce seul souvenir accélérait ses battements de cœur.

Elle s'était sentie si bien, nichée contre lui. En sécurité. À sa place.

Du moins jusqu'à ce qu'il mentionne Albany. Et lui demande de quoi elle avait peur. Elle avait été incapable de lui mentir, alors elle avait gardé le silence.

Le romarin…

Il aidait à soulager les migraines. Il purifiait l'air, empêchait la contagion.

Elle se remémora Joseph, tout à côté, qui chantait sa mélopée. L'avait-il entendue geindre ? Avait-il compris ce qui se passait sous la peau d'ours ? Si c'était le cas, il n'en avait rien montré. Une fois sa longue prière finie, il avait repoussé les pans de la toile, était sorti et resté assis dehors pendant que Iain l'avait portée, enveloppée dans la peau d'ours, jusqu'à sa cabane. Là, il l'avait couchée, avait nourri le feu et l'avait laissée dormir.

— Rappelle-toi ce que je t'ai dit, petite, avait-il lancé avant de s'en aller.

Comment aurait-elle pu oublier ?

— Si tu restes ici, aussi sûrement que le soleil se lève tous les matins, nous coucherons ensemble.

Iain avait voulu l'effrayer afin qu'elle quitte le fort. Le problème, c'était qu'elle n'avait nulle part où aller.

Le séneçon… La décoction de fleurs de séneçon servait à nettoyer les yeux. Les feuilles réduites en onguent soulageaient les douleurs articulaires. Cette plante ressemblait à un simple qu'elle connaissait en Écosse, mais sous un autre nom. Il y poussait même sur les sommets montagneux.

L'eupatoire. Il aidait les malades du paludisme à transpirer, calmait les estomacs enflammés et agissait comme tonique. Elle n'avait jamais entendu parler de l'eupatoire auparavant. Mais il y avait tant de choses nouvelles pour elle, et il s'était passé tellement d'événements que souvent elle se sentait perdue. Lady Anne, qui menait une existence plaisante en Écosse, chérie par sa mère, était devenue Annie Burns, qui vivait au milieu de rudes rangers et de soldats dans un fort sur la frontière américaine.

Le plus curieux, c'était que si sa vie confortable en Écosse lui manquait, elle commençait à se sentir chez elle à Fort Elizabeth. Elle s'était habituée aux roulements de tambours, aux trompettes et à la grossièreté des soldats. Il lui était difficile d'avoir peur d'eux, dans la mesure où elle les soignait et écoutait leurs plaintes quotidiennement. Et les rangers la traitaient avec respect et gentillesse, veillaient à ce qu'elle ait toujours du bois, lui apportaient de l'eau, l'escortaient quand elle devait franchir le pont de bateaux. Des hommes auxquels elle n'aurait jamais adressé la parole en Écosse, mais qui lui rappelaient ses frères et la faisaient rire.

La tête du Dr Blake apparut dans l'entrebâillement de la porte du jardin clos. Le médecin souriait.

— Mademoiselle Burns, il y a quelque chose que vous aimerez certainement voir : la sonnette de la queue d'un crotale.

Annie n'était pas du tout certaine d'avoir envie de voir cela, mais elle répondit :

— J'arrive.

— Très impressionnant, major, commenta le général Abercrombie en regardant la cible déchiquetée, affichant une mine d'enfant réjoui. Je ne me rappelle pas avoir jamais eu sous les yeux une cible touchée dans le mille à tous les coups.

Iain ne disant rien, Wentworth répliqua à sa place :

— Le major MacKinnon est un tireur hors pair, général. Mais la survie sur la frontière dépend aussi de la capacité à recharger rapidement. N'est-ce pas, major MacKinnon ?

— Oui, c'est certain, confirma Iain d'un ton hargneux.

Bon sang, ce qu'il pouvait haïr tout ce cirque ! Depuis plus de quinze jours, ses hommes et lui avaient été contraints de se donner en spectacle comme des ours savants, pour amuser un homme qui semblait considérer la guerre comme un jeu. Iain aurait refusé tout net, mais Wentworth lui avait clairement fait comprendre qu'il n'avait pas le choix :

— Ne prenez pas cela à la plaisanterie, major. Le général Abercrombie n'est pas aussi persuadé que moi que nous ayons besoin d'un corps de rangers.

— Nous renverra-t-il chez nous si on le déçoit ? avait demandé Iain en ricanant.

L'expression de Wentworth s'était faite glaciale.

— Ce que je veux dire, major, c'est que vous êtes toujours lié par votre serment de fidélité et moi par le mien.

— Vous me menacez de nouveau de la corde ?

Iain avait senti la haine lui brûler le ventre. Il s'était penché vers le colonel, le fixant droit dans les yeux.

— Un de ces jours, la guerre sera finie et ce sera le moment de régler les comptes entre nous.

— Oui, mais ce jour n'est pas encore venu, avait rétorqué Wentworth avec un sourire mauvais.

Au moins, songeait Iain à présent, sa rage l'avait empêché de trop penser à Annie. Au cours des trois dernières semaines, il avait fait tout son possible pour rester loin d'elle. Parce qu'il se méfiait de lui-même, après ce qui s'était passé dans la hutte de

Joseph. La nuit, le souvenir de son parfum sucré, de son corps souple, de sa peau douce et de ses gémissements le rendait fou d'excitation. Il aurait souhaité insister pour que Wentworth l'envoie à Albany, mais elle avait semblé tellement effrayée à cette perspective qu'il n'en avait rien fait. Il fallait d'abord qu'il découvre de quoi elle avait peur. Ce qui impliquait de passer du temps avec elle, de parler longuement, de la persuader de lui faire confiance. Ce dernier point était le plus épineux : comment demander à Annie de s'appuyer sur lui, alors qu'il ne s'accordait pas une once de confiance ?

— N'êtes-vous pas d'accord, major ? lança le général en lui donnant une tape dans le dos.

— Oui, répondit Iain, qui n'avait aucune idée de ce dont parlait Abercrombie.

À son grand dépit, il était devenu la coqueluche du général, un vrai sujet de fascination.

Derrière lui se tenaient ses frères, arme au pied, et, en haut des remparts, les soldats anglais qui ne perdaient pas une miette du spectacle. Qu'ils aillent tous au diable !

Inlassable, Abercrombie demandait d'autres prouesses au tir. Iain s'exécuta, jusqu'au moment où un homme déboula de la route d'Albany, hurlant, la chemise en sang. Il était seul. Iain le reconnut : l'un des fils du cantinier.

Le général, qui attendait que Iain tire pour la quatrième fois, n'avait pas remarqué l'arrivée pourtant bruyante du jeune homme.

— Major… ?

Wentworth, lui, avait vu.

— Nous avons un problème, général.

— Ça sent mauvais, si tu veux mon avis, Iain, murmura Connor tandis qu'il avançait en tapinois dans la forêt derrière son frère.

— Exact, approuva Iain en scrutant le sous-bois sombre.

Le fils du cantinier leur avait dit qu'un groupe d'Abénaquis avait attaqué le convoi de denrées à trois kilomètres du fort, et qu'il était le seul survivant. Quand on lui avait demandé comment il avait réussi à sauver son scalp, il avait expliqué s'être caché derrière un bœuf mort et avait rampé sur le ventre, jusqu'au moment où il avait été suffisamment en sécurité pour se relever et courir.

— Ils n'étaient qu'une trentaine, mais ils nous sont tombés dessus sans crier gare du haut d'une colline et ils ont tué tout ce qui bougeait, y compris les poulets.

Iain avait rameuté ses hommes pour partir à la recherche des Abénaquis. Mais Abercrombie l'avait retardé avec ses raisonnements fumeux.

— Peut-être des soldats seraient-ils mieux adaptés pour cette mission, major. Qu'en pensez-vous ?

Iain en pensait que le général était un idiot. Et maintenant, avec ses hommes, ainsi que le capitaine Joseph et les siens qui protégeaient le flanc gauche de son groupe, ils avançaient en silence dans la forêt en longeant la route. Les restes du convoi ne pouvaient plus être loin.

Ils le virent tout à coup. Six chariots chargés de provisions percés de flèches. Le cantinier et ses seconds gisaient par terre, massacrés, scalpés. Deux femmes, des catins, étaient étendues, nues et sans vie, à côté d'eux. Leurs corps portaient les marques des atrocités qu'elles avaient subies.

Iain fit comprendre par signes à ses hommes d'encercler le lieu de l'attaque, le meilleur moyen de se protéger les uns les autres. La manœuvre réalisée, ils se rapprocheraient des chariots.

À peine avait-il fait quelques pas qu'il entendit le sifflet d'avertissement de Joseph.

— Abritez-vous ! lança Iain en écho.

La seconde suivante, la forêt semblait exploser sous les détonations.

Les Abénaquis les avaient attendus, et ils étaient bien plus que trente.

20

Les blessés commencèrent à rentrer juste après le dîner. D'abord les plus légèrement atteints, puis ceux qui l'étaient plus gravement, comme Cam qui avait une flèche logée dans la cuisse. Environ deux cents Français et Abénaquis les avaient pris en embuscade sur le site de l'attaque du convoi. Iain et ses frères étaient toujours là-bas, coincés sous un feu nourri.

Annie s'efforça de rester concentrée sur son travail. Elle nettoyait les blessures légères, distribuait des cuillerées de laudanum et du rhum, changeait les draps souillés et secondait le Dr Blake quand il avait besoin d'elle. Au fil des heures, d'autres blessés arrivèrent.

Wentworth et le général firent une incursion à l'hôpital au coucher du soleil. Le colonel, en présence d'Abercrombie, fit comme s'il ne connaissait pas Annie et alla questionner les rangers qui étaient en état de parler.

— L'attaque du convoi était l'appât, expliqua Cam d'une voix rendue pâteuse par le laudanum. On dirait que ces fumiers ont réuni toutes leurs forces pour abattre Mack !

Annie essuyait du sang par terre, l'estomac noué par l'effroi.

— Il n'y a rien de surprenant à cela, remarqua Wentworth. Ils ont mis à prix la tête de Mac Kinnon. Un prix fort élevé, n'est-ce pas, sergent ?

La réflexion de Wentworth, exprimée d'un ton froid, indifférent, bouleversa Annie. Au bord de la nausée, elle l'écouta raconter à Abercrombie qu'à cause des victoires de Iain sur les Français et leurs alliés, les premiers avaient décidé d'offrir une récompense de deux mille livres anglaises à qui rapporterait son scalp. Et davantage s'il était pris vivant. Wentworth se garda de préciser que Iain se battait pour la Couronne sous la contrainte et la menace.

Cet homme était un monstre répugnant.

Mais il y en avait d'autres de la même espèce dans le camp adverse. Iain lui avait dit ce que les Français feraient de lui s'ils le capturaient.

— Les Abénaquis, continua Wentworth, haïssent et craignent particulièrement Iain MacKinnon comme les Romains craignaient et haïssaient Hannibal. Souvenez-vous, général, il y a deux hivers, le major a détruit tout un village abénaqui dont les guerriers avaient lancé plusieurs assauts contre des colons anglais et les avaient exterminés. MacKinnon a tué les guerriers, brûlé les habitations, mais épargné les femmes et les enfants.

— Ah, oui, je me rappelle avoir entendu quelque chose à propos de cette mission. Il paraît que ses hommes et lui ont failli mourir de faim pendant l'équipée et en ont été réduits à faire bouillir leurs ceintures de cuir pour les manger.

Annie avait lu à Brendan un article de la *Boston Gazette* relatant cette mission. C'était tellement horrible que cela relevait du cauchemar. Et pourtant, Wentworth et Abercrombie en parlaient comme s'il ne s'agissait que d'une pittoresque curiosité.

— Ouais, on a fait bouillir nos ceintures et on les a mangées, confirma Cam d'une voix atone. On voulait aussi manger nos bottes, mais Mack nous l'a interdit en disant qu'on en aurait besoin pour rentrer. Alors on a rongé des écorces d'arbre, des racines d'osier gelé, on a même fait bouillir des andouillers trouvés en chemin. On serait morts si Mack n'était pas parti tout seul traquer et abattre un vieux chevreuil. Comment il a réussi à l'avoir, on se le demande encore, vu qu'on tenait à peine debout et qu'il ne valait guère mieux que nous.

Annie avait les yeux embués. Iain avait traversé des épreuves effroyables, et voilà qu'il en endurait d'autres en ce moment même. Peut-être était-il mort... L'imaginer étendu sur la terre froide, sa magnifique chevelure arrachée, lui était insupportable. De même que la possibilité qu'il ait été capturé et soit sur le point d'être torturé.

Elle cacha le tremblement de ses mains en enroulant des bandages, dos tourné à Wentworth pour qu'il ne vît pas sa colère. Puis elle pria *in petto*.

Mon Dieu, faites que Iain et ses frères rentrent ! Qu'ils ne soient pas tués !

— Dites-moi, sergent, reprit Abercrombie à l'intention de Cam, est-ce exact que quelques hommes, rendus fous par la faim, ont dévoré les cadavres de leurs compagnons ?

Annie se rappela ce que Brendan lui avait dit. Qu'ils avaient mangé leurs ceintures, oui, et bien pire. Tellement pire qu'il préférait ne pas en parler. Elle se rappela aussi sa propre faim, lors de son voyage vers le fort. Or cela ne faisait que trois jours qu'elle n'avait pas mangé. Ces hommes, eux, étaient restés des semaines sans nourriture, par un froid glacial.

— Gardez votre curiosité pour moi, général. Ne harcelez pas mes hommes !

Dieu du ciel ! Il était là ! Iain était de retour !

Annie pivota sur ses talons et s'avança vers lui. Il se tenait sur le seuil. Elle fit deux pas, puis s'immobilisa : il ne fallait pas que Wentworth et Abercrombie remarquent son empressement.

Elle regarda le visage de Iain. Il était couvert de sueur engluée de poudre, sa chemise était imprégnée de sang. Il soutenait Connor, à peine conscient. Derrière eux, Morgan portait Killy sur son dos comme Iain l'avait portée. Il posa sur elle des yeux brillants de détresse.

— Il va vous falloir excuser le major MacKinnon, général, dit Wentworth, visiblement mécontent, en s'effaçant pour qu'Abercrombie passe la porte. La bataille a manifestement acéré sa langue. Major, je vous attends dans mon bureau pour le rapport.

Iain n'accorda aucune attention au colonel. Il semblait ne voir qu'Annie dont il se rendait compte, à son expression, qu'elle était heureuse de le retrouver, navrée pour ses hommes et consternée pour Connor. Cette femme symbolisait la vie dans un monde de mort. La beauté dans un univers de laideur et de brutalité.

— Ici, major, lui indiqua le Dr Blake en montrant deux lits vides.

Connor et Killy furent couchés.

— Connor a pris une balle dans l'épaule et perdu beaucoup de sang, expliqua Iain au médecin avant de déchirer sa chemise pour exposer la blessure. Quant à Killy, c'est le tranchant d'une épée française qui lui a fait cela.

Annie s'activa immédiatement sur la blessure de Connor. Elle nettoya le sang, puis prit un linge propre et le tendit à Iain.

— Appuie très fort sur la blessure.

Iain obéit pendant qu'elle faisait couler du laudanum dans la gorge de Connor.

— Avale, dit-elle doucement au jeune homme. Oui, c'est cela. Très bien.

— J'attends que le laudanum fasse effet avant d'intervenir, déclara le Dr Blake, mais la balle est profondément logée dans le muscle. Il va falloir inciser pour l'extraire.

— Oooh, Seigneur… gémit Connor. Je le savais !

Iain s'assit auprès de son frère. Annie et le médecin allèrent s'occuper de Killy. Du coin de l'œil, Iain observa la jeune femme : elle retira précautionneusement sa chemise à Killy, lava la plaie au ventre, essaya avec une infinie gentillesse de le réveiller pour lui donner du laudanum. Iain soupira : tant de sollicitude et de chaleur le réconfortaient un peu. Elle portait un grand tablier souillé de sang, témoignage de longues heures de dur labeur à l'hôpital, et cependant ne montrait nulle lassitude. Elle travaillait avec célérité, habileté et précision, obéissant à la seconde aux ordres de Blake. Ce ne fut que lorsqu'elle retira le bandage de fortune autour de la tête de Killy que son visage révéla son trouble. Killy avait été scalpé. Mais elle ne fut pas longue à se ressaisir, ses traits se décontractèrent, et elle fit un bandage propre après avoir nettoyé le crâne.

Puis, une fois le médecin prêt, elle vint s'agenouiller au côté de Connor et lui saisit la main.

— Serre très fort, lui dit-elle.

— Je ne voudrais pas te faire mal, petite.

— Tu ne me feras pas mal.

Après ce qui parut à Iain une éternité, Connor sombra dans un bienfaisant sommeil dû au laudanum. Annie alla aider le Dr Blake à recoudre la plaie au ventre de Killy.

Joseph, qui était entré peu auparavant, dit à Iain :

— Elle a le don de guérir, ta femme.

Iain approuva d'un hochement de tête. Oui, Annie avait ce don, et tant d'autres encore…

— Pourquoi restes-tu loin d'elle, Iain ? demanda Joseph. Je me rends bien compte que tu souffres.

Maudit Joseph, qui lisait en lui !

— C'est elle qui souffrirait si je ne la laissais pas tranquille, Joseph. Je n'ai rien à lui offrir. Pas de maison, pas d'avenir, et un nom sali.

— *Wastach-qua-am !*

Les mots indiens pour dire que Iain était bête comme un chou.

Iain sentit pointer la colère.

— Si je prenais cette femme, Joseph, il me faudrait l'épouser, parce que c'est une Blanche et que c'est ainsi dans son monde. Et je ne devrais pas lui faire honte. Mais à quoi cela sert-il d'en parler ? Nous savons toi et moi qu'il y a peu de chances que je survive à cette guerre.

— C'est au Créateur d'en décider.

— Je ne veux pas laisser derrière moi une veuve, qui serait seule et sans protection pour élever mes enfants.

— Parce que tu crois que nous, tes frères, mon peuple, l'abandonnerions ? répliqua Joseph, courroucé. N'essaie pas de me duper, Iain MacKinnon. Les raisons que tu invoques sont des nuages de fumée destinés à masquer ta peur d'aimer ! Mais cette femme-là est d'une autre trempe que Jeannie, et son cœur est sincère. Regarde-la donc s'occuper des blessés. Une vraie mère ours.

— Tu ne sais pas ce que tu racontes !

— Non ? Alors peut-être devrais-tu t'écouter toi-même. Que lui as-tu dit quand vous étiez dans ma hutte, hein ? Oh oui, j'ai entendu. Tu lui as dit que si elle restait ici, vous finiriez fatalement par coucher ensemble, aussi sûr que le soleil se lève tous les matins. À quoi bon lutter contre le soleil, hein ?

Sa tirade lâchée, Joseph se pencha sur Connor et lui toucha le front.

— Comment va l'ourson ?

Joseph persistait à donner ce surnom à Connor, qui le détestait. Mais en cet instant, le jeune homme n'était pas en état de protester.

Les nerfs à vif à cause des paroles de Joseph, Iain baissa les yeux sur son frère et sentit l'angoisse lui tordre l'estomac.

— Il a perdu beaucoup de sang, mais ils ont réussi à extraire la balle. Si ça ne s'infecte pas…

— Il est fort, et si elle s'occupe de lui comme elle s'est occupée de toi, il sera sur ses pieds et montrera avec fierté sa cicatrice dans une semaine.

Iain hocha la tête, puis regarda l'Indien dans les yeux.

— Aucun de nous ne serait en vie ce soir sans toi et tes hommes, Joseph. Une fois encore, je te dois la vie. *Wneeweh.*

Merci.

— Tu as fait la même chose pour moi tant de fois, Iain, que je me suis juré d'en garder le compte puisque toi, tu ne le fais pas.

— Combien d'hommes as-tu perdus ?

— Huit morts. Seize blessés.

Le poids sur les épaules de Iain s'accentua.

— Je suis désolé pour eux et leurs familles.

— Ils sont morts en guerriers.

Un silence s'installa, que Iain finit par rompre.

— Wentworth m'attend, hein ?

— Oui. Cooke vient te chercher.

Minuit avait sonné depuis longtemps quand Wentworth et Abercrombie laissèrent repartir Iain. Le général l'avait accablé de questions idiotes, démontrant ainsi qu'il ne connaissait rien au combat en forêt. Iain avait dû faire appel à toute sa patience pour répondre et écouter les ineptes commentaires de l'homme.

— Il semble clair, major, avait enfin conclu Wentworth, que ceci était un guet-apens destiné à vous anéantir, vos hommes et vous. Une fois encore, vos alliés de Stockbridge ont prouvé leur valeur. Je mettrai un point d'honneur à remercier personnellement le capitaine Joseph. Vous pouvez disposer.

Enchanté de sentir l'air froid caresser son visage, Iain traversa la cour sombre et silencieuse pour regagner l'hôpital. Il avait perdu dix hommes. Pour le moment. En effet, une vingtaine avaient été blessés, dont sept grièvement. Combien d'entre eux survivraient ?

Tristesse et fatigue l'oppressaient, à la limite du supportable. Ses jambes le portaient avec peine, son esprit était vide. Depuis trois ans, il menait des hommes à la mort. Depuis trois ans, il les avait vus se faire massacrer sur le champ de bataille. Depuis trois ans, il tuait.

Quel effet cela ferait-il de sentir à nouveau de la terre sur ses mains au lieu du sang ? De voir sortir des plantes du sol au lieu d'y creuser des tombes ? D'entendre des vagissements de nouveau-né au lieu des cris d'agonie ?

Il avait accepté de participer à cette guerre pour, paradoxalement, sauver sa vie et celle de ses frères. En fait, il les avait tous condamnés à l'enfer. Aurait-ce été pire de choisir la corde avec laquelle on voulait le pendre ?

Il ouvrit sans bruit la porte de l'hôpital et vit Annie au chevet de Killy. Elle glissait une cuillère entre ses lèvres. Elle semblait épuisée. De grands cernes noirs marquaient ses yeux. Que n'eût-il donné pour qu'elle ne fût jamais témoin de tout cela ! Et pourtant, il ne pouvait s'empêcher de penser que la jeune femme était une bénédiction pour les malades et les blessés. Elle avait montré son courage à la première seconde où il avait posé les yeux sur elle.

Annie faisait boire de la camomille à Killy. Le petit Irlandais avait toujours été si gentil avec elle, veillant sur sa sécurité, lui racontant des histoires, la faisant rire. Et maintenant, il était à l'agonie. Son ventre avait été profondément ouvert. Et son crâne à vif... Mon Dieu.

Elle lui maintint la tête relevée pour qu'il puisse boire, puis la reposa doucement sur l'oreiller, méprisant les élancements d'une migraine térébrante : comment aurait-elle pu se montrer faible alors que tant d'hommes gisaient, atrocement blessés et ayant besoin de réconfort ? Certains ne verraient pas se lever l'aube.

— Repose-toi maintenant, Killy.

Elle entendit se refermer la porte. Elle se retourna. Iain se dirigeait vers elle. Elle s'obligea à sourire et pressa brièvement la main de Killy.

— Regarde qui vient te rendre visite !

Elle perçut le désarroi de Iain dans ses yeux, sur ses traits, dans la lourdeur de son pas. Ces hommes, c'étaient les siens. Ils étaient ses amis, sa famille. Ils combattaient côte à côte, rompaient le pain ensemble depuis trois ans.

Elle eut mal pour lui.

Il s'agenouilla à côté de Connor, qui dormait, sortit la petite croix de bois de l'encolure de sa chemise et se mit à prier silencieusement, les traits crispés. Puis il embrassa la croix, la remit dans sa chemise et se signa.

Étrangement, son catholicisme ne faisait plus de lui un ennemi aux yeux d'Annie. Non qu'elle eût oublié sa foi, mais tout cela n'avait plus l'importance qu'elle y attachait en Écosse. Qu'est-ce qui avait donc changé ?

Il se leva, toucha le front de son frère pour s'assurer qu'il n'avait pas de fièvre, puis se dirigea vers Annie et Killy, un sourire contraint sur les lèvres.

— Eh bien, mon vieux, maintenant on sait ce que les Abénaquis et les soldats anglais ont en commun : s'ils te voyaient, ils te croiraient mort.

Une réflexion qui choqua Annie, qui s'abstint pourtant de répliquer quand elle vit le pâle mais sincère sourire de Killy.

— Un fils de pute m'a piqué mon scalp, Mack, et je compte bien aller le récupérer.

— Il te faut d'abord tenir sur tes jambes, non ?

Le Dr Blake sortit de l'arrière-salle.

— Ah, major, je suis content de vous voir. J'espérais que vous pourriez escorter Mlle Burns jusqu'à sa cabane. Je n'aime pas qu'elle traverse le fort seule la nuit et je ne puis laisser les patients.

Étonnée que le médecin la renvoie, Annie se mit debout.

— Mais vous avez tellement de blessés en charge, docteur ! Vous avez encore plus besoin de moi cette nuit que les nuits précédentes !

— Le colonel a affecté à l'hôpital deux soldats pour m'assister, expliqua gentiment Blake. Vous m'avez été d'une grande aide, mais vous en avez fait assez pour aujourd'hui. Je serais ingrat si en échange de votre bonté, je vous réduisais à l'épuisement. Lavez-vous les mains, enlevez votre tablier et allez vous reposer.

— Docteur, je sais de quoi ont besoin les hommes, je sais de quoi ils souffrent ! Je ne peux pas…

Elle sentit la main de Iain autour de son coude.

— Viens, Annie. Le docteur a raison, tu ne tiens plus debout.

Bien que son esprit fût en pleine ébullition, elle s'obligea à se taire alors qu'ils marchaient dans la cour ténébreuse. Si le Dr Blake pouvait veiller toute la nuit, pourquoi pas elle ? En quoi deux soldats seraient-ils plus capables qu'elle, qui savait exactement de quoi chaque patient avait besoin ?

Puis la crainte domina sa colère : le médecin ne semblait pas considérer son aide comme vitale. Persuader Wentworth de ne pas l'envoyer à Albany parce qu'on avait besoin d'elle à l'hôpital, relèverait de la gageure.

La cabane de Iain était sombre et froide. Annie alluma des chandelles pendant que Iain préparait le feu.

— Ne sois pas agacée, petite. Il ne t'a pas renvoyée parce qu'il dénigre ton travail. Il faudrait qu'il soit fou pour ne pas voir que tu as un talent rare avec les malades et les blessés.

Après trois semaines de sarcasmes et de réflexions acides de la part de Iain, une si gentille remarque décontenança Annie. Elle se tourna vers lui. Il plaçait une autre bûche dans le feu.

— C'est très délicat de ta part de me dire cela.

— Ce n'est que l'expression de la vérité. Je te suis infiniment reconnaissant. Tu as sauvé plusieurs vies.

Les flammes dorées qui s'élevaient à présent magnifiaient ses beaux traits, mais un profond chagrin se lisait dans ses yeux.

— Ce n'est rien, comparé à ce que tu as fait pour moi, Iain.

Elle humecta un linge et alla s'accroupir à côté de lui, puis passa doucement le linge sur sa joue. Si seulement elle avait pu, en même temps que la sueur et la poudre, faire disparaître les marques de tristesse…

— Fais attention, petite. Es-tu certaine de savoir ce que tu fais ?

21

Ce fut la tendresse d'Annie qui le fit craquer. Il aurait pu résister à une explosion, à un coup de tomahawk, à une charge à la baïonnette. Mais il ne le put face à la douceur de cette caresse.

À quoi bon lutter contre le soleil qui se lève ?

Il leva la main et, du bout du pouce, suivit le dessin de la pommette couleur de pêche. Puis il plongea les doigts dans la lourde tresse dorée et attira le visage d'Annie vers le sien, se pencha, posa les lèvres sur sa bouche entrouverte.

Sa sensibilité à fleur de peau à cause de semaines de désir refoulé, il ressentit un choc aussi puissant que si la foudre l'avait frappé. Sa faim d'elle se libéra de ses entraves comme une bête fauve. Il l'étreignit presque sauvagement, fouilla sa bouche d'une langue frénétique, et l'embrassa jusqu'à ce que ses poumons privés d'air crient grâce.

Dans un petit gémissement, elle se laissa aller contre lui, et lui rendit son baiser avec une ferveur qui acheva de le bouleverser. Elle répondait à sa passion avec l'ardeur d'une femme, et non la timidité d'une jeune fille.

Elle était sa source de réconfort, elle était la beauté incarnée, elle était la vie.

Et il la voulait de tout son corps, de toute son âme.

De ses mains expérimentées, il détendit le laçage de la robe, puis du corsage et des jupons, et les fit glisser le long de ses jambes. Lorsqu'elle n'eut plus sur elle que sa camisole, il la souleva dans ses bras et la porta jusqu'au lit. Puis il s'allongea sur elle, se maintenant en appui sur les avant-bras.

Elle n'apprécia manifestement pas qu'il eût ménagé un espace entre leurs corps car elle arqua le sien, de façon que leurs peaux entrent en contact. Ses mains couraient sur son dos, se glissaient sous la chemise, s'insinuaient dans la ceinture de la culotte…

Il comprit, s'agenouilla, et enleva prestement sa chemise. Puis, toujours vêtu de sa culotte, il lui enferma les deux mains dans la sienne et les pressa contre son torse nu.

— Prends ce que tu veux, petite. Tout ce que tu veux.

Elle le regarda avec une intensité qui le fit frémir. Il vit dans ses prunelles un désir égal au sien.

Alors il prononça les mots dont il pensait que fatalement, un jour, ils seraient pour elle à l'origine de tous les chagrins.

— Dieu m'en soit témoin, petite, je jure que je t'épouserai.

— Penses-tu… vraiment cela ? demanda-t-elle, les yeux écarquillés d'incrédulité.

— Oui, ma chérie. Je ne renoncerai pas à toi. Je connais cette loi qui interdit à un catholique de convoler avec un protestant, mais je te promets de trouver une solution.

Annie mit quelques instants à se ressaisir, puis lui caressa le buste, s'attardant sur les pectoraux en soupirant de plaisir. Il resta arc-bouté au-dessus d'elle afin qu'elle pût explorer son corps d'homme dont manifestement elle connaissait peu de chose, et ce fut avec avidité qu'elle partit à la découverte, yeux mi-clos, souffle court. Profondément ému, il assista aux changements qui s'opéraient sur la jeune femme. Sa peau rosissait, ses seins se gonflaient, pointes dardées, elle tremblait. La toucher l'avait excité, mais il s'aperçut que le fait qu'elle le touche en retour le plongeait dans un état second. Le moindre effleurement des doigts d'Annie lui arrachait des frissons. Des vagues de chaleur montaient en lui, pour se regrouper dans son sexe tellement tendu qu'il en devenait douloureux. Il n'aspirait qu'à déchirer cette camisole, seul barrage vers le chemin du paradis, et se glisser entre les cuisses d'albâtre pour clamer ses droits, confirmer sa possession. Mais elle était vierge. Il n'était pas question que la première fois fût brutale. Il aurait pu la blesser. Physiquement et moralement.

N'y tenant plus, il baissa la tête et entreprit de lécher les globes ronds de ses seins, à la peau satinée, si délicate. Il en mordilla les pointes, puis marmonna :

— C'est bon, n'est-ce pas ? Tu aimes cela ? Oui, je vois que tu aimes…

Elle fléchit son dos souple pour rapprocher sa poitrine de la bouche qui prodiguait tant d'exquises sensations. Pour rester à la hauteur qui convenait, elle s'accrocha aux épaules de Iain, plantant involontairement ses ongles dans les muscles d'acier. Il se rendit compte qu'elle était aussi enfiévrée que lui.

Il amena sa main vers le creux de la taille, qu'Annie avait si fine, la scella autour de la hanche, et pressa son sexe sur son mont de Vénus. Le paradis… ou plutôt l'antichambre.

Il sentit qu'elle écartait les jambes, se mettait instinctivement dans la position qui convenait.

— Iain… Oh, Iain… Viens ! Fais cesser ce supplice !

— Non, amour, je n'éteindrai pas le feu si vite, cette fois. Il faut sacrifier au rite de mille autres préliminaires avant.

Il souleva la camisole, la lui retira en un clin d'œil et la jeta par terre. Puis il plaça sa main à l'intérieur de ses cuisses, à l'endroit où la peau était divinement veloutée.

Mais... mon Dieu, que palpaient ses doigts? Une... cicatrice?

Annie poussa un cri et serra brusquement les jambes. Trop tard. Il avait vu. Une marque en forme de V.

V pour *Voleuse.*

Le cœur battant à tout rompre, tremblant de peur, Annie assista, éperdue, au changement qui s'opérait sur le visage de Iain: l'incrédulité se muait en colère.

— Qu'est ceci, Annie? Dis-moi.

Il avait étréci les yeux, la fixait avec suspicion. Elle sentit le sang se retirer de sa figure. La tête lui tournait. Elle restait bouche bée, incapable de prononcer un mot. Horrifiée, elle vit Iain se déplacer, s'asseoir à côté d'elle, lui attraper les chevilles et lui écarter les jambes. Puis, du bout des doigts, il suivit le dessin de la cicatrice.

— Je t'en supplie, Iain, arrête!

Elle avait retrouvé la parole, mais ne reconnaissait pas sa voix, nouée par la peur et la honte. Elle ne supportait pas d'être maintenue de la sorte, sur le dos, cuisses ouvertes, comme son oncle l'avait fait ligoter. Elle se débattit pour se libérer. Mais Iain était trop fort pour elle. Trop agile aussi. D'une main, il lui coinça les bras au-dessus de la tête, puis pesa sur sa poitrine afin de l'empêcher de lutter. Malgré ce retournement de situation, il était toujours excité. Elle sentait son sexe palpiter à travers le tissu de la culotte. Et elle ne comprenait pas que le dégoût n'eût pas apaisé son ardeur.

— Cesse de gigoter et réponds-moi, Annie! tonna-t-il.

— S'il... s'il te plaît, Iain... Ne fais pas... cela.

Il la fixa un long moment, d'un regard dur, qui s'adoucit peu à peu. Enfin, il la lâcha, se leva et alla se planter devant la cheminée.

— J'attends ta réponse, Annie.

Elle se recroquevilla dans l'angle le plus éloigné de la couchette, noua les bras autour de son buste, incapable de croire que ceci avait pu se produire, qu'elle avait pu oublier...

— Je... je m'appelle Anne Burness Campbell et je ne suis pas une voleuse, dit-elle d'une voix tremblée en s'obligeant à regarder Iain en face. Je ne suis pas une condamnée. La marque est une punition que m'a infligée mon oncle.

Lentement, les lèvres bougeant comme celles d'un automate, elle commença à raconter son histoire.

Celle de ce monstre qui s'appelait Bain, chez lequel les servantes mouraient régulièrement de mystérieux accidents, cet oncle qui les avait recueillies, sa mère et elle, après que son père et ses frères eurent été tués à la bataille de Prestonpans.

Oui, les servantes disparaissaient, et celles qui restaient chuchotaient dans les coins que le vieil homme n'y était pas pour rien. Pauvre naïve qu'elle était, jamais elle n'avait cru en ce qu'elle qualifiait d'ignobles ragots. Même lorsque sa mère lui avait enjoint de se méfier, elle n'avait pas douté de cet oncle affectueux et généreux. Jusqu'à cette fameuse nuit où elle avait entendu pleurer sa mère.

— J'ai regardé par la porte entrebâillée et je l'ai vue attachée aux montants du lit, nue. Il... il se...

servait d'elle d'une manière... anormale. Il avait serré ses mains autour de sa gorge. Il lui faisait mal, et elle le suppliait d'arrêter.

Elle répéta à Iain les paroles que sa mère et son oncle avaient prononcées. La bile lui monta à la bouche.

— *Assez, par pitié, assez !*

— *C'est moi qui déciderai quand il y en aura assez ! Si tu ne veux plus jouer à mes petits jeux, Mara, ton adorable fille peut prendre ta place. A-t-elle le même goût pour la douleur que sa mère ?*

Des larmes roulaient sur les joues d'Annie, mais elle ne s'en rendait pas compte.

— Le lendemain matin, ma mère était morte. Elle avait des marques bleues tout autour de la gorge. Mon oncle a menti, il a raconté qu'elle était tombée dans l'escalier. Il ignorait que je les avais vus.

Annie narra comment elle avait ensuite réuni les bijoux de sa mère, les avait cousus dans l'ourlet d'une jupe empruntée à sa bonne. Elle espérait gagner Glasgow pour y voir le vieux notaire de son père.

— Mais l'oncle Bain m'a rattrapée. Il avait arraché des aveux à ma bonne, Betsy. Il m'a amenée au shérif, a prétendu ne pas me connaître, et le shérif m'a fouillée et a trouvé les bijoux. Pendant trois semaines, on m'a laissée enfermée dans une geôle où les hommes...

Elle ne pouvait parler de cela.

— Un jour, l'oncle Bain est venu me voir à la prison et m'a offert le choix : soit je rentrais à la maison avec lui, soit j'étais marquée au fer rouge et mise sur un navire en partance pour les Amériques. Que n'aurais-je donné pour rentrer à la maison ! Que tout redevienne comme avant. Et je voulais oublier ce que j'avais vu. Mais il avait assassiné ma mère, et je me doutais que ce ne serait qu'une question de temps avant qu'il ne m'inflige le même sort. Alors j'ai refusé. Mon oncle a hoché la tête, puis appelé les gardes. Il leur a demandé de me tenir et… il m'a marquée au fer rouge. Lui-même. Et il y a pris un plaisir infini !

La nausée s'accroissant, Annie dut précipitamment boire un gobelet d'eau. Puis, les yeux clos, elle attendit que s'apaisent un peu ses tremblements. Tout à coup, elle sentit quelque chose d'humide et de frais sur sa joue. Le linge. Iain lui essuyait le visage.

Il la prit dans ses bras et l'obligea doucement à s'étendre sur le lit. Elle se nicha contre la peau d'ours. Une odeur de rhum lui monta aux narines. Elle entrouvrit les yeux. Iain lui tendait sa flasque.

Il ne la croyait pas. Il ne pouvait pas la croire. Personne ne le pourrait jamais.

— Bois, petite, dit-il en s'asseyant à côté d'elle.

Elle prit la flasque, avala une gorgée, frissonna lorsque l'alcool coula dans sa gorge. Non, Iain ne la croirait pas. La prédiction de l'oncle Bain allait s'avérer. Il lui avait assené que tout homme qu'elle essaierait d'aimer, dès qu'il verrait la marque, la fuirait comme la peste. La rejetterait comme une immonde traînée.

Luttant contre le désespoir, elle reprit :

— Maître et maîtresse Hawes m'ont achetée et enregistrée à Albany. J'étais avec eux depuis trois mois quand l'attaque a eu lieu. Maîtresse Hawes me haïssait, me trouvait paresseuse parce que je ne savais pas traire une vache, ravauder ou cuisiner. Elle m'a pris mes vêtements et obligée à porter les siens. Elle me battait avec une courroie de cuir. Lorsque je l'ai entendue crier, lorsque j'ai entendu les Indiens pousser leurs hurlements, j'ai… j'ai couru.

Iain contempla la jeune femme. Elle était livide. Il s'efforçait de réprimer son besoin de la réconforter. Ses sublimes yeux verts étaient toujours les mêmes. Comme sa peau crémeuse, sa bouche au dessin enchanteur. Mais tout à coup, il ne voyait en elle qu'une étrangère.

Elle lui avait menti. Des semaines durant, elle l'avait dupé. Elle n'était pas Annie Burns ! Elle était une maudite Argyll Campbell !

Il demeura longtemps silencieux.

— Tu m'as menti, lâcha-t-il enfin.

— Je suis désolée ! Je ne te connaissais pas. Je n'ai fait qu'amputer la vérité. Pas une fois je n'ai menti.

— Tu ne me connaissais pas ? cria Iain, hors de lui. Je t'ai sauvé la vie deux fois ! J'ai perdu mon sang pour toi, je t'ai tenue dans mes bras mais n'ai pas attenté à ta vertu ! Et toi, pendant toutes ces semaines, tu te méfiais de moi ?

Elle leva sur lui des yeux brillants de larmes.

— Je voulais tout te dire. Te faire confiance. Cela me rendait malade, mais j'étais persuadée que tu ne me croirais pas. Je ne pouvais prendre le risque d'être de nouveau vendue, de me retrouver entre les griffes d'un maître qui m'aurait battue, ou pire. Je voulais oublier, je voulais rebâtir ma vie… je voulais être libre !

Des mots qui auraient dû atteindre le cœur de Iain. Mais la fureur leur fit barrage.

— Le problème avec les menteurs, mademoiselle *Campbell,* c'est qu'on ne sait plus ce que l'on peut croire. Peut-être la vérité est-elle comme vous la présentez. Ou peut-être êtes-vous vraiment une condamnée qui raconte des histoires pour éviter un châtiment bien mérité. Comment pourrais-je le savoir ?

— Iain, je suis navrée. Je ne voulais pas te blesser. Tu dois me croire !

— Oh, vraiment ?

Il récupéra sa chemise sur le sol puis marcha jusqu'à la porte. La voix ténue et terrifiée d'Annie le poursuivit :

— Vas-tu... tout répéter à Wentworth ?

Sans répondre, il sortit dans la nuit et claqua la porte derrière lui.

Wentworth fixait son échiquier. Bizarrement, il n'avait pas réussi à s'endormir. Se débarrasser d'Abercrombie avait été une rude épreuve. Le général avait voulu interroger le major MacKinnon et, ensuite, avait procédé à sa propre analyse de la bataille en buvant une bonne moitié du meilleur cognac de Wentworth. Dieu merci, il s'en allait au matin.

La présence d'Abercrombie avait été un fardeau, mais il n'avait pas eu le choix, il lui avait fallu s'en accommoder. Cet homme était son commandant en chef. Jamais Wentworth n'avait sollicité de faveur ou de passe-droit à son oncle ou son grand-père, préférant faire son chemin tout seul. Mais supporter les divagations d'Abercrombie quant à la manière de mener cette guerre lui coûtait.

Néanmoins, cela avait été amusant, lorsque Abercrombie avait demandé au major MacKinnon de lui faire une démonstration de ses performances au tir. Surtout parce que cela avait vraiment irrité le major. Néanmoins, Wentworth devait en convenir, les talents de MacKinnon étaient impressionnants. Jamais il ne l'avouerait, mais il enviait le Highlander. Non que lui-même fût piètre tireur. Mais MacKinnon était un as. Comme tous ses rangers. Sans doute parce qu'ils avaient grandi en se servant d'un fusil pour se procurer de la nourriture, ce qui n'était pas son cas.

À bien y réfléchir, ce qui avait le plus ennuyé Wentworth dans la visite impromptue d'Abercrombie, c'était que cela l'avait empêché d'interroger Annie Burns. Plus d'amusants dîners, pas le loisir de l'observer. Dommage. Mais elle continuait à occuper ses pensées. Cette jeune femme, il était sûr de l'avoir déjà vue. Bizarre qu'il ne se rappelle ni où ni quand. On n'oubliait pas une aussi ravissante personne.

Il s'était fait remettre des rapports quotidiens par le Dr Blake, qui s'était pris d'un intérêt tout paternel envers Mlle Burns. Ce que le médecin lui avait appris n'avait fait qu'aiguiser sa curiosité. La jeune femme était manifestement très intelligente, efficace, capable de faire face aux pires blessures et maladies sans flancher et de sincèrement s'inquiéter pour des inconnus. Il avait été témoin de tout cela dans la soirée, quand il était allé à l'hôpital avec Abercrombie.

Il avait été témoin d'autre chose: elle se souciait grandement du sort du major MacKinnon. Son soulagement et sa joie, lorsqu'il était entré dans la salle, avaient été presque palpables. Et cela contrariait Wentworth sans qu'il pût s'expliquer pourquoi. D'accord, Mlle Burns et le major étaient tous deux des Écossais. Mais MacKinnon était le petit-fils d'un chef de clan, un barbare, même s'il descendait d'un roi celtique de l'ancien temps. Mlle Burns, en revanche, était issue d'une lignée plus ordinaire.

Pas aux yeux de Wentworth. Pour lui, cette blonde aux yeux verts n'avait rien d'ordinaire. Elle avait lu Shakespeare, feignait sans succès de ne rien connaître aux bonnes manières à table, et se mouvait avec la grâce et la confiance en soi caractéristiques des aristocrates. Elle n'avait rien d'une fille de fermier écossais.

Qu'elle se refusât à quitter Fort Elizabeth laissait Wentworth perplexe. Quelle femme eût voulu vivre ici ? Aucune, à part les filles à soldats. En se basant sur les observations du Dr Blake, Wentworth concluait qu'elle avait peur de revenir à Albany. Si la chance était avec lui, il saurait bientôt pourquoi. Il avait envoyé son homme de confiance à Albany pour qu'il y recueille des informations sur Mlle Burns et les gens avec lesquels elle avait vécu. Une jeune femme aussi jolie n'avait pu passer inaperçue.

Oui, quelqu'un se souviendrait d'elle.

Iain fit tournoyer son épée, et sa lame entra en contact avec celle de Morgan. Le choc ébranla ses poignets et monta comme une vague jusqu'à ses épaules. Il dégagea sa lame, la leva puis l'abattit à quelques centimètres du crâne de son frère.

Morgan enfonça son épée dans le sol, furieux.

— Mais qu'est-ce qui ne tourne pas rond chez toi, ce matin ? Cela fait deux fois que tu manques de m'arracher la tête !

— Je vais très bien. C'est toi qui n'es pas vigilant.

— Ton épée n'est pas encore plantée dans ma tête simplement parce que *je suis* vigilant !

Iain savait que son frère avait raison.

— Désolé, frangin. Je me fais du souci pour Connor et les hommes.

— Ce n'est pas Connor qui te tracasse ! C'est *elle* !

Les mots de Morgan firent plus de mal à Iain qu'un coup d'épée. La rage qu'il contenait à grand-peine depuis la veille jaillit comme la lave d'un volcan en éruption.

— Ne me parle pas d'elle !

— MacHugh l'a aidée à passer le pont, ce matin. Il a dit qu'elle avait l'air d'avoir pleuré toute la nuit. C'est de ta faute ?

Iain brûlait de clamer à la figure de Morgan qu'Annie Burns était Anne Campbell, menteuse et probablement voleuse. Mais il se rendit compte qu'il était incapable de la trahir. Pas plus qu'il ne pouvait révéler son secret à Wentworth, qui l'enverrait au marché aux esclaves. Or, aussi en colère fût-il, il ne supportait pas l'idée qu'elle subisse pareil sort. Le désir qui le rongeait prenait le pas sur sa rancœur.

— Ferme ton clapet, Morgan, ou je te le ferme de force.

— Alors, c'est une vraie bagarre que tu veux ?

En un clin d'œil, l'épée fut de nouveau entre les mains de Morgan. Il attaqua avec une telle vigueur que si la lame l'avait touché, Iain aurait été tranché en deux. Mais il se battait avec son frère depuis qu'ils étaient enfants et connaissait tous ses coups, tactiques, parades et faiblesses. Il réussit à le mettre en échec à plusieurs reprises au cours de l'affrontement, qui dura longtemps. Les deux hommes croisaient le fer comme des possédés. Le visage en sueur, ils faisaient claquer l'acier avec tant de rage qu'on eût dit que leur vie en dépendait. Les rangers formaient cercle autour d'eux, mais Iain ne les voyait pas.

En un éclair, son épée lui fut arrachée des mains et le poing de Morgan s'abattit sur sa mâchoire. Il tomba sur le dos, à moitié assommé, le souffle coupé, et son frère appuya la pointe de son épée sur sa gorge.

— Tu es vaincu, frangin, dit Morgan d'un ton haletant. Tu ne devrais pas te battre quand tu es aussi mal en point : tu te ferais tuer.

Iain se releva avec peine et donna une claque sur l'épaule de son frère.

— Tu as un sacré coup de poing, et un excellent bras de bretteur.

Il ramassa son épée et partit vers le fleuve pour la nettoyer, conscient que ses hommes l'observaient.

Il irait voir Wentworth et lui proposerait une autre expédition de reconnaissance.

Il avait besoin de quitter le fort.

22

Annie ranima les braises et rajouta du bois dans la cheminée. C'était une belle journée de printemps, mais elle devait faire bouillir de l'eau pour préparer les infusions demandées par le Dr Blake, que Wentworth avait fait appeler. Les herbes se trouvaient sur la table, dans des bols de cuivre.

Derrière elle, Connor et Killy dormaient. Ils étaient les deux derniers rangers hospitalisés. Ils avaient eu la fièvre, mais Connor était en convalescence. La blessure au ventre de Killy était en voie de guérison. Le problème, c'était son crâne scalpé, qui s'était infecté.

Deux autres hommes de Iain étaient morts. Alban et Hamish. Des balles leur avaient transpercé l'abdomen et une septicémie s'était propagée. Annie avait fait tout ce qui était en son pouvoir pour soulager leurs souffrances, usé de toute la pharmacopée, et pleuré lorsqu'ils avaient rendu leur dernier souffle. Les autres rangers s'étaient rétablis et avaient pu regagner leurs cabanes sur l'île, où ils attendaient désormais le retour de leurs camarades.

En effet, Iain était parti avec une escouade depuis six jours, et depuis six abominables jours Annie priait pour lui, tremblait pour lui.

Il avait quitté le fort le lendemain de leur affrontement et, en son for intérieur, elle savait que c'était à cause d'elle. La haïssait-il donc au point de ne plus supporter sa vue ?

Accablée par le poids de ses pensées, elle se détourna du foyer, prit un paquet de bandes de tissu pour les pansements, s'assit et entreprit de les rouler. Les yeux lui piquaient. Le manque de sommeil. Depuis une semaine, elle dormait à peine, et quand elle réussissait à s'assoupir, de mauvais rêves la réveillaient. Ensuite, les yeux ouverts, elle devait affronter les affres de la culpabilité et des regrets. Et elle pleurait.

Elle aurait donné n'importe quoi pour remonter le temps, effacer cette nuit maudite. Elle aurait alors empêché Iain de l'embrasser et lui aurait tout avoué, avant qu'il ne découvre la vérité lui-même. Peut-être l'aurait-il crue. Ou aurait-il trouvé dans son cœur assez d'indulgence pour lui pardonner.

Ou peut-être cela n'aurait-il rien changé.

Il avait parlé de l'épouser…

Oui, et elle aurait accepté. Peu importait qu'il fût catholique, fils de jacobites, et crachât sur le roi. Elle serait devenue sa femme… La plus heureuse des femmes.

Elle l'aimait.

Dieu lui pardonne, elle l'aimait !

Elle aimait sa force, son courage, sa loyauté, la façon dont il veillait sur ses hommes. Un vrai chef de clan écossais. Elle aimait sa gentillesse, et la manière dont ses grandes mains puissantes tenaient le fusil, l'épée… et la caressaient. Elle aimait ses yeux bleu profond, le velours de sa voix grave, les tatouages sur sa peau bronzée. Elle aimait son parfum musqué d'homme, son corps dur comme de l'airain, et cette ferveur qu'il mettait dans ses baisers.

Mais il la rejetait.

Le chagrin lui broyait le cœur, lui coupait le souffle, occultait le soleil du printemps.

Comment avait-elle pu oublier la marque au fer rouge ? Comment avait-elle pu se montrer aussi imprudente ?

Des questions qu'elle se posait sans cesse. Et dont elle connaissait la réponse : les mains de Iain sur son corps, sa demande en mariage, ses baisers enfiévrés avaient, sur le moment, aboli en elle toute lucidité.

Et maintenant ?

Eh bien, maintenant, il pensait qu'elle était une voleuse.

Elle aurait dû lui être reconnaissante de n'avoir rien dit à Wentworth. Elle était sûre que le colonel l'aurait envoyée à Albany pour qu'elle y soit vendue. Il l'aurait peut-être même mise aux fers, un supplice qu'elle ne se sentait pas capable d'endurer à nouveau.

Le clapot de l'eau bouillante qui débordait l'arracha à ses sombres pensées. Prenant garde à ne pas se brûler, elle la versa sur les feuilles dans les bols, qu'ensuite elle couvrit d'un linge et laissa infuser. À peine venait-elle de raccrocher la bouilloire au crochet qu'une voix la fit sursauter.

— Vous pourriez appeler le docteur, mademoiselle ? J'ai mal au ventre.

Elle se retourna. Un jeune soldat anglais se tenait juste derrière elle. Ses cheveux blonds étaient attachés en catogan désordonné, il était en uniforme mais débraillé, et il sentait mauvais.

— Le Dr Blake est avec le colonel, mais vous pouvez vous allonger sur l'une des couchettes en attendant son retour.

— D'accord, fit-il en souriant après l'avoir détaillée des pieds à la tête.

Elle recula d'un pas, mal à l'aise.

— Puis-je vous faire une tasse de camomille ? Cela aiderait peut-être.

Les yeux rivés sur ses seins, il hocha la tête. Elle lui tourna le dos et s'avança vers la cheminée, soulagée d'avoir trouvé un prétexte pour s'éloigner de lui. Allons, ce n'était qu'un jeune soldat… Inutile d'avoir peur.

Des mains calleuses se saisirent d'elle, se plaquèrent sur sa bouche, bloquant le cri qui montait dans sa gorge.

— C'est pas au ventre que j'ai mal, lui souffla le soldat à l'oreille. C'est ma pine. Et je crois pas que la camomille lui fera plus de bien que ta jolie petite chatte…

Iain et ses hommes, après avoir marché sans relâche, avaient atteint Ticonderoga en trois jours. Il avait laissé Morgan de garde avec quelques rangers puis, en compagnie d'une poignée d'autres, était monté au sommet de la Rattlesnake Mountain, d'où ils avaient observé les préparatifs des Français, qui manifestement savaient une attaque imminente et se démenaient pour y parer. C'est-à-dire qu'ils installaient une barrière d'arbres abattus, taillés en pieux aux pointes acérées, et de branchages entrecroisés.

— On pourrait franchir ça ? avait demandé Dougie après avoir regardé dans la longue-vue.

— On serait découpés en tranches, avait répondu Iain. En plus, ils ont des canons sur ces remparts qu'ils ont érigés, de façon à couvrir d'en haut tout ce qui les entoure. Si Abercrombie s'amuse à envoyer ses troupes vers le sommet de la colline, il les perdra tous. Ce sera un sacré massacre.

Les renseignements qu'ils cherchaient obtenus, ils étaient redescendus de la montagne et avaient repris le chemin de Fort Elizabeth.

Iain avait cru que cette expédition lui ferait oublier Annie. Il s'était trompé. Avancer en silence sous le couvert des arbres lui avait laissé trop de temps pour réfléchir. Et il avait conclu qu'Annie était une fieffée menteuse, qui lui avait joué une ignoble comédie.

Du moins au début.

Car peu à peu, il avait commencé à remettre ses certitudes en cause. L'histoire d'Annie était par trop étrange. Voleuse ? Aucun tribunal ne l'aurait fait marquer au fer rouge à l'intérieur des cuisses, mais sur le poignet ou la joue. Afin que tous voient le signe de son infamie. Son oncle, s'il était l'immonde pervers qu'elle décrivait, avait très bien pu en revanche la stigmatiser de la pire des façons, qui n'avait rien à voir avec celle qu'eût choisie un juge.

Sur son identité, elle ne mentait certainement pas. Il avait suffi à Iain de l'observer face à Wentworth. Elle avait de belles manières policées à table, elle ne se trompait pas de couvert... Anne Campbell était à l'évidence issue d'une excellente famille.

Quant à sa « maîtresse », cette Mme Hawes, elle l'avait fouettée. Les lacérations au bas de son dos en attestaient. Qu'ensuite Annie, innocente, n'ait aspiré qu'à recouvrer sa liberté à n'importe quel prix, Iain pouvait le comprendre : ses frères et lui n'avaient-ils pas été injustement accusés d'un crime ?

Elle avait pleuré en clamant cette innocence dont se prévalaient aussi les MacKinnon. Et ce faisant, elle avait eu tous les accents de la sincérité. Elle avait tremblé, sangloté et lui, en retour, ne lui avait pas accordé la moindre compassion.

Maintenant, le remords le rongeait.

— Eh, Iain, si tu continues à nous faire avancer aussi vite pour aller la retrouver, on va tomber dans une embuscade, remarqua Joseph à voix basse.

L'Indien avait raison. Morgan confirma :

— Tu ne répareras pas les sottises que tu as commises en nous fichant dans le pétrin.

Ralentis, cesse de penser à Annie et concentre-toi sur la piste, se dit Iain, conscient d'être imprudent.

— Qu'est-ce qui te fait croire que j'ai fait des sottises ? rétorqua-t-il néanmoins.

— Le regret que je lis sur ta figure.

— Oh. Ça se voit donc tant que ça ?

Joseph et Morgan répondirent en chœur que oui. Puis Joseph posa la question que Iain appréhendait entre toutes.

— Vas-tu nous dire ce qui se passe, ou allons-nous devoir faire des suppositions pendant tout le voyage ?

Iain se résigna. Il fallait qu'il raconte. Et il le fit, ce qui le conduisit à se persuader qu'il avait, oui, commis une terrible bêtise.

— À la fin, conclut-il, je suis parti en lui laissant croire que je la dénoncerais à Wentworth.

Pendant un long moment, ni Morgan ni Joseph ne firent de commentaire. On n'entendait que le son étouffé de leurs mocassins sur le sol moussu de la forêt. Enfin, Joseph lâcha dans un soupir :

— Cela me fait mal de penser à ce qu'elle a subi. Son oncle qui la fait marquer au fer rouge. Qui la met sur un navire, l'envoie ici où elle est vendue à des gens qui la fouettent. Les Abénaquis qui manquent de peu de la tuer... Aucune femme ne devrait avoir à subir ça.

— C'est vrai, accorda Iain, la bile à la bouche.

— Alors, elle est une Campbell, dit Morgan en souriant malicieusement. Je ne comprends pas pourquoi elle cacherait ça aux membres des clans MacKinnon, Cameron, MacDonald et MacHugh.

— Ces Campbell, sont-ils une tribu ennemie ? demanda Joseph.

— Oui, répondit Iain qui n'avait pas envie de raconter un siècle d'histoire de l'Écosse.

— J'imagine que c'est pour ça qu'elle connaît Wentworth, ajouta Morgan. Parce que je suis sûr qu'elle le connaît.

Un fait auquel Iain ne voulait pas songer.

— Le problème, c'est qu'elle m'a menti.

— Et qu'aurais-tu fait à sa place ? répliqua Morgan. Elle essayait de survivre !

En toute honnêteté, Iain ignorait ce qu'il aurait fait, ce qui le troublait profondément. Pour ne rien arranger, Joseph enfonça le clou avec la question suivante.

— Sait-elle ce qui te pend au-dessus de la tête ?

— Oui.

— Et qu'a-t-elle dit quand elle a su qu'elle embrassait un meurtrier ?

— Mais je ne suis pas un meurtrier !

— Comment pourrait-elle en être certaine, hein ? Tu as de la chance qu'elle ait davantage de compassion dans le cœur que toi.

Annie essaya de repousser son agresseur, en vain : il lui coinça le bras dans le dos et la poussa vers la réserve.

— Tu fais ce que je t'ai dit, sinon tu auras encore plus mal !

La douleur était telle qu'Annie crut son épaule sur le point de se déboîter. Incapable de crier ou de se libérer, elle avança en chancelant tout en cherchant fébrilement une échappatoire.

Il l'obligea à se pencher par-dessus une barrique de rhum et la maintint en place par le seul poids de son corps. Puis il lui lâcha le bras et d'un coup de pied lui fit écarter les jambes. La peur d'Annie se mua en panique. Ce n'était pas possible ! Une horreur pareille ne pouvait pas arriver !

— Que… qu'est-ce que c'est ? bredouilla soudain l'homme. Une marque au fer rouge ? Alors comme ça, la femme de MacKinnon est une condamnée ? Tu étais une pute, hein ? C'est ça ?

Annie rua, frappant à coups de talon les tibias de l'homme, puis lui mordit la main jusqu'à avoir la bouche pleine de sang.

— Aïe ! Salope ! cria l'homme en retirant prestement la main de sa bouche.

Aussitôt, Annie hurla.

Il lui ceintura le cou de son avant-bras et, privée d'air, elle crut défaillir.

— Tu te tais, sinon je te brise le cou.

Elle entendit le claquement des boutons de sa culotte qu'il ouvrait et essaya de se ressaisir. Mais il était trop fort, trop lourd. Immobilisée, pliée en deux, elle était dans l'incapacité de le frapper.

— Je crois que tu vas te régaler autant que moi, ma belle.

— Ça me semble difficile, dans la mesure où ta cervelle sera éparpillée par terre ! tonna une voix familière.

Un instant, Annie crut que c'était celle de Iain. Puis elle l'identifia.

Connor !

Qui avait surgi sur le seuil, en caleçon, l'épaule droite entourée de bandages, un pistolet au chien levé dans la main gauche. Il s'appuyait au chambranle, mais sa main était ferme.

— Bas les pattes, sinon je te scalpe !

— Tu prendrais le risque de tuer la pute de ton frère ?

Un muscle tressauta sur la mâchoire de Connor et ses pupilles s'assombrirent.

— Vous, les soldats, vous avez des problèmes pour viser correctement, hein ? Nous, les rangers, non.

Annie sentit le cœur de son agresseur battre plus vite, son corps se tendre. Son propre pouls s'emballa.

Le soldat la projeta brutalement contre Connor, qui tomba, l'entraînant dans sa chute. Sous le choc, il perdit son pistolet qui glissa sur le sol et sous un meuble, hors de portée.

En un clin d'œil, Connor se releva. Mais le soldat se précipita sur lui et de nouveau il fut par terre, écrasé par l'autre qui joua aussitôt des pieds et des poings. Connor rendait coup pour coup, mais il manquait de force et très vite, il fut sur le dos, à la merci de l'Anglais.

Annie regarda fébrilement autour d'elle, puis attrapa une bouteille de laudanum, qu'elle fracassa sur la tête du soldat. Il s'effondra et resta immobile.

Poussant un soupir de soulagement, elle s'agenouilla près de Connor.

— Es-tu blessé ?

Il s'assit avec peine et essuya le sang qui coulait de sa lèvre inférieure.

— Mon orgueil est touché, c'est tout. Pardon de n'avoir pas pu l'arrêter plus tôt, petite.

Elle posa sa paume sur la joue de Connor, puis essuya le sang avec son tablier.

— Tu n'as pas à demander pardon, Connor. Moi, si. Je suis navrée, dit Annie, incapable de réprimer un tremblement.

— Oublie ça, petite. Récupère mon pistolet et donne-le-moi. Puis va vite chercher Wentworth. Cette ordure lui appartient.

Alors que, suivant l'ordre de Connor, elle se hâtait sur des jambes flageolantes, elle prit conscience avec horreur que le soldat avait vu la marque. Et qu'il le dirait certainement à Wentworth.

Sachant qu'Annie serait à l'hôpital, Iain se lava dans le fleuve puis se rajusta dans la cabane de Morgan avant d'entrer dans le fort. Ensuite, il alla voir Wentworth pour lui faire son rapport. Le colonel l'ayant reçu immédiatement, il parla aussi vite qu'il le pouvait, pressé de voir Annie. Il avait tant à lui dire. À lui faire aussi... Il entendait bien reprendre au point où ils en étaient restés des baisers et des caresses. Et cette fois, il ne s'arrêterait pas en chemin.

— S'ils achèvent ces remparts avant qu'on attaque, expliqua-t-il à Wentworth, nos troupes n'auront aucune chance d'atteindre le fort. Pour l'instant, ils n'ont pas plus de trois mille hommes en garnison. Il faut attaquer au plus tôt, avant que les remparts soient terminés et qu'ils aient reçu des troupes en renfort.

Assis à son bureau, Wentworth l'observait d'un œil froid par-dessus un verre de vin.

— Le général Abercrombie n'est pas d'accord, major. Il estime qu'il nous faut des régiments supplémentaires, au moins quinze mille hommes.

— Abercrombie est un idiot, vous le savez aussi bien que moi.

— Il ne vous appartient pas de prendre des décisions, major.

— C'est exact. Je ne choisis ni où ni quand je dois me battre, mais ce sont mes rangers qui meurent, non ?

Iain se pencha jusqu'à ce que son nez touche presque celui du colonel.

— Je vais vous dire, mon nobliau allemand : je n'enverrai pas un seul ranger contre ces pieux.

Un silence s'ensuivit. Le temps sembla suspendu. Puis Wentworth s'enquit d'une voix tranquille :

— Est-ce tout, major ?

— Oui, répondit Iain avant de tourner les talons sans attendre d'avoir été congédié dans les formes.

Il était à la porte quand Wentworth ajouta :

— Si c'est Mlle Burns que vous allez chercher, vous ne la trouverez pas à l'hôpital.

Iain s'arrêta, pivota instantanément et fit face au colonel.

— Où est-elle ?

— Elle a passé la majorité de l'après-midi au premier étage. Dans ma chambre.

Wentworth porta quelque chose à ses narines et renifla comme s'il s'agissait d'un parfum ensorcelant.

L'un des rubans d'Annie !

Cette vision et les mots de Wentworth le frappèrent comme un coup de poing. Annie était allée dans la chambre de ce salaud ? Elle lui avait laissé le ruban en guise de trophée ?

Même s'il se refusait à le croire, même s'il savait que Wentworth adorait le défier, la jalousie lui brûla instantanément les entrailles.

Mais il avait tourné le dos à Annie, l'avait laissée en pleurs. Qu'espérait-il ? Qu'elle se languisse de lui ? N'avait-il donc rien appris avec Jeannie ?

— Arrêtez vos foutus jeux, Wentworth. Où est-elle ?

— J'ai bien peur qu'elle ne soit moins innocente que lorsque vous êtes parti, major.

Fou de rage, Iain traversa la pièce en trois enjambées. Il lui fallut toute sa volonté pour ne pas attraper l'ignoble bâtard par le col et l'étrangler.

— Si vous l'avez salie de quelque manière que ce soit, ni votre rang ni votre couronne familiale ne vous protégeront de moi ! Où est-elle ?

Wentworth baissa les yeux sur le ruban qu'il tortillait entre ses doigts.

— Je crois qu'elle est retournée dans votre cabane, major. Elle paraissait épuisée.

De sa fenêtre, Wentworth suivit du regard le major qui quittait le fort à grandes enjambées, manifestement furieux, pour commettre ce qui, il l'espérait, serait une terrible erreur.

La plupart des gens étaient prévisibles. Mais le major n'entrait pas dans cette catégorie, ce qui faisait de lui un intéressant adversaire. Toutefois, aujourd'hui, il avait réagi exactement comme espéré. Au quart de tour. En rajouter pour exacerber sa rage s'était révélé superflu.

Mlle Burns avait bien passé une partie de l'après-midi dans sa chambre, mais uniquement parce qu'il avait insisté pour qu'elle se repose. Elle était passée à deux doigts d'un viol – ce qui faisait d'elle une femme moins innocente que lorsque le major l'avait laissée six jours plus tôt, c'était exact. Et ce ruban tombé de ses cheveux était un vrai coup de chance.

Mais Wentworth avait échoué à la convaincre de rester dans ses quartiers. Elle pensait par trop au major MacKinnon. Elle était donc repartie. Faible, les nerfs à vif. Comment se comporterait-elle quand il l'agresserait verbalement ? Supporterait-elle les injustes accusations dont il l'abreuverait ? La colère de MacKinnon romprait-elle le lien qui les unissait, et ensuite Mlle Burns viendrait-elle quémander la protection du colonel Wentworth ?

Oui, pourvu que les choses se passent ainsi…

23

Annie était assise devant la cheminée. Elle peignait ses cheveux presque secs. Brendan lui avait apporté de l'eau, et elle avait pu prendre un bain. Mais elle n'arrivait pas à se sentir propre. Elle sentait toujours les mains poisseuses du soldat sur elle, son odeur aigre, son haleine chargée. Et elle entendait encore sa voix grasseyante qui lui disait des horreurs.

Mais n'avait-elle pas traversé de pires épreuves par le passé ? Si. Depuis la nuit où l'oncle Bain avait tué sa mère, elle vivait dans l'insécurité. Elle n'avait pu s'appuyer sur rien ni personne. Jusqu'au moment où elle avait rencontré Iain et ses rangers.

Iain… Elle l'avait perdu. Et elle allait perdre l'amitié de ses rangers. Soit le soldat qui l'avait agressée rapporterait à Wentworth ce qu'il avait vu, soit Iain le ferait. Sa véritable identité serait révélée à tous, et les hommes qui s'étaient montrés si gentils avec elle lui cracheraient dessus. Les quelques amis qu'elle s'était faits lui tourneraient le dos.

Elle avait eu peur que Wentworth utilise l'incident pour démontrer qu'il était impossible qu'elle continue à travailler à l'hôpital, ou reste à Fort Elizabeth. Elle avait eu encore plus peur que son agresseur clame à tous vents ce qu'il avait vu, ce qui aurait amené Wentworth à la questionner et le Dr Blake à l'examiner. Mais rien de tout cela n'était arrivé. Wentworth s'était comporté en parfait gentilhomme, lui assurant que le coupable serait sévèrement puni. Puis il lui avait offert de se reposer dans ses appartements au premier étage. Quant au soldat, il s'était tu, peut-être parce qu'il ignorait que la marque au fer rouge était méconnue de tous, ou bien par crainte que cette révélation ne signât ses aveux, ce qui lui eût valu une mise aux fers.

Elle avait donc réussi à aller au bout de cette journée sans trop de dommages. Mais qu'en serait-il des autres jours ? Pouvait-elle vraiment espérer échapper à la malédiction de l'oncle Bain ?

Se trouver dans la cabane de Iain la réconfortait quelque peu. Autour d'elle, il y avait les possessions de Iain, son parfum planait dans l'air. Brendan lui avait dit qu'une expédition à Ticonderoga ne durait guère que six jours. Donc, Iain allait peut-être revenir ce soir. Même si elle n'attendait pas qu'il lui montre de la tendresse, elle serait rassurée de le voir sain et sauf.

La porte s'ouvrit soudain à la volée, heurtant violemment le mur.

D'un bond, Annie fut debout, le cœur battant la chamade.

Iain était là. Elle ne put retenir une exclamation de joie.

— Merci, mon Dieu ! Tu es de retour et tu n'as rien !

Il avait les cheveux mouillés, il était rasé de frais. Le regard qu'il posa sur elle la fit frémir, tant il était hostile. Sans la quitter des yeux, il cria pardessus son épaule :

— MacHugh, dis à Morgan qu'il prend le commandement ! Et aussi qu'il y a dans le canon de mon pistolet une balle pour tout homme qui s'aviserait de me déranger ce soir !

— Entendu, Mack !

Il ferma la porte derrière lui et tira le loquet. Son expression était si peu amène qu'Annie frissonna. Six jours n'avaient donc pas suffi à apaiser sa colère ? Il marcha lentement vers elle tout en retirant sa chemise, qu'il jeta par terre.

— Connais-tu la vieille histoire des Highlands, Annie ?

Elle sentit son ventre se mettre à palpiter et recula involontairement, effrayée et incapable de détourner les yeux du torse nu de Iain.

— Oui, souffla-t-elle.

Il porta les mains à sa taille et détacha ses armes de sa ceinture. Deux pistolets, un couteau de chasse, qu'il posa sur la table.

— Alors tu sais ce que les chefs de clan faisaient, quand ils savaient qu'un autre voulait la femme qu'ils avaient choisie ?

— Oui.

— Et que faisaient-ils ?

Il s'était planté devant elle, et lui semblait tout à coup gigantesque. Comme elle ne répondait pas, il cria en détachant les liens de sa culotte :

— Ils la prenaient de force, affirmant ainsi leur droit de propriété !

Prestement, il se débarrassa du vêtement de cuir fin et apparut nu, dans tout le triomphe de sa virilité. Fascinée, Annie fixait cette partie du corps masculin qu'elle n'avait jamais vue auparavant et sa beauté sauvage, brute, la fascinait. Mais comment ce sexe aux dimensions impressionnantes pouvait-il entrer dans celui, si étroit et fragile, d'une femme ?

Dieu du ciel, elle n'allait pas tarder à le découvrir ! Car manifestement, il avait l'intention de… d'introduire cet appendice en elle !

Le pouls en déroute, la bouche sèche, elle crut défaillir.

— Tu… tu as l'intention de… de coucher avec moi !

— Tu es maligne, petite. Tu comprends vite, dit-il en prenant une mèche de ses cheveux pour la porter à son nez. Tu as chassé son odeur en les lavant.

Son odeur ? Oh, il devait parler du soldat.

— Je… j'ai essayé, articula-t-elle.

— Parfait. Plutôt être damné que te partager avec un autre !

Elle eut à peine le temps de se demander comment il pouvait être jaloux d'un violeur mis en échec : il l'avait brutalement attirée contre lui, capturant sa bouche avec voracité, forçant ses lèvres d'une langue exigeante.

Ce n'était pas un baiser gentil, mais frénétique et agressif. Et qui, étrangement, se révélait parfait. Car elle voulait cet homme de tout son corps, de toute son âme.

Elle gémit, rendit le baiser, consumée de désir de l'avoir attendu six longs jours, six interminables nuits. La passion qui l'animait, ardente, fébrile, égalait la sienne.

Sa langue se fit aussi vorace que celle de Iain. Elle aspirait à posséder sa bouche avec fougue. Elle lui volait son souffle comme il lui volait le sien. Ses mains couraient sur le dos aux muscles tendus à craquer sous le satin de la peau.

— Tu es mienne, Annie, dit-il d'une voix étouffée, les lèvres plaquées sur son cou, qu'il mordillait.

Il prit le lobe de son oreille entre ses dents et elle geignit, enivrée de plaisir délicieusement mêlé de douleur. Elle inclina la tête en arrière pour lui offrir sa gorge. Tous ses instincts de femme lui intimaient de s'abandonner, de se livrer sans restriction. Elle sursauta quand il appuya rudement ses poings entre ses seins, ouvrit les yeux et hoqueta lorsqu'il déchira le décolleté de son corsage. L'étoffe avait cédé dans un murmure. Il la lâcha et les deux pans du corsage tombèrent sur la taille d'Annie.

Sa poitrine était nue.

Il raffermit l'étreinte de ses bras, pressant la jeune femme contre lui. Le contact de sa peau nue avec celle de Iain la fit trembler. Elle sentait le sexe tendu contre son ventre, la rugosité de ses paumes sur ses épaules, son dos, le creux de ses reins. Les jambes flageolantes, elle se laissa aller en gémissant.

Dans un grognement, il glissa la main sous ses fesses, la souleva et la porta jusqu'au lit. Il l'étendit sur la couverture en peau d'ours et s'allongea contre son flanc.

Une question réussit à se former dans l'esprit un peu confus d'Annie : pourquoi faisait-il cela maintenant ? Elle l'élimina immédiatement : qu'importait ? Grâce à lui, elle oubliait toute la noirceur des mois précédents. Il lui donnait la sensation d'être à nouveau vierge de toute souillure. Alors qu'il lui embrassait la naissance des seins, elle songea qu'elle avait attendu ce moment toute sa vie.

Iain vibrait de tous les instincts sauvages des Highlanders. Il pressentait qu'il ne se rassasierait jamais de cette femme. Il avait voulu la punir par le sexe, expulser tout souvenir de Wentworth qu'elle eût pu conserver, clamer une fois pour toutes qu'elle lui appartenait, mais il découvrait qu'elle avait à ses yeux bien plus d'importance que tout cela. L'ardeur de ses réponses, le parfum qu'exhalait son corps le rendaient fou.

Il releva la tête et la contempla, émerveillé. Dieu qu'elle était belle. Elle avait fermé les paupières et ses cils reposaient sur ses joues, les ombrant de noir. Ses cheveux dorés répandus en corolle autour de sa tête avaient l'éclat du soleil. Sa peau d'albâtre avait pris une délicate teinte rosée sous l'effet de la fièvre des sens. Il baissa les yeux sur ses seins. Les pointes dardées évoquaient de minuscules fruits mûrs qu'il était avide de goûter.

Il émit un grondement sourd en penchant la tête sur ces fruits du paradis, moula ses paumes autour des globes, les souleva, et saisit une pointe entre ses dents, la suça longuement, puis se consacra au mamelon, qu'il lécha jusqu'à en avoir la tête qui tourne. Il se rendit compte qu'Annie en perdait le souffle. Des spasmes agitaient son corps. Il fit dévier sa bouche vers l'autre sein et recommença son manège.

— Oh, Iain... entendit-il lorsqu'elle plongea les doigts dans ses cheveux.

Il la sentit s'arquer contre lui, presser son mont de Vénus contre son bas-ventre. Elle oscilla doucement, mettant son sexe au supplice, un supplice tellement délicieux qu'un saint se fût damné pour qu'on le lui infligeât.

Il joua de la langue sur les pointes, alternativement, puis se redressa et sourit en les voyant si tendues, si raides, sur les seins gonflés. Annie accentua le mouvement d'oscillation contre ses hanches, avant de serrer étroitement les cuisses en gémissant. Elle aussi avait mal, songea-t-il avec émotion. Elle avait envie de lui aussi follement qu'il avait envie d'elle.

Il insinua une main entre ses jambes et les écarta, sourd à ses piètres protestations.

— Non, Iain, non...

— Oh, si, petite. Si tu as besoin d'être apaisée, ce sera moi qui m'en chargerai. Personne d'autre.

— Iain, je t'en prie...

Ses actes démentaient ses paroles : elle soulevait les reins, cherchant sa main, et son parfum intime montait jusqu'à lui, sucré et acide en même temps, l'enivrant plus sûrement que le plus capiteux des alcools. Le bout de ses doigts trouva le point secret niché dans la toison si douce. Il le toucha avec précaution et, quelques instants plus tard, Annie pleurait en laissant échapper de petits cris. Du bout de la langue, il recueillit ces merveilleuses larmes, puis revint à la bouche entrouverte.

— Tout doux, petite…

Du bout de l'index, il titillait la perle magique, et du majeur caressait le sillon laissé par le fer rouge. La si cruelle brûlure en forme de V. Mais il ne s'y attarda pas. Il déplaça son doigt et l'insinua entre les lèvres humides.

— Oh, Iain… Oooh…

Elle était prête à le recevoir, constata Iain, chaviré de bonheur. Un peu surpris aussi : elle était tellement étroite. Quoi que lui ait fait Wentworth, il ne l'avait pas déflorée. Et cette certitude le bouleversa. Jusqu'à cet instant, il n'avait pas perçu à quel point il était important pour lui d'être le premier. Le seul. L'unique : jamais Annie n'aurait d'autre homme dans sa vie.

Il s'appliqua à lubrifier l'exigu passage vers le paradis. De deux doigts prudents, il dessina des cercles dans l'intimité d'Annie, jusqu'à leur ménager un passage facile. La jeune femme se décontractait au fur et à mesure que le plaisir la gagnait. Il jugea que plus rien ne s'opposait à ce que soit accompli cet acte sacré : elle allait devenir sienne. Enfin. Grâces en soient rendues au Seigneur, car il n'en pouvait plus de se maîtriser.

— Savoure ces ultimes moments de ta virginité, *mo leannan,* car je ne vais pas être long à entrer en toi.

À la fois stimulée et angoissée par cette déclaration, Annie ouvrit les yeux et constata qu'il la regardait. Ses prunelles avaient pris une teinte ténébreuse, celle de l'océan avant l'orage, et son visage affichait une expression presque sauvage.

— Mais, Iain, je…

— Chut. Je t'avais avertie. Je t'avais dit que ceci arriverait. Ce soir, tu vas m'appartenir.

Annie referma les paupières et soupira, un soupir qui s'acheva sur un gémissement d'abandon. Cette femme qui abdiquait, c'était elle. Son corps l'y obligeait. Les doigts de Iain avaient réduit à néant son libre arbitre. Ils l'ensorcelaient, lui prodiguaient un plaisir qui la conduirait à l'extase, elle n'en doutait pas : tous ces préliminaires n'étaient que l'amorce de quelque chose d'infiniment plus intense. Elle avait l'impression d'avoir le ventre en feu. Elle avait atteint un point de non-retour. Alors elle ouvrit les jambes. Sans retenue. Insoucieuse désormais de la marque infamante. Puis elle haussa les hanches, un appel muet vers le sexe pressé sur son bas-ventre. Iain comprit. Il retira ses doigts, recula légèrement et, en appui sur les coudes, laissa descendre son pénis entre ses cuisses.

Annie sentit le membre aux proportions tellement impressionnantes s'insinuer en elle. Iain dut forcer, et elle s'inquiéta.

— Est-ce que... cela va faire mal ?

— Ma belle, ma douce Annie, je ferai tout pour que ce ne soit pas le cas, mais... Aïe ! Tu es tellement... petite...

La voix de Iain faiblit, se mua en grognement. Annie sentit son sexe progresser légèrement, puis se retirer. Iain recommença, se retira de nouveau et recommença encore, plus profondément chaque fois, jusqu'à ce que le mouvement devienne pour elle un extraordinaire tourment érotique. Elle s'entendit geindre et supplier.

— Iain, s'il te plaît...

Mais quel était l'objet de sa supplique ? Elle l'ignorait. Certainement pas, en tout cas, une prière pour qu'il cesse son manège.

Il fit une nouvelle tentative et, cette fois, elle sentit que son membre se glissait davantage en elle et que Iain se crispait, lâchant entre ses dents serrées un long souffle sifflant. Puis, dans un ultime effort, il rompit la barrière qui en se déchirant déclencha une douleur aussi vive qu'un coup de couteau. Les larmes aux yeux, Annie, par réflexe, essaya d'expulser l'intrus. Ses hanches se dérobèrent, mais Iain plaqua la main sur l'arrondi de ses fesses pour les retenir.

— Cela va très vite passer, *mo leannan*.

Il ne recula pas d'un pouce, son sexe profondément niché dans celui d'Annie, et posa les lèvres sur son visage pour embrasser ses paupières closes, ses joues, sa gorge tout en murmurant de petits mots tendres en gaélique, mais aussi dans une langue inconnue. Puis il banda tous ses muscles et se tut. Annie s'aperçut que la douleur avait reflué et peu à peu était remplacée par d'infiniment troublantes et exquises sensations, dont l'intensité allait croissant. Une merveilleuse plénitude s'empara de son esprit.

— Tu étais faite pour moi, murmura alors Iain. Te rends-tu compte à quel point nos corps s'accordent ? Nous ne formons plus qu'un seul être, ma chérie.

Il bougea, lentement d'abord, puis plus vite et Annie, involontairement, enfonça les ongles dans son dos. Elle perdait pied, submergée par des vagues de plaisir qui l'amenaient toujours plus haut, toujours plus loin, vers un éden enchanté. Le rythme adopté par Iain était parfait. Elle y accorda le sien après avoir noué les jambes autour de sa taille.

Iain prit une profonde inspiration. Il devait à tout prix se maîtriser. Il ne fallait pas qu'il jouisse tout de suite, pas avant qu'Annie ait connu l'orgasme. Elle lui avait donné sa virginité, à lui en retour de lui offrir tout le bonheur qu'un homme pouvait apporter à une femme – pas n'importe quelle femme, mais la femme aimée.

Ses va-et-vient étaient lents. Ainsi, Annie avait le temps de s'habituer au fait de l'avoir en elle, et était à même de savourer la progression du plaisir. Ses lèvres entrouvertes laissaient échapper halètements et petits cris. Il se pencha et du bout de la langue suivit les contours du visage, de l'oreille. Sa peau était brûlante sous son buste, ses seins étaient mouillés de transpiration.

— *Mo rùn-sa*. Ma douce chérie.

— *Mo stòr*. Mon trésor.

— *Mo ribhinn*. Ma nymphe.

Son sexe se contractait, emprisonnant le sien, le mettant au supplice car cela le stimulait. Il se refusait à jouir, et devait pour se dominer faire appel à toute sa volonté. Pas encore, pas tout de suite, s'exhortait-il *in petto*.

— Prends tout ce que tu peux de moi, Annie ! Je veux que tu viennes !

Comprit-elle ? Il l'ignorait, mais constata qu'elle se tétanisa soudain, avant de relâcher la tension et se mettre à trembler, long tremblement qui s'acheva sur un cri. Il couvrit alors sa bouche de la sienne, absorbant ce cri qu'il avait su faire naître, se gorgeant de ce plaisir qu'il prodiguait.

Annie s'entendit prononcer le prénom de Iain comme une prière. Un feu ensorcelant la consumait. Elle avait l'impression de s'éparpiller en braises incandescentes, mais ce feu-là était une bénédiction du Ciel. Puis il lui sembla flotter sur un nuage, comme si les braises s'étaient muées en poussière à la douceur de velours, portée par une brise légère.

Ce fut le son de sa propre respiration, saccadée et rauque, qui la ramena à la réalité. Elle ouvrit les yeux. Iain la regardait. Le torse luisant de sueur, ses cheveux balayant ses épaules, il avait les lèvres enflées de l'avoir tant embrassée. Il ne bougeait plus et cette immobilité exigeait toute sa volonté.

Il était agité de frissons. Il soumettait son corps à une tension extrême, comprit-elle. Les muscles de ses bras, sous la peau ornée des dessins indiens, étaient gonflés.

Il était l'essence même du mâle. Courageux, puissant.

Un guerrier. Un barbare des Highlands.

Son barbare.

Qui était toujours en elle, dur, vigoureux.

— Iain… souffla-t-elle.

Il recommença à bouger, ranimant les braises dans la seconde. Ressentant un plaisir décuplé, Annie éprouva un peu de culpabilité et une infinie reconnaissance : il faisait tout pour elle, ne pensait qu'à elle.

Il se haussa un peu et, en appui sur un bras, glissa la main sous son mont de Vénus. Il la caressa et elle eut un orgasme qui lui fit peur, tant il fut violent. Sans doute vit-il là un signe, car il reprit ses va-et-vient. Elle n'avait plus besoin des sollicitations de ses doigts. Son corps ne possédait plus un point hypersensible, mais mille. Balbutiant des mots tendres sans suite auxquels se mêlait le prénom de Iain, elle vécut la jouissance suprême comme un voyage vers un paradis sans égal.

Se nourrissant de son plaisir, Iain s'accorda enfin le sien. À l'instant où elle vibrait, il libéra sa semence dans un long feulement.

— Êtes-vous sûr qu'il s'agit de la même famille ?

Wentworth était tourné vers la fenêtre. Il faisait sombre dehors mais, tout à sa surprise, il ne se rendait pas compte qu'il ne voyait rien.

Annie Burns, une condamnée de droit commun ?

— Oui, monsieur, tout à fait certain. L'endroit où se trouvait le cottage, la femme enceinte, la description de la fille qui servait la famille : tout correspond.

— Le shérif était-il au courant du massacre ?

— Oui, monsieur. D'après lui, les Indiens voulaient s'emparer de la fille pour l'amener à leur camp. Cette jeune fille était particulièrement jolie.

Particulièrement jolie... La description allait comme un gant à Mlle Burns.

— Le shérif l'a-t-il rencontrée en chair et en os ?

— Oui, monsieur. Elle était avec M. Hawes quand il a fait enregistrer son contrat de propriété. Il s'est souvenu d'elle en partie à cause de sa beauté...

Wentworth n'avait aucun mal à comprendre cela.

— ... et en partie parce qu'elle répétait qu'elle était innocente, clamait être la fille d'un comte écossais et la victime d'une machination.

La fille d'un comte écossais ? Diable ! Wentworth se retourna. Il sentit qu'il approchait de la vérité.

— Sous quel nom a-t-elle été enregistrée ?

— Anne Campbell, monsieur.

Il y avait des milliers de Campbell en Écosse, mais peu de noble extraction. Voyons, quelles étaient les différentes branches du clan Campbell ? se demanda-t-il en se servant un cognac. Celle qu'il connaissait le mieux était la branche Argyll Campbell et...

Anne Campbell... *Lady* Anne Campbell !

Nièce de Bain Campbell, marquis de Bute, héros de Prestonpans.

Anne, fille du comte de Rothesay, mort à Prestonpans.

Voilà. Il avait trouvé. Brusquement, il revoyait la fillette paisible, qui manifestement deviendrait une vraie beauté. Elle avait changé, la chrysalide avait donné naissance à une femme magnifique. Mais ses yeux verts étaient les mêmes.

Il avait rencontré la jeune lady Anne lors d'une halte chez lord Bute, alors qu'il se rendait chez le duc d'Argyll. Il ne lui avait guère prêté attention, même si sa mère avait manigancé pour qu'il la remarque : elle n'était qu'une enfant. À l'époque, se rappelait Wentworth, c'était avec la mère, une ravissante veuve de son âge, qu'il avait songé à coucher. Pas avec la gamine. Même si elle avait des yeux extraordinaires.

Voilà qui expliquait la pâleur subite de Mlle Burns le soir où il l'avait fait appeler. La petite friponne l'avait reconnu immédiatement. Pour preuve, cette révérence qu'elle lui avait faite. Et elle avait bien gardé son secret alors que, de par sa position, il aurait pu l'aider. Mais elle avait préféré lui mentir sans vergogne.

— Le shérif a-t-il dit ce qu'il pensait de la machination dont parlait Mlle Burns ?

— Il dit que tous les condamnés clament leur innocence. Jamais un seul n'a avoué sa culpabilité.

Wentworth ouvrit le tiroir de son bureau et prit quelques pièces dans sa bourse.

— Excellent travail, dit-il à l'homme en lui plaquant l'argent dans la paume. Un repas vous attend à la cantine des officiers. Ne parlez de ceci à personne et demain, venez me trouver avant de partir. Je vous remettrai une lettre à délivrer en mains propres. Vous pouvez disposer.

— Je suis votre humble serviteur, monsieur.

Tout à ses réflexions, Wentworth ne l'entendit pas. Comment la nièce d'un Campbell avait-elle pu être vendue comme servante ? Pourquoi ne lui avait-elle pas demandé son aide ? Pourquoi Campbell avait-il été incapable de protéger sa nièce ? Et pour quelle raison n'avait-elle pas essayé de contacter son oncle ? Des questions… et pas une seule réponse.

Le major MacKinnon était-il au courant ? Savait-il que la femme qu'il convoitait était une condamnée *et* la fille d'un pair du royaume ? Non, bien sûr que non. Ni lui ni ses hommes n'auraient toléré d'avoir parmi eux une Argyll Campbell. S'il découvrait la véritable identité de Mlle Burns, le major serait fou de rage au point de devenir peut-être violent, et lady Anne, rejetée, n'aurait d'autre issue que de se tourner vers lui.

Une perspective qui l'excita prodigieusement, au propre comme au figuré.

Évidemment, il allait tout révéler. Et ensuite, il offrirait sa protection à la demoiselle. Mais auparavant, il avait besoin de connaître l'histoire en détail. Il ne voulait pas commettre un faux pas par rapport à lord Bute. Bain Campbell, bien qu'Écossais, ne manquait pas d'alliés à la Chambre des lords, dont le duc d'Argyll, son cousin. De surcroît, son talent de bretteur était réputé.

Wentworth soupçonnait Annie de n'être pas disposée à lui parler de son plein gré de sa situation, mais il savait qui le ferait.

Il prit un vélin dans son bureau, de l'encre et une plume, écrivant déjà en esprit la missive qu'il allait envoyer à l'oncle de la prétendue Mlle Burns.

24

Iain regarda la femme qui dormait dans ses bras et sentit son cœur se serrer sous l'effet de l'émotion. Lorsqu'il avait appris que Jeannie en avait épousé un autre, il avait été furieux et au désespoir. Quand elle avait été tuée trois mois plus tard, ce qui restait de ses rêves et de ses sentiments avait disparu, enterré auprès d'elle dans la terre gelée. Il était parti faire la guerre, certain qu'il ne vivrait pas assez longtemps pour voir la ferme rebâtie ou pour prendre une épouse et avoir des enfants.

Maintenant, il savait qu'au moins il aurait connu le bonheur d'avoir une femme. Et il aurait dû se le reprocher. Ce n'était pas honnête vis-à-vis d'Annie de l'obliger à épouser un soldat, un homme sans maison, sans liberté. Mais tandis qu'il la serrait contre lui, le corps repu, l'esprit léger, tout ce qu'il éprouvait, c'était une infinie satisfaction. Elle s'étira dans son sommeil. Son doux visage évoquait celui d'un ange. Il repoussa une mèche de cheveux sur sa joue. Il était déterminé à la garder auprès de lui aussi longtemps que Dieu lui prêterait vie.

Mais comment Annie, qui avait été élevée dans la religion protestante et était apparentée à la famille royale, assumerait-elle le fait d'être la femme d'un Highlander exilé, catholique, qui ne possédait que ses armes et les vêtements qu'il avait sur le dos ?

Comment admettrait-elle qu'un prêtre les marie, que leurs enfants soient élevés dans la religion catholique ? Et comment supporterait-elle la vie sur la frontière ?

Une semaine auparavant, elle avait semblé accepter sa demande en mariage. Une passion physique réciproque les animait, les attirait irrésistiblement l'un vers l'autre. Mais il craignait que tout cela ne soit dû, au moins en partie, à sa situation. Elle s'était peut-être donnée par peur d'être abandonnée. Il lui prodiguait un toit, de la nourriture, sa protection. S'ils s'étaient rencontrés en Écosse, lui, le petit-fils du chef de clan MacKinnon, et elle, la nièce du fortuné Argyll, ne se seraient jamais adressé la parole.

Quoi qu'il en soit, il n'avait pas le choix : il ne l'humilierait pas, ne la laisserait pas livrée à elle-même si leur passion portait ses fruits sous la forme d'un enfant.

Car la passion était bien là. Jamais il n'en avait connu de telle. Oh, il avait pris du plaisir avec des femmes, mais sans commune mesure avec celui que lui avait fait éprouver Annie. Il n'avait songé qu'à elle, attentif au moindre de ses soupirs, à la plus infime de ses réactions. Et lorsqu'il avait joui, il avait eu la sensation que c'était son essence, sa vie qu'il lui donnait.

Il n'y aurait pas de retour en arrière. Par lui, la vierge était devenue femme. Et paradoxalement, c'était lui qui se sentait changé.

Elle se lova plus étroitement contre lui. La peau d'ours glissa un peu, révélant un bras fin et blanc.

Ce fut alors qu'il les vit.

Des bleus.

Sur son avant-bras et son poignet.

Sainte Vierge ! Était-ce lui qui avait fait cela ? Il avait été en colère, oui, et impatient, ivre de désir. Mais il ne lui avait pas fait mal ! Il ne pouvait pas lui avoir fait mal ! Pourtant, il ne se rappelait pas avoir remarqué d'hématomes en la déshabillant.

Elle avait raison : il était un barbare.

À l'avenir, il devrait se montrer plus délicat.

Certain qu'elle aurait faim à son réveil, il quitta discrètement le lit. S'il n'allait pas tout de suite aux cuisines, ni l'un ni l'autre n'auraient de dîner. Il procéda à une toilette rapide. Du sang rougit le linge qu'il employa. Le sang de vierge d'Annie, songea-t-il, profondément ému. Elle devait être moulue. Il veillerait à ce qu'elle puisse prendre un bain au matin.

Il s'habilla rapidement et sortit.

Le soleil était déjà couché mais l'air était tiède. Des cuisines provenaient d'alléchantes odeurs de poisson frit, de gibier rôti et de pain de maïs. Dougie jouait du violon au milieu d'hommes qui riaient en buvant du rhum, bien rassasiés après six jours éprouvants sur la piste.

Iain marcha vers les cuisines. Il se sentait bien, serein. À quand remontait la dernière fois où il s'était senti ainsi ? À tellement loin qu'il ne se le rappelait pas.

Morgan apparut.

— Comment va-t-elle ? s'enquit-il gravement.

Elle est belle, j'ai fait l'amour avec elle et elle est mienne, faillit répondre Iain.

— Elle dort, répliqua-t-il en souriant.

— Ils vont faire passer le bâtard devant la cour martiale demain après-midi. J'espère qu'ils le pendront.

— Qui pendront-ils ? demanda Iain, en pleine confusion.

— Eh bien, le soldat qui a essayé de la violer !

La colère couvant en lui, Iain alla s'asseoir au chevet de Connor à l'hôpital et écouta son frère lui raconter l'agression dont avait été victime Annie. Cela faisait la deuxième fois qu'il entendait cette histoire, et il ne savait qui il haïssait le plus : le soldat, ou Wentworth qui avait déformé la vérité de façon à exercer son pouvoir sur lui.

Mais le pire, c'était le dégoût de lui-même qu'il ressentait. Annie avait souffert et en retour, que lui avait-il offert ? Pas du réconfort, mais de la fureur et du sexe. Il se rappelait avec écœurement les mots qu'il avait prononcés en humant ses cheveux.

— *Tu as chassé son odeur en les lavant.*

Mon Dieu, quelle horreur, cette réflexion. Et il y en avait eu d'autres tout aussi offensantes, blessantes, cruelles…

Pourtant, il ne parvenait pas à se reprocher ce qu'il avait fait ensuite. Oui, il avait pris cette femme. Mais pas contre son gré. Elle s'était montrée plus que consentante. La passion l'avait emportée aussi violemment que lui.

— Je suis désolé de n'être pas intervenu plus tôt, poursuivit Connor. Si ses cris ne m'avaient pas réveillé… Par tous les saints, j'aurais aimé le tuer, ce fils de pute !

Iain posa la main sur l'épaule intacte de son frère.

— Tu n'as à te faire grief de rien. Tu as agi au mieux, et je te suis infiniment reconnaissant d'être intervenu.

— Alors remercions cette balle française qui t'a touché, plaisanta Morgan.

— Quand même, Iain, c'est bizarre qu'elle ne t'ait pas tout raconté elle-même, reprit Connor en fronçant les sourcils.

— Je ne lui en ai pas laissé la possibilité.

Iain continua en gaélique : le Dr Blake était tout près. Il ne voulait pas qu'il comprenne.

— Wentworth a fait en sorte que je croie qu'Annie lui avait accordé des libertés. Alors je suis allé la trouver pour réclamer mes droits sur elle.

— Seigneur ! s'exclama Morgan en faisant la grimace. Quand MacHugh m'a dit que tu ne voulais pas être dérangé, j'ai pensé que tu comptais la réconforter ! Qu'as-tu fait ?

— Connor, Morgan, il faut trouver un prêtre.

— Ce ne sera pas difficile. Bon sang, si on m'avait dit que mon frère épouserait une Argyll Campbell !

— Quoi ? Notre Annie est une Argyll Campbell ? s'écria Connor.

Iain se leva. Il était pressé d'aller retrouver la jeune femme. Elle méritait toute sa tendresse.

— Morgan t'expliquera tout, Connor. Je ne veux pas qu'elle se réveille sans moi. Mais il nous faut songer à sa sécurité. Elle vit avec une condamnation de quatorze ans d'esclavage au-dessus de la tête et Wentworth ne lui fera pas de cadeau, je le pressens. Demande à Joseph d'organiser un conseil de guerre dans deux heures.

La vision d'Annie, nue sous la peau d'ours, lui traversa l'esprit.

— Dans trois heures, rectifia-t-il.

Annie sentit des lèvres toucher sa joue. Elle s'étira voluptueusement, goûtant la douce caresse de la fourrure sur sa peau. Quelque chose embaumait. Elle ouvrit les yeux et découvrit Iain assis à côté d'elle, tout habillé. Un léger sourire sur les lèvres, il la regardait.

— Ma belle Annie, souffla-t-il.

— Tu as apporté de quoi dîner !

— Oui. As-tu faim ?

— Je suis affamée.

La perspective d'un bon repas acheva de la réveiller. Et dans la seconde, au souvenir de ce qu'elle avait fait avec Iain un peu plus tôt, elle s'empourpra. Les autres femmes se comportaient-elles ainsi ? Sans inhibitions, pudeur, retenue ? Ces geignements, ces cris qu'elle avait poussés étaient indignes d'une lady !

— Tu n'as pas à avoir honte, *mo ghràid,* dit Iain comme s'il lisait dans ses pensées. Ce qui s'est passé entre nous est tel que cela devrait toujours être entre un homme et une femme.

— Tu ne me trouves donc pas licencieuse ?

Il étrécit les yeux.

— Il est certain que tu es une créature licencieuse quand ton sang s'échauffe. Tu es passionnée, pleine d'ardeur.

Des mots qui dans la seconde choquèrent Annie. Puis elle se ressaisit et éclata de rire. Iain lui prit la main pour déclarer gravement :

— Mon Annie, tu es venue à moi dans toute ta pureté et je ne l'oublierai jamais. J'espère simplement que tu ne le regretteras pas.

Elle discerna l'ombre du doute dans ses yeux. Elle ne voulait pas que l'incertitude le ronge. Elle s'assit donc et prit son visage entre ses mains.

— Iain MacKinnon, pas un instant je n'avais imaginé que l'on puisse connaître autant de plaisir avec un homme. Tu étais dans mon corps, mais mystérieusement, c'est mon âme que tu as touchée.

Et elle l'embrassa, exactement comme il l'avait fait une fois : d'abord sur la lèvre supérieure, puis l'inférieure, et ensuite à pleine bouche. Il resta immobile mais elle sut, à son souffle saccadé, que son baiser l'émouvait, émotion qui se communiqua à tout son corps dans l'instant. Elle reprit sa bouche, chercha sa langue et la savoura longuement. Il se laissa aller en arrière.

— Je suis tout à toi, *mo leannan*. Fais de moi ce que bon te semble.

Dans un premier temps, elle fut désarçonnée et demeura pétrifiée. Puis la faim qu'elle avait de lui fit valoir ses exigences. Elle lui retira sa chemise, pressée de se débarrasser de cet horripilant tissu qui l'empêchait de caresser la peau convoitée.

Il s'était astreint à lui donner du bonheur. À son tour, maintenant.

Elle bascula sur lui, se hissa sur les genoux et entreprit de consteller son torse de petits baisers. Elle ne négligea aucune partie de ce superbe buste masculin. Même les pointes des mamelons nichées dans la toison sombre eurent leur compte de petits coups de langue. Lorsqu'elle releva la tête, elle le vit sourire béatement.

— Eh oui, mon aimée, un homme apprécie cela aussi.

Enhardie par cet aveu, Annie reprit son manège, puis élargit le champ de ses baisers. Le cou, colonne marmoréenne sur laquelle palpitait la veine de vie, le creux des épaules, là où s'accrochait le muscle qui s'étirait puis se gonflait pour en former l'arrondi, la pomme d'Adam, qui allait et venait au rythme des déglutitions rapides de Iain. Son souffle court, son pouls rapide lui indiquèrent qu'il était très excité. Ainsi, elle réussissait à lui donner du bonheur. Une découverte qui l'exalta, la grisa.

Les mains tremblantes, elle délaça les liens de la culotte. Mais elle était maladroite, car trop émue. Il s'en rendit compte et l'aida. En un clin d'œil, il fut nu. Elle pesa sur lui et bougea, faisant glisser sa peau sur celle de Iain, se délectant de ce contact, soie contre soie. Haletante, elle se redressa et le contempla. Son corps magnifique allongé sur la fourrure d'ours évoquait une fabuleuse statue antique. Il s'offrait à elle, et son sourire acheva de la rassurer. Elle recula, s'assit sur ses jambes et posa les mains sur les cuisses puissantes. Elle les y laissa quelques instants, les yeux rivés sur le pénis qui grandissait, se rigidifiait comme par magie. Fascinée, elle attendit qu'il eût atteint ces proportions époustouflantes qui l'avaient inquiétée un peu plus tôt.

— N'aie pas peur de me toucher, *mo leannan*. Il faut que tu connaisses tout de moi.

Mue par la curiosité et le désir, elle le prit dans sa paume.

— C'est en même temps satiné et dur, commenta-t-elle d'une petite voix timide.

— Tout ce qu'il faut pour te plaire.

Lentement, du bout des doigts, elle suivit le tracé de la grosse veine qui battait comme si le cœur de Iain s'était réfugié à l'intérieur. Puis elle fit jouer la peau presque translucide qui habillait la verge. Aussitôt, elle comprit qu'elle faisait là quelque chose qui était fort agréable à Iain, car il émit un long râle extatique. Instinctivement, elle sut ce qu'il appréciait. Du bout du pouce, elle dessina des cercles sur l'extrémité du membre tout en continuant à faire aller et venir sa main.

— Doux Jésus ! souffla-t-il, le corps soudain bandé comme un arc.

Elle se pencha, refoula ses ultimes scrupules et remplaça ses doigts par la pointe de sa langue. Le goût salé la surprit, la séduisit. Elle s'apprêtait à enserrer le gland entre ses lèvres quand il la repoussa vivement.

— Arrête ! Arrête, sinon je ne réponds plus de moi ! Attends, je vais te montrer ce que tu me fais…

Il s'assit, prit Annie par les épaules, la fit basculer et se glissa entre ses jambes, qu'il écarta. Elle ne vit plus que sa tête couronnée de cheveux noirs brillants.

Et elle sentit sa bouche pressée sur son sexe, sa langue audacieuse qui le fouillait, pendant que ses mains caressaient ses seins. Elle ne fut pas longue à entrer dans un monde de sensations plus torrides les unes que les autres. Elle cria, les doigts plongés dans les cheveux de Iain. Sous ses paupières closes défilaient des étoiles, un kaléidoscope de couleurs éblouissantes. Ses oreilles bourdonnaient.

Hébétée après une succession de vagues de jouissance, elle bredouilla :

— Iain, je… je ne pensais pas que…

— Chut, lui intima-t-il en ouvrant à deux doigts ses grandes lèvres. Mon goût n'a plus de secret pour toi. À moi de découvrir le tien.

Sa langue revint sur le point à la sensibilité exacerbée qu'il avait stimulé avec ses doigts quelques semaines auparavant dans la hutte. Et Annie aimait cette caresse-là. Iain léchait avidement, comme pour se gorger de ses sucs. Encore et encore, la jeune femme jouit en gémissant, en criant son prénom, en tremblant de tous ses membres.

— Tu as une saveur exquise, Annie, dit-il en relevant brièvement la tête. Celle d'une vraie femme et celle du miel.

L'ensorcellement dura encore de longues minutes, une éternité, ou quelques fractions de seconde, elle n'en sut rien. Il ne diminua en intensité que lorsque Iain remonta la poitrine contre la sienne et l'embrassa fiévreusement sur les lèvres. Sa bouche portait son odeur, et cette saveur dont il venait de parler.

D'une main, il guida son sexe en elle et cette fois elle n'eut pas mal. Il allait et venait, et elle accompagnait ces va-et-vient avec frénésie. Ils ne formaient plus qu'un seul être, une entité de passion, de bonheur. Elle lui avait ceinturé la taille de ses jambes, ainsi étaient-ils étroitement imbriqués l'un dans l'autre, cœurs battant à l'unisson. Elle eut la preuve de cette parfaite symbiose quand elle sentit monter l'orgasme à l'instant précis où Iain commençait à jouir.

Lorsqu'ils se rappelèrent leur dîner, il était froid. Ils mangèrent comme les Romains de l'Antiquité, couchés nus sur le flanc, partageant une assiette.

Iain lui donna la becquée. De petits morceaux de gibier. Puis il lécha le jus qui coulait sur son menton et elle lui lécha les doigts. Elle l'interrogea sur sa dernière mission et il lui répondit, tout en songeant qu'ils devaient discuter de sujets infiniment plus importants.

Après une pause, il aborda la question qui lui tenait à cœur.

— Connor m'a raconté ce qui est arrivé aujourd'hui.

L'expression joyeuse d'Annie disparut. Elle détourna le regard.

— J'étais à mille lieues de penser à cela, Iain.

— Wentworth m'a parlé. Il a fait en sorte que je croie qu'il avait couché avec toi. Si j'avais su que ce n'était que duperie, je ne serais pas venu te faire l'amour. J'aurais seulement voulu te réconforter. Je suis désolé, Annie...

— Wentworth ? Tu as vraiment cru que j'étais devenue sa maîtresse ?

Elle éclata de rire, dernière réaction qu'eût imaginée Iain.

— Tu as cru *cela* ? Mon Dieu, que tu es sot !

Iain était confus. Il se sentait vraiment sot, oui.

— L'idée que tu aies pu aller dans son lit m'a rendu fou. J'ai honte de m'être laissé manœuvrer de la sorte.

— Je pensais que tu savais, et que tu étais en colère contre moi parce que...

— Oh, Annie ! Comment pourrais-je être en colère contre toi à cause du soldat ? Ce n'était pas de ta faute. Tu as dû me juger comme une sombre brute. Pourquoi ne pas m'avoir empêché de te prendre, petite ?

— Eh bien, dès l'instant où tu m'as touchée, je... j'ai eu envie de toi, avoua Annie en rougissant.

Une réponse qui bouleversa Iain. Il attira la jeune femme contre lui, embrassa le dessus de sa tête puis se mit à la bercer pour lui prodiguer, tardivement, ce réconfort qu'elle méritait.

— As-tu envie de me raconter, mon aimée ?

Dans un premier temps, elle secoua la tête. Puis un silence s'installa. Qu'elle finit par rompre. Elle raconta alors, et acheva son histoire en pleurs, après avoir révélé que le soldat avait vu la marque au fer rouge.

— J'ai essayé de lutter, mais j'étais impuissante !

— Ne te fais aucun reproche, petite. Tu as agi au mieux.

— Je l'ai mordu jusqu'au sang. Et puis, j'ai entendu Connor. Mais j'ai d'abord cru que c'était toi.

— Que n'aurais-je donné pour que ce soit le cas, répondit sombrement Iain. Je suis navré de n'avoir pas été là quand tu avais besoin de moi. Je t'ai tourné le dos, je suis parti furieux, je t'ai laissée seule avec ton chagrin. Me pardonneras-tu ?

— Tu me crois donc, Iain ?

— Oui, petite, je te crois. Je me suis montré sans cœur. Si seulement je pouvais revenir en arrière…

— Oh, Iain, moi aussi, je changerais bien des choses. Je suis désolée de t'avoir déçu.

Il essuya les larmes qui coulaient sur ses joues.

— Je comprends désormais que tu m'aies menti. Tu ne cherchais qu'à survivre et je ne puis te le reprocher. Ton oncle mérite le châtiment que l'on réserve aux traîtres.

Annie continuait à pleurer. Iain comprit qu'elle laissait enfin libre cours à des mois de misère celée, qu'elle s'épanchait sur sa vie gâchée, se rappelait combien il lui avait été difficile de veiller sur elle-même, de ne pas sombrer.

— Mon aimée, plus aucun homme ne te fera de mal.

Le soldat paierait pour son crime. Quant à son oncle, si d'aventure il croisait le chemin de Iain MacKinnon, il le regretterait amèrement.

Les minutes s'écoulèrent, et enfin les larmes d'Annie se tarirent. Iain posa alors la question qui lui brûlait les lèvres.

— Tu as reconnu Wentworth au premier instant où tu l'as vu, n'est-ce pas ?

— Oui. Il avait séjourné chez nous quand j'avais douze ans. Le retrouver ici m'a terrifiée. J'ai eu si peur qu'il contacte mon oncle. Mais lui, il ne m'a pas reconnue.

Iain n'en était pas si sûr. Le comportement de Wentworth lui faisait soupçonner qu'Annie se trompait.

— Tu dois rester loin de lui, petite. Il te veut du mal, je le sens.

Annie frissonna et se nicha plus étroitement dans les bras de Iain. Il avait encore une question à lui poser avant de se rendre au conseil de guerre.

— Ton oncle doit être riche et puissant, s'il a été l'hôte d'un Hanovre. Dis-moi, Annie, cet homme est-il un Argyll ?

— Non. Argyll est son cousin.

25

— Je trouve l'absence de scrupules du major fort choquante : il a osé séduire une innocente placée sous sa protection ! Elle mérite mieux qu'un vulgaire Highlander !

Debout devant la fenêtre, Wentworth regardait se lever l'aube tout en écoutant Cooke vitupérer contre le major MacKinnon. Qu'aurait dit le lieutenant s'il avait su que la femme en question était de noble lignée ? C'était un secret que Wentworth n'avait partagé avec personne. La jalousie manifeste de Cooke l'amusait, mais sa propre réaction le confondait : imaginer lady Anne dans le lit du major le rendait malade.

Il réussit à garder une voix impassible quand il répliqua :

— Allons, Cooke, ils sont tous deux écossais et il est le petit-fils d'un chef de clan.

— Un chef de clan renégat, marmonna le lieutenant en brossant la veste de son supérieur, accrochée sur un valet de nuit.

Wentworth ne pouvait faire de reproches qu'à lui-même. Il avait su dès qu'il avait vu Annie qu'elle n'était pas une fille de pionniers établis sur la frontière. Et pourtant, il n'avait pas levé le petit doigt pour protéger sa vertu. Il avait pressenti que le major MacKinnon perdrait la guerre qu'il livrait contre sa conscience et finirait par coucher avec elle. Et il avait trouvé cette idée amusante.

Mais à ce moment-là, il ignorait qu'elle était lady Anne, fille d'un pair du royaume. Jamais il n'aurait imaginé cela. Quel aveuglement ! Son éducation parlait pour elle ! Les bonnes manières, la révérence, son talent aux échecs... Elle lisait parfaitement, un profond sens du devoir et un grand dévouement l'habitaient, comme elle en avait fait montre avec les blessés et les malades. Elle avait reçu une éducation parfaite, qui la destinait à faire honneur à un gentilhomme, diriger sa maison et élever son héritier.

Elle ne ferait rien de tout cela. Le major MacKinnon avait cédé à ses bas instincts et l'avait prise. Wentworth n'avait eu nul besoin qu'on le lui dise. Il lui avait suffi d'observer le visage radieux de la jeune femme pour savoir que le mal était fait.

— Cooke, vous ne tenez tout de même le major pour responsable des fautes de son grand-père ?

— Le major est arrogant, déloyal, irrespectueux. Vous savez mieux que personne combien il apprécie peu l'Angleterre, monsieur. Mais vous n'êtes pas en train de le défendre, n'est-ce pas ?

— Je ne le condamne pas, lieutenant.

Parce qu'il aurait fait exactement la même chose, à sa place...

Mais comment tout cela avait-il pu arriver ? C'était un vrai coup de théâtre. Il avait envoyé un major MacKinnon fou de rage à lady Anne, qu'il savait en piètre état, persuadé qu'il déverserait sa rage sur elle. Or, au lieu de les séparer, les manigances de Wentworth avaient obtenu le résultat contraire. Et MacKinnon avait remporté la récompense suprême : la virginité de la jeune femme.

En tant que commandant du fort, Wentworth pouvait agir de plusieurs façons. Faire passer le major devant la cour martiale pour conduite inconvenante. Le faire fouetter une nouvelle fois. Faire fouetter lady Anne pour fornication. L'envoyer à Albany et la remettre au shérif. La contraindre à vivre entre les murs du fort, séparée du major – éventuellement ici, dans ses quartiers.

Chacune de ces punitions avait sa justification : discipline militaire, moralité chrétienne, tradition, application de la loi, bienséance. Et chacune serait une erreur stratégique, ne servirait qu'à humilier lady Anne et l'amènerait à le haïr, conclut Wentworth. S'il voulait la mettre dans son lit, il lui faudrait jouer de patience.

— Si cela n'était pas aussi catastrophique pour elle, je pense qu'il faudrait l'obliger à l'épouser, reprit Cooke.

— Oui, c'est ce qui serait honorable de sa part, accorda Wentworth, qui n'en pensait pas un mot et que la perspective insupportait au plus haut point.

— Depuis quand le major se soucie-t-il de l'honneur ? Il l'abandonnera probablement dès qu'elle portera son enfant. Je n'aimerais pas qu'elle en soit réduite à devenir fille à soldats.

Cooke présenta la veste au colonel. Wentworth l'enfila.

— Je ne permettrai pas qu'une telle chose arrive, Cooke.

Parce qu'il comptait bien l'avoir pour lui tout seul.

— Je persiste à penser qu'il est d'une manière ou d'une autre responsable de la mort du caporal.

— Il n'y a pas de preuve qui permette de relier le major à la mort du caporal, rétorqua Wentworth. Ne nourrissez pas les rumeurs, Cooke.

— Bien, monsieur.

Wentworth savait pourtant que le major était à l'origine de cette mort, mais il ne pouvait le prouver. Le caporal qui avait essayé de violer Annie avait été découvert sans vie dans sa cellule le matin où il devait passer en cour martiale. Il ne portait aucune marque sur le corps. Les gardes avaient juré que personne n'était entré dans la geôle. Néanmoins, une sentinelle avait dit avoir vu le capitaine Joseph et d'autres hommes pénétrer dans le fort durant la nuit. Mais aucun n'avait été remarqué à proximité de la prison. Apparemment, le soldat avait bu du rhum plus que de raison, s'était endormi, et jamais réveillé. L'étrangeté de ce décès avait ravivé la superstition des soldats: pour eux, le major et ses amis indiens avaient jeté un sort sur leur camarade, lui volant sa respiration.

Non que la mort du caporal fût une grosse perte. Mais la discipline devait être respectée, et pardessus tout les lois de Sa Majesté. Wentworth se serait réjoui de voir ce porc se balancer au bout d'une corde.

Son mystérieux décès avait eu un effet dissuasif parmi la garnison. Les soldats semblaient désormais effrayés de lever les yeux sur lady Anne. Ils ne lui lançaient plus d'obscénités, n'essayaient plus de la frôler lorsqu'elle passait. Le ranger armé qui veillait constamment sur la jeune femme y était sans doute pour quelque chose. Lady Anne savait-elle que le major avait affecté des hommes à sa protection ? Elle ne franchissait plus le pont de bateaux sans qu'un ranger la suive comme son ombre.

Mais l'ardeur des rangers ne durerait pas plus longtemps que celle de leur chef. Lady Anne était une Argyll Campbell, membre d'un clan honni par la petite armée de Highlanders. Dès que le major apprendrait la vérité sur elle, il l'abandonnerait, et ses hommes l'imiteraient. Wentworth la sauverait alors de la déchéance.

Iain était appuyé à la table, seulement vêtu de sa culotte. Annie passait le rasoir en douceur sur sa mâchoire.

— Nous serons mariés par un prêtre et tu iras habiter avec la sœur de Joseph à Stockbridge, jusqu'à ce que la guerre soit finie et que je sois libre.

Annie leva le rasoir et regarda Iain. En camisole, les cheveux encore emmêlés par le sommeil, elle répliqua :

— Nous serons mariés par le chapelain et je resterai ici avec toi. Maintenant, tais-toi sinon la lame glissera et je te couperai.

Ils se chamaillaient depuis un bon moment. Annie insistait pour qu'ils se marient selon les règles de l'Église anglicane, et Iain s'obstinait à vouloir que leur union soit bénie par le catholicisme. Le sujet était d'importance car la loi anglaise ne reconnaissait pas les unions contractées devant des prêtres catholiques, et les enfants conçus avec la bénédiction de Rome étaient considérés comme des parias. Annie voulait un mariage en conformité avec les lois anglaises, Iain, des vœux sacrés au regard de Dieu.

Il s'était attendu à cette différence de points de vue et n'entendait pas céder. Un prêtre les unirait et, le lendemain matin, Joseph et ses hommes conduiraient Annie à Stockbridge sans que Wentworth soit au courant. Se séparer d'Annie bouleversait Iain, mais il ne la croyait pas en sécurité avec ce fumier dans les parages.

Ce n'était pas le seul plan conçu par Iain susceptible de déplaire à la jeune femme. Il avait discuté de maints sujets avec ses frères et Joseph lors de leur conseil de guerre. Tous avaient dit qu'il fallait qu'il révèle la véritable identité d'Annie aux hommes. Mieux valait qu'ils l'apprennent de sa bouche que d'une autre source. Ils s'étaient aussi accordés sur le fait que le soldat qui avait tenté de la violer ne devait pas être en mesure de rapporter ce qu'il avait vu. Bien sûr, il existait une chance qu'il ne dise rien, mais ils ne pouvaient prendre ce risque. Iain aurait souhaité tuer le salaud de ses mains, mais ses hommes avaient insisté : hors de question qu'il s'occupe de cela, car il serait la première personne que soupçonnerait Wentworth.

— Cette nuit, tu restes avec ta femme, avait répété Joseph. Laisse-moi ce fils de chien.

Iain était donc revenu auprès d'Annie et s'était glissé dans le lit. Le lendemain matin, il n'avait pas menti à Wentworth quand celui-ci, et ensuite Annie, l'avaient interrogé. Il n'éprouvait aucun remords. En revanche, la jeune femme avait semblé troublée.

— Je ne voudrais pas que tu sois accusé de meurtre et pendu, Iain MacKinnon…

Il la regarda tandis qu'elle maniait le rasoir avec une extrême concentration, sourcils froncés, poitrine qui soulevait l'étoffe fine de la camisole et dont il voyait les aréoles par transparence, cheveux défaits qui coulaient jusqu'à sa taille. Incapable de résister, il tendit les mains, les moula autour des seins ronds et caressa les pointes du bout du pouce. Aussitôt, la respiration d'Annie s'accéléra. Elle suspendit son geste, le rasoir en l'air.

— Le soleil est levé, Iain. Nous ne pouvons pas… Pas maintenant.

— Vraiment ?

Elle acheva de le raser, puis rinça la lame dans un bol d'eau chaude. Mais elle respirait à petits coups et le rasoir au bout de ses doigts tremblait.

Le visage encore blanc de savon, Iain l'attira contre lui et captura sa bouche. Immédiatement, elle répondit à son baiser. Lorsqu'il s'écarta, il vit du savon sur ses joues, le lui dit et elle s'essuya en souriant. Il la prit par la taille et la souleva avant de l'incliner sur la table. Il embrassa sa gorge tout en relevant la camisole. Puis il se dressa entre ses jambes qu'il avait écartées et plaça son pénis en érection devant son sexe, lui imprima une petite poussée et découvrit qu'elle était prête pour lui : elle s'était ouverte comme une fleur qui se serait épanouie en quelques secondes. Il s'immobilisa, le temps de savourer son parfum de femme et la magie de l'instant.

— Iain…

— Je m'aperçois que tu es encore plus avide de plaisir au lever du soleil que la nuit, *mo leannan*.

Annie ferma les yeux quand il entra en elle. Une chaleur à l'intensité effarante partait de son sexe pour se diffuser dans tout son corps. Elle tendit la main vers le bol pour recueillir un peu d'eau au bout de ses doigts, qui rencontrèrent le savon. Iain dut suivre son geste du regard car, plus preste, il se saisit du savon, se retira, entraînant un geignement de protestation, et entreprit de faire glisser le savon sur les cuisses d'Annie, sa toison, son ventre.

— Non, Iain, non… C'est… indécent !

— Crois-tu ? dit-il en riant.

Il prit alors le rasoir et commença à faire courir la lame sur son buste, un simple effleurement qui la plongea dans un indescriptible émoi. Le danger que représentait la lame la fit haleter. Iain recueillait le savon sur le tranchant, le rinçait, et reprenait son manège. Jusqu'à ce qu'il arrive à sa toison. Et là, effarée, elle se rendit compte qu'il ne s'agissait plus d'un simulacre, mais qu'il la rasait vraiment ! Elle n'osa bouger et, le souffle suspendu, attendit.

Il procéda à quelques allers et retours avec l'instrument, puis attrapa le bol et le vida sur elle. Elle dut se mordre la lèvre pour se retenir de crier. L'eau maintenant presque froide coula jusque dans les plis les plus secrets de son intimité. La sensation était étrange. Elle avait l'impression que rien ne retenait cette eau, qu'elle ruisselait sans rencontrer d'obstacle.

Elle releva la tête et regarda. Dieu du ciel ! Elle était totalement nue ! La toison qui masquait son sexe et protégeait sa pudeur avait disparu, la livrant aux yeux affamés de Iain. Qui poussa un grognement de plaisir avant de se pencher sur ce qui lui était offert et de lécher, d'embrasser, jusqu'à ce qu'elle n'en puisse plus et remonte les genoux pour l'attirer vers elle. Il lui semblait que son ventre était en fusion. Les spasmes de jouissance l'avaient liquéfiée. Elle n'avait plus de force, ses muscles lui paraissaient du chiffon. Seul le pénis à la dureté de marbre de Iain saurait lui rendre sa vigueur.

— C'est ma verge que tu veux, petite ? demanda Iain d'une voix rauque.

— Oui ! Maintenant ! Je... je n'en puis plus ! Vite, Iain, vite...

Il lui saisit les jambes et les posa sur ses épaules, puis la pénétra. Et se retira aussitôt pour la caresser du bout de son sexe, lentement. Jusqu'à ce qu'elle gémisse. Ce qu'elle ressentait était si puissant qu'elle en avait la tête qui tournait.

Iain ne pouvait plus attendre. La vision de ce délicat sexe de femme, sa saveur qui habitait désormais sa bouche, son odeur érotique et les cris de jouissance d'Annie dépassaient ses capacités de résistance. Pourtant, il voulait faire durer l'attente, continuer à combler la jeune femme. Par amour. Ô Seigneur, oui, par amour !

Il inclina le buste et constella de coups de langue les seins tellement gonflés qu'il distinguait les fines veines violettes sous la peau opaline. Le contraste avec le rose ardent des mamelons était divinement beau. Annie était un cadeau de Dieu. Il était prêt à donner n'importe quoi pour elle. Sa vie. Son âme s'il le fallait.

Il se redressa, suivit les contours de son buste du plat de la main, s'arrêtant sur la taille gracile, les hanches à l'exquis arrondi, puis il vint en elle. Annie souffla son prénom comme une prière, s'agrippa à ses épaules et, d'un coup de reins, acheva de l'amener au plus profond d'elle. Immédiatement, elle connut l'orgasme et il s'autorisa à jouir dans un long râle.

Ils se ressaisirent graduellement, échangeant des baisers langoureux, se caressant comme s'ils se découvraient, comme si de nouveau c'était la première fois. Iain songeait que d'ici peu il serait prêt à recommencer, quand on frappa à la porte.

— Iain ! C'est Morgan. Je ne voulais pas te... euh... réveiller, mais on a un problème. Les hommes de Joseph sont partis et ce fils de pute de Wentworth a demandé à te parler.

— Je sors dans une minute !

En hâte, il s'habilla après avoir essuyé le savon qui adhérait encore à son visage. Annie suivait chacun de ses mouvements d'un regard anxieux.

— N'aie pas peur, mon aimée, dit-il en lui touchant la joue.

Elle prit son visage entre ses paumes.

— Comment pourrais-je ne pas avoir peur alors que la mort te talonne ?

— Je te promets de l'empêcher de me rattraper, petite.

Une heure plus tard, Iain se tenait devant Wentworth et débitait le discours préparé avec ses frères et Joseph. Le colonel, une tasse de thé à la main, dardait sur lui des yeux gris où brillait, une fois n'était pas coutume, de la colère. D'ordinaire, Wentworth dissimulait ses émotions à la perfection.

— Je dois avouer que je suis déçu, major. J'attendais mieux d'un homme qui sait aussi bien que vous comment fonctionnent ces Indiens.

— Il n'est pas rare que des querelles familiales éclatent, Votre Sainteté, railla Iain.

— Non, ce n'est pas rare, convint Wentworth. Mon oncle et Sa Majesté ont souvent eu des désaccords, mais mon oncle n'a jamais retiré son armée sur un coup de colère.

— Dommage.

— Que proposez-vous ? questionna Wentworth comme s'il n'avait pas entendu le sarcasme.

— Que Morgan et moi partions sur-le-champ pour Stockbridge. Connor prendra ma place ici. Peut-être rattraperons-nous les fuyards en route. Je suis certain qu'avec les mots qui conviennent et quelques cadeaux, je pourrai persuader Joseph et ses guerriers de revenir.

— Morgan et vous ? Juste vous deux ?

— Oui. Il n'y a guère de danger à craindre entre Fort Elizabeth et Stockbridge. Je ne vois pas l'utilité de fatiguer mes hommes en les obligeant à nous accompagner, alors que la tâche peut être menée par deux personnes.

— Très bien. Revenez vite.

Satisfait, Iain aborda la partie du plan qui le chagrinait le plus.

— Pendant mon absence, Mlle Burns restera au camp des rangers sous la protection de Connor. J'ai ordonné à mes hommes de lui interdire de quitter l'île, ainsi que d'abattre quiconque essaierait de lui faire du mal.

— Bien entendu, vous savez que je puis outrepasser vos ordres si bon me semble, major.

— Essayez.

Iain pivota sur ses talons et se dirigea vers la porte. La voix de Wentworth l'accompagna :

— Espérons que vos hommes la protégeront mieux que vous ne l'avez fait, major…

Les mots de Wentworth s'étaient fichés dans le cœur de Iain comme des épines. Il regagna la cabane pour préparer son paquetage et dire au revoir à Annie. Il la serra contre lui et essuya ses larmes du bout des doigts.

— Ce n'est pas une mission dangereuse, petite. Mais elle peut se révéler longue. N'aie pas peur.

Elle eut un sourire qui ne chassa pas la tristesse de ses yeux.

— Dieu soit avec toi, Iain MacKinnon. Et rappelle-toi ta promesse.

Il acquiesça.

— Toujours un pas d'avance sur la mort, *mo leannan*.

26

Ce ne fut qu'après le départ de Iain qu'Annie découvrit qu'elle était quasiment prisonnière sur l'île. Elle voulut se rendre à l'hôpital pour aider le Dr Blake, mais Cam, qui était de garde à l'entrée du pont, lui barra le passage.

— Je suis désolé, mademoiselle. Ce sont les ordres de Mack.

Le chagrin éprouvé lorsqu'elle avait dit au revoir à Iain se mua en colère. De quel droit la confinait-il au camp ? Comment allait-elle se rendre utile si elle ne pouvait pas travailler à l'hôpital ? Pourquoi ne lui avait-il pas parlé de ces ordres au lieu de les lui imposer, de la traiter comme une captive ?

Elle partit à la recherche de Connor, bien décidée à régler le problème. Mais Connor se trouvait sur l'autre berge, où il entraînait les hommes en vue de la campagne de Ticonderoga. Elle les apercevait sur le champ d'exercices entre le fort et la forêt, rampant sur le ventre comme des gamins jouant dans la poussière, fusil à la main, paquetage sur le dos.

Pourtant il ne s'agissait pas d'un jeu. C'était la guerre.

Et Iain ne l'avait pas consignée sur l'île par plaisir, mais pour assurer sa sécurité. Aussi agaçants que fussent ses ordres, elle n'allait pas faire perdre son temps à quiconque en faisant un caprice puéril. Elle n'était plus la lady gâtée qui avait besoin d'une caméristе pour s'habiller, ni une enfant perdue. Il lui fallait simplement trouver une activité où son aide serait la bienvenue, au moins jusqu'à ce qu'elle ait pu parler à Connor.

Mais que faire ? Elle devait s'occuper, ainsi elle ne broierait pas du noir. Elle revint donc à la cabane et entreprit de la nettoyer de fond en comble. Elle lava les draps et les étendit au chaud soleil de mai, astiqua l'appui de fenêtre et le manteau de cheminée, fit reluire le petit crucifix, monta sur une chaise pour enlever les toiles d'araignées dans les angles. Un travail acharné, qui ne réussit pas à chasser ses inquiétudes.

Quel genre de mission exigeait que Iain et Morgan partent seuls ? Qu'est-ce qui avait poussé Joseph et ses hommes à s'en aller ? Iain voulait-il les retrouver ? Elle lui avait posé la question. Il avait répondu qu'il ne pouvait rien dire.

Frustrée, elle prit le balai et s'attaqua au sol. Lorsque les crins touchèrent l'endroit où l'eau avait coulé au pied de la table, elle s'arrêta, s'agenouilla et posa les doigts sur la tache d'humidité. Des images torrides affluèrent à son esprit. Mon Dieu, que Iain avait fait montre de passion en la prenant ce matin ! Le souvenir de leurs ébats lui fit monter le rouge aux joues.

Ils étaient amants depuis un peu plus de deux semaines… Deux semaines riches de tant de bonheurs qu'elles avaient effacé les ténèbres du passé. Chaque nuit, Iain lui avait appris quelque chose de nouveau sur l'art de l'amour. Il lui avait enseigné comment un homme et une femme pouvaient révéler les secrets de leurs corps, se donner du plaisir jusqu'à une extase dont jamais elle n'avait imaginé l'ampleur. Et chaque nuit, elle s'était endormie dans ses bras, en sécurité, cœur et corps comblés.

Par quel miracle avait-elle été guidée vers lui dans l'immensité de la forêt, le jour de l'attaque ? Vers cet homme capable de la protéger, dont un seul regard suffisait à l'embraser, et qui la croyait !

Elle remercierait Dieu chaque jour de sa vie de lui avoir envoyé Iain MacKinnon.

Et maintenant elle allait l'épouser, lui, un catholique, fils de jacobites, barbare des Highlands. Le prince charmant auquel elle avait rêvé étant adolescente ne lui ressemblait pas. Elle le voyait alors comme un gentilhomme anglais titré, gros propriétaire terrien, portant un nom honorable.

Il n'y aurait pas de somptueuse robe de soie, de collier d'émeraudes à son cou, de banquet aux tables croulant sous les viandes rôties, les vins et les pâtisseries. Pas de salle de bal aux lustres de cristal étincelants, ni d'orchestre de chambre et de quadrilles. Elle porterait une robe de lin, sa gorge et ses doigts seraient nus, ils festoieraient de gibier, de poisson pêché dans le fleuve et de pommes de terre bouillies. Dougie jouerait du violon. Et Anne Campbell s'estimerait la plus heureuse des femmes.

Elle se remit debout et reprit son ménage, un sourire aux lèvres.

Bien sûr, il leur restait à déterminer qui célébrerait le mariage : un prêtre ? Impossible, il n'y en avait aucun dans les parages. Et quand bien même il y en aurait eu un, une union célébrée par un catholique eût fait des enfants d'Annie des bâtards sans père, idée qu'elle ne supportait pas. Le chapelain du fort ? Nul doute qu'il ne voudrait pas les marier tant que Iain n'aurait pas adjuré sa foi, ce à quoi il se refusait.

Allons, il n'y avait pas lieu de s'inquiéter. Ils avaient surmonté tant d'épreuves jusqu'à aujourd'hui. Ils trouveraient bien une solution.

Iain manœuvrait silencieusement sa pagaie dans les eaux sombres du lac Champlain. Il avait retrouvé Joseph au point de rendez-vous à une demi-journée de Fort Elizabeth et ensuite, avec la majorité des hommes de l'Indien, il avait continué vers le nord pendant que Morgan et une poignée de guerriers avaient pris la direction du sud, vers Albany.

Les choses auraient été plus simples si Iain avait simplement pu demander à Wentworth l'autorisation de partir. Mais le colonel n'aurait jamais accepté qu'un prêtre catholique approche du fort, surtout un Français. En ces temps troublés, les prêtres étaient considérés et traités comme des criminels et des espions. Iain et Joseph avaient donc simulé un désaccord entre eux, qui avait amené l'Indien à s'en aller et donné à Iain une raison pour quitter le fort : rattraper Joseph.

Il n'avait pas dit à Annie où il allait, ni pourquoi. Il ne voulait pas que Wentworth accuse la jeune femme de complicité si le complot était éventé. Partir comme il l'avait fait, sur un motif fallacieux, équivalait à une désertion. Et puis, il avait peur qu'Annie se lamente en son absence ou se fasse des reproches s'il était tué ou capturé. Il lui avait assuré que sa mission n'était pas dangereuse, alors qu'en réalité il s'agissait de l'une des plus périlleuses qu'il eût jamais menée.

Cette expédition était un voyage à travers des territoires qui regorgeaient d'ennemis. Il leur fallait arriver à destination, figures et corps couverts de peintures de guerre wyandots, trouver un prêtre et, sans blesser personne, le persuader de venir avec eux pour célébrer le mariage. Ceci fait, Iain rebrousserait chemin, retrouverait Morgan à Stockbridge puis reviendrait à Fort Elizabeth avec le prêtre, Joseph et ses guerriers. La cérémonie achevée, quelques hommes de Joseph ramèneraient l'ecclésiastique à Ticonderoga. Wentworth ignorerait tout de la présence de l'homme d'Église.

À condition que rien ne grippe la machine, tout serait simple.

Ils avançaient vite. Après quatre jours de piste, ils approchaient de Ticonderoga, mais le lac Champlain grouillait de bateaux français et d'embarcations abénaquis. Ils n'allaient pas tarder à devoir abandonner le lac et reprendre la piste.

Dans le canoë derrière le sien, Joseph pointa le doigt vers l'ouest. Le soleil ne tarderait pas à se coucher. Il fallait établir le camp. Iain avisa une petite crique, la montra d'un mouvement de la tête à Joseph, qui acquiesça. Ils abordèrent et dissimulèrent les canoës dans le sous-bois. Puis ils s'enfoncèrent dans la forêt pour y passer la nuit.

Très vite, ils atteignirent une crête rocheuse. Joseph chargea ses hommes de protéger leurs arrières et monta sur la crête avec Iain pour observer le lac et la forêt. Muni de sa longue-vue, Iain scruta le lac. Au nord, une flotte de six navires et une douzaine de bateaux naviguaient vers Ticonderoga. Il passa la longue-vue à Joseph, qui regarda à son tour puis hocha la tête. Demain matin, ils seraient obligés d'attendre que les bateaux soient passés avant de revenir sur le lac.

Puis Joseph fronça les sourcils en abaissant la longue-vue sur la forêt. Iain n'eut pas besoin de l'instrument.

Des chariots. Des soldats français.

Un convoi d'approvisionnement qui progressait vers l'ouest, en territoire wyandot.

Un grand sourire aux lèvres, Joseph donna un coup de coude à Iain, qui examina le petit convoi avec plus d'attention. Environ cinquante soldats et trente Wyandots. Ils gardaient une douzaine de chariots chargés de fournitures. Et il ne semblait pas y avoir de passagers, hormis…

Émerveillé, Iain écarquilla les yeux.
Un prêtre !

Iain rampait sur le ventre, un couteau entre les dents, avec la seule lueur du feu de camp pour le guider. Il avait patienté bien après que la nuit fut tombée, jusqu'à ce que la plupart des Français soient endormis. Il s'était alors déshabillé, avait enduit son corps de graisse d'ours puis de cendre, et maintenant il se déplaçait sans bruit, ombre fugace. La tente du prêtre se dressait juste devant lui, illuminée de l'intérieur par une chandelle. Joseph et lui avaient abandonné l'idée de donner l'assaut pour enlever le prêtre. Trop de pertes humaines à craindre. Il avait donc choisi cette approche en catimini. Ainsi, personne ne risquait rien. À part lui.

Mais il n'était pas vraiment seul. Joseph et ses hommes entouraient le camp, prêts à intervenir. Iain priait pour qu'ils n'aient pas besoin de le faire.

Progressant en se tractant sur les avant-bras, il avançait centimètre par centimètre, écoutant les sons alentour. Il ne se trouvait plus qu'à un jet de pierre de la tente du prêtre et se demandait de quelle façon il allait y entrer, c'est-à-dire soit entailler la toile à l'arrière ou carrément soulever les deux pans de l'ouverture, quand un jeune officier français passa sans le voir à côté de lui et pénétra dans la tente. Ensuite, il entendit un murmure de voix. Les deux hommes discutaient. Il attendit.

De loin en loin, un hululement d'une chouette, une toux, un friselis de feuilles dans la brise dominaient le léger bruit des voix. Derrière lui, deux Wyandots se disputaient à propos d'une femme. Une bûche tomba dans le feu, expédiant vers les cieux des gerbes d'étincelles crépitantes.

Il se demandait si le prêtre et le jeune soldat partageaient la tente, lorsque le visiteur ressortit.

— Bonne nuit, père Delavay. Dormez bien.

L'officier commença à s'éloigner puis se figea, se retourna et regarda dans la direction de Iain qui, tapi dans le noir, se crispa. Il réussit avec peine à brider son instinct qui le poussait à sauter sur l'homme et le neutraliser. Il retint son souffle.

Après une hésitation, le jeune homme marcha vers lui, sa main frôlant le devant de sa culotte.

Seigneur ! Il allait se soulager !

Aussi immobile qu'un rocher, Iain vit le soldat ouvrir sa culotte, en extraire l'attirail nécessaire et se mettre à uriner. Puis, en sifflotant, il fit demi-tour et Iain en profita pour contourner la tente, en soulever un pan et entrer.

Le prêtre, un homme âgé aux cheveux gris, le regarda avec une stupéfaction mêlée d'horreur.

— Mon Dieu… souffla-t-il.

— Je suis Iain MacKinnon et je ne vous veux aucun mal, mon père.

Il se rendit compte que son couteau, son corps enduit de cendre et ses peintures de guerre contredisaient ses paroles, aussi se signa-t-il.

— Pardonnez-moi, mon père, car je m'apprête à pécher.

Annie écoutait l'histoire que racontait Killy tout en veillant à garder ses points réguliers. Le soleil couchant lui prodiguait un peu de précieuse lumière. Elle allait pouvoir finir de rapiécer la chemise de Brendan.

— … mais les provisions étaient restées si longtemps sur le bateau que les biscuits étaient aussi durs que de la pierre ! Même les charançons les avaient désertés !

Tous les hommes présents éclatèrent de rire. Ils avaient déjà entendu cette histoire, mais ils se sentaient bien après une dure journée. Grâce à la bonne dose de rhum qu'ils avaient ingurgitée.

Annie elle-même oublia momentanément sa tristesse et sourit.

— Qu'avez-vous fait ? Vous deviez être affamés.

— Oui, mademoiselle. Nos ventres gargouillaient affreusement. Alors Mack nous a ordonné d'ouvrir le tonneau et de le placer sous le mur du fort. Puis il nous a dit de tirer à coups de canon sur les biscuits pour les attendrir.

Les hommes s'esclaffèrent, et Annie joignit son rire aux leurs.

— On a tiré une douzaine de boulets de trois kilos, mais c'est le tonneau qui s'est brisé en premier !

Le violon de Dougie recouvrit les cris des hommes quand il lança les accords d'une gigue.

— Je suis tellement heureuse que tu sois revenu parmi nous, Killy ! s'exclama Annie. J'adore ton histoire.

— C'est que vous êtes sensible à mon charme irlandais, mademoiselle, dit Killy en rougissant.

— Oui, bien sûr. Et maintenant, je vous souhaite bonne nuit à tous, conclut Annie en se levant, son ouvrage serré contre son giron.

— Bonne nuit, mademoiselle.

Elle sortit de la cabane. Une petite brise annonciatrice de l'été l'accueillit. Le violon de Dougie continuait à jouer. Un oiseau nocturne s'envola. L'horizon à l'ouest brillait d'un orange éclatant strié de rose. Iain voyait-il aussi ce magnifique crépuscule ? Était-il assis autour d'un feu avec Morgan et Joseph, en sécurité, une flasque de rhum à la main ? Écoutait-il ses amis raconter des histoires et riait-il avec eux ? Ou bien se battait-il pour sa vie, était-il en danger, peut-être blessé... voire pire ?

Il était parti depuis douze jours. Douze longs jours, douze interminables nuits. Elle avait fait de son mieux pour dissimuler ses craintes, pour montrer le même courage que Iain. Mais, au fond de son lit, elle priait pour qu'il soit sauf, se rappelant les dangers de la forêt qui résonnait de cris de guerre, de coups de feu, de gémissements d'hommes touchés.

Il fallait que Iain MacKinnon respecte la promesse qu'il lui avait faite de marcher plusieurs pas devant la mort afin qu'elle ne le rattrape pas.

Connor et les autres avaient à cœur de l'aider à conserver bon moral, elle le savait. En dépit de toutes les tâches qu'il avait à accomplir, Connor trouvait le temps de venir prendre tous les jours le petit déjeuner ou le dîner avec elle. Il veillait à ce qu'elle ne manque de rien. Killy était trop faible pour assumer un travail physique, mais sa langue était en parfait état et il parlait, ordonnant aux hommes d'apporter du bois ou de l'eau. Vrais anges gardiens, les Highlanders de Iain la protégeaient, s'occupaient d'elle. Des anges gardiens qui juraient, buvaient du rhum, sans pour autant la négliger une seule seconde.

Cela l'avait étonnée d'apprendre qu'ils savaient qu'elle était une Campbell. Iain le leur avait dit tout de suite après l'avoir appris, préférant qu'ils l'entendent de sa bouche plutôt que de celle de Wentworth ou de Cooke. Elle avait cru qu'ils la haïraient, mais non.

À trois reprises, Wentworth l'avait fait appeler, et à trois reprises il avait dû annuler leur rendez-vous pour quelque urgent problème à régler. La première fois à cause d'un feu qui avait pris près du magasin de munitions, la deuxième parce qu'un bateau du pont s'était détaché, la troisième à cause d'un groupe d'Abénaquis qui était apparu à la lisière de la forêt et semblait préparer une attaque.

Annie savait pertinemment que les rangers étaient derrière tout cela.

Qu'ils aient pris de telles mesures pour garder Wentworth loin d'elle la stupéfiait. Si le colonel les avait confondus, il les aurait fait passer en cour martiale et certainement fouetter.

— Tu es l'une d'eux, maintenant, petite, avait expliqué Iain avant de partir. Aucun de ces hommes ne trahira ton secret ni ne permettra que l'on te fasse du mal.

Elle avait pris conscience que ces brutes de rangers formaient un clan. Nombre d'entre eux avaient perdu leur père à Culloden, et la plupart avaient été envoyés en exil du bout de l'épée d'un Argyll. Et pourtant ils l'acceptaient, elle. Par loyauté et affection envers Iain, évidemment. Elle ne se leurrait pas. Mais cela ne l'empêchait pas de leur être infiniment reconnaissante.

Ils souffraient de la solitude, étaient malheureux d'avoir perdu tant d'êtres chers. Elle voyait la mélancolie dans leurs yeux, entendait la tristesse dans leur voix quand ils parlaient de chez eux ou lorsque Dougie jouait des ballades au violon. Ils étaient nombreux à avoir femmes et enfants très loin, dans des villages. Ils espéraient qu'en se battant, ils finiraient par vaincre l'ennemi et pourraient enfin connaître la paix dans leur famille, sous leur toit.

La majorité de ces hommes étaient avec Iain depuis plus de trois ans et n'avaient eu de permission pour aller voir les leurs qu'à Noël. Comment parvenaient-ils à endurer cette existence ? Comment réussissaient-ils à vivre sans ceux qu'ils aimaient ? Et leurs épouses, leurs fiancées, de quelle manière supportaient-elles cette absence, la peur et le doute qu'ils soient morts ?

Des larmes piquèrent les yeux d'Annie, roulèrent sur ses joues. Pleurait-elle pour ces rangers et leur famille, ou parce qu'elle se rongeait d'angoisse à propos de Iain ? Elle l'ignorait. En revanche, elle savait qu'elle ne permettrait pas à Iain de l'envoyer à Stockbridge.

Elle trouva Connor devant sa porte. Il l'attendait. Elle essuya ses larmes en hâte, mais trop tard. Il les avait vues. Il fronça les sourcils et posa une main sur son épaule.

— Que se passe-t-il, petite ?

— Eh bien, je... je m'efforce d'être forte, mais je m'inquiète pour Iain.

— Oh, c'est tout ?

Il souriait. Il ôta sa main et Annie s'aperçut qu'il tenait une petite couronne de fleurs. Des fleurs sauvages roses, jaunes et blanches attachées avec des rubans blancs. Connor la lui tendit. Elle la prit.

— Que... Qu'est-ce que...

— Un présent pour toi de la part de Iain. Il te demande de lui faire confiance. Il veut que tu t'habilles vite et viennes avec moi de l'autre côté du fleuve : il t'attend dans la forêt.

— Quoi ? Il est donc de retour ?

Le sourire de Connor s'élargit.

— Oui, et il est impatient de te voir. Il y a une robe pour toi sur le lit. Dépêche-toi, petite.

27

— Ne bouge pas et pas un mot, petite. On y est presque.

Enveloppée dans une couverture foncée qui la dissimulait et protégeait sa robe, Annie était allongée à plat ventre dans le canoë. Connor, MacHugh et Cam nageaient à côté de la petite embarcation et la guidaient à travers le courant, en direction de la berge opposée. Là-bas, quelque part dans la forêt ténébreuse, Iain l'attendait.

Et elle se demandait si elle n'était pas en train de rêver.

Elle touchait la douce soie de sa robe neuve, sentait le poids de la couronne de fleurs sur sa tête, et son cœur se mit à battre la chamade : Iain allait l'épouser !

Mais comment allait-il faire, sans chapelain ? Et pourquoi n'était-il pas revenu au camp ? Pourquoi lui faire traverser le fleuve en secret afin de la retrouver sur la rive opposée ? Et cette si jolie robe, où se l'était-il procurée ?

Autant de questions qu'elle avait posées à Connor, qui n'avait pas voulu lui répondre. Souriant largement, il lui avait dit de ne pas perdre de temps à l'interroger et de s'habiller rapidement car il faisait de plus en plus sombre : Iain lui expliquerait tout lui-même.

Elle entendit la coque racler sur du sable, puis un bruit d'éclaboussement. Elle releva la tête et vit trois hommes penchés sur le canoë. Ils le tiraient sur la berge. Ensuite, Connor l'attrapa dans ses bras puissants, veillant à ce que la couverture qui l'enveloppait ne bouge pas, et l'amena sous le couvert des arbres.

— Pas étonnant que Iain ait pu te porter aussi longtemps, petite. Tu ne pèses pas plus qu'un enfant, lui chuchota Connor.

Le grondement du fleuve fut bientôt étouffé par le murmure du vent dans les frondaisons et le doux chant vespéral des oiseaux qui s'apprêtaient à se coucher.

Ils s'enfoncèrent dans la forêt jusqu'à une clairière au sol couvert d'herbe verte et de fleurs, avec le dôme du ciel d'un bleu outremer au-dessus d'eux.

Iain était là, dans la belle lumière du crépuscule.

Ses longs cheveux étaient humides, son visage rasé de près. Annie comprit qu'il avait pris un bain dans le fleuve. Il était vêtu de sa culotte de peau et de ses jambières habituelles, mais sa chemise était neuve. Au côté, il portait son épée, avec la bande de plaid des MacKinnon nouée autour du pommeau.

Dès que Connor l'eut posée par terre, elle cria le prénom de Iain et se précipita vers lui, se jeta dans ses bras qu'il referma autour de son buste avant de lui embrasser fébrilement le front, les joues, la bouche. Elle lui rendit son baiser avec passion.

Elle n'avait vu que lui, mais apparemment il y avait d'autres personnes : elle entendit des rires étouffés.

— D'abord, le mariage ! lança Morgan dans un gloussement.

Lentement, Annie s'écarta de Iain et riva son regard dans ses yeux bleus.

— Tu es la plus belle d'entre les belles, *mo leannan*. Mon Dieu, que tu m'as manqué.

Quelqu'un toussota avant de déclarer, avec un accent français très marqué :

— Pouvons-nous commencer ?

Annie se retourna et sursauta.

À côté de Joseph et Morgan se tenait un homme en soutane. Il tenait un missel à la main.

Un prêtre catholique !

Dans l'esprit d'Annie, aussitôt, la confusion le disputa à la colère et à la stupéfaction.

— Mais que… Qu'est-ce que…

— Pardonnez-moi, mon père, je dois parler à la promise, dit Iain.

Il prit Annie par la taille et l'éloigna de la clairière. Puis il s'arrêta, saisit son menton entre deux doigts et leva son visage vers le sien.

— Je sais que ce n'est pas ce que tu souhaitais, mon aimée. Je me rends bien compte que tu es en colère contre moi et je le comprends, car j'ai concocté tout cela sans te mettre au courant. Mais ce que j'ai fait pourrait être considéré comme une trahison et me valoir un châtiment exemplaire… et définitif.

— Mais qu'as-tu fait, Iain MacKinnon ?

— J'ai abusé mon commandant, enlevé un prêtre français, et ne t'en ai rien dit pour te protéger. Maintenant, écoute-moi attentivement, petite. Je vais repartir très vite à Ticonderoga, et il est possible que je n'en revienne pas. Qu'adviendrait-il de toi si j'étais tué et si tu découvrais alors que ma semence a donné son fruit ? L'idée que tu puisses porter notre enfant en étant dans la misère et la honte m'est insupportable. Sois en colère si cela te chante, agonis-moi d'insultes et de reproches, mais épouse-moi sur-le-champ, ici, pendant que nous en avons encore le temps.

L'air parut soudain se figer, les secondes cesser de s'égrener. La colère et la confusion s'échappèrent du cœur d'Annie comme la brume chassée par le vent. Iain allait bientôt partir au combat, et il ne reviendrait peut-être pas. Quelle importance avait tout le reste ? Aucune.

Elle jeta un coup d'œil au prêtre qui l'observait d'un air grave. L'homme avait les traits tirés par la fatigue.

— Oui, Iain MacKinnon, je t'épouserai ici, pendant que nous en avons encore le temps.

Il prit sa main, lui imprima une pression rassurante, puis ramena la jeune femme devant le prêtre.

— Annie, voici le père Jean-Marie Delavay.

Ne sachant que faire car jamais elle ne s'était trouvée face à un ecclésiastique catholique, et pas davantage un Français, Annie dégagea sa main de celle de Iain et plongea dans une révérence.

— Père…

— Relevez-vous, mon enfant, et dites-moi votre nom.

— Lady Anne Burness Campbell.

— Lady ?

C'était Morgan qui s'était exclamé. Connor, MacHugh et Cam lui firent écho. Quant à Iain, il semblait voir Annie pour la première fois.

— Lady ? répéta-t-il en lui reprenant la main pour la porter à ses lèvres.

Comment avait-il pu ne pas s'en douter en entendant son nom pour la première fois ? se demanda Annie.

— Oui, acquiesça-t-elle.

Le prêtre commença le cérémonial et elle dut s'agenouiller, puis se relever, alors qu'il débitait des mots pour elle dénués de sens, en latin et en français. Puis il lia sa main à celle de Iain avec la bande de plaid des MacKinnon, fit le signe de croix au-dessus de leurs doigts entrelacés, et les bénit.

Même si tout cela était bien étrange, Annie ne s'en préoccupait pas. Elle n'avait d'yeux que pour Iain, qui lui fit répéter les vœux qui sacralisaient leur mariage. Il lui promit de l'aimer et de la chérir jusqu'à la fin de sa vie, et cela seul compta. Puis il glissa un anneau d'or autour de son annulaire et fit disparaître en quelques baisers les larmes de joie qui roulaient sur ses joues.

Annie se sentait la plus heureuse des femmes.

Iain regardait Annie danser avec Morgan au son du violon de Dougie et de la cornemuse, prohibée par les Anglais, de MacHugh. Elle avait les joues rosies par l'excitation, les cheveux en liberté au-delà de la couronne de fleurs qui ondulaient au rythme de la gigue. Morgan et Connor lui avaient appris les pas, et tous les rangers du camp l'encourageaient avec force cris et applaudissements. Gracieuse et légère, elle avait vite assimilé les leçons.

Le sang chauffé par le désir et le rhum, Iain songeait qu'il ne tarderait pas à l'emporter dans sa cabane afin de lui rendre ses hommages d'époux. Mais il était encore trop tôt pour interrompre la fête.

Il avait demandé une ration de rhum supplémentaire pour tous ses hommes, excepté ceux qui étaient de garde, et avait réussi à trouver une bouteille de vin pour le père Delavay, qui avait décidé de rester quelques jours au camp.

— Sont-ils tous vos hommes, Iain MacKinnon ?

— Oui.

— Sont-ils catholiques ?

— Oui. La plupart sont des enfants de Culloden. Les autres sont irlandais.

— Eh bien, puisque je suis ici, je devrais les entendre en confession – ce qui, je crois, risque de durer assez longtemps.

— Ce serait très généreux de votre part, mon père, mais si vous êtes découvert, vous serez sans doute pendu comme traître ou espion.

— Je suis venu dans ce pays en quête d'aventure, avait répondu le prêtre en souriant. Il me semble bien que c'est l'aventure qui m'a trouvé.

Après en avoir discuté avec Joseph et ses frères, Iain avait renvoyé Annie sur l'île avec le père Delavay, Connor, MacHugh et Cam pendant que lui, Morgan, Joseph et ses hommes avaient remonté le fleuve pour ensuite revenir par le sud comme s'ils rentraient de Stockbridge. Une fois au camp, il avait fait savoir à Wentworth que sa mission était un succès. Puis il avait traversé le pont de bateaux pour retrouver Annie qui l'attendait.

Ses rangers l'avaient chaudement et bruyamment félicité pour son mariage, puis s'étaient tus, ébahis, lorsque le père Delavay avait émergé de la cabane de Connor. Certains s'étaient signés, d'autres étaient demeurés bouche bée, n'en croyant pas leurs yeux.

— Pourquoi tant de visages solennels ? avait demandé le prêtre. Ce n'était qu'une cérémonie de mariage.

Dougie avait attrapé son violon et la gravité avait vite cédé la place à l'allégresse.

Killy était maintenant en train de danser avec Annie, à peine plus grand qu'elle. Il la faisait tournoyer, poussant des cris d'excitation. Puis il recula et en solo exécuta des pas irlandais d'une rapidité confondante.

— Tes hommes l'aiment, commenta Joseph à l'intention de Iain, en buvant du rhum.

— Oui, ils l'aiment, confirma Iain.

Songer qu'Annie était désormais sa femme l'émerveillait. Elle était belle, éclatante, gentille et courageuse. Tout ce qu'un homme pouvait rêver de trouver chez une femme. Elle l'avait tant ému, dans la clairière. D'abord elle avait été en colère, en plein désarroi quand elle avait compris ce qu'il avait fait. Puis inquiète, face à ce cérémonial religieux qui lui était inconnu. Ensuite, elle avait chassé sa colère et lui avait fait confiance, l'avait laissé la guider pendant le rite sacré.

— Je ne comprends toujours pas ce que cela signifie qu'elle soit une lady, remarqua Joseph.

Iain avait entendu Connor et Morgan essayer d'expliquer à l'Indien et ses guerriers ce qu'était la noblesse. Ils avaient échoué. L'idée que certains naissaient plus favorisés que d'autres, dont le sang était prétendument meilleur, était une aberration pour les Mohicans.

— Imagine qu'elle est la fille d'un grand sachem et que « lady » est un titre de respect.

— Ah, alors elle possède un grand savoir légué par ses ancêtres ?

Annie, qui éclata de rire, changea de cavalier, abandonnant Killy au profit de Cam.

— C'est mon tour, ma dame, dit-il.

Lady Anne.

Iain songea qu'il aurait dû prendre conscience que le père d'Annie était un pair du royaume. Si son oncle était le cousin du duc d'Argyll, il était évident qu'elle était née d'un lord et d'une lady.

— Eh bien, non, répondit-il à Joseph. En Angleterre, on lègue le pouvoir, l'argent, les terres, mais pas le savoir.

— Les Européens sont bizarres.

— Oui, c'est sûr.

Iain s'approcha des danseurs et repoussa Cam d'une bourrade.

— Lâche ma femme.

À peine avait-il noué son bras autour de la taille de la jeune femme, qu'elle poussait une exclamation étouffée en même temps que la musique se taisait. Les dernières notes de la cornemuse de MacHugh s'étirèrent en une longue plainte.

Wentworth était là, accompagné de Cooke et d'une douzaine de soldats.

— Il semble bien que nous ayons interrompu une célébration, lieutenant, lança le colonel à Cooke, tout en dardant un regard glacial sur Iain.

Puis il le dirigea sur Annie.

— Oui, monsieur, répliqua Cooke qui lui aussi fixait Annie, l'air réprobateur.

Iain s'avança, plaçant Annie derrière lui.

— Morgan, aurais-tu oublié d'inviter le principicule allemand à mes noces ?

— Oh, *il semble bien* que oui ! Pardonnez-moi, Votre Immensité.

Cooke parut désorienté, mais Wentworth eut un sourire.

— Je crois que des félicitations sont de rigueur, major. Alors acceptez les miennes. Mais comment ce mariage a-t-il pu être célébré sans chapelain ? Je suis certain de ne pas avoir donné à notre chapelain la permission d'officier.

Iain réfléchit en toute hâte. Le père Delavay se trouvait dans la cabane de Connor. S'il était découvert, ils seraient tous les deux mis aux fers.

— Par procuration. Un prêtre que je connais à Albany s'en est chargé.

Pendant un moment, Wentworth parut pris au dépourvu. Puis son masque d'impassibilité reprit sa place.

— Vous savez que la Couronne ne reconnaît pas les mariages catholiques, major.

— Que la Couronne aille se faire foutre !

L'exclamation était venue de derrière eux, et Iain se prit à espérer que le rhum n'avait pas échauffé le sang de ses hommes jusqu'à l'ébullition, leur faisant oublier toute retenue et prudence. Il ne voulait pas d'une bataille rangée avec Annie au beau milieu.

— Silence ! cria-t-il à ses rangers en se retournant, avant de faire de nouveau face à Wentworth.

Il s'adressa à lui avec un calme glacial.

— Si j'ai choisi de faire de mes enfants des bâtards à vos yeux, cela ne regarde que moi. Annie est ma femme et le restera. Aussi longtemps que je vivrai, je ne supporterai pas qu'aucun homme l'offense ou pose la main sur elle.

Annie perçut la tension dans l'intonation de Iain, puis frissonna quand le silence s'installa entre lui et Wentworth. L'air semblait crépiter de menaces informulées et de haine. Wentworth ne savait-il donc pas qu'il jouait avec le feu ? Déjà, Joseph et ses guerriers l'entouraient. Nombre de rangers avaient dégainé leur coutelas et un ou deux, leur pistolet. Le colonel et ses gardes ne sortiraient pas vivants d'une échauffourée avec les rangers et leurs alliés indiens.

— Reculez, mademoiselle Burns, lui ordonna Wentworth.

Le cœur d'Annie manqua un battement. Elle fit un pas en arrière, mais Iain la retint de la main.

— Que lui voulez-vous ? demanda-t-il au colonel.

Wentworth ne répondit pas. Il avança lentement puis s'arrêta devant Annie, prit sa main et la baisa en faisant une cérémonieuse courbette.

— Pardonnez-moi, lady Anne. J'aurais dû intervenir plus tôt pour vous protéger de ce navrant sort. Si seulement vous m'aviez fait confiance...

Annie se sentit blêmir. Brusquement, le sol sous ses pieds lui paraissait instable. Elle chancela. Wentworth essaya de la retenir, mais ce furent les bras de Iain qui la recueillirent.

— Calme-toi, *mo leannan*. Je ne le laisserai pas te faire du mal. Wentworth, que lui voulez-vous ?

— Je ne lui ferai aucun mal, major, assura le colonel en souriant. Car votre épouse est autrement plus importante qu'il n'y paraît. Son véritable nom n'est pas Annie Burns mais lady Anne Burness Campbell, et elle n'est pas une pionnière. Elle est la cousine de mon ami le duc d'Argyll.

Les rangers se mirent à rire. Mais Annie frémit. Wentworth savait qui elle était…

— Je connais le nom de ma femme.

La réplique de Iain avait claqué comme un coup de fouet. Et Wentworth la reçut comme tel. À son expression, Annie comprit qu'il avait cru frapper Iain au cœur, et découvrir qu'il était au courant le plongeait dans une rage noire. Pourtant, quand il parla, ce fut d'une voix étale et froide. Ses mots glacèrent Annie jusqu'au sang.

— Dans ce cas, major, vous savez aussi qu'elle a été frappée d'une condamnation. Quatorze ans de servage. Elle avait été mise au service d'un maître, lequel a été tué lors d'une attaque d'Indiens. Un point que nous devons éclaircir. Toutefois, cela ne change rien à sa condamnation qui est toujours valide.

— Eh bien, je suis désormais officiellement son maître !

Annie fut sidérée. Comment Iain avait-il trouvé cette échappatoire ? Une nouvelle fois, Wentworth parut déstabilisé. Un muscle tressautait sur sa mâchoire et ses narines frémissaient.

— Montrez-moi les documents, major.

Morgan fouilla sous sa chemise et en sortit une liasse de feuillets scellés qu'il tendit à Wentworth, lequel brisa le sceau et entreprit de lire fébrilement à la lueur du feu de camp.

Lorsqu'il releva les yeux, toute trace de colère avait disparu de son visage et il souriait. Il rendit les documents à Morgan.

— Tout me semble en ordre. Bien joué, major. Très, très bien joué.

— Ce n'est pas un jeu, mais la vie de ma femme.

— Comme c'est vrai… articula lentement le colonel avant de poser un regard adouci sur Annie. Vous ne lui devez plus rien, lady Anne. Vous n'avez plus besoin de lui. Si vous le souhaitez, votre mariage peut être annulé et rien ne vous empêche de renoncer à une existence de misère et de honte pour retrouver une vie normale. Car est-ce réellement votre désir d'être liée à ce frontalier, ce catholique, cet homme sans nom, sans titre ni fortune ?

Annie eut un haut-le-corps, la fureur prenant le pas sur la peur.

— Il a un nom ! Il est Iain MacKinnon, petit-fils d'Og MacKinnon, chef du clan MacKinnon ! Et je ne veux être nulle part ailleurs qu'à ses côtés !

— J'espère que vous n'aurez pas à regretter ce choix, rétorqua durement Wentworth.

Sur ces mots, il pivota et s'éloigna. La tension d'Annie se relâcha si brusquement qu'elle se mit à trembler. Puis la peur revint. Wentworth sachant qui elle était, plus rien ne s'opposait à ce qu'il écrive à l'oncle Bain.

Elle essaya de se rassurer en se répétant que son oncle ne pouvait faire grand-chose, maintenant qu'elle était mariée et que son mari était son nouveau maître aux yeux de la loi. Mais, alors que le violon recommençait à jouer, elle ne parvint pas à s'empêcher de trembler : si l'oncle Bain voulait lui faire du mal, rien ne le retiendrait.

— Quand me l'aurais-tu dit, Iain ?

La main de Iain suivait le dessin de la courbe de la hanche de la jeune femme. Il avait l'impression d'avoir l'esprit dans une totale vacuité. Ils avaient fait l'amour avec tant de passion qu'il se sentait léthargique.

— Dit quoi, *mo leannan* ?

— Que tu avais racheté ma condamnation ?

Il s'était demandé comment elle réagirait.

— Je n'avais pas encore décidé. D'un côté, je voulais te l'apprendre ce soir, pour que tu ne t'inquiètes plus, et d'un autre, j'espérais ne jamais avoir à te le dire, jeter ces documents au feu dans quatorze ans et les regarder brûler pendant que tu dormirais. Il me semble que c'est offensant pour une femme de savoir qu'elle appartient à son mari.

Elle le regarda, et il s'émut en voyant ses yeux verts en cet instant si doux.

— Je ne puis affirmer que je ne trouve pas étrange de penser que tu es mon maître de par la loi. Mais j'ai foi en toi, Iain. Ce que tu as fait… c'était me sauver la vie une fois encore.

Iain se remémora l'expression de Wentworth et ressentit une bouffée de satisfaction. Le salaud avait espéré contraindre Annie à quémander sa protection en tournant les MacKinnon contre elle. Une cruelle façon de gagner les faveurs d'une femme.

— Je t'avais juré de te protéger, et je l'ai fait, dit Iain en la serrant contre lui.

Il ne doutait pas un seul instant que Wentworth cherchât un moyen de nuire à Annie, aussi avait-il élaboré un plan avec Joseph et ses frères, qui s'était révélé parfait. Il avait pu, par l'intermédiaire de Morgan à Albany, obtenir officiellement la garde de la « prisonnière ».

— Tout de même, Iain, enlever un homme d'Église ! Tu as tout fait en secret. Pour mon bien, pour notre bonheur. C'est parfait, mais à l'avenir, je t'en prie, plus de cachotteries, plus de mensonges. Je suis une femme. Pas une enfant.

— D'accord, concéda-t-il.

— Et ne songe même pas à m'envoyer à Stockbridge.

— Annie, je t'en prie, il le faut !

— Non. Je ne puis supporter d'être éloignée de toi, dit-elle d'un ton péremptoire.

Face à tant de détermination, il capitula.

— Très bien. Tu peux rester. Pour le moment.

Elle eut ce sourire qui le faisait fondre et avait en même temps le pouvoir de l'exciter. Elle se hissa sur lui et, tout en lui caressant le torse, demanda, mutine :

— De quelle manière pourrais-je vous servir, maître ?

La réponse qu'il lui donna fut muette et néanmoins fort claire. Il la fit remonter jusqu'à ses épaules, et pressa sa bouche affamée sur le sexe au parfum ensorcelant.

Wentworth jeta son verre vide dans la cheminée. Le cristal éclata contre les pierres. Il s'était fait duper ! Ce maudit Highlander s'était joué de lui. Il n'avait rien vu venir. Échec et mat.

Cette querelle avec l'Indien, la prétendue expédition pour le ramener au fort, c'était un leurre. En fait, MacKinnon avait déserté et aurait mérité la plus dure des punitions. Mais Wentworth avait les mains liées, car il ne pouvait prouver qu'il s'agissait d'une machination. Pas plus qu'il ne pouvait prouver que le feu qui avait pris près de la réserve de munitions était l'œuvre des rangers, ni la rupture du pont de bateaux, et pas davantage la menace d'attaque des Abénaquis.

Le major était décidément trop intelligent et trop rusé, ses hommes trop loyaux.

Ce soir, la défaite avait été consommée lorsqu'il avait cru dévoiler l'identité d'Annie Burns. Dans son esprit, les rangers allaient se retourner contre elle et contre leur chef. Mais MacKinnon l'avait pris de vitesse. Il avait tout appris à ses guerriers, qui avaient accepté cette femme en leur sein. Et elle, elle avait choisi Iain MacKinnon.

Bon sang… Un MacKinnon marié à une Argyll Campbell…

Cela n'avait pas de sens. Deux clans ennemis. Deux religions différentes. Et puis, qu'avait donc à offrir MacKinnon à lady Anne ? Wentworth, lui, aurait pu lui faire retrouver son rang, ses prérogatives, effacer sa condamnation. Pourquoi cette femme tournait-elle le dos aux siens ? À une vie d'aristocrate ? Elle préférait donc les paillasses, les peaux d'ours et la bière aux lits de plume, à la soie et aux vins fins ?

Il se leva et commença à se dévêtir, après avoir soigneusement posé sa perruque sur la coiffeuse. Cette affaire concernant Annie Burns était un puzzle. Il fallait qu'il mette les pièces en place et ensuite, il serait en mesure de reprendre le contrôle de la situation.

Peut-être le fait d'avoir été sauvée à plusieurs reprises par le major avait-il plongé Annie dans un délire romantique ? C'était la seule explication. Le major n'avait rien pour séduire une femme bien née, avec son air ombrageux, sa peau tannée par le soleil, ses tatouages indiens et ses longs cheveux. Il n'était qu'un sauvage. Mais les femmes manquaient de logique dès qu'il était question de sexe. Ce barbare devait l'exciter.

Il se débarrassa de ses chaussures, puis retira ses bas et sa culotte, avant de s'allonger nu sur son lit. Les chandelles soufflées, il resta là à fixer le plafond. Tout était silencieux dans le fort. Même le camp des rangers.

Il ferma les yeux et essaya d'imaginer Annie dans le lit du major. Sans y parvenir. Mais auprès de lui, oh, il l'imaginait aisément ! Au point d'avoir une belle érection.

Il ferma la main autour de son membre et s'offrit quelque soulagement.

Le problème avec ce puzzle, réfléchit-il après avoir évacué sa tension, c'était qu'il manquait des pièces. Il fallait à tout prix les trouver. Une fois en possession de toutes les informations, il pourrait agir. Et il savait qui lui procurerait les éléments manquants.

Bain Campbell. Lord Bute.

Wentworth espérait recevoir une réponse du marquis dans le mois à venir, avant son départ pour la campagne de Ticonderoga. Ensuite, il agirait.

Calmé par cette perspective, il s'endormit.

La partie n'était pas encore finie.

28

— Ma femme est une lady, et aucune lady digne de ce nom ne voudrait qu'un homme lui fasse de telles choses, souffla Iain à l'oreille d'Annie, la réveillant.

Il avait glissé la main entre ses cuisses et son index s'activait sur le minuscule point sensible qu'il lui avait fait découvrir la première fois, dans la hutte de Joseph. Elle frissonna de plaisir, puis geignit lorsqu'il insinua le doigt dans son sexe.

— Mmm… On dirait bien que la lady aime cela.

Son doigt se mit à faire des va-et-vient pendant qu'il lui mordillait une oreille, lui léchait le cou et se pressait contre sa hanche afin qu'elle prenne la mesure de son excitation. Bien que brûlant de désir, il patienta jusqu'à ce qu'Annie ait eu plusieurs longs frissons de jouissance, puis proposa :

— Que penserait la lady si je lui demandais de se soulever sur les genoux, de me tourner le dos et de me laisser la prendre par-derrière, sauvagement, rudement ?

— Oui, Iain, oui, fais-le !

En un clin d'œil, elle adopta la position requise, écarta les jambes, offrant à son mari le spectacle enivrant de ses fesses rebondies, et de son sexe ouvert comme une fleur à maturité. Il se plaça contre elle et la pénétra vigoureusement. Elle poussa un cri quand il fut tout entier en elle. Elle avait la sensation qu'il était entré encore plus profondément qu'à l'ordinaire. Elle se crispa, et il geignit, en extase. Il l'empalait avec une frénésie communicative, qui la mettait presque en transe. Elle sentait ses testicules battre contre le haut de ses cuisses. C'était inouï. Ainsi, elle n'était pas allée au bout des plaisirs. Iain était capable de lui en faire sans cesse découvrir de nouveaux.

L'une de ses mains était passée sous son ventre, sur son mont de Vénus, en quête du point secret pour le titiller. Il appuyait la tête sur son épaule et elle entendait son souffle rauque. Lorsqu'il lui embrassa la nuque, elle crut défaillir.

— Mon Dieu, Iain, mon Dieu…

Ce qu'elle vivait dépassait l'entendement. Comment pouvait-on passer ainsi d'une dimension à une autre, totalement magique ? Vivre une telle modification de la personnalité ? La femme pragmatique, douée de raison qu'elle était, devenait une créature à la merci de son corps, et de ce que Iain en faisait.

Il accéléra ses coups de boutoir et ils crièrent à l'unisson : elle eut un orgasme si puissant que ses genoux cédèrent. Quant à Iain, il s'abattit à côté d'elle comme un arbre foudroyé, haletant, couvert de sueur.

— Après réflexion, je pense que ma lady de femme n'est pas vraiment une lady, commenta-t-il entre deux inspirations saccadées.

— Peut-être est-elle une lady de petite vertu.

Le rire profond et généreux de Iain emplit son cœur d'allégresse. Cet homme n'était plus le guerrier las qui l'avait sauvée des Abénaquis. Les profondes rides qui marquaient son visage s'étaient atténuées, il riait plus souvent, sans retenue, et elle avait parfois l'impression de le voir tel qu'il avait été autrefois, avant que Wentworth l'oblige à faire la guerre. Ses frères et ses rangers avaient constaté la différence, eux aussi, et disaient que le mariage lui allait bien. Ils le taquinaient sur ses nuits de feu et lui décochaient des coups d'œil entendus.

— Oui, ma femme est une lady déchue, mais une lady tout de même.

Il l'embrassa tendrement, puis annonça dans un soupir :

— Je dois y aller, *mo leannan*. Ils m'attendent.

On entendait les rangers qui se préparaient.

— Je sais, dit Annie dans un sourire contraint.

Elle l'aida à s'habiller et se raser, et remercia Dieu qu'aujourd'hui il ne fût attendu qu'au champ d'entraînement. Demain, il partirait se battre.

Annie s'efforça d'écarter l'appréhension qui la taraudait et alla prendre le petit déjeuner avec le père Delavay, qui avait décidé de rester au camp jusqu'à ce que ses devoirs l'appellent ailleurs. Elle le soupçonnait de mal supporter la perspective que ses compatriotes français tuent ces guerriers qu'il avait bénis et appris à aimer. Elle le comprenait.

Habillé comme un ranger afin de se fondre dans la masse, il disposait désormais d'une cabane pour lui seul et passait ses journées à prier. Le soir, il recevait les hommes qui avaient besoin de parler ou de se confesser. Il ne ressemblait en rien à l'image que s'était faite Annie d'un prêtre catholique ni d'un Français. En fait, il lui rappelait son grand-père, à cette différence près que son aïeul ne s'était jamais plaint de la nourriture et du manque de vin.

— Si j'étais anglais, dit-il en lorgnant les biscuits et les saucisses qu'elle lui avait apportés, je me rendrais simplement à cause de la nourriture.

— Elle ne peut pas être mauvaise à ce point-là ! rétorqua Annie en riant, admettant à part elle que, depuis quelque temps, l'odeur qui s'échappait de la cantine du camp lui tournait l'estomac.

Après s'être assurée qu'elle avait paré à ses besoins, elle gagna l'hôpital, où elle passa la matinée à confectionner des baumes, rouler des bandages et aider le Dr Blake à préparer sa trousse de campagne. Il s'installerait dans un hôpital de fortune sous une tente dans les ruines de Fort William Henry, où des centaines d'habitants de la région et de soldats anglais campaient déjà, dans l'attente de l'assaut sur Ticonderoga. Elle avait demandé à accompagner le médecin, mais Iain s'y était opposé.

— Je ne t'ai pas envoyée à Stockbridge, mais ce n'est pas une raison pour que j'accepte que tu me suives sur un champ de bataille ! William Henry est un endroit gorgé de sang, l'aurais-tu oublié ? Je ne veux pas que tu sois dans les parages !

Annie resterait donc à Fort Elizabeth, à prier avec les malades et les blessés de l'hôpital. Seule une petite compagnie de soldats assurerait la garde.

Elle rangea les fioles de baume dans les poches de cuir d'un coffre de bois, veillant à ce que chacune soit hermétiquement scellée. Elle était accablée de chaleur. Ses cheveux collaient sur sa nuque. Un subit étourdissement l'obligea à se retenir à une table. Comment Iain et ses hommes résistaient-ils dans une pareille canicule ? Sans doute étaient-ils habitués. Après tout, la plupart avaient grandi ici. Pendant qu'elle apprenait les tables de multiplication sous le climat froid et pluvieux d'Écosse, Iain s'entraînait à prélever le miel dans les nids d'abeilles sauvages, ce miel dont il lui avait promis de faire un usage coquin avec elle dès son retour.

Car il rentrerait.

Il *devait* rentrer.

Elle ne parvenait pas à imaginer la vie sans lui.

Ce dernier mois avait été le plus heureux de son existence. Jamais elle ne s'était sentie aussi vivante. Parfois, il lui semblait que tant de bonheur ne pouvait être réel. Chaque matin, elle se réveillait dans les bras de Iain ; chaque nuit, elle s'endormait repue d'amour. Chacun d'eux avait ses occupations dans la journée, mais ils trouvaient dans la soirée le temps de bavarder, de s'aimer, de rêver.

Elle lui avait parlé de ses parents, de ses frères, de la beauté du domaine de Rothesay. Lui, de son clan et de sa venue avec Joseph et ses frères sur la frontière. Il lui avait décrit sa ferme au nord-est d'Albany, et dit que le jour où la guerre serait finie, quand il aurait recouvré sa liberté, il irait réclamer qu'elle lui soit restituée et bâtirait là une nouvelle maison.

Mais, aussi heureuses qu'avaient été ces semaines, l'ombre de la guerre avait constamment plané sur eux. Annie savait leur bonheur précaire. Elle avait fait de son mieux pour ne pas céder à la tristesse afin de ne pas assombrir les heures qu'ils passaient ensemble. Le moment de la séparation avait fini par se préciser. Il était désormais imminent, et elle ne parvenait plus à repousser ses craintes.

Si Iain était blessé, fait prisonnier… ou tué ? se demandait-elle, la bouche desséchée par l'angoisse.

Elle ne supportait pas l'idée que son corps magnifique, dont elle connaissait chaque muscle, chaque recoin de peau, fût déchiqueté par un boulet de canon, transpercé de balles. Elle geignait doucement quand elle l'imaginait gisant sur le sol, agonisant comme ses frères et son père.

Et Morgan, Connor, Joseph ? S'il leur arrivait malheur, Iain se sentirait responsable et porterait le poids de la culpabilité sa vie durant. Ses rangers… Il était impossible que tous en réchappent…

Les larmes l'aveuglèrent. Elle les écrasa d'un pouce rageur. Elle se devait de montrer le même courage que tous ces hommes. D'autant qu'ils risquaient leur vie, et pas elle.

— Madame MacKinnon, je crois que ceux-ci devraient être aussi rangés dans le coffre, lui lança le Dr Blake de la porte de l'hôpital en désignant une rangée de petits pots.

Elle hocha la tête, fit un pas vers le médecin, et soudain tout se mit à tourner autour d'elle. La pièce devint grise, et la dernière chose qu'elle vit fut le visage ébahi du Dr Blake.

Iain croisa le regard du général Abercrombie et se demanda combien de fois il allait devoir se répéter.

— Cette fortification fait au moins deux mètres de haut. Les épineux et les branchages s'entrecroisent entre les pieux, et s'empilent sur une largeur d'à peu près quinze pas. Nous ne pouvons espérer forcer une telle protection sans l'aide d'un feu d'artillerie. Sinon, les hommes seront pris dans les branchages comme dans une nasse et tués par centaines.

Le général lui décocha un sourire indulgent et lissa de ses mains blanches la carte étalée sur la table devant lui.

— Nous avons une armée de presque seize mille hommes, dont six mille sont des soldats anglais parfaitement entraînés. Je pense que vous sous-estimez nos capacités, major. Les rangers ne sont pas les seuls bons combattants de l'armée de Sa Majesté.

Iain serra les dents.

— Pas plus que les autres, les soldats anglais ne peuvent voler. Et quand ils reçoivent des balles de plomb, ils meurent aussi vite que les rangers.

Les autres officiers s'agitèrent, mal à l'aise. Le général darda sur Iain des yeux luisants de colère.

Wentworth prit la parole.

— J'ai bien peur d'être d'accord avec le major MacKinnon, mon général. Un feu d'artillerie lourde est la clé qui ouvrira ces fortifications sans entraîner de terribles pertes humaines.

Iain regarda le colonel. Tous deux n'avaient guère discuté depuis la nuit de son mariage. Wentworth était passé par Cooke pour communiquer avec lui. Qu'il adopte le point de vue de Iain contre Abercrombie prouvait que, s'il était un salaud, il n'était pas un imbécile.

— Très bien, concéda le général en émettant un petit bruit de mépris avec le nez. Nous placerons l'artillerie ici.

Il détailla la tactique, qui se calquait à la lettre sur celle préconisée par Iain. Lequel en conclut que s'ils réussissaient à prendre le fort avec un tel chef, ce serait par miracle.

Depuis trois ans, Iain vivait immergé dans la guerre, conscient que chaque jour était peut-être son dernier. Il connaissait tout de la peur qui rongeait un homme au cours des dernières heures avant le combat, le goût de bile de la terreur. Mais cette fois quelque chose était différent, et il savait bien quoi.

Annie.

Elle était le dernier coup du destin auquel il se serait attendu. Elle l'avait pris par surprise avec ses grands yeux verts, ses cheveux d'or, son doux sourire, son rire chaleureux. La lumière et l'espoir étaient de retour dans sa vie. Annie lui avait permis de redevenir lui-même.

Jamais il n'avait été aussi intime avec une femme, connu ses pensées les plus secrètes et leur accordant autant d'importance qu'aux siennes. Jamais il n'avait appartenu corps et âme à quiconque. Jamais l'avenir ne lui avait tenu à cœur à ce point.

Et jamais il n'avait eu une telle conscience d'être mortel.

— Nous allons établir le camp ici, avant de poursuivre vers le nord, décréta Abercrombie en montrant Sabbath Day Point, près du lac George.

Tous les officiers opinèrent.

Mais la plupart de ces officiers n'étaient jamais allés au nord de Fort William Henry, et Iain doutait qu'ils aient la moindre notion de ce qui les attendait. La forêt à elle seule était capable de les anéantir s'ils n'étaient pas correctement guidés.

— Les convois de fournitures vont...

La porte qui donnait sur le bureau de Wentworth s'ouvrit à la volée sur Brendan, hors d'haleine.

— Pardonnez-moi, dit-il en saluant à la va-vite, mais j'ai un message pour Mack.

Wentworth hocha la tête.

— Le Dr Blake te fait dire qu'Annie s'est évanouie.

Iain ne demanda pas la permission de se retirer.

Annie se réveilla sur l'une des couchettes de l'hôpital. Le Dr Blake était penché sur elle, l'air soucieux.

— Que... que s'est-il passé ? s'enquit-elle.

— Vous avez perdu connaissance, dit-il en pressant un linge mouillé sur son front.

— Quoi ?

Elle avait du mal à réunir ses idées. Tout lui semblait flou.

— Je dois avouer que vous m'avez fait une sacrée frayeur, ma chère. Mais vous n'avez pas de fièvre. Comment vous sentez-vous ?

— Un peu désorientée. Je me suis évanouie, c'est cela ?

De sa vie, jamais cela ne lui était arrivé.

— Oui. Vous êtes-vous bien nourrie, ces derniers temps ?

— Je manque d'appétit. La chaleur, sans doute.

— Des douleurs ? Mal à la tête ?

— Non, assura Annie en s'asseyant. Ce doit être la chaleur. Je ne suis pas habituée.

— Peut-être, fit le Dr Blake sans conviction. De quand datent vos dernières règles ?

La question abrupte fit monter le rouge aux joues d'Annie. Une femme ne parlait pas à un homme de telles choses ! Elle réfléchit et fronça les sourcils. Elle avait du retard ! Un mois, au moins. Elle pressa la main sur son ventre.

Mon Dieu... Était-ce possible ? Si vite ?

— Vers la fin avril, je crois.

— Et nous sommes fin juin. Madame MacKinnon, je soupçonne que vous attendez un enfant, déclara le médecin en souriant.

— Un enfant ? répéta Iain qui venait de franchir le seuil.

Puis il regarda Annie, de la tristesse mêlée d'émerveillement dans les yeux.

La jeune femme était partagée entre plusieurs émotions. Elle était à la fois stupéfaite d'être déjà enceinte, heureuse de porter le bébé de Iain, et bouleversée de le voir si touché. Jamais il n'avait été aussi troublé, jamais son regard n'avait été empreint d'une telle tendresse, de tant d'espérance.

Elle se précipita vers lui et se nicha dans ses bras.

— La délivrance de votre femme devrait avoir lieu en hiver, dit le Dr Blake. Et soyez tranquille, elle va bien. Il est fréquent que les femmes aient au début de la grossesse des nausées, de petits malaises. Un peu de repos, c'est tout ce dont elle a besoin.

— Annie, tu ne te doutais de rien ?

Elle était consternée. Comment avait-elle pu ne pas remarquer les signes annonciateurs ?

— Non. Je croyais que c'était cette abominable chaleur.

Il lui pressa gentiment la main.

— Nous allons devoir te mettre au frais.

— Madame MacKinnon, je vous remercie pour votre précieuse aide, mais je pense que, pour aujourd'hui, votre travail est terminé. Allez vous allonger. Restez couchée tout l'après-midi.

Annie s'apprêtait à se mettre debout quand Iain la souleva dans ses bras. Puis il la porta à travers la cour, sous les yeux ébahis des soldats et des rangers.

— Tu pourrais me poser ! Ce n'était qu'une petite indisposition, gros bêta. Je me sens très bien. Je ne…

— Chut, *mo leannan,* fit Iain en l'embrassant sur la tempe. J'adore te porter. Laisse-moi ce plaisir pendant que je le peux encore.

Annie se crispa, le ventre soudain douloureux. La terrible réalité s'abattit sur elle : demain, il partait au combat. Il ne vivrait peut-être pas assez longtemps pour voir naître son enfant.

Elle appuya la tête contre son épaule et ferma les yeux.

Iain resta auprès d'Annie jusqu'à ce qu'elle se soit endormie. Il l'avait déshabillée, puis allongée, et avait passé un linge mouillé sur son corps nu, attardant sa main sur le ventre encore concave. Que son fils ou sa fille soit en train de grandir à l'intérieur l'émerveillait.

Les paupières closes, elle lui avait demandé :

— Es-tu heureux ?

— Pas une seconde, je n'aurais osé espérer pareille bénédiction.

Bien qu'elle eût répété n'être pas fatiguée, elle s'était endormie. Il remonta le drap sur elle, l'embrassa sur la joue et la quitta à regret. Puis il repartit faire son travail de soldat.

— Notre plan de bataille est mauvais, notre chef est un incompétent et notre ennemi est bien préparé, déclara Iain à ses hommes. Notre tâche consiste à élaborer notre propre tactique et à être prêts à la mettre en application, de façon que la stratégie de Nanny Crombie ne nous envoie pas droit à la mort.

Il ne comprenait pas pourquoi les rangers n'étaient pas chargés de guider l'armée, alors qu'ils connaissaient chaque centimètre carré autour du fort. Ni pourquoi, au lieu de chercher à forcer le rempart d'arbres abattus, ne contournait-on pas l'obstacle pour passer par la rivière La Chute.

Ses hommes non plus ne le comprenaient pas et lui posèrent la question, à laquelle il répondit du mieux qu'il put.

— Parce que, même si Abercrombie prend plaisir à nous regarder tirer sur des cibles, il ne nous fait pas confiance quand il s'agit de nous battre. Il pense que nous sommes moins bons que les soldats anglais.

— Pff… Il est aussi idiot que Braddock, commenta Connor avec dégoût.

Ils se penchèrent sur le plan d'Abercrombie et essayèrent d'en tirer le meilleur parti possible. Une fois la réunion terminée, Iain resta seul avec ses frères et Joseph.

— Annie attend un enfant, leur annonça-t-il.

Tous trois demeurèrent un instant éberlués, puis un grand sourire se dessina sur leurs visages burinés.

Connor se tourna vers Morgan.

— Dis-moi, frangin, à ton avis, est-ce la valeur du fermier qui fait que la graine pousse drue, ou celle du sol qu'il laboure ?

— Un peu des deux. Mais en l'occurrence, j'ai vu le soc de charrue de notre frère, et je peux affirmer qu'il n'est pas aussi gros que le mien.

— Ni le mien.

— Donc, il doit labourer un champ bien riche.

Iain s'apprêtait à les traiter d'imbéciles lorsque Joseph leva la main et déclara en langage mohican :

— Ne laisse pas cet enfant te troubler, Mack. Je lis dans tes yeux que tu t'inquiètes déjà. Tu sais bien que s'il t'arrivait malheur, nous nous occuperions d'elle et du petit.

Iain relâcha son souffle. Il ne s'était pas rendu compte qu'il le retenait. Puis il partit demander au père Delavay de faire la même promesse que Joseph. Il ne perçut donc pas les vœux muets qu'échangeaient ses frères et l'Indien : s'il n'en était qu'un seul des quatre qui dût revenir de Ticonderoga, que ce fût Iain.

29

Annie se réveilla en petite forme. Elle se leva lentement et alla regarder le camp, privé de son agitation habituelle, par la porte de la cabane. Ce soir, Dougie ne jouait pas du violon. Il nettoyait son mousquet. Les autres aussi s'occupaient de leurs armes, aiguisaient les lames des couteaux et des baïonnettes, remplissaient les cornes de poudre, préparaient leur paquetage et devisaient calmement entre eux.

Iain marchait parmi ses hommes, s'adressant à chacun tour à tour, vérifiant leurs effets, répondant à leurs questions, plaisantant aussi. Annie vit la confiance qu'il leur inspirait, la façon dont leurs figures s'éclairaient quand il s'adressait à eux. Comme un vieux chef de clan des Highlands, il leur faisait comprendre qu'ils comptaient pour lui et leur insufflait son énergie.

Et que devait faire une femme de chef de clan des Highlands ?

Certainement rester dans un coin à pleurer.

Luttant contre les larmes qui menaçaient, elle revint vers le lit et posa dessus le paquetage de Iain. Elle passa les doigts sur tout ce qu'il contenait, les attardant sur la longue épée. Elle se rappelait la première fois où elle avait vu ce pommeau ceint d'un morceau de tartan. Il y avait bien longtemps de cela, maintenant. Mais elle n'oubliait pas ces jours, ces nuits terribles où elle avait peu à peu appris à connaître Iain MacKinnon.

Ils avaient été durs, mais elle ne les aurait échangés contre rien au monde.

Mue par une subite inspiration, elle prit l'un des couteaux de Iain, attrapa l'une de ses mèches à la base et la sectionna, avant de la glisser dans la bourse de cuir qui contenait ses balles et ses pierres à feu. Une partie de lui resterait ici, en elle. Une partie d'elle serait avec lui par le biais de ces cheveux.

— Impatiente que je m'en aille ?

Il était entré sans qu'elle l'entende.

— Ne dis pas une chose pareille ! protesta-t-elle, le cœur gonflé de tristesse.

Il ferma la porte derrière lui.

— Oh, Annie, mon aimée, soupira-t-il en la serrant contre sa poitrine, pardonne-moi d'être un soldat. Mais nous avons encore cette nuit pour nous.

— Oui, nous avons encore cette nuit… acquiesça-t-elle sans conviction.

Il vérifia son paquetage, éclata de rire en constatant qu'elle y avait rangé ses bottes de neige et son manteau en peau d'ours.

— Je ne crois pas que j'en aurai besoin, dit-il en les retirant du sac.

Puis ils partagèrent un dîner de rôti de bœuf et de pommes de terre bouillies. Elle n'avait pas faim, mais il lui donna de petites bouchées au bout de sa fourchette, et elle mangea finalement à peu près normalement.

Elle avait espéré une soirée intime mais apparemment, il devait penser à mille détails. De surcroît, ils furent interrompus à plusieurs reprises au cours du repas.

D'abord, ce fut Morgan qui apparut.

— Les pierres qu'ils ont données ne correspondent pas à nos fusils.

— Dis à cet abruti d'officier d'Abercrombie chargé des fournitures que je t'ai ordonné de lui coller une balle s'il fait obstruction, et prends ce dont on a besoin au magasin.

Ensuite, ce fut au tour de Connor.

— MacHugh s'est bagarré avec trois soldats et il a été collé en cellule.

— Bon sang ! Laissons-le mariner un moment. On le sortira de là demain matin.

Puis ce furent Brendan et Killy, furieux.

— On nous a dit qu'on restait ici ! s'écria Killy. Tu ne peux pas nous laisser derrière, Mack !

— C'est exact, vous n'irez pas à Ticonderoga avec nous. Mais ce n'est pas parce que je n'ai pas confiance en votre bravoure au combat. C'est seulement que j'ai une autre mission pour vous. J'ai besoin que vous veilliez sur Annie et le père Delavay. C'est encore un secret : Annie attend un enfant.

Les deux rangers se calmèrent aussitôt et sourirent à Annie, tout en écoutant Iain leur expliquer qu'il y avait peu d'hommes auxquels il se fiait pour cette mission de haute importance.

— Puis-je compter sur vous ? acheva-t-il.

Brendan acquiesça gravement. Killy aussi, et il ajouta :

— Je compte bien que tu donnes mon nom au bébé.

— Foutu Irlandais, lança Iain avant de congédier les deux hommes d'un geste de la main.

Annie attendit qu'ils soient partis pour commenter :

— Tu es gentil de ménager leur susceptibilité.

— Je n'ai pas essayé de les ménager, Annie. Ce n'était qu'une astuce : en leur demandant de garder secrète ta grossesse, je me suis assuré que tous les rangers seraient au courant en moins de deux.

Mais ils ne révéleront rien aux soldats anglais, même sous la torture.

Ils n'avaient pas terminé leur dîner qu'ils furent appelés de l'extérieur. Iain passa le bras autour des épaules d'Annie et ouvrit la porte.

Tous les rangers étaient là. Ils les acclamèrent puis, un par un, bonnet à la main, vinrent s'incliner devant Annie, tout en formulant des vœux pour la jeune femme et l'enfant qu'elle portait.

Iain regarda ses hommes délivrer leur humble bénédiction avec émotion. À l'idée que nombre d'entre eux ne reviendraient pas, il sentit son cœur se serrer. À la veille d'affronter la laideur et la mort, ces êtres courageux rendaient hommage à la beauté et à la vie.

Annie se comportait comme la lady qu'elle était, recevant les hommages avec grâce et reconnaissance. Elle répondait avec des mots simples, en souriant, mais ses yeux brillaient de larmes. Elle les rendait heureux, ces vaillants guerriers. Mais Iain voulait maintenant sa femme pour lui tout seul. Dès que le dernier ranger se fut écarté, il prit Morgan à part.

— Je te charge de…

— … prendre le commandement, je sais. Va la retrouver, Iain.

Il souhaita bonne nuit à la cantonade, puis ramena Annie dans la cabane et ferma la porte. Ils étaient enfin seuls.

Elle se tenait devant lui, les yeux baissés, ses traits sublimes soulignés par la lueur de la chandelle, les bras noués autour du buste. Elle semblait fragile et effrayée. Elle prit une profonde inspiration tremblée et Iain comprit qu'elle s'empêchait de pleurer. Il l'attira contre lui et embrassa le dessus de sa tête.

— Allons, Annie…

— Je… je voudrais être aussi forte que toi, mais…

Sa voix se brisa.

— Les Mohicans disent qu'une partie de la force d'une femme se trouve dans ses larmes. N'aie pas honte de pleurer, *mo leannan*.

Elle leva la tête et il vit les prunelles vertes scintiller.

— Je ne puis supporter l'idée de te perdre, Iain MacKinnon.

Il ne comprenait que trop bien, lui qui était bouleversé de devoir la laisser derrière lui, avec leur enfant. Mais il ne le lui dit pas.

— Je n'ai pas l'intention de mourir, Annie.

— Ne l'oublie jamais, Iain ! Jamais ! Pas même une seconde !

— Oui, petite.

Il lui embrassa le visage, goûta les larmes salées, pour la réconforter, mais très vite le désir monta en lui. La gentillesse, la douceur s'effacèrent devant une ardeur qui balaya toutes les bonnes intentions sur son passage. Il lui empoigna une mèche de cheveux et lui tira la tête en arrière, puis l'inclina de façon à pouvoir capturer sa bouche sans entrave. Le baiser qu'il donna fut celui d'un désespéré, d'un condamné aux fers, à l'exil. Elle le lui rendit en gémissant, aussi enflammée et malheureuse que lui.

Leurs mains fébriles s'activèrent sur les liens, les rubans, les attaches de leurs vêtements, cherchant le moyen de s'en défaire au plus vite, de trouver la peau brûlante, le chemin de l'ivresse. Enfin nus, ils tombèrent sur le lit, membres enchevêtrés, bouches scellées l'une à l'autre, corps frémissants d'impatience. Iain écarta les cuisses d'Annie et s'enfonça en elle, guidé par la jeune femme. Elle l'enlaça si étroitement qu'il en eut le souffle coupé. Elle gémit en lui caressant le dos :

— Oh, Iain, j'ai tellement envie de toi…

D'un coup de reins, il acheva d'insérer son sexe dans celui d'Annie qui se contracta, l'enserra afin d'amplifier le plaisir, de ne faire plus qu'un avec lui.

Il murmurait des mots sans suite contre sa joue, son oreille, dans son cou, en anglais, gaélique et mohican, puis il l'encouragea à se concentrer de toutes ses forces afin qu'elle jouît en même temps que lui. Il craignait de ne pouvoir se dominer longtemps et tenait à ce que la montée au nirvana, ils la fassent ensemble, qu'elle soit le point d'orgue dont il chérirait le souvenir après son départ.

Arc-boutée contre lui, elle se mit à trembler, ouvrit tout grands les yeux, desquels roulaient des larmes vers ses tempes, et il songea que jamais il n'avait vu une femme devenir aussi belle à l'approche de l'extase. Elle était son ange, un ange qui l'accompagnait au paradis.

— Iain ?

— Mmm ?

— Si le bébé est une fille, j'aimerais lui donner les prénoms de nos deux mères. Mara Elasaid.

— C'est joli. Et si ce n'est pas une fille ?

— Alors il portera le prénom de son père.

— Oh. Bien. C'est une magnifique idée. Mais quel sera ce prénom ?

— Espèce de sot !

Tard dans la nuit, Annie avait fermé les yeux mais essayait de rester éveillée. La tête de Iain reposait sur son épaule et elle tenait à savourer chacun des instants qui les séparaient de l'aube. Le lever du soleil la priverait de l'homme qu'elle aimait, peut-être à jamais. Alors elle écoutait les battements de cœur de Iain, goûtait la chaleur de son souffle sur ses seins nus, caressait ses muscles durs sous la peau veloutée. Il était si fort, si vivant. Était-il possible que le destin soit assez cruel pour anéantir un être aussi exceptionnel ?

Ils avaient fait l'amour à deux reprises. La deuxième fois avec tendresse, douceur, attention. Comme Iain, Annie s'était constitué un petit trésor de souvenirs qu'elle garderait jalousement. Elle avait pris de lui tout ce dont il était humainement possible de s'emparer. Son parfum, ses saveurs, son image. Et elle lui avait donné tout ce qu'il désirait.

Elle était pleine de cet homme et se demandait, étonnée, comment un cœur parvenait à contenir autant d'émotions qui cohabitaient, violentes, prégnantes. Chagrin qu'il dût partir, joie de l'avoir auprès d'elle, peur de le perdre, et espoir de le retrouver malgré tout. Jusqu'à aujourd'hui, elle avait ignoré que l'amour pût être aussi tumultueux.

— Annie ?

Elle ouvrit les yeux. Il se tenait à côté du lit, vêtu de pied en cap. Elle avait dû s'assoupir, finalement, constata-t-elle avec dépit. Un rai de lumière filtrait par la fenêtre voilée d'un rideau noir.

Elle s'assit et gémit :

— Non !

— C'est bien que tu aies dormi. Ne te fais pas de reproche.

Elle se leva, et s'habilla prestement. Puis elle procéda au cérémonial habituel : elle le rasa, l'aida à ajuster sa ceinture et à y accrocher ses pistolets et couteaux. Lorsqu'elle eut terminé, elle recula et le contempla. Ce n'était plus son mari, mais un guerrier prêt pour le combat. La gorge nouée, elle l'accompagna jusqu'au seuil. Il ouvrit la porte. Morgan, Connor et Joseph étaient déjà là.

Et les rangers attendaient, alignés devant les cabanes.

Joseph s'approcha et l'étreignit affectueusement.

— Je prierai pour toi et ton enfant.

— Je prierai pour toi aussi, Joseph.

Puis ce fut au tour de Connor, qui l'embrassa sur la joue.

— Porte-toi bien, petite, et ne t'en fais pas : nous veillerons sur lui.

Annie réussit à sourire.

— Veille aussi sur toi, Connor MacKinnon. Mon bébé aura besoin de ses oncles.

Morgan l'embrassa ensuite, formula des vœux pour elle et l'enfant, et promit qu'il lui ramènerait son époux sain et sauf.

Voilà. Les dés étaient jetés. Connor, Morgan MacKinnon et l'Indien tournèrent les talons et s'en furent. Les rangers leur emboîtèrent le pas. Mais Iain s'attarda et fit alors quelque chose qui prit Annie au dépourvu : il se laissa tomber sur les genoux, lui enlaça les hanches et pressa les lèvres sur son ventre. En gaélique, il lui dit qu'il l'aimait, puis se remit debout, lui donna une dernière pression sur la main, et alla rejoindre les autres.

La vue brouillée par les larmes, Annie baissa les yeux sur sa main désormais vide, mais où brillait une alliance d'or.

— Bain Campbell, le marquis de Bute, arrive ici ? En êtes-vous certain ?

— Oui, monsieur. S'il n'avait été retenu par quelque affaire problématique à New York, il serait déjà là. Il devrait se présenter à vous demain.

Wentworth s'était attendu à recevoir une réponse de Campbell, mais certainement pas à le voir en personne.

— Voilà qui est fort surprenant, commenta-t-il.

— Il doit être très attaché à sa nièce, monsieur.

— On le dirait bien. Vous pouvez disposer.

— Oui, monsieur.

— Ah, une dernière chose. Vous venez de dire qu'il a été retenu par quelque problématique affaire. De quelle nature était cette affaire ?

— Une malheureuse histoire. Il semblerait que quelqu'un ait étranglé une servante à l'auberge où le marquis avait fait halte, et une autre servante l'a accusé d'être le meurtrier. Il a été interrogé, un moment de désagrément qui a retardé son voyage.

— Je vois. Merci.

Le lieutenant Cooke étant parti au combat, Wentworth avait dû s'habituer à s'habiller seul et à faire sa toilette sans aide. Il brossa la poudre tombée la veille sur sa redingote, puis s'échina à répartir symétriquement les pans de son jabot.

Il n'avait guère apprécié les ordres d'Abercrombie, qui étaient de le laisser de garde à Fort Elizabeth. Il payait ses désaccords exprimés au sujet de la stratégie militaire du général.

Il avait envoyé une missive à Londres, écrivant qu'il désapprouvait les plans d'Abercrombie pour l'attaque de Ticonderoga, expliquant par le menu pourquoi la bataille serait un échec. Ainsi, il pourrait dans un avenir proche prouver qu'il était meilleur tacticien militaire que le général. Qu'il regimbe lui avait valu une mise sur la touche de la part d'Abercrombie.

Son grand-père serait furieux, songea-t-il.

Mais il ne regrettait rien, car sauf à remporter la victoire à Ticonderoga, les jours d'Abercrombie en tant que chef des opérations étaient comptés.

Il coiffa sa perruque et entreprit de la poudrer.

Finalement, la décision d'Abercrombie de le laisser à Fort Elizabeth l'arrangeait. Il allait pouvoir tirer au clair l'énigme lady Anne. Toutes les questions auraient leur réponse, maintenant que MacKinnon et ses hommes étaient loin. La poignée de rangers blessés ou malades encore au fort ne lui créerait pas d'ennuis. Lord Bute était toujours le tuteur légal de sa nièce. S'il souhaitait faire annuler son mariage et la ramener en Écosse, aucune autorité ne l'en empêcherait.

Évidemment, Wentworth aurait préféré qu'il adopte une autre option. C'est-à-dire qu'il lui confie la jeune femme.

Il avait préparé sa propre version de l'histoire, qui avait l'avantage d'être aux trois quarts exacte : lady Anne avait été sauvée d'une attaque sur la frontière, mais avait refusé de révéler sa véritable identité. Malheureusement, Wentworth ne l'avait reconnue que trop tard, après ce désastreux mariage avec Iain MacKinnon. Mais il s'en excuserait auprès de lord Bute qui comprendrait que, sa nièce ayant menti, aucun reproche ne pouvait lui être fait.

Ensuite, il interrogerait le marquis. Comment se faisait-il qu'une lady eût échoué sur la frontière ? Pourquoi avait-elle été condamnée à la servitude ? Pour quelle raison cachait-elle son vrai nom ?

Réunir l'oncle et la nièce permettrait de clarifier cette étrange situation. Et distrairait agréablement Wentworth.

Il chassa la poudre sur ses épaules, puis alla s'examiner dans le miroir en pied. Satisfait de son apparence, il gagna son bureau et entreprit de trier les innombrables messages qu'il avait reçus du front. Le plus récent, daté du 15 juillet, annonçait l'arrivée de l'armée à Sabbath Day Point.

Deux jours auparavant. Avec un peu de chance, la bataille de Ticonderoga avait déjà commencé.

Allongé à plat ventre au sommet de la montagne, Iain observait l'avancée des Anglais.

— Qui veut m'aider à réunir les brebis en uniforme rouge égarées ? demanda-t-il à la cantonade.

En dessous de lui, à la droite du corps principal, un bataillon de soldats s'enfonçait à l'aveuglette dans la forêt et n'allait pas tarder à tomber à l'ouest de la péninsule de Ticonderoga. Pile sur l'ennemi.

Morgan emprunta sa longue-vue à Iain, regarda, puis secoua la tête.

— Bon Dieu, mais où pensent-ils aller ?

Iain ordonna à ses hommes de se déplacer en silence, tout en maudissant Abercrombie pour son incompétence. Plutôt que de demander aux rangers de guider son armée, il avait envoyé Iain et son régiment garder le flanc gauche et prévenir les embuscades éventuelles sur les terrains en hauteur. Et maintenant, les soldats anglais étaient éparpillés dans la forêt par petits groupes. Des proies idéales pour Montcalm, s'il les trouvait.

La pente de la montagne était raide, couverte d'une forêt dense. Elle offrait un bon couvert, mais aussi des possibilités de guet-apens. Iain espérait, grâce aux déplacements en tapinois de ses rangers, empêcher le premier massacre de cette campagne.

Cela faisait maintenant une semaine qu'ils étaient sur le terrain. Ils avaient passé plusieurs jours dans les ruines de William Henry, à construire une flottille d'embarcations susceptibles de transporter l'armée tout entière, la plus importante que Iain eût jamais vue, jusqu'au lac George. Quand enfin ils avaient embarqué, le 4 juillet, le spectacle de cette flottille lui avait coupé le souffle. Même Connor était resté bouche bée d'émerveillement.

— Mince alors ! Il faut créditer Nanny Crombie de savoir lancer des navires.

Les lancer sur l'eau était une chose, les faire aborder en était une autre. Le deuxième jour, ils avaient approché du fort, où toute la garnison française était sur le pied de guerre, bien au fait de l'imminence du débarquement des Anglais. Aucun effet de surprise n'était à espérer.

Iain glissa la main sous sa chemise et en ressortit la petite sacoche de médicaments que Joseph lui avait préparée la veille. À l'intérieur se trouvait la boucle de cheveux d'Annie. Il l'avait trouvée alors qu'ils arrivaient à William Henry. Elle portait le parfum de musc et de miel de la jeune femme. Une exquise surprise qu'Annie lui avait réservée là.

Lui dire au revoir avait été l'un des actes les plus difficiles qu'il ait jamais dû accomplir. Si elle n'avait pas été enceinte, peut-être cela aurait-il été moins dur. Des femmes mouraient en couches tous les jours, nombreux étaient les bébés qui expiraient quelques instants après avoir vu le jour. Iain voulait être auprès d'Annie lorsque le moment viendrait. Il puisait quelque paix dans le fait de se dire que, quoi qu'il advienne, leur amour, si Dieu le voulait bien, continuerait à vivre dans cet enfant.

Il venait de conduire ses hommes vers le sud quand il entendit des coups de feu. Ils étaient tirés d'en haut.

— On dirait que les loups ont trouvé nos brebis. Allons-y !

Ils se déplacèrent sous les arbres aussi vite que possible, et se rendirent compte qu'ils avaient pris les Français en tenaille : l'ennemi leur tournait le dos et tirait sur les soldats anglais, qui ripostaient à coups de mousquet.

Sans avoir besoin que Iain leur en donne l'ordre, les rangers se mirent en position, visèrent et firent feu.

Iain rechargeait lorsqu'il remarqua un officier anglais qui tentait vaillamment de regrouper ses hommes, sans s'être aperçu que les Français étaient en masse juste derrière lui. L'officier cria quelque chose à ses soldats, essayant de mettre de l'ordre dans le chaos ambiant. Mais les Français rechargeaient déjà. Si cet officier ne se mettait pas à l'abri immédiatement, il allait être criblé de balles.

Il se retourna, dévoilant son visage à Iain.

Le lieutenant Cooke !

Bon sang, il fallait faire vite.

De la main, il fit signe à Morgan et Cam de le couvrir, puis il courut, courbé en deux, à travers la mêlée, et se jeta sur Cooke. Ils s'abattirent sur le sol à l'instant où les Français lâchaient une salve de balles.

Cooke était couché sous lui, choqué, souffle coupé.

Iain roula sur le dos, choisit sa cible, puis se mit à plat ventre, visa et tira. Dans la seconde, tout autour de lui, les bois semblèrent exploser : les rangers déchargeaient un feu nourri sur les lignes françaises, qui se brisèrent.

Cooke hoqueta de stupéfaction en découvrant Iain, qui lui sourit :

— Bonjour, lieutenant. Je vous ai manqué ?

30

Tard le lendemain matin, Wentworth accueillait Bain Campbell à Fort Elizabeth. Lord Bute était accompagné d'une jeune femme qu'il présenta comme l'ancienne camériste de lady Anne. Il paraissait anxieux d'expliquer à Wentworth ce qui avait valu punition et bannissement à sa nièce, et insistait pour que la camériste donne sa version, qui conforterait la sienne.

— Elle était présente et a été la complice d'Annie.

Mais en écoutant la fille, Wentworth comprit qu'elle lui débitait une fable. Aucune cour anglaise n'aurait condamné une femme de noble extraction pour un vol de bijoux dans la maison de son oncle. Jamais.

De surcroît, Wentworth ne croyait pas un mot des accusations énoncées par Bain Campbell à l'encontre d'Annie. Lui aussi mentait de façon éhontée. D'accord, Annie avait travesti la vérité, mais maladroitement. Il n'était manifestement pas dans ses habitudes de mystifier les gens. Elle n'était même pas capable de feindre de mauvaises manières à table ! Et elle n'était pas du genre à utiliser les hommes pour tirer profit d'eux. Sinon, elle aurait sauté dans le lit de Wentworth et non dans celui de MacKinnon.

— Je l'ai suppliée de ne pas le faire, monsieur, dit la bonne d'un ton geignard vibrant de larmes retenues, mais elle ne m'a pas écoutée. Alors je n'ai eu d'autre choix que d'aller rapporter la chose à lord Bute pour qu'il l'arrête.

Pas le choix, vraiment ?

Non, pas le choix, conclut Wentworth, parce que cette fille faisait cette déposition contrainte et forcée, c'était patent. Ses mains tremblantes, sa tête inclinée la trahissaient. Et si cela n'avait pas suffi, les manières intimidantes, brutales de Campbell auraient achevé de convaincre Wentworth : le vieil homme dominait la fille de toute sa taille, la fixait comme s'il instillait en elle les mots qu'elle devait prononcer.

Au lieu d'obtenir les réponses qui l'intéressaient, le colonel se retrouvait face à une foule d'interrogations supplémentaires. En sus, il avait l'impression que s'il y avait un coupable de quelque forfait, c'était Campbell et non Annie.

La caméristе connaissait la vérité, c'était certain. Peut-être trouverait-il une occasion de lui parler en tête à tête…

— Vous n'imaginez pas combien ces derniers mois ont été difficiles, colonel. Je me suis sans cesse demandé où elle était, si elle était en vie, en bonne santé. Je ne vous remercierai jamais assez de m'avoir écrit.

Campbell était en manches de chemise, sans perruque. C'était un homme imposant, bien plus grand et large de carrure que Wentworth, et doté de bras hypertrophiés d'avoir trop souvent manié l'épée.

Wentworth sourit et inclina courtoisement la tête, tout en se demandant si Campbell se doutait que ses mensonges étaient transparents. S'il avait voulu savoir où vivait Annie, il aurait aisément pu trouver sa trace à partir d'Albany jusqu'à la ferme de ses maîtres. Néanmoins, il était évident que l'homme était perturbé. À cause de sa nièce, ou pour quelque autre raison que Wentworth, pour l'instant, ne parvenait pas à déterminer.

— Je suis heureux de m'être montré utile, lord Bute, mais j'ai bien peur que les circonstances n'aient changé depuis que je vous ai écrit cette lettre : votre nièce s'est mariée.

Campbell parut frappé par la foudre.

— Mariée ? répéta-t-il, les yeux écarquillés.

— Oui. L'officier qui l'a sauvée l'a épousée en secret. Il a aussi racheté son contrat. Je crains qu'il ne soit difficile de la renvoyer en Écosse, si c'est à cela que vous songiez.

Campbell éclata de rire, s'assit et cacha son visage derrière ses gigantesques mains. Lorsqu'il les écarta quelques instants plus tard, Wentworth le vit encore hilare, mais la rage perçait sous le masque.

— Qui est cet officier ?

— Le major Iain MacKinnon, commandant des rangers.

Campbell se remit debout.

— Un MacKinnon ? De Skye ?

— Oui. Il est le petit-fils de Iain Og MacKinnon.

— Un exilé jacobite ? Un catholique ?

Campbell avait craché les mots avec dégoût.

— Hélas, je n'ai pas reconnu votre nièce assez tôt pour empêcher cette femme et cet homme de s'enticher l'un de l'autre, et je n'ai été au courant de cette union qu'après qu'elle eut été consommée.

Campbell faisait les cent pas dans le bureau.

— Aucun reproche ne peut vous être adressé, colonel. La faute incombe à ce Iain MacKinnon, et à lui seul. C'était un mariage catholique, avez-vous dit ? Alors il est entaché de nullité. Lady Anne va rentrer avec moi en Écosse et l'histoire s'arrêtera là. Conduisez-moi à elle.

Tout en escortant Campbell à travers le fort, Wentworth se demanda si écrire à cet homme n'avait pas été une funeste erreur.

— Eh bien, voilà un grand jour pour l'Angleterre : nous avons atteint le pied du fort, dit Iain en prenant position derrière un tronc épais, fusil chargé, muscles bandés dans l'attente de la bataille.

Ses rangers étaient prêts. Devant eux, au-delà des arbres, ils voyaient le barrage de pieux entrecroisés plantés dans le sol. Après ce barrage se dressait un rempart de terre compactée, derrière lequel étaient retranchés des Français. Il apercevait leurs chapeaux et les canons de leurs mousquets.

L'ennemi était prêt, lui aussi.

Iain comprenait pourquoi Abercrombie avait pensé que son armée pourrait faire une attaque éclair qui se solderait sur une victoire à Ticonderoga. Il était possible de faire sauter le rempart avec des tirs de canon bien ajustés. Mais ce n'était pas le rempart qui inquiétait Iain. C'étaient les pieux. Les troncs et les branches formaient un entrelacs infranchissable. N'importe quel soldat qui essaierait de le forcer, se retrouverait pris dans cette effroyable toile d'araignée géante et, dans la seconde, se muerait en cible idéale pour les Français.

Il évalua la distance qui les séparait des fusils français.

— On est en plein dans la ligne de tir, les gars. Gardez la tête basse.

Le son des roulements de tambour se précisait. L'artillerie et l'infanterie se rapprochaient. Humilié par l'errance de ses hommes la veille dans la forêt, Abercrombie avait veillé à ce que son armée emprunte la bonne voie aujourd'hui. Il n'avait néanmoins pas chargé les rangers de la guider, ni ne les avait remerciés d'être allés à la rescousse des soldats égarés. En fait, il semblait même en vouloir aux rangers de leur aide, et il avait hurlé en pleine figure de Iain lorsque celui-ci avait ramené Cooke et les soldats perdus au camp, avec en sus cent cinquante prisonniers français.

— Vous avez outrepassé les ordres, major ! Vous aviez pour mission de tenir les hauteurs pour que l'armée puisse avancer, pas de la guider ou de faire des prisonniers !

Iain avait crié en retour :

— L'armée n'avançait pas ! Auriez-vous préféré que vos hommes soient abattus avant même que commence la bataille ?

Le lieutenant Cooke, lui, s'était montré reconnaissant.

— Je pense vous avoir sous-estimé, ainsi que vos rangers, major. Je comprends maintenant pourquoi le colonel Wentworth tolère votre insubordination. Votre connaissance de la forêt est exceptionnelle. Vous m'avez sauvé la vie, et celle de mes hommes. Merci, monsieur.

C'était la première fois que Cooke lui donnait du « monsieur ».

Le son des tambours s'amplifia, et Iain songea qu'il évoquait les ultimes battements de cœurs humains. Cette cadence, il ne l'avait entendue que trop souvent. Habituellement, elle était suivie de détonations, de rugissement de canons, puis de cris d'agonie.

Il ressortit son petit sac de cuir de sous sa chemise et l'embrassa.

N'aie pas peur, petite... je rentrerai bientôt.

Connor lança soudain d'une voix forte :

— Je ne vois pas pourquoi nous murmurons alors que l'armée anglaise s'annonce à coups de tambours, sanglée dans des uniformes rouges !

Les rangers éclatèrent de rire de concert.

Mais Iain ne leur fit pas écho. Quelque chose allait de travers. Oui, il voyait les uniformes rouges à travers les arbres, sur sa droite. Mais il n'entendait pas de raclements, ni de grincements de roues. Ce qui signifiait… pas d'artillerie!

Un ordre fut crié et le tempo des tambours s'accéléra: les soldats devaient former les colonnes d'assaut. Les hommes se regroupèrent en formation, le choc lourd de leurs bottes sur le sol de la forêt résonna, leurs baïonnettes et leurs boucles de ceinture cliquetèrent, leurs respirations se firent si rauques qu'elles en devinrent audibles.

— Pour l'amour de Dieu, non! s'exclama Iain.

Mais il était trop tard. Il n'y avait rien qu'il pût faire. Les ordres avaient été donnés.

— Abercrombie brûlera en enfer pour avoir fait ça! tonna Morgan.

Le cœur battant à tout rompre sous l'effet de la rage, Iain épaula son fusil.

— Que Dieu soit avec vous, les gars! Que Dieu soit avec nous tous!

Annie cousait le linon à petits points délicats. La minuscule chemise de nuit était presque terminée après deux après-midi de travail. La fine étoffe, l'aiguille et le fil étaient un cadeau de Iain. Il les avait laissés pour elle enveloppés dans de la toile à canevas près de la cheminée, à son insu. Accompagnés d'une lettre dans laquelle il lui demandait de ne pas s'inquiéter, et lui assurait qu'il rentrerait aussi tôt qu'il le pourrait. Peut-être était-ce prématuré de coudre des vêtements de bébé, mais ces ouvrages contribuaient à l'apaiser, ce qui avait sans doute été le but recherché par Iain.

À l'ombre de la cabane de Killy, le père Delavay essayait d'expliquer l'Immaculée Conception à la poignée de rangers convalescents, dans un anglais marqué d'un accent français qu'Annie trouvait charmant.

— Ça veut dire qu'elle a eu le gros ventre sans s'embêter avec la semence d'un homme.

L'interprétation de Brendan fit rougir Annie, qui leva les yeux de son ouvrage.

— Mon Dieu, non ! s'exclama le père Delavay. C'est parce qu'elle est née vierge de tout péché, benêt d'Écossais !

Pour la première fois depuis plus d'une semaine, Annie se surprit à sourire.

Iain était parti depuis huit longs jours et chacun s'était révélé plus difficile à supporter que le précédent. Pendant la journée, Annie errait comme une âme en peine dans le camp des rangers : son esprit était auprès de Iain. Et elle passait des nuits blanches à prier.

Seigneur, veillez sur eux. Gardez-les tous en vie.

Ramenez-le-moi sain et sauf...

Comme c'était étrange d'être assise là sous un ciel bleu limpide, à écouter les doux chants des oiseaux alors qu'à quelques jours de marche vers le nord, des soldats s'entretuaient. La nature semblait ne porter aucune attention aux hommes qui combattaient et aux femmes qui avaient le cœur brisé.

Était-ce ainsi que sa mère avait réagi quand son mari et ses fils étaient partis se battre à Prestonpans ? Annie se rappelait nettement ce matin-là. Les larmes de sa mère. Son père qui l'étreignait. Ses frères excités. La brume. Le parfum de l'automne. Le sol froid sous ses pieds nus.

À ses yeux d'enfant de six ans, ils s'en allaient à la guerre braves et invincibles. Elle s'était davantage inquiétée de son estomac qui grondait parce qu'elle avait faim, que de ce départ des hommes de la famille.

Quatre jours plus tard, l'oncle Bain, en sang, était venu annoncer la nouvelle :

— Ils sont morts, Mara. Tous.

Sa mère s'était écroulée par terre en poussant un cri à fendre l'âme, puis s'était mise à sangloter, des sanglots qui avaient terrifié Annie. Elle n'avait pas compris.

Perdue dans ses souvenirs, elle ne se rendit compte qu'elle pleurait que lorsqu'une larme tomba sur sa main. Elle s'essuya prestement le visage.

À peu de distance, des hommes riaient. Elle n'avait pas entendu ce qui les amusait.

Puis il y eut un long sifflet. Un son qu'elle avait appris à reconnaître. Une alerte. Les rires cessèrent. Les hommes se mirent debout.

— Vous feriez bien d'aller vous mettre à l'abri, père, dit Killy, son pistolet à la main. Et toi aussi, maîtresse.

Le père Delavay s'éloigna en toute hâte. Brendan contourna la cabane et regarda vers le fleuve.

— Wentworth est en train de traverser ! Il a six soldats anglais et deux autres personnes avec lui. Un homme grand et gros que je n'ai jamais vu et… une jeune fille !

— Une jeune fille ?

Tous les rangers se tournèrent dans la direction indiquée.

— Oh, là, c'est une jolie petite chose !

Annie s'approcha aussi, ravie à la perspective d'avoir la compagnie d'une femme.

Et alors, elle vit.

Le cœur faillit lui manquer. Elle recula, terrifiée, heurta Killy. La bouche affreusement sèche, le pouls battant comme un glas dans ses tympans. Elle les reconnaissait. Les longues foulées de l'homme imposant, la blondeur et la silhouette souple de la fille.

L'oncle Bain. Et Betsy.

— Nooon…

— Qui sont-ils, maîtresse ? s'inquiéta Killy.

— Lui, c'est… Bain Campbell, marquis de Bute… mon oncle. Et elle… ma camériste.

— Nous ne leur permettrons pas de te faire du mal, assura Brendan en se plaçant devant Annie, un pistolet dans une main, un couteau dans l'autre. Mettez-vous en position, les gars. Annie, dans la cabane !

Tous les rangers étaient prêts pour l'affrontement. Mais Annie savait qu'ils ne pourraient la protéger. Pas cette fois. L'oncle Bain n'hésiterait pas à les abattre.

Elle n'avait pas le choix. Elle devait affronter son oncle.

Les mains tremblantes, elle pressa la petite chemise de nuit contre son giron. Elle sentait la chaleur de son alliance sur son annulaire. Elle n'était plus la créature vulnérable et innocente que son oncle avait marquée au fer et exilée. Elle savait désormais ce qu'était l'amour d'un homme bon.

Elle ne laisserait pas cet homme lui faire à nouveau du mal. Et elle ne lui laisserait pas non plus la possibilité d'en faire aux rangers ou à Betsy.

— Killy, Brendan, je vous en supplie, ne l'attaquez pas ! Si vous le faites, vous serez tués et je ne puis supporter l'idée que d'autres rangers périssent à cause de moi ! Il faut que je lui parle.

— Je n'aime pas ça, dit Brendan en secouant la tête. Mack nous a demandé de veiller sur toi, et c'est ce que nous faisons.

— Elle a raison, Brendan, intervint Killy. Si tu abats ce fumier, soit tu seras pendu, soit tu seras obligé de te cacher jusqu'à la fin de tes jours. As-tu un plan, maîtresse ?

— Oui. Lui parler.

— Pourquoi est-il ici ?

— Pour me ramener en Écosse. Ou…

Ou la tuer afin qu'elle ne puisse révéler la vérité à propos de sa mère.

— Mais tu ne peux pas envisager de partir avec lui !

— Non, bien sûr que non.

L'oncle Bain ne pouvait la tuer froidement sous les yeux de Wentworth, ni l'emmener contre son gré. Elle était une femme mariée qui portait un enfant.

Mais il s'agissait d'un mariage catholique, non reconnu par la loi anglaise. L'oncle Bain balaierait cette union d'un geste de la main. Toutefois, il y avait quelque chose qu'il ne pouvait balayer. Sa condamnation. Lady Anne appartenait à Iain MacKinnon. Pour la récupérer, l'oncle Bain serait obligé de payer Iain, lequel refuserait de vendre sa femme.

À condition que Iain soit encore vivant.

Autre terrible éventualité : lord Bute risquait de provoquer Iain en duel. Or il était connu pour ses talents de bretteur...

— Fais comme tu l'entends, maîtresse. Mais prends ceci.

Brendan lui glissa un petit couteau dans la main.

L'oncle Bain et son escorte approchaient. Annie cacha le couteau dans ses jupes.

— Je dois aller vers lui, Brendan.

— Dieu soit avec toi, petite.

Annie releva le menton et s'obligea à avancer sur des jambes fermes jusqu'à l'homme qui avait essayé de saccager son existence. À chaque pas, sa peur s'amenuisait et sa colère montait. Le temps qu'elle arrive devant son oncle, ce n'était plus de peur qu'elle tremblait.

— Annie ! s'exclama lord Bute tout en la détaillant d'un œil écœuré, à la vue de ses vêtements et de la chemise de bébé qu'elle serrait dans ses mains. Oh, mon enfant, tu ne portes tout de même pas le rejeton de ce…

— Pourquoi êtes-vous venu ? coupa-t-elle. Ne m'avez-vous pas déjà fait assez de mal ?

Il tendit les bras pour l'attirer contre lui, des bras d'acier qui se refermèrent comme un étau. D'une voix menaçante, il lui souffla à l'oreille :

— Fais-moi honte, Annie, et ta petite bonne paiera pour toi.

Annie entendit le claquement d'une douzaine de fusils que l'on armait.

— Faites-moi du mal, ou faites-en à Betsy, et ces hommes vous tueront.

— Pff… Cela leur serait bien égal.

— Détrompez-vous. Ce sont les hommes de mon mari et ils ont juré de lui obéir jusqu'à la mort. Ils n'ont cure de l'Angleterre ou des titres de noblesse. Ils savent ce que vous avez fait et s'ils n'ont pas déjà tiré sur vous, c'est parce que je le leur ai demandé.

Lentement, il la lâcha et recula, le regard fixé sur les rangers.

— J'ordonnerai qu'ils soient fouettés.

— Vous ne commandez rien ni personne sur cette île. Mon mari, si. S'il revient de Ticonderoga et vous trouve ici, vous ne reverrez pas l'Écosse.

Lord Bute ramena son regard sur elle et éclata de rire.

— Le temps que MacKinnon revienne, tu seras loin.

Iain entendait les tambours battre la retraite. Il vit un soldat français, derrière les fortifications, mettre en joue. Il visa et tira. Le soldat disparut et son cri se perdit parmi les plaintes des mourants. Il rechargea et visa de nouveau tandis que les Anglais se mettaient à couvert dans la forêt. Mais l'attaque était finie.

Il ferma les yeux et s'adossa au tronc d'un arbre, la gorge douloureuse à cause du goût amer de la poudre qui flottait dans l'air, les narines pleines de l'odeur du sang. Son épaule gauche l'élançait, là où une balle s'était logée. Du sang coulait de sa joue entaillée par les esquilles d'un arbre qu'un boulet de canon français avait fait exploser. Un fragment de plomb avait creusé une estafilade sur sa cuisse. Mais ces blessures étaient moins graves qu'elles ne l'auraient été si Morgan ne l'avait pas poussé à la seconde où s'abattait une grosse branche de l'arbre déchiqueté par le boulet. Il aurait été écrasé sous le poids.

Autour de lui, blessés et mourants criaient, gémissaient. Les soldats anglais gisaient par centaines devant le rempart de pieux. L'herbe était écarlate. À six reprises, Abercrombie avait lancé l'attaque, et à six reprises les officiers avaient scrupuleusement obéi, conduisant leurs troupes à la boucherie au nom de la loyauté, respectant l'arrogante inconscience, l'incurie de leur commandant en chef. Et tout cela pour quoi ? Le rempart de pieux était intact.

Jamais Iain n'avait rien vu de semblable. Des morts inutiles. Ses hommes et lui avaient fait de leur mieux pour neutraliser les soldats français. Ils en avaient tué un maximum, mais ils n'étaient pas assez nombreux pour couvrir toute la longueur du rempart, et sans artillerie, impossible de forcer les protections dont s'étaient entourés les Français. Les rangers tiraient du couvert des arbres, mais ils avaient néanmoins payé le prix fort : lorsque les Français s'étaient rendu compte d'où venaient les tirs mortels, ils avaient tourné leurs canons en direction de la forêt et déclenché l'enfer. Iain estimait ses pertes à une trentaine d'hommes et autant de blessés.

— Maudit soit Abercrombie ! s'écria Morgan. Je ne comprends pas comment on peut être aussi stupide et entêté !

Il était assis à côté de Iain, le visage noir de poudre.

— Il ne modifie pas ses plans d'attaque, continua-t-il après une pause. Au contraire, il envoie davantage d'hommes ! Montre-moi ton épaule, Iain.

— Ne t'occupe pas de moi. Va plutôt voir Cam. Il a pris une balle dans la poitrine.

— Il n'y a rien à voir, répliqua Morgan tristement en tendant sa gourde à Iain. Il est mort. Quant à Charlie Gordon, il a eu la tête arrachée par un boulet.

L'information laissa Iain pétrifié. Il se signa, fou de rage et de chagrin. Cam avait été un homme extraordinairement brave, à ses côtés depuis le début. Il avait à peine dix-huit ans.

Iain se sentait nauséeux. Il en avait assez. Du spectacle de la mort. De tuer. De la guerre.

— Où est Connor ? demanda-t-il à son frère.

— Il est allé se réapprovisionner en poudre, balles et pierres à feu.

Iain but une longue gorgée d'eau puis tendit sa gourde à Dougie, assis en silence derrière un arbre. Cam avait été son meilleur ami.

— Sortons nos blessés d'ici, dit Iain en se levant.

Se sachant toujours observés par les Français, ils se déplacèrent courbés en deux pour aller soigner ceux dont les blessures, à l'instar de celles de Iain, étaient légères, puis transportèrent ceux qui étaient plus sévèrement touchés jusqu'aux tentes où œuvraient les chirurgiens. À peine vingt minutes s'étaient écoulées quand Iain entendit de nouveau les roulements de tambour. Mais cette fois, ils appelaient à la retraite.

Les rangers poussèrent des acclamations, les soldats anglais les imitèrent.

Mais Iain entendit autre chose.

Les appels des officiers français qui ordonnaient la formation de leurs hommes en colonnes. Montcalm s'apprêtait à leur rendre la politesse en contre-attaquant.

— Abercrombie nous a fait passer le mot de nous retirer, dit Connor.

Morgan cracha rageusement par terre.

— Il enflamme les braises puis nous laisse tirer les marrons du feu pendant que lui, il file !

— C'est la première décision intelligente qu'il ait prise de toute la journée, remarqua Iain.

Puis, à ses rangers :

— Debout, bande de fillettes ! Montcalm envoie ses hommes nous dire adieu !

Il songea aux kilomètres de forêt qui les séparaient de leurs canoës. Puis aux soldats anglais qui marcheraient en claudiquant sur un territoire inconnu. Il vit la fatigue sur les figures noires de ses hommes, dont aucun n'était indemne.

Alors il chargea son fusil.

31

Ce fut pour protéger Betsy qu'Annie se rendit dans le fort avec l'oncle Bain et Wentworth. Elle avait prévu de ne pas quitter sa cabane, mais s'était ravisée. Elle ne voulait pas laisser la jeune fille seule avec son oncle. Elle avait vu son regard hanté quand elle l'avait serrée contre elle pour l'embrasser. Aussitôt, elle avait compris que la petite camériste vivait un enfer depuis des mois, un cauchemar pire que celui qu'elle-même avait enduré.

L'oncle Bain avait tenté de les séparer, d'envoyer Betsy dans ses quartiers, mais Annie l'avait arrêté.

— Ce serait inconvenant. Voudriez-vous choquer votre hôte ? Betsy va s'occuper de moi comme elle en avait l'habitude.

Wentworth avait installé les deux femmes dans une chambre à côté de ses appartements. Annie détestait l'idée de se trouver si près de son oncle, mais au moins la porte avait un verrou, qu'elle avait tiré aussitôt après que le coffre de sa camériste eut été apporté. Puis elle avait ouvert en grand la fenêtre, de façon que les hommes de Iain la voient et veillent sur elle.

Elle n'était pas prisonnière.

Ensuite, elle s'était tournée vers Betsy et l'avait prise dans ses bras. Toutes deux avaient alors éclaté en sanglots.

— Je désespérais de vous revoir, madame. Il a dit que vous aviez été prise dans une embuscade et tuée. Mais, au fond de mon cœur, je savais que c'était faux. Tout est ma faute ! Après que vous vous êtes enfuie, je lui ai dit où vous étiez allée. Je suis tellement désolée…

— C'est moi qui dois être désolée, Betsy. Je n'aurais jamais dû te laisser avec lui. Il t'a battue et…

— S'il vous plaît, ne parlez pas de cela, madame. C'est du passé. Mais racontez-moi comment vous avez pu vous retrouver ici, dans ce pays sauvage.

Annie fit asseoir la jeune fille et lui narra toute l'histoire.

— Est-il un brave homme, votre Iain MacKinnon, madame ? questionna Betsy en souriant lorsque Annie eut terminé.

— Oh, oui ! Et courageux. Il ne laissera pas lord Bute nous faire du mal.

Si toutefois il revenait.

Betsy se leva et alla ouvrir son coffre, dont elle sortit une brosse à manche d'argent, une délicate poupée de porcelaine en robe de soie rose et quelque chose de petit enveloppé dans un papier.

La brosse de la grand-mère d'Annie, la poupée que lui avait donnée son père pour Noël, il y avait bien longtemps, et du savon à la rose.

— Oh, Betsy, tu es trop gentille, dit Annie, les larmes aux yeux, en humant le savon.

— J'ai pensé que si vous étiez vivante, vous auriez un peu le mal du pays.

Annie la dévisagea avec gravité.

— Si je t'ai rendue malheureuse en étant ta maîtresse, pardonne-moi, je t'en prie.

Betsy pressa un doigt sur ses lèvres.

— Vous n'avez pas à vous faire de reproches, madame.

Annie sentit ses épaules s'alléger d'un poids qu'elle n'avait jusque-là pas eu conscience de porter.

Assis dans la pénombre de son bureau, Wentworth buvait un cognac, indifférent à son échiquier. Les ronflements sonores de Campbell passaient au travers du plafond au-dessus de lui. Il avait insisté pour que lady Anne et sa bonne soient logées dans les appartements mitoyens de sa propre chambre.

Wentworth savait que Campbell essayait de l'éloigner de sa nièce. Pas une seconde il ne l'avait laissée seule avec lui. Wentworth en avait conclu que le lord faisait en sorte qu'Annie n'ait pas l'opportunité de dévoiler son secret, ce qui aiguisait sa curiosité. Lorsqu'ils étaient tous ensemble, Annie s'emmurait dans le silence et lord Bute parlait à bâtons rompus de tout et de rien. Interroger discrètement la bonne s'était révélé impossible : la pauvre fille semblait tellement effrayée par la moindre question que Wentworth, touché par sa détresse, avait vite renoncé à la faire parler, non sans toutefois remarquer les hématomes sur son cou.

Il n'était certain que d'une chose : Annie avait peur de son oncle et le haïssait. Et elle ne voulait à aucun prix rentrer en Écosse avec lui.

Wentworth n'avait pas la moindre envie de la renvoyer en Écosse, même si les espoirs qu'il avait conçus à propos de la jeune femme étaient désormais anéantis : si elle restait, ce ne serait pas pour partager sa couche mais celle du major MacKinnon. Il n'avait donc rien à gagner en s'opposant au départ d'Annie, mais tout à perdre puisqu'il subirait le courroux de Campbell. Celui-ci siégeait à la Chambre des lords. Son influence politique et le fait qu'il soit écossais faisaient de lui un précieux allié pour Sa Majesté. Susciter sa colère mettrait Wentworth en situation délicate vis-à-vis de son grand-père, ruinerait peut-être ses ambitions de véritable titre et de terres à son nom.

Si seulement il avait eu un motif précis et légal d'intercéder…

Campbell lui avait demandé d'intervenir, mais dans un tout autre sens.

— Ne serait-il pas possible que vous ordonniez à MacKinnon de monter au front, pendant cette bataille, afin qu'il soit tué ?

Jamais on n'avait demandé à Wentworth de commettre indirectement un meurtre, aussi avait-il été sidéré.

— Le major MacKinnon est la plupart du temps en première ligne depuis trois ans, et il a réchappé aux pires combats. Cependant, si vous estimiez que cela pourrait aider, je serais ravi d'offrir mes conseils à lady Anne.

Campbell avait ri nerveusement.

— Ce ne sera pas nécessaire. Elle n'aura pas son mot à dire. Je me chargerai de décider pour elle. Nous partirons demain matin.

Wentworth ne partageait pas cette certitude. Il vida son verre, puis étendit les jambes. Il perçut alors le léger déclic de la poignée et sut que son homme de confiance était de retour.

— Monsieur.

— Est-ce ce que je soupçonnais ?

— Oui, monsieur. Deux rangers sont partis peu après que la lady a été amenée chez vous. Ils ont pris la direction du nord.

— Pour rejoindre le major MacKinnon.

— Je le crois, monsieur.

— Excellent, approuva Wentworth en se levant.

Il marcha jusqu'au coffre dans lequel il gardait son argent et en sortit une petite bourse pleine de souverains.

— J'ai une autre mission pour vous. Deux, en fait. En premier lieu, je veux que vous trouviez celui qui est en charge du commandement à Stockbridge et que vous me le rameniez.

— Oui, monsieur.

— En second, j'ai besoin que vous espionniez une maison et me rapportiez tout ce que vous aurez entendu sans vous faire remarquer.

— Je suis votre humble serviteur, monsieur. Quelle maison ?

— La mienne, dit Wentworth en lui lançant la bourse.

À son réveil, Annie apprit une merveilleuse nouvelle : des guerriers abénaquis cernaient le fort, visages couverts de peintures de guerre, poussant des cris féroces. Ils n'avaient tiré qu'une poignée de flèches inoffensives sur les remparts, mais cela avait été suffisant pour que Wentworth insiste auprès de l'oncle Bain : partir pour Albany était dangereux. Il devrait patienter un jour ou deux.

— Comprenez donc, lord Bute, qu'ils scalperont tout citoyen anglais qui croisera leur chemin, lui avait expliqué Wentworth au petit déjeuner. Traverser la forêt en ce moment équivaudrait à un suicide.

L'oncle Bain avait été très mécontent.

— Pourquoi n'envoyez-vous pas un détachement les exterminer ? Vous avez une bien étrange façon de mener une campagne.

— Ils espèrent nous attirer à l'extérieur, pour nous tendre un guet-apens. Nous n'apercevons qu'une douzaine d'entre eux entre les arbres mais en fait, ils sont des centaines à attendre, cachés. La majorité de mes troupes est à Ticonderoga. Je ne puis donc prendre le risque d'engager une bataille ici. Si nous ne répondons pas à leurs provocations, ainsi que cela a été le cas il y a six semaines, ils se lasseront et rentreront dans leurs villages. N'est-ce pas vrai, lady Anne ?

Elle avait regardé Wentworth et s'était étonnée de la curieuse intensité qui habitait ses yeux.

— Oui, c'est vrai.

Six semaines plus tôt, des rangers déguisés en Abénaquis avaient détourné d'elle l'attention de Wentworth. Et il avait apparemment compris la supercherie, elle le lisait dans ses prunelles. Essayait-il de lui dire que la même ruse était employée maintenant ? Se pouvait-il qu'il tentât de l'aider ?

Une étincelle d'espoir se fit jour dans son cœur.

Après le petit déjeuner, elle se retira dans le salon avec son ouvrage. Peut-être aurait-elle une chance de parler seul à seule avec Wentworth. L'oncle Bain serait bien obligé d'aller aux commodités à un moment quelconque.

Mais il semblait avoir deviné son plan : il ne bougea pas du salon et parla sans arrêt à Wentworth, une logorrhée qui la rendit presque folle. Jusqu'à ce qu'un soldat se présente et demande à s'entretenir avec Wentworth. Annie resta donc en tête à tête avec son oncle, et non le colonel comme escompté. Rien de bon ne pouvait sortir de cela. Elle se leva, se dirigea vers la porte, mais Bain lui barra le chemin.

— Il est grand temps que nous discutions, Annie, dit-il en lui agrippant les épaules de ses énormes mains.

Elle le repoussa.

— Je n'ai rien à vous dire. Vous êtes un assassin qui abuse des femmes !

— Ta mère est venue dans mon lit de son plein gré.

— Vous mentez !

Il s'était tourné vers la fenêtre. Annie comprit qu'il surveillait le retour de Wentworth.

— C'est la vérité, Annie. Je lui rappelais ton père, exactement comme je te le rappelais, à toi. Elle était une femme au zénith de sa beauté, et très solitaire.

— Elle m'avait prévenue ! Elle m'avait adjurée de me méfier de vous !

Il ne parut pas avoir entendu. Comme en rêve, il poursuivit :

— Au début, elle appréciait nos petits jeux… oui, elle prenait plaisir à un peu de douleur…

— Assez ! Je ne veux plus vous entendre évoquer ma mère !

— Mais ensuite, j'ai aspiré à davantage…

— Vous l'avez tuée comme vous avez tué les autres ! Je l'ai entendue pleurer, et je vous ai vu ! Vous aviez les mains autour de sa gorge !

Il pivota sur ses talons et lui fit face.

— Tes yeux t'ont trompée. Écoute-moi bien, Annie : ta mère a joui avant de mourir.

— Nooon… gémit Annie.

Des larmes roulaient sur ses joues. Elle serrait fébrilement la petite chemise contre sa poitrine.

— Vous êtes l'être le plus vil qui soit…

— Peut-être, accorda-t-il en regardant de nouveau par la fenêtre. Mais les besoins et les désirs des grands hommes sont différents de ceux du vulgaire. J'ai besoin de sentir la vie de mes amantes entre mes mains, d'exercer mon pouvoir sur elles. Tu ne comprends pas.

Elle recula, glacée. Écouter ce monstre était comme épier l'enfer par ses portes entrebâillées.

— Vous imaginez que vous êtes un grand homme ? Vous qui prenez votre plaisir dans la douleur d'autrui ? Vous m'avez marquée au fer rouge, et vous vous êtes délecté de cela ! Ce n'est pas là le comportement d'un grand homme, mais d'un démon ou d'un malade mental !

Une nouvelle fois, il ne parut pas l'entendre.

— La plupart du temps, elles reviennent à elles, recommencent à respirer. Mais d'autres fois…

— Vous êtes un dépravé !

— Je pensais qu'en t'envoyant au-delà de l'océan, je te réduirais au silence, je t'oublierais. Et puis j'ai reçu cette lettre de Wentworth.

Il eut un rire bref, puis :

— Quelle coïncidence que tes pas t'aient menée à lui. J'ai alors su que tu devais être à moi. Tu vas rentrer en Écosse à mes côtés, Annie. Et la discussion est close.

— Pourquoi ne pouvez-vous me laisser en paix ? Je n'ai absolument rien dit à Wentworth ! J'aime Iain et je refuse d'être séparée de lui !

— Tu vas renoncer à ce traître de MacKinnon et regagner l'Écosse. Sinon, tu finiras six pieds sous terre avec le bâtard que tu portes.

Instinctivement, elle plaqua une main sur son ventre.

— Iain vous tuera pour cela ! cria-t-elle avant de s'enfuir en courant.

Iain se signa, ferma les yeux de Lemuel et remonta la couverture sur le visage couleur de cendre du jeune homme. Vingt-six rangers, dix-huit guerriers de Stockbridge, et plus de mille trois cents soldats anglais étaient morts pour rien. Fort Ticonderoga se dressait toujours intact. Iain estimait les pertes françaises à moins de cinq cents hommes.

S'ils avaient été défaits lors d'une embuscade bien planifiée ou anéantis sous le nombre d'ennemis, c'eût été supportable. Mais là... Abercrombie savait que le rempart de pieux était en place. Il avait été prévenu de la nécessité de faire intervenir l'artillerie, et pourtant il avait envoyé ses hommes vague après vague se briser contre ce rempart. Ils s'étaient empalés, avaient été déchiquetés par les troncs taillés en pointe, pendant que les Français les tiraient comme des lapins.

Ce fils de chien d'Abercrombie méritait la mort.

Au moins, la retraite ne s'était pas révélée aussi catastrophique qu'il le craignait. Montcalm était trop fin stratège pour envoyer ses hommes loin de la protection du fort. La stupidité d'Abercrombie avait offert aux Français une glorieuse journée et Montcalm n'avait pas souhaité tenter le destin.

Iain sortit de la tente-hôpital et se dirigea vers l'endroit où ses rangers avaient établi le campement pour la nuit. Son épaule lui faisait un mal de chien, là où le chirurgien l'avait incisée pour retirer la balle de mousquet. Son corps réclamait du repos, son esprit le bienheureux oubli des rêves. Mais avant de songer à son confort, il devait se préoccuper de celui de ses hommes.

Il marcha parmi eux, passant leurs blessures en revue, les félicitant pour leur bravoure, galvanisant leur confiance autant que faire se pouvait.

— Mack... souffla Dougie dont les yeux recelaient tout le chagrin du monde à cause de Cam.

Iain lui posa la main sur l'épaule, puis l'étreignit affectueusement pour lui faire comprendre qu'il partageait sa peine.

— Il s'est bien battu. Mais, mon Dieu, comme il va me manquer...

Dougie hocha la tête. Des larmes mouillaient ses joues couvertes d'une barbe naissante.

— C'était un homme courageux, et un formidable ami.

Iain avança jusqu'à MacHugh.

— Comment va ton œil ?

— J'y vois encore.

— Bien. Dans ce cas, tu prendras le premier tour de garde.

Après s'être assuré que tous ses rangers étaient bien installés, il rejoignit ses frères et établit sa couche de fortune, des aiguilles de pin et une couverture de laine, à côté des leurs. Il s'assit, accepta la flasque que Morgan lui plaça sous le nez, et avala une longue gorgée de rhum. Puis il passa la flasque à Connor, qui arborait un impressionnant œil au beurre noir et une rangée de sutures sur la joue.

— Tu es ravissant.

— Toi aussi, répliqua Connor en souriant, avant de boire.

— Il est clair que, de nos trois figures, c'est la tienne que Dieu a favorisée, Iain, commenta Morgan en reprenant le rhum. Pas une égratignure !

— Je crois que le Seigneur a confondu sa figure avec son cul, plaisanta Connor en riant, et a voulu qu'il puisse s'asseoir.

Iain s'allongea sur la couche, riva les yeux sur les étoiles et remercia Dieu d'avoir gardé ses frères en vie. Tant d'autres avaient péri.

Il sortit la petite sacoche de cuir de sous sa chemise et l'embrassa. Bientôt, il rentrerait. Il retrouverait Annie.

Il ferma les yeux.

Joseph le réveilla au milieu de la nuit.

— Tu as des visiteurs.

Killy et Brendan ! En les voyant, Iain se crispa. Leur venue n'annonçait rien de bon.

— Annie ?

Killy hocha la tête.

— Son oncle est venu la chercher. Il est arrivé hier.

Killy n'avait pas fini de parler que Iain commençait à faire son paquetage. La fureur grondait en lui, anesthésiant la souffrance physique et l'épuisement.

— A-t-il dit ce qui l'amenait ?

Killy et Brendan secouèrent la tête. Connor et Morgan se réveillaient à leur tour.

— Annie a peur qu'il veuille la faire rentrer en Écosse, expliqua Brendan. Elle a refusé qu'on se batte avec lui, Mack. Elle a dit que nous ne devions pas lui tirer dessus, même quand il l'a obligée à quitter l'île. D'après elle, il nous aurait fait payer notre forfaiture au centuple et elle ne veut pas que d'autres rangers meurent pour la sauver.

Ainsi, Bain Campbell détenait Annie. Wentworth avait dû lui écrire. Le fumier !

— On a organisé une surveillance des quartiers de Wentworth. C'est là que Campbell et Annie sont hébergés. Puis on est venus te prévenir.

— Vous avez bien fait. Restez là et reposez-vous, dit Iain en ajustant sa ceinture chargée d'armes. Morgan, tu vas… Mais que diable êtes-vous en train de faire, tous les deux ?

— On vient avec toi, répondit Morgan en attrapant son paquetage.

— Qu'est-ce que tu crois ? Que nous allons te laisser affronter ce fils de pute tout seul ? lança Connor.

— Abercrombie va qualifier cela de désertion ! Si nous sommes pris, nous serons fusillés. Je ne peux pas vous faire prendre ce risque.

Morgan fit un pas en avant et défia Iain du regard.

— Écoute-moi. Ce fameux matin de mars, dans la neige, si j'avais été le commandant de l'escouade, j'aurais fait mon devoir. C'est-à-dire, à ma grande honte, que j'aurais laissé la petite se faire violer et tuer. Mais toi, tu as pris le risque, et tu en as payé le prix. Maintenant, tu as une jolie et gentille femme, et un bébé en route. Je ne te laisserai pas perdre tout cela. Ni ne supporterai qu'un homme, quel qu'il soit, fasse de nouveau du mal à Annie.

— J'ai juré de veiller sur elle à ta place si besoin était, renchérit Connor. Comment sais-tu que tu sortiras de la forêt vivant ? Si quelque chose t'arrive, il faudra bien que quelqu'un aille s'occuper d'Annie.

Joseph intervint.

— Bande de femmelettes, si vous avez fini de jacasser, sachez qu'avec mes hommes, nous avons préparé des canoës !

— Merci, les gars, lança Iain à Killy et Brendan. Killy, dis à MacHugh qu'il prend le commandement dès maintenant. Si Nanny Crombie nous demande, dis-lui que nous sommes allés cueillir des mûres.

Les trois frères MacKinnon suivirent Joseph jusqu'à la rive du lac George.

Annie leva les yeux de son ouvrage et vit la tête de l'oncle Bain pencher. Il avait les yeux fermés. Wentworth était assis à son bureau. Il lisait des notes qu'il prenait une à une sur une pile imposante. Si seulement l'oncle Bain se mettait à ronfler… la jeune femme pourrait alors parler en toute sécurité.

Bouleversée par ce qu'il lui avait dit, elle avait passé la plus grande partie de l'après-midi enfermée dans la chambre avec Betsy, pour n'en sortir qu'au retour de Wentworth, espérant le voir en privé. Mais depuis, l'oncle Bain ne l'avait pas lâchée une seconde.

Elle était à deux doigts de renoncer et d'aller au lit quand un émissaire se présenta à la porte, porteur de nouvelles de Ticonderoga. D'un seul regard, Annie devina qu'elles étaient mauvaises.

Wentworth saisit les dépêches et les lut, impassible.

— Merci, lieutenant, dit-il enfin. À votre avis, quand puis-je espérer le retour de l'armée ?

— Le général pense rejoindre William Henry demain. Avec tant de blessés, le voyage risque de prendre une journée complète, mon colonel.

— Très bien. Rompez.

L'homme salua et s'en alla.

Incapable de parler, Annie attendait.

Wentworth se leva et, poings serrés derrière le dos, marcha jusqu'à la fenêtre. Lorsqu'il parla, ce fut d'une voix dénuée d'émotion.

— Les troupes de Sa Majesté ont subi une cuisante défaite. Les pertes sont très élevées. Presque tous les officiers qui en ont réchappé sont blessés. Le général a lancé l'attaque sans appui de l'artillerie. Nos hommes n'ont pas pu forcer les fortifications de Montcalm.

Annie ferma un instant les paupières.

— Que… Qu'en est-il des rangers, monsieur ?

Wentworth attrapa l'une des dépêches, la parcourut puis la posa sur la pile.

— Le rapport dit que les rangers ont aussi subi de lourdes pertes, mais il semblerait que le major MacKinnon soit vivant. Je n'ai pas d'autre renseignement.

Annie relâcha son souffle, qu'elle avait retenu sans s'en rendre compte. Iain avait survécu à la bataille…

— Je suis navrée pour vos soldats, monsieur. Bonne nuit, et merci.

Elle était à mi-chemin de l'escalier quand elle entendit son oncle ordonner :

— Préparez une escorte. Je partirai demain matin avec ma nièce.

32

Annie serrait Betsy contre elle. La jeune fille tremblait comme une feuille.

— Il va nous tuer !

— Non, il ne fera de mal à personne. Plus jamais, assura Annie, qui aurait bien aimé que son affirmation fût exacte.

Elle sentait la lame du couteau contre sa hanche. Si besoin était, elle s'en servirait.

Dans le couloir, l'oncle Bain lui cria encore une fois d'ouvrir la porte.

— Si tu ne m'obéis pas, mon enfant, tu goûteras de ma ceinture !

— Vous parlerez avec mon mari quand il arrivera ! Dans l'intervalle, je ne bougerai pas de cette chambre !

Soudain le battant craqua, le bois se fissura, céda, et l'oncle Bain déboula dans la pièce. Annie hurla lorsqu'il lui empoigna les cheveux.

— Descends ! La voiture attend.

Wentworth surgit à cet instant.

— Contrôlez-vous, Campbell. Vous ferez ce que bon vous semblera plus tard, mais dans l'immédiat, ne frappez pas cette femme sous mon toit. Puis-je vous accompagner, madame ?

Il s'était tourné vers Annie, qui luttait contre les larmes de colère et de désespoir. Elle prit le bras que lui offrait le colonel.

— Viens, Betsy. Iain nous trouvera en chemin.

S'accrochant à cet espoir, elle laissa Wentworth la conduire au rez-de-chaussée puis dans la cour, devant la voiture.

— Les gens de Stockbridge vous escorteront jusqu'à Albany, dit Wentworth, comme s'il l'envoyait à une réception avec un chaperon.

— Mon mari n'appréciera pas que vous m'ayez obligée à quitter votre maison contre mon gré. Je lui appartiens, ainsi que l'enfant que je porte.

— Lady Anne, votre mariage n'a aucune existence légale. Selon la loi anglaise, vous n'avez pas de mari et votre enfant, pas de père.

— La loi anglaise est inique !

— Peut-être. En ce qui concerne votre condamnation, votre oncle a déboursé une jolie somme pour vous racheter au major MacKinnon.

Annie s'assit dans la voiture et mit de l'ordre dans ses jupes.

— Comment quelqu'un peut-il acheter quelque chose qui n'est pas à vendre ? C'est du vol !

— Je pense que la cour honorerait cette vente s'il prenait l'envie au major de la contester, dans la mesure où elle vous place sous la protection de votre noble oncle.

— Il n'y a rien de noble en lui, rétorqua-t-elle à voix basse afin que lord Bute ne l'entende pas.

Wentworth lui prit la main pour la baiser.

— Au revoir, madame. Je regrette que nous ne nous soyons pas retrouvés en d'autres circonstances. Vous êtes une femme exceptionnelle.

Puis, prestement, il fit glisser l'alliance du doigt d'Annie. Elle cria, essaya de la récupérer, ressentant cette perte comme un coup de couteau au cœur.

— Non, vous ne pouvez pas…

— Ce morceau d'or appartient à MacKinnon, dit l'oncle Bain en ricanant. Le colonel veillera à ce qu'il lui soit restitué.

À côté de lui dans la voiture, Betsy tremblait.

— Espèce de monstre ! Comment osez-vous me voler un objet aussi précieux ? cracha Annie à la figure de Wentworth.

Un sanglot brisa sa voix quand elle se rendit compte que la voiture s'ébranlait, qu'ils quittaient Fort Elizabeth. L'oncle Bain la regarda et, dans ses yeux aussi bleus que ceux de son père, elle lut l'annonce de sa mort, et celle de Betsy.

— Là où tu vas, tu n'auras nul besoin de bague en or.

Annie frissonna et toucha le couteau sur sa hanche pour se rassurer. Iain allait venir la chercher. Il allait venir…

Iain et ses frères arrivèrent au fort avec Joseph juste avant midi. Ils foncèrent aux quartiers de Wentworth, écartèrent sans ménagement les gardes à la porte et déboulèrent dans le bureau, où le colonel s'entretenait avec l'une de ses ordonnances. Immédiatement, Wentworth congédia le jeune homme.

— Qu'est-ce qui vous a retenu si longtemps, major ?

Iain agrippa le colonel par le jabot et l'obligea à se mettre debout.

— Où est ma femme ?

— Elle est partie avec son oncle il y a deux heures, répondit Wentworth sans ciller.

— Cela n'aurait pas dû se produire !

— Bien. Maintenant que tout est clair, pourquoi n'allez-vous pas, tous les quatre, prendre un peu l'air ? Des chevaux vous attendent. Des hommes du capitaine Joseph escortent la voiture. Ils veillent sur lady Anne. Vous devriez être capable de la rattraper avant Albany.

Étonné, Iain le lâcha.

— Que dites-vous ?

— Qu'il est encore temps de sauver lady Anne.

Ils sortirent du bâtiment aussi vite qu'ils y étaient entrés, une précipitation qui raviva la douleur dans l'épaule de Iain. Il s'efforça d'ignorer les élancements térébrants.

Pendant qu'il s'habillait dans sa cabane, Joseph et ses frères avaient entonné des chants de guerre. Morgan et Connor affûtaient leurs épées et dagues.

Iain bloqua la peur aux franges de son esprit, pour ne plus être que pure détermination. Lorsqu'il sortit dans la cour, les soldats anglais dardèrent sur lui des yeux écarquillés d'effroi.

— Je constate que vous êtes prêt, dit Wentworth qui attendait. Moi aussi.

Quelques minutes plus tard, sa longue épée attachée sur son dos, Iain galopait sur la route d'Albany à côté de ses frères, de Joseph et de Wentworth. Après avoir parcouru une bonne distance, il posa la question qui lui brûlait les lèvres depuis leur départ du fort.

— Colonel, pourquoi nous aidez-vous ? Campbell n'est-il pas l'un des vôtres ? N'est-ce pas à lui que vous auriez dû vous rallier ?

— Bain Campbell est un vil meurtrier. Si j'avais su la vérité, jamais je ne l'aurais contacté.

— Et comment avez-vous appris cette vérité ?

— J'ai mes informateurs. Major, il ne faut pas oublier que vous êtes blessé et fatigué, alors que Campbell est en excellente forme. À l'épée, il est redoutable, et il a tenu un rôle important aux côtés de Sa Grâce le duc de Cumberland. Il a élaboré une tactique pour contrecarrer les charges des Highlanders à Culloden.

Iain connaissait l'histoire de la bataille. Chaque soldat anglais avait reçu l'ordre de négliger le soldat en face de lui pour attaquer celui, non protégé, qui se trouvait à la gauche de chaque homme tombé.

Ne fût-ce que pour cette seule raison, Campbell méritait la mort. Tant de Highlanders avaient été anéantis à cause de cette tactique. Mais en réalité, c'étaient les balles de mousquets qui avaient apporté la victoire au duc de Cumberland. Une épée, si grande soit-elle, n'égalait pas une balle tirée de loin.

— Ne me dites pas que vous craignez pour ma sécurité, Wentworth.

— Je prends personnellement de bien plus grands risques, major.

— Indéniablement. Les gars ! Gardez un œil sur le principicule ! Qu'il n'ait pas une écorchure ni ne perde un bouton de culotte !

— Je ne puis m'offrir le luxe de vous laisser tuer, rétorqua Wentworth, manifestement vexé.

— Je comprends. Cela m'ennuierait de mourir et de vous laisser seul avec toutes les questions que l'on vous poserait. N'ayez pas peur, Votre Élégance : demain, Bain Campbell ne verra pas le soleil se lever.

Annie ravala un gémissement. Le balancement de la voiture et la chaleur accentuaient ses nausées. Jamais elle ne parviendrait à faire le voyage jusqu'à Albany sans être malade. Elle pressa la main de Betsy, s'efforça de respirer lentement, de se calmer, et y parvint. Ses inquiétudes trouvèrent alors une autre source. Elle n'arriverait jamais en Écosse vivante. Mais l'oncle Bain ne la tuerait pas ici, pas tout de suite. Trop peu de distance les séparait de Wentworth, de Iain et du fort. Il attendrait d'être seule avec elle. Et loin.

Un espoir faisait battre son cœur : en quittant Fort Elizabeth, elle avait remarqué que l'escorte donnée par Wentworth était composée de guerriers de Joseph, et non de soldats anglais.

— Ils savent que je suis la femme de Iain, avait-elle soufflé à Betsy à l'occasion d'un arrêt demandé par l'oncle Bain pour se soulager au bord de la route. Ils sont comme sa famille. Vois-tu comment cet homme-là chevauche près des fenêtres, afin de ne pas nous perdre de vue ? Aucun d'eux ne laissera l'oncle Bain nous faire de mal. Sois prête à toute éventualité.

Annie savait que les Indiens de Stockbridge cherchaient des moyens de ralentir le voyage. Deux arbres abattus avaient, un moment plus tôt, fait perdre beaucoup de temps. Mais la voiture avait fini par repartir, bringuebalante, et Albany se rapprochait de plus en plus.

Son appréhension renouvelée déclencha une vague de nausée, et elle ne put s'empêcher de gémir.

— Tu n'as que ce que tu mérites, cracha l'oncle Bain. Avoir ouvert les cuisses pour un catholique, vulgaire soldat de surcroît ! Ton père serait accablé de honte !

Les yeux étrécis, il se pencha vers elle et ajouta :

— Raconte-moi, qu'a dit MacKinnon quand il a vu ta marque au fer rouge ?

— Il a juré de vous tuer, rétorqua Annie en souriant.

L'oncle Bain éclata de rire, mais la jeune femme vit la peur voiler un bref instant ses prunelles bleues. Un chant d'oiseau s'éleva soudain dans la forêt qu'ils traversaient. Annie perçut aussitôt que ce n'en était pas un. Qu'il était d'origine humaine.

La voiture ralentit, puis s'immobilisa.

— Au nom du Ciel, que se passe-t-il encore ? tonna lord Bute. Si seulement Wentworth nous avait donné une escorte de bons soldats anglais, au lieu de ces…

Les portes de la voiture furent ouvertes à la volée.

Annie sentit des bras puissants l'attraper par la taille, entendit Betsy crier et vit la pointe d'une baïonnette sur la gorge de l'oncle Bain.

Morgan la souleva, la sortit de la voiture et alla la poser à plusieurs mètres sur le talus, en sécurité.

— Je t'ai retrouvée, petite.

— Oh, Morgan ! s'écria Annie en se jetant dans ses bras, folle de joie de le revoir.

Puis elle chercha fébrilement Iain du regard. Betsy était descendue de la voiture, tétanisée, une main sur la bouche. Connor, un œil cerné de noir, la joue couturée, prenait les rênes des mains du cocher désormais inconscient. Fusils prêts à tirer, les Indiens de Stockbridge cernaient le véhicule, barrant le passage.

— Morgan, où est...

D'un mouvement de la tête, il montra la route.

Iain ! Il se tenait au beau milieu. À l'instar d'un Highlander d'antan, il portait le plaid des MacKinnon, son épaule droite était nue, il serrait sa grande épée dans sa main droite. Ses longs cheveux, à partir des tempes, étaient tressés en nattes traditionnelles des guerriers. Sur l'arrière de sa tête, ils coulaient le long de son dos. Mais sur la moitié supérieure de son visage, les peintures n'étaient pas bleu gaélique. Elles étaient du rouge vermillon tant chéri des Indiens. Et des dessins indiens ornaient ses bras, non des brassards écossais.

— Bain Campbell ! cria-t-il. Viens ici et sors ton épée !

L'écho de la forêt renvoya le défi de Iain à l'infini.

Ainsi, il entendait se battre en duel avec l'oncle Bain. Un duel à mort. Et il ne s'engagerait pas dans ce combat en tant que ranger, avec un fusil, mais en tant que Highlander, lame contre lame.

La peur s'enroula dans le ventre d'Annie tel un serpent glacé. Rares étaient ceux susceptibles d'égaler les talents de bretteur de l'oncle Bain !

Les Indiens qui entouraient la voiture s'écartèrent et Bain en descendit, l'air outragé. Il retira sa perruque, sa redingote, et les posa sur la banquette. Puis il se pencha et attrapa son épée qui était sous le siège. Cela fait, lentement, il contourna le véhicule et éclata de rire en voyant Iain.

— Tu t'arroges le droit de me juger, MacKinnon ? J'ai couvert les champs de bataille de cadavres d'hommes de ton espèce.

— Tu n'as jamais rencontré d'homme de mon espèce, répliqua Iain en souriant.

Il leva son épée, et Annie crut son cœur sur le point de s'arrêter. L'oncle Bain attaqua aussitôt, imprimant à son épée des coups à briser les os. Mais Iain bloquait la lame sans peine. Il fondit sur son adversaire et l'obligea à reculer quasiment dans les jambes des chevaux. Puis il abattit son épée sur le bras gauche de l'oncle Bain.

Un hurlement sortit de la bouche de Bain Campbell, en même temps que du sang jaillissait de la blessure.

Iain recula. Sa poitrine se soulevait et s'abaissait lourdement.

— Cela, c'est pour tous les petits gars des Highlands que tu as trahis à Culloden.

L'oncle Bain poussa un grondement de bête fauve. La fureur déformait ses traits. Il leva haut son épée et du sang dégoutta sur Iain. Avec acharnement, il tenta de le désarmer, mais Iain parait, contrait, et le claquement de l'acier contre l'acier résonnait dans toute la forêt.

— Tes forces déclinent, MacKinnon ! Ton bras gauche s'amollit, n'est-ce pas ?

Annie vit alors ce qui jusque-là lui avait échappé : Iain semblait avoir de la peine à tenir son épée à deux mains. Sous le plaid, il y avait un bandage. Il était blessé !

— Voilà qui nous met à égalité, vieil homme ! Mais sois sans crainte, j'ai assez de force pour venir à bout de toi.

Et en un éclair, il balaya l'épée de Campbell et lui enfonça la pointe de la sienne dans la cuisse gauche.

— Cela, c'est pour lady Mara Burness Campbell !

Sa mère était vengée, songea Annie, les larmes aux yeux.

L'oncle Bain chancela en arrière et tomba sur un genou. Du sang trempait le devant de sa culotte. Il porta la main à sa taille et en ramena un petit pistolet.

Le cœur d'Annie manqua plusieurs battements.

En même temps qu'elle hurlait le prénom de Iain, le coup partit.

Iain s'effondra, une expression étonnée sur le visage. En quelques secondes, du sang s'étala sur le côté droit du plaid. Du bout des doigts, il toucha la tache qui allait s'élargissant. Puis ses traits se crispèrent sous l'effet de la douleur.

— Ne crois pas en avoir fini avec moi, Campbell ! Tue-moi, et tu seras contraint d'affronter mes frères, et après eux, ma famille mohican ! En aucune manière tu ne pourras nous abattre tous !

— Non, mais je peux te tuer pour avoir le plaisir de laisser ma nièce dans le désespoir.

Épouvantée, Annie vit son oncle lever son épée, prêt à donner le coup de grâce. Morgan la prit contre lui et l'obligea à détourner la tête.

— Ne regarde pas, petite.

Elle serra les poings, murmura le nom de Iain contre l'étoffe de la chemise de Morgan. Le temps sembla suspendu jusqu'à ce qu'elle entende le son atroce de l'acier plongeant dans des chairs, de la lame sectionnant un corps... Un long râle s'ensuivit.

Puis un silence.

Et enfin, la voix de Iain.

— Cela, c'était pour mon Annie !

Iain ? Elle releva la tête, n'osant y croire. Iain dominait le cadavre de l'oncle Bain de toute sa hauteur. Son flanc était rouge de sang, son visage marqué par l'épuisement et la souffrance. Il s'appuyait sur son épée à la lame écarlate.

Tout autour, des acclamations d'allégresse fusèrent.

Annie se précipita vers son mari, à la fois soulagée qu'il fût vainqueur et en vie, et folle d'inquiétude qu'il fût gravement blessé. Elle l'enlaça, veillant à ne pas le serrer. Il lui embrassa le dessus de la tête.

— T'a-t-il fait du mal, *mo leannan* ?

— Non, grâce à toi et aux hommes de Joseph. Et… à lord William Wentworth.

Elle devait se rendre à l'évidence : le colonel l'avait bel et bien aidée.

— Je ne vais pas pouvoir tenir bien longtemps sur mes jambes, petite. Soutiens-moi. Il faut que je monte dans la voiture.

Connor vint à la rescousse et Iain fut installé sur la banquette.

— Conduisons-le au chirurgien, dit Connor.

La voiture fit demi-tour sur la route et repartit en direction du fort. Pendant tout le trajet, Annie pressa un linge sur sa blessure pour étancher le sang. Et pria.

Iain luttait contre la douleur, et l'inconscience qui menaçait. Il se rendit compte qu'ils arrivaient au fort, qu'on le sortait de la voiture. Puis il sombra. Et revint à lui lorsqu'on lui fit avaler du laudanum avant de lui insérer un morceau de bois entre les dents. Il sut qu'on lui extrayait la balle du flanc car la douleur atteignit son paroxysme.

Il sentit la présence d'Annie qui lui caressait le front, pressait sa main entre ses doigts fins et lui murmurait des mots d'amour et d'encouragement. Il entendit la voix du Dr Blake dire combien il était chanceux puisque la balle s'était fichée dans une côte, épargnant les organes vitaux. Et que si l'infection ne s'en mêlait pas, il se remettrait.

Il entendit aussi Annie se mettre à pleurer et, quand elle appuya la tête sur sa poitrine, il essaya de la réconforter en retour. Mais il était si las qu'il ne put prononcer que son prénom avant que les ténèbres ne l'absorbent.

33

Wentworth observait la jeune femme par la fenêtre de son bureau. Il se sentait étrangement mal dans sa peau. Aujourd'hui, il avait vu l'un de ses hommes, un catholique dépourvu du moindre respect envers la Couronne, abattre un pair et un allié politique. Il avait vu cet homme de basse caste se battre avec honneur et bravoure, et l'aristocrate se couvrir de honte. Et il avait éprouvé de la joie et du soulagement quand le coup fatal avait été porté.

Non seulement il avait assisté au duel sans broncher, mais il avait contribué à ce qu'il ait lieu. Sans son intervention, Campbell aurait gagné Albany, aurait abusé d'Annie, l'aurait peut-être assassinée.

Oui, il avait joué un rôle déterminant dans la mort de Bain Campbell, et était heureux de l'avoir fait.

Mais pourquoi ?

Il se dit que Campbell était un dépravé de la pire espèce, un criminel qui avait échappé à la justice. Il se dit qu'il avait agi dans l'intérêt de la société, de la décence, de la morale.

Mais c'était faux. Il se moquait éperdument de tout cela.

La véritable réponse traversait la cour, son ravissant visage marqué par la fatigue, ses jupes souillées de sang.

Lady Anne.

Il entendit les pas légers d'Annie sur le seuil du bâtiment, écouta ses gardes l'informer qu'elle pouvait entrer, et se retourna, attendant qu'elle franchisse le seuil de son bureau.

— Vous m'avez fait appeler, monsieur ? s'enquit-elle en faisant la révérence.

Wentworth, incrédule, se rendit compte que les mots lui manquaient.

— J'ai cru comprendre que le major MacKinnon allait en réchapper, dit-il après un temps.

— Oui, monsieur.

Il prit une dépêche sur son bureau.

— Le général Abercrombie l'a accusé, ainsi que ses frères, de désertion. Je lui ai déjà répondu par écrit que c'était moi qui les avais fait rappeler pour une importante et secrète mission. J'ai également informé les autorités de la tragique fin de votre oncle sous les coups de l'ennemi, et qu'il aurait dû suivre mon conseil, c'est-à-dire ne pas s'aventurer dans la forêt tant que le secteur n'avait pas été sécurisé.

Les yeux d'Annie avaient trahi, au fur et à mesure du discours de Wentworth, toutes les émotions qu'il avait déclenchées : inquiétude, soulagement, gratitude.

— Merci, monsieur.

Troublé d'être aussi ému par ces yeux expressifs, Wentworth tourna le dos à la jeune femme.

— Le major et ses hommes semblent avoir trouvé un défenseur inconditionnel en la personne du lieutenant Cooke. Selon lui, les rangers ont sauvé sa vie et celle d'un grand nombre de soldats qui s'étaient égarés dans la forêt.

— Je suis heureuse d'apprendre que le lieutenant Cooke est indemne, monsieur.

— Votre bonne s'installe-t-elle ?

Wentworth ne parvenait pas à se rappeler le nom de la fille.

— Oui. Morgan va partager l'habitation de Connor, et lui laissera la sienne.

Wentworth refit face à Annie. Il s'irritait de sa propre pusillanimité.

— Venons-en au fait, lady Anne. Maintenant que votre oncle ne représente plus un danger pour vous, vous êtes libre de rentrer en Angleterre. Je serais très honoré de vous assister, de vous offrir ma protection et mon appui pour vous aider à réintégrer sans heurt la bonne société. Ainsi que mon soutien financier. Évidemment, tant que durera la guerre, vous seriez obligée de rester dans ma maison d'Albany. Mais, une fois la guerre finie, nous regagnerions Londres.

Quelques instants durant, Annie parut interloquée.

— Me proposez-vous de devenir votre maîtresse, monsieur ?

Elle ne comprenait donc pas ? Eh bien, il allait être plus précis.

— Si j'avais su qui vous étiez dès le début, lady Anne, j'aurais insisté pour que vous vous installiez dans ma maison, sous ma protection. Parce que je connaissais votre oncle, vous ne me faisiez pas confiance. Or vous aviez besoin d'une protection masculine. Vous avez donc choisi de vous rapprocher du major MacKinnon. Mais vous n'avez plus besoin de vous cacher, désormais. Rien ne vous oblige à rester sous son aile. Vous êtes libre de renoncer à cette union illégitime et de réclamer les honneurs de votre position. Dans la mesure où vous êtes sans dot, je ne puis vous épouser, mais je puis vous offrir une vie facile, loin de la frontière, une existence où vous n'aurez plus à travailler durement ni à craindre pour votre sécurité.

— Et qu'adviendrait-il de l'enfant que je porte ?

Reprenant confiance en lui, Wentworth répondit :

— Je ne souhaite évidemment pas élever l'enfant d'un autre, même si, ayant personnellement déposé assez d'œufs dans le nid de bien des hommes, je considérerais que ce serait là une juste punition. Toutefois, si vous décidiez d'abandonner cet enfant, je ne vous en empêcherais pas. Mais je ne vous obligerais pas à le faire.

Les lèvres d'Annie s'étirèrent en un sourire, puis elle éclata carrément de rire.

— Aujourd'hui, monsieur, vous m'avez aidée au-delà de tout ce que j'aurais pu espérer, et je vous en suis infiniment reconnaissante. Je sais que je devrais être honorée de votre offre, mais ma réponse est non. Je n'ai pas épousé Iain simplement par besoin de protection masculine. Je l'ai épousé parce que je l'aime.

L'entendre énoncer pareilles absurdités consterna Wentworth.

— Je ne comprends pas ce qu'une femme bien née peut trouver chez un homme tel que lui.

— Oh, mais si ! Vous savez combien il est honorable, fort et brave. Vous avez deviné qu'il viendrait me chercher, qu'il serait prêt à tout sacrifier pour moi. La différence entre vous et lui, la voilà : cela était égal à Iain MacKinnon que je sois sans le sou ou née Campbell, fille de comte ! Il m'a traitée comme une grande dame, avec respect et honneur, il a risqué sa vie pour moi, et cela même alors que je n'étais encore qu'une inconnue !

Wentworth eut la sensation d'avoir été réprimandé. Il baissa les yeux sur ses pieds.

— Puisque je suis là, colonel, reprit Annie comme si le sujet était clos, j'aimerais vous demander trois faveurs.

Il déglutit avec peine, s'efforçant de ne pas montrer à quel point il était blessé.

— Si cela est en mon pouvoir, madame, je serai ravi d'accéder à vos souhaits.

— Bien. Tout d'abord, je voudrais récupérer ma bague.

— Oh, bien sûr…

Wentworth fouilla dans sa poche de gilet, en sortit l'anneau et le plaça dans la paume d'Annie.

— Mon deuxième vœu est un peu plus délicat. Mon oncle était en possession de mon héritage. Dont les fameux bijoux de ma mère ainsi que des effets personnels. J'aimerais que tout cela me soit restitué et soit placé sous la garde de mon mari.

Le mot « mari » fit à Wentworth l'effet d'un soufflet.

— Certainement, madame. Je veillerai à ce que vous rentriez en possession de vos biens.

— Merci, monsieur.

Annie se tut, visiblement nerveuse. Elle lissa ses jupes pour se donner une contenance, puis joignit les mains.

— J'aimerais aussi que vous m'accordiez une troisième faveur, monsieur.

— Oui ?

— J'apprécierais que vous dégagiez mon mari et ses frères de leurs obligations envers la Couronne.

— Voilà qui est hors de question !

— Ils sont au service de Sa Majesté depuis trois ans. Ils se sont battus pour elle plus longtemps que des engagés volontaires. Combien de fois ont-ils tué pour vous ? Combien de fois ont-ils failli perdre la vie ?

— La guerre n'est pas terminée et nous avons impérieusement besoin d'hommes de leur qualité. La défaite de Ticonderoga le démontre amplement.

— Est-ce pour cela que vous les avez pris au piège ? Oui, je suis au courant. À l'instar de mon oncle, vous punissez alors qu'aucun crime n'a été commis.

Aux tremblements dans la voix de la jeune femme, Wentworth devina qu'elle était furieuse. Mais lui aussi.

— S'ils s'étaient enrôlés de leur plein gré, ils seraient libres de s'en aller. Mais leur refus d'accorder à la Couronne le respect qui lui est dû, joint aux besoins de l'Angleterre, justifient mon choix de les garder dans l'armée !

Annie le fixa durement quelques instants, puis se pencha et prit une pièce blanche sur l'échiquier.

— Vous enviez mon mari, et pas uniquement parce que je me couche avec bonheur auprès de lui chaque soir. Vous l'enviez parce qu'il est un vrai meneur d'hommes. À la différence de vous, il sait que les hommes ne sont pas seulement des pions que l'on déplace selon ses caprices. Ses rangers se battent pour lui parce qu'ils l'aiment ! Vos soldats se battent pour vous parce qu'ils y sont contraints.

Elle replaça le pion sur l'échiquier.

— Je vous en supplie, monsieur, libérez-les !

— Je ne le puis, articula Wentworth avec peine.

Cette femme le privait de ses moyens.

— Dites plutôt que vous ne le *voulez pas* ! cria Annie en attrapant l'échiquier à deux mains.

Et elle le jeta à travers le bureau. Les pièces de marbre s'éparpillèrent en cliquetant dans toute la pièce.

— Il y a davantage d'honneur dans la plus infime goutte de sang de mon mari que dans toute votre âme !

Sur ces mots meurtriers, elle sortit en trombe.

Wentworth demeura un moment pétrifié, les pensées en aussi grand désordre que les pièces de son jeu d'échecs. Il s'inclina, ramassa le roi noir et constata qu'il était cassé. Puis, son roi brisé dans la main, il regarda par la fenêtre lady Anne qui rejoignait en courant l'homme qu'elle aimait.

Il ne se sentait pas en colère, mais étrangement vide.

Iain ouvrit les yeux et vit le mur en rondins de sa cabane. Il avait un goût amer dans la bouche à cause du laudanum, mais son esprit était clair. Ses blessures étaient douloureuses, chaque inspiration lui coûtait, signe que le calmant avait cessé de faire effet. Il se retourna, cherchant une position confortable, et sentit une masse chaude à côté de lui.

Annie…

Toujours habillée, elle dormait profondément, pressée contre son corps. Elle avait dû tomber d'épuisement. Du bout des doigts, il repoussa les cheveux qui cachaient ce visage qu'il voulait tant dévorer des yeux.

Si léger que fût le geste, il la réveilla.

— Iain ?

— Pardon, je ne voulais pas…

Elle s'assit.

— As-tu soif ?

— Oui.

Elle lui donna à boire, puis toucha son front pour s'assurer qu'il n'était pas fiévreux, vérifia ses bandages et essaya de lui faire avaler un peu de laudanum, ce qu'il refusa.

— N'as-tu plus mal, Iain ?

— Si, mais laisse-moi te regarder un peu avant de me renvoyer dans les limbes.

Elle se rallongea donc contre lui.

— C'est un miracle d'être là, avec toi, alors que souvent ces jours derniers je t'ai cru perdu à jamais.

— Je t'avais promis de rester en vie, dit-il en essuyant les larmes qu'elle ne pouvait empêcher de couler sur ses joues.

Elle eut un petit sourire, qui s'effaça dans la seconde.

— Je suis si triste que tant de tes hommes aient péri. Ils vont me manquer. Surtout Cam. Et je pense à leurs femmes, leurs enfants…

Iain lui raconta la bataille de Ticonderoga, avoua avoir cru mourir au pied des fortifications conçues par Montcalm.

— Je ne remercierai jamais assez le Ciel de m'avoir permis de rentrer. Quand Killy et Brendan m'ont appris que ton oncle était venu te chercher, j'ai envisagé le pire. Ce voyage de retour m'a semblé durer une éternité. Je ne faisais que songer à ce que ce maudit homme pouvait te faire, t'avait peut-être déjà fait. Je suis désolé de n'avoir pas été présent à son arrivée. Si j'avais été là, il n'aurait pas mis le pied sur l'île !

Annie riva ses yeux à ceux de l'homme qu'elle aimait et lui narra en détail ce qui s'était passé.

— J'étais terrifiée, conclut-elle.

— Tu as fait montre d'un rare courage.

— Et toi, tu as surgi de la forêt comme par magie, Iain. Pour me sauver. Si je ne t'avais pas déjà aimé, je serais tombée follement amoureuse de ce Highlander qui se dressait au milieu de la route.

Il sourit.

— Ainsi, tu aimes bien me voir en plaid, hein ?

— Oui. Avec les tresses sur les tempes. Mais je trouve que la peinture rouge, cela fait un peu bête.

— Que Joseph ne t'entende pas ! Les Mohicans adorent le vermillon.

Elle posa la main sur la poitrine de Iain, à l'endroit du cœur.

— Quand l'oncle Bain a brandi ce pistolet et tiré…

— N'y pense plus, *mo leannan*.

— Ensuite, Morgan m'a obligée à détourner la tête et… j'ai cru que tu étais mort.

— Une vieille astuce de bretteur. Laisser l'adversaire s'approcher pour donner le coup de grâce, et bondir sur ses pieds pour riposter et avoir le dernier mot.

Annie ferma les yeux.

— C'est étrange de songer que nous sommes ensemble cette nuit grâce à Wentworth.

— Effectivement. J'aimerais dire que je l'apprécie désormais davantage, mais ce serait mentir. Il est capable du meilleur comme du pire, il l'a montré. Il voulait autant que moi que ton oncle meure, et ce pour la même raison : pour t'avoir, toi.

Annie se mordit la lèvre, perturbée par le souvenir de son entretien avec le colonel.

— Qu'as-tu, petite ? Dis-moi.

Et elle s'exécuta. Sans rien omettre. Sous le regard grave de son mari.

— Il a raison, tu sais. Tu pourrais rentrer en Écosse et y mener une existence privilégiée. Tu n'aurais pas à t'inquiéter de savoir si ton mari a été tué ou enlevé par les Indiens, tu n'aurais jamais faim, tu porterais des robes de soie, des serviteurs s'occuperaient de toi, et tu trouverais un homme riche qui t'épouserait avec la bénédiction de ton Église. Mais je ne suis pas assez altruiste pour te laisser partir, Annie.

— Et moi, je ne suis pas assez folle pour vouloir partir. Je veux passer ma vie avec toi, en dépit de tous les aléas. Je t'aime, Iain MacKinnon.

— Je t'aime, lady Anne.

Épilogue

15 avril 1759, ville d'Albany, sur le fleuve Hudson, colonie de New York

Annie chantonnait, et Iain se réveilla. Il ouvrit les yeux et la vit bercer le bébé qu'elle allaitait. Elle fixait d'un regard extasié la frimousse du petit Iain, qui lui serrait l'index dans son minuscule poing. Ses cheveux dorés ruisselaient sur ses épaules, formant un magnifique contraste avec les boucles sombres du nourrisson.

Il aurait pu contempler sa femme et son fils pendant une éternité, songea-t-il, le cœur gonflé de bonheur. Il était l'homme le plus heureux du monde.

Le bébé aurait trois mois la semaine suivante. Il était né par un glacial matin de janvier. Annie avait eu des contractions la veille au soir, et Iain avait passé la nuit à faire les cent pas devant la cabane pendant que Rebecca, la sœur de Joseph, et Betsy s'occupaient d'elle. Ses frères, Joseph et une compagnie de rangers inquiets attendaient avec lui dans le froid, réunis autour du feu, flasques de rhum à la main et enveloppés de fourrures.

Rebecca avait essayé de le rassurer.

— La première fois est toujours la plus difficile. Ses cris ne signifient pas qu'elle est en train de mourir. Elle a mal, oui, mais cela ne va pas la tuer.

À l'aube, les cris d'Annie étaient montés de plusieurs octaves et Iain avait commencé à culpabiliser : cette souffrance qu'elle endurait, c'était lui qui en était à l'origine. Le pire, c'était qu'il se sentait totalement impuissant. Il avait fait et ferait tout ce qui était en son pouvoir pour protéger sa femme, mais il était dans l'incapacité de lui épargner cette épreuve.

Puis Rebecca avait ouvert la porte.

— Elle te veut auprès d'elle, Iain.

Craignant le pire, il était entré. Annie somnolait sur le lit, nue sous une couverture jetée sur ses épaules. Son visage était luisant de sueur, marqué par la fatigue et la douleur. Il s'était agenouillé à côté d'elle, lui avait pris la main pour la caresser.

Elle avait ouvert les yeux.

— Tu as trop souvent vu la mort, Iain. Maintenant, tu vas voir la vie, avait-elle murmuré.

Stupéfait qu'elle veuille lui faire partager cette expérience si profondément féminine, il avait embrassé Annie. La contraction suivante était survenue et son corps s'était arqué, avait tremblé. Il était resté là, pressant sa main moite, incapable de respirer alors que la jeune femme donnait le jour à son fils dans un long cri.

Lorsqu'il avait rouvert la porte, il serrait son fils contre lui. Il l'avait montré à ses frères, à ses hommes, clamant avec fierté qu'il était le père d'un fils bien solide. Du camp étaient montés des cris de joie et de triomphe. Une semaine plus tard, Iain Cameron – en hommage à Cam – avait été baptisé par le père Delavay.

Après cela, les événements avaient laissé Iain perplexe : pourquoi Wentworth lui avait rendu sa liberté ? Il l'ignorait. Sans doute l'attachement du colonel à Annie y était-il pour quelque chose. Celui-ci avait transmis le commandement à Morgan, et Iain avait tout d'abord refusé de quitter ses rangers dans la mesure où ses frères étaient contraints de rester au service de l'Angleterre. Mais Connor et Morgan avaient insisté pour qu'il accepte.

— Chaque fois que nous partons en mission, avait dit Morgan, je lis la peur dans les yeux d'Annie et prie Dieu que nous n'ayons jamais à lui apprendre que tu as été tué ou enlevé. Nous n'en aurions pas le courage.

— Tu as désormais une jolie femme et un fils, avait ajouté Connor. Ils ont besoin de toi. Regagne la ferme et construis une maison, pour nous tous. Cette guerre ne durera pas éternellement.

Iain avait donc attendu qu'Annie soit remise, puis ils avaient chargé un chariot de leurs maigres possessions, dont le coffre de la jeune femme, et attelé un couple de bœufs.

— Le Seigneur soit avec vous, madame, avait dit entre deux sanglots Betsy, qui s'était mariée avec Brendan juste avant Noël. Vous me manquerez.

— Nous nous reverrons, je te le promets.

Joseph et ses guerriers les avaient escortés à travers la forêt. Connor et Morgan leur avaient souhaité bon voyage. Même Wentworth et Cooke les avaient salués en formulant des vœux.

Ils se trouvaient maintenant à Albany depuis une semaine.

Iain avait acheté des provisions, des outils, des matériaux qui allaient prendre le chemin de la ferme.

— Une année ne sera pas de trop pour reprendre les terres à la forêt, dit-il à Annie alors que les bêtes solides avançaient sur le chemin.

Il avait promis à la jeune femme qu'elle aurait un toit au-dessus de sa tête et un feu dans la cheminée dans une semaine, et il comptait bien tenir sa promesse.

Après quatre ans de guerre, il rentrait à la maison.

Annie déplaça le poids du bébé dans ses bras et regarda les bois qu'ils longeaient. Dans un premier temps, ils avaient roulé sur une route bien lisse bordée de fermes où paissaient des moutons. Puis, graduellement, la forêt avait repris ses droits sur la civilisation et ils ne voyaient désormais que rarement une habitation. Le seul son qu'elle entendait, à part le craquement des roues, était les voix des charretiers dans les chariots qui suivaient le leur.

Elle ne l'avait pas dit à Iain, mais elle avait été triste de quitter Albany. Quelle excitation de revoir des boutiques et des églises ! De lire des journaux, de croiser des gens dans la rue, de bavarder avec d'autres femmes... Iain lui avait acheté de jolies robes, ainsi que du tissu et tout un nécessaire de couture pour qu'elle puisse confectionner des vêtements au bébé.

Où qu'elle aille dans Albany, la femme de Iain MacKinnon avait été traitée avec déférence car tous la savaient lady, fille du comte de Rothesay. De surcroît, nul ne semblait ignorer les exploits du major MacKinnon : les journaux les avaient rapportés à l'envi. Même si certains paraissaient réticents car ils savaient que Wentworth n'avait pas effacé l'accusation de meurtre qui pesait sur les frères Mac Kinnon, la plupart des gens étaient reconnaissants envers Iain, qui avait gardé les Français et leurs alliés indiens loin d'eux. Quelques-uns avaient même refusé qu'il paie ses achats. Et Annie avait commencé à se rendre compte qu'elle était l'épouse d'une légende vivante.

Néanmoins, quitter Albany lui avait coûté. Mais Iain brûlait de retrouver sa ferme.

Elle se doutait de ce qui l'y attendait : Iain lui avait expliqué que les bâtiments avaient été incendiés jusqu'aux fondations, que dans les champs ne poussait plus que du chiendent, que les arbres du verger étaient envahis de jeunes pousses qui les étouffaient, et qu'ils seraient au début obligés de dormir sous un appentis.

— Ce ne sera pas facile, Annie, l'avait-il avertie. Notre subsistance dépendra de ce que j'aurai chassé ou piégé. Mais après la première moisson, la terre sera de nouveau généreuse et nous ne manquerons de rien. Je te promets que tu n'auras jamais faim.

Il lui avait expliqué qu'ils vivraient de peu de chose, boiraient l'eau du fleuve. Pourtant, Annie n'avait rien dit susceptible de gâcher son plaisir ou ternir son excitation. Il rêvait depuis si longtemps de faire renaître sa ferme… Elle ne se plaindrait donc pas.

— Nous sommes presque sur les terres des MacKinnon, annonça-t-il en souriant.

Annie chercha du regard une borne ou un point de repère. En vain.

— Comment peux-tu le savoir ?

Les rênes dans les mains, il montra de la tête une trace de brûlure à flanc de coteau.

— C'est la limite de la propriété au sud.

Ils franchirent un petit ruisseau, puis le chariot prit un virage.

Iain fronça les sourcils.

— Je sens de la fumée.

Annie la sentait aussi. Légère. Celle d'un feu de bois, portée par la brise. Puis un son s'ajouta à l'odeur. Des coups de marteau. Iain frémit. Des étrangers chez lui ? Des Indiens, peut-être, ou des déserteurs. Mon Dieu. Allait-il être de nouveau obligé de faire couler le sang pour jouir de sa liberté ?

Il fit part de ses craintes à Annie et lui demanda, si quoi que ce soit arrivait, de rester cachée.

— S'il s'agit d'Indiens, expliqua-t-il, il y a des chances que ce soient des gens de Stockbridge, ou des Six Nations. Ils ne nous feront pas de mal. Mais les déserteurs seront nettement moins accueillants et surtout, ils traitent mal les femmes.

Annie se prit à regretter que Joseph et ses guerriers ne soient plus avec eux : le fidèle Indien les avait laissés à l'entrée d'Albany et était rentré à Fort Elizabeth pour aider Morgan et ses rangers à préparer leur nouvelle mission. Elle était donc seule avec Iain et cinq charretiers, des hommes embauchés qui fuiraient sans doute à toutes jambes plutôt que de se battre.

Iain attrapa son fusil, le posa sur ses genoux et fit ralentir les bœufs dans le virage.

Et tout à coup, il l'entendit.

Le sifflet d'avertissement des rangers.

Annie vit la surprise et la confusion se peindre sur les traits de Iain. Elle aussi avait reconnu le sifflet. C'était incompréhensible. Morgan et Connor avaient-ils eu des ennuis et trouvé refuge ici ? Quelqu'un connaissant ce signal d'alarme s'en servait-il pour tromper Iain et le faire tomber dans un guet-apens ?

Elle serra le bébé contre elle, scrutant la route après le virage. La forêt avait reculé, cédant la place à des champs fraîchement labourés. Une maison et une grange se dressaient à quelque distance. Des hommes travaillaient partout : dans les champs, le verger, les bâtiments.

Tout à coup, l'un des hommes leva la tête. Incrédule, Annie vit son visage souriant.

— Il était temps que tu débarques, Mack ! Tu comptais nous laisser faire tout le boulot ?

Killy !

Annie relâcha son souffle avec peine, tant sa gorge était serrée d'émotion.

Les rangers n'étaient pas partis en mission. Ils avaient tous convergé en secret vers la ferme et entrepris de la remettre en état.

— Sainte Mère de Dieu ! s'exclama Iain, émerveillé.

L'un des hommes dans les champs poussa un grand cri, un autre perché sur le toit de la maison se dressa et agita les bras. C'était Morgan.

— Oh, Iain, vois-tu tout ce qu'ils ont fait ?

— Je n'arrive pas à y croire !

Il fit s'arrêter les bœufs devant le cottage. Tous autour d'eux, des rangers sciaient des rondins, taillaient des bardeaux, enfonçaient des clous à coups de marteau ou creusaient la terre. Joseph et ses hommes avaient allumé de petits feux pour éradiquer les mauvaises pousses près des arbres fruitiers. Connor s'efforçait de fixer la porte d'entrée.

Annie était éberluée par tout ce qu'ils avaient réalisé. L'odeur de la sciure se mêlait à celle de la terre fraîchement remuée. Iain l'aida à descendre en la soutenant par la taille. Elle lut dans ses yeux le reflet de ses propres émotions : incrédulité, étonnement, gratitude.

Il l'embrassa sur le front.

— Reste près des chariots, je ne voudrais pas que quelque chose tombe et vous blesse, le bébé ou toi.

— Eh, frangin, vas-tu rester là à bayer aux corneilles, ou bien te décider à m'aider ? cria Connor.

Souriant largement, Iain alla prêter main-forte à son frère pour placer la porte dans ses gonds.

— C'est MacHugh qui l'a fabriquée, expliqua Connor. Il est menuisier de métier.

Le temps que la porte soit calée, une tâche qui nécessita pas mal de jurons, Morgan avait terminé le toit et sauta à terre les rejoindre.

— Puis-je te faire les honneurs de ta nouvelle maison, Annie ?

Tandis que les rangers déchargeaient les chariots, Morgan guida Annie et Iain de pièce en pièce, accompagné de Joseph et Connor. Ils marchèrent sur le parquet souple et lisse, passèrent devant la grande cheminée en traversant la spacieuse salle de séjour en façade, gagnèrent les trois chambres, chacune dotée de sa propre cheminée, puis montèrent dans le vaste grenier.

— C'est une grande maison, remarqua Annie.

— Eh bien, on a pensé que vous auriez beaucoup de petits, dit Connor en clignant de l'œil, ce qui fit rougir Annie.

— Et moi, où vais-je dormir ? demanda Joseph à Iain. Chez toi, c'est chez moi, n'est-ce pas mon frère ?

— Euh… oui, je suppose.

Ensuite, Morgan montra la chambre secrète maçonnée sous la chambre principale. Puis il les conduisit à l'arrière, où se trouvaient les lieux d'aisances, le grand four de pierre et le fumoir à venaison. De là, ils gagnèrent la grange, dans laquelle le cheptel était déjà rentré, à côté du maïs et de l'orge. Des poules picoraient le sol.

Le bébé dans les bras, Annie regarda Iain vérifier la solidité des portillons qui fermaient les stalles, monter au grenier à grain, faire courir ses paumes sur les planches des murs. Son expression était celle d'un homme en plein rêve éveillé. Mais elle aussi vivait un rêve. Elle avait cru dormir à la belle étoile par des nuits glaciales, imaginé Iain se brisant le dos dans les champs…

Le temps qu'ils aient fini la visite, les hommes s'étaient rassemblés entre la maison et la grange. Ils avaient la figure noire de crasse et en sueur, et souriaient de toutes leurs dents.

Iain sembla chercher ses mots, puis déclara :

— Ce que vous avez fait ici dépasse tous mes souhaits ou mes rêves. Je ne vous remercierai jamais assez. Mais n'êtes-vous pas censés espionner les faits et gestes de Montcalm ?

Les rangers gloussèrent.

— Tu n'es pas le seul à être plus futé que Wentworth, mon frère, dit Morgan en lui tapant sur l'épaule. Montcalm peut attendre, mais ceci ne le pouvait pas. Ce qu'un homme seul fait en une année, deux cents hommes en viennent à bout en quelques jours. Pas un seul d'entre nous ne voulait qu'Annie et toi commenciez une nouvelle existence en vous échinant jusqu'à l'épuisement.

— Comment pourrons-nous vous rendre tant de bienfaits et de bonté ? demanda Annie d'une voix enrouée par l'émotion.

— C'est nous qui te rendons tes bienfaits et ta bonté, maîtresse, répliqua Brendan. Tu t'es occupée de nous quand nous étions blessés, malades. Et pas un seul d'entre nous ne peut dire qu'il ne doit pas la vie à Iain MacKinnon.

Les rangers s'avancèrent les uns après les autres, et chacun raconta succinctement son histoire.

Brendan expliqua que lors de sa première bataille, pétrifié de peur, il ne parvenait pas à recharger son fusil alors que deux soldats français se rapprochaient de lui, baïonnette en avant. Mais Iain était là, et avait tiré.

Joseph narra comment il était tombé nez à nez avec un ours étant enfant. Iain, à peine âgé de seize ans, avait abattu la bête.

MacHugh avait été porté par Iain jusqu'au camp : il s'était cassé la cheville et n'aurait pas été capable de fuir les Abénaquis.

Et ainsi de suite, chacun y alla de son récit, dont Iain était toujours le héros. Enfin, ce fut le tour de Dougie.

Il avait été capturé par une escouade abénaqui, déshabillé et ligoté à un poteau de torture.

— J'ai cru ma fin arrivée, et cela me terrifiait. Puis j'ai entendu des coups de feu et un à un les Abénaquis sont tombés, touchés en plein cœur. Ils ne pouvaient déterminer d'où venaient les tirs. L'un arrivait par ici, l'autre par là… Alors j'ai compris que ce ne pouvait être que Iain MacKinnon qui risquait sa peau de fou pour me sauver.

Et Dougie commença à scander d'une voix forte et claire, aussitôt imité par tous les rangers et les Mohicans, poing brandi vers le ciel :

— MacKinnon ! MacKinnon ! MacKinnon !

Les joues mouillées de larmes, Annie songea qu'elle raconterait cet instant extraordinaire à ses petits-enfants. Ces hommes leur disaient adieu à leur façon.

Iain reçut ce tribut la tête haute, une expression de guerrier endurci sur les traits. Mais Annie voyait luire des larmes dans ses yeux. Il passa le bras autour de sa taille, l'attira contre lui. Les clameurs s'amenuisèrent.

— Aucun commandant n'a jamais été aussi fier de ses hommes que je le suis de vous, déclara-t-il. Vous êtes les meilleurs, les plus braves. Je…

Sa voix se réduisit soudain à un murmure, mais tout le monde l'entendit.

— … je ne vous oublierai jamais.

Un silence s'ensuivit, que Connor finit par rompre en lançant à Morgan :

— *Major* MacKinnon, n'est-il pas temps de repartir vers le nord ?

— Si, *capitaine* MacKinnon.

Qu'ils s'en aillent si vite bouleversa Annie.

— Vous ne pouvez pas partir ! Restez ! Reposez-vous un peu ! Dînez avec nous !

— J'aimerais beaucoup, Annie, dit Morgan en souriant, mais nous ne devons pas laisser Montcalm tout seul. Le général Amherst regarde du côté de Ticonderoga, et il sera peut-être capable de réussir là où Abercrombie a échoué. Mais tu nous reverras, petite. Bientôt.

Il se tourna vers ses rangers.

— Rompez, rangers !

Dans un concert de cris, les hommes ramassèrent outils et armes, dirent adieu, et disparurent dans la forêt.

Annie se tourna vers son mari.

— Depuis que je te connais, Iain MacKinnon, il semble que j'éprouve constamment de la tristesse et de la joie en même temps.

— C'est pareil pour moi.

Il embrassa la jeune femme, essuya ses larmes et posa sur elle des yeux bleus empreints de tendresse.

— Les grands-mères mohicans te diraient qu'il n'est pas possible d'ouvrir son cœur à quelqu'un sans risquer d'avoir du chagrin. Je préférerais endurer les pires tourments de l'enfer plutôt que de renoncer aux joies que le petit Iain et toi m'apportez tous les jours, même si parfois elles seront accompagnées de peine.

Puis il souleva Annie et le bébé dans ses bras, et leur fit franchir le seuil de leur nouvelle maison.

Découvrez les prochaines nouveautés de nos différentes collections J'ai lu pour elle

AVENTURES & PASSIONS

Le 7 avril :

Courtisane d'un soir ☙ **Lisa Kleypas (n°5808)**

Par une nuit glaciale de mars, le corps d'une jeune femme est repêché dans la Tamise. Le détective Grant, appelé sur les lieux, reconnaît la célèbre courtisane de Londres, Vivian Duvall, qui a repoussé ses avances quelques mois plus tôt. Elle respire encore. Il décide de la conduire chez lui en la faisant passer pour morte, prétexte qui cache en réalité un désir de vengeance.

Lady Scandale ☙ **Loretta Chase (n°9213)**

INÉDIT

Agent des services secrets britanniques, James Cordier est envoyé à Venise afin de récupérer chez une célèbre courtisane des lettres prouvant que son ex-époux est coupable de haute trahison. Séduire cette courtisane, lui subtiliser les lettres... rien de plus facile pour James. Seulement Francesca Bonnard n'est pas n'importe quelle catin de bas étage. Belle, intelligente, cultivée, elle est aussi experte que James dans l'art de la séduction.

Un duel au sommet entre deux redoutables adversaires...

La couronne des Highlands ☙ **Kathleen Givens (n°9214)**

INÉDIT

XIIIe siècle. Fille d'une couturière à la cour, Isabel est soudainement élevée au rang de suivante de la reine Eléonore. Cette brusque nomination s'explique par l'intérêt que lui voue l'archevêque et trésorier du roi. Mais quand elle repousse ses avances, elle est aussitôt accusée de trahison et fuit à l'aide d'un Highlander présent à Londres. Traquée par l'archevêque, elle se réfugie en Écosse...

Le 21 avril :

Le loup et la colombe ☙ **Kathleen E. Woodiwiss (n°820)**

Dans l'Angleterre du XIe siècle, après la défaite du roi Harold. Guillaume le Conquérant et ses soldats normands avancent, pillent, violent. Les villages brûlent, le ciel s'embrase... Wulfar, ami et lieutenant de Guillaume, pénètre dans le manoir de Darkenwald. Le seigneur du lieu a péri au combat, et c'est sa fille Aislinn qui fait face à Wulfar.

2 rendez-vous mensuels
aux alentours du 1er et du 15 de chaque mois.

La légende des quatre soldats —2. Séduire un séducteur ☙ **Elizabeth Hoyt (n°9229)**

INÉDIT

Tandis que le vicomte Vale est abandonné par sa fiancée au matin de ses noces, Melisande, qui l'aime depuis des années, saisit l'occasion pour lui proposer de l'épouser. En effet, elle n'est pas sans savoir qu'il désire avant tout un héritier. Mais le plus dur reste à faire : se concilier l'amour de son nouvel époux...

Passion intense

Quand l'amour vous plonge dans un monde de sensualité

Le 21 avril :

INÉDIT

Les magiciennes des âmes perdues ☙ **Megan Hart (n° 9230)**

Dans un monde fantaisiste, lors d'une soirée qui tourne au drame, trois amis, Cillian fils de roi, Edward et Alaric, tuent une prostituée. Des années plus tard, toujours rongés par la culpabilité, ils n'ont qu'un seul souhait: retrouver leur sérénité. L'ordre de Solace leur envoie des émissaires, des demoiselles de compagnie dont la mission est de les sauver de leurs démons et de les aider à retrouver la paix.

INÉDIT

L'ami de madame ☙ **Evangeline Collins (n° 9231)**

Mariée à contrecœur pour sauver l'honneur de sa famille, délaissée par son époux dans une maison du fin fond de l'Écosse, Bella vit une existence morne et ennuyeuse. Jusqu'au jour où une amie lui propose une idée fort originale: pourquoi n'accueillerait-elle pas, pour quelques semaines, un homme en guise de compagnon ?

2 romans tous les 2 mois
aux alentours du 15 de chaque mois.

Et toujours la reine du roman sentimental :

Barbara Cartland

Le 21 avril :

Prise au piège (n° 2082)

Les folles idées de Serena (n° 9212)

Du feu sur la neige (n° 3345)

Une toute nouvelle collection, cocktail de suspense et de passion

FRISSONS

Le 3 mars : INÉDIT

La mort de l'ange ☙ **Linda Howard (n°9234)**

Drea passe sa vie entre deux virées shopping. Le jour où elle est « prêtée » par son amant à un tueur, elle décide de se venger. S'ensuit une course poursuite effrénée… qui se solde par un accident de voiture. Des anges apparaissent à Drea et lui donnent une seconde chance, mais on n'échappe pas à son passé…

Une mère en danger ☙ **Judith Henry-Wall (n°9182)**

La mort de sa grand-mère laisse Jamie seule au monde et criblée de dettes. La jeune femme aux abois décide donc de devenir mère porteuse pour une riche famille texane. Tout se passe bien… jusqu'au jour où elle se rend compte que ses employeurs cachent de lourds secrets. En cavale avec son bébé, elle trouve de l'aide auprès de son amour d'enfance…

Nouveau ! 2 romans tous les 2 mois aux alentours du 1er de chaque mois.

Sous le charme d'un amour envoûtant

CRÉPUSCULE

Le 7 avril : INÉDIT

Les ombres de la nuit —1. Morsure secrète ☙ **Kreysley Cole (n°9215)**

Chef du clan lycanthrope, Lachlan MacRieve ne peut croire que le sort s'acharne encore contre lui : la femme à qui il est destiné appartient au camp de ses ennemis, les vampires qui le gardent en captivité depuis des années. Non, il ne laissera pas Emmaline Roy s'échapper, Emmaline qui ne se doute de rien et qui ne comprend pas pourquoi cet homme-loup la kidnappe et la conduit en Ecosse.

Le cercle des immortels —10. Lune noire ☙ **Sherrilyn Kenyon (n°9216)**

Ravyn Kontis est né dans un monde de prédateurs. Il y a trois cents ans, il a été trahi par ceux qu'il aimait le plus, a perdu sa famille, son honneur. Il est devenu un chasseur de la Nuit. Depuis, il lutte contre le Mal. Lui qui ne fait confiance à personne pourra-t-il confier à une femme un secret pour sauver Seattle ?

Nouveau ! 2 romans tous les 2 mois aux alentours du 1er de chaque mois.

9200

Composition
CHESTEROC LTD

Achevé d'imprimer en Italie
par GRAFICA VENETA
le 17 février 2010.

Dépôt légal février 2010.
EAN 9782290002821

ÉDITIONS J'AI LU
87, quai Panhard-et-Levassor, 75013 Paris

Diffusion France et étranger : Flammarion